REGARD D'ACIER

TOME 2 – PARTIE 1

LEA NOVELS

© Tous Droits Réservés sur le texte et les illustrations
Léa Novels

Plagiat interdit selon l'Article L335-2,
Modifié par LOI n° 2016-731 du 3 juin 2016 — Art. 44.
Reproductions interdites.

Dépôt légal : mai 2024

Cet ouvrage est auto édité sur Amazon depuis juin 2024,
En version électronique et papier.

Saga « Regard d'acier »
Tome 2 - Partie 1

Ce livre est une fiction, même s'il y est fait mention de lieux ou coutumes ayant été référencés durant l'ère Viking.
Tous les personnages sont fictifs et sont intégralement le produit de l'imagination de l'auteure. Toute ressemblance avec des personnes existantes ne peut être que fortuite.

Attention : ce livre contient des scènes sexuelles explicites. De plus, certains passages décrivent des violences psychiques et physiques (combats, torture).

Auteure : Léa Novels
Illustration de couverture : Léa Novels
Illustrations des chapitres : Léa Novels
Graphismes intérieurs : Léa Novels

1. REGARD D'ACIER : "FATE OF THE FALLEN" – ETERNAL ECLIPSE
2. ASULF : "TERMINUS" – SCOTT BUCKLEY
3. LE CALME AVANT LA TEMPÊTE : "SKADI" – PAWL D BEATS
4. LE TOURNOI : "YGGDRASIL" – PAWL D BEATS
5. ASULF ET BJÖRN : "IVAR THE BONELESS" – PAWL D BEATS
6. TROP TARD : "BANISHED" – JOHN LUNN
7. RÉVÉLATIONS : "RITES OF PASSAGE" – SCOTT BUCKLEY
8. L'EXIL : "URD" – PAWL D BEATS
9. JÓMSVIKINGS : "VIKING MARCH" – PAWL D BEATS
10. STIG : "KILL THEM ALL" – PAWL D BEATS
11. KARL : "RAGNAR'S JOURNEY" – PAWL D BEATS
12. LA CASCADE : "LADY OF THE DAWN" – PETER GUNDRY
13. SIGRUNE : WHERE STARS FALL – SCOTT BUCKLEY
14. AMALRIK : "DEATH OF THE OLD GODS" – PAWL D BEATS
15. BJÖRN : "EMERGENT" – SCOTT BUCKLEY
16. ELDRID : "NIGHTFLALL" – SCOTT BUCKLEY
17. LYRA : "OMEGA" – SCOTT BUCKLEY
18. FREYA : "FREYA" – CHRISTIAN REINDL
19. DÉBUSQUÉS : "VIKINGS ON THE HORIZON" – PAWL D BEATS
20. LA BATAILLE DE JÓMSBORG : "ARGONAUT" – JO BLANKENBURG
21. UN TROP LOURD TRIBU : "BLOOD WILL PREVAIL" – JOHN LUNN
22. L'HÉRITAGE D'ASULF : "LEGACY" – SCOTT BUCKLEY
23. DÉPART POUR AROS : "ECHO" – TWELVE TITANS MUSIC
24. HARALD : "YOUR GOD IS DEAD" – REALLY SLOW MOTION
25. CONFRONTATION : "SUPERHUMAN" – REALLY SLOW MOTION
26. L'ESPOIR : "TIME" – HANS ZIMMER
27. ÉPILOGUE : "HYPERNOVA" – ETERNAL ECLIPSE

FLASHEZ CE QR CODE

RETROUVEZ LA PLAYLIST SUR YOUTUBE

Pour une lecture immersive :

Rendez-vous sur ma chaîne Youtube :
https://www.youtube.com/@Lea-Novels

J'y ai compilé les mélodies qui m'ont inspirées durant l'écriture de cette saga.

Je ne peux que vous recommander de faire un tour sur la chaîne Youtube de Badass Digital Creations :
https://www.youtube.com/@BadassDigitalCreations

qui a eu la gentillesse de créer des chansons entières spécialement pour « Regard d'acier ».

Vous pourrez d'ailleurs trouver les paroles de l'une d'entre elles retranscrites à la fin du livre.
Elle se prête bien au chapitre 7 et aux pensées de Lyra.

Très bonne écoute !

*Bienvenue dans cette fantaisie viking
qui se déroule au début du IXe siècle.*

*Ce livre est la suite de « Regard d'acier »,
et j'ai tenu à ce qu'il reste dans la continuité du tome 1.*

*Vous trouverez à la fin du livre tout ce dont
vous pourriez avoir besoin pour parfaire
votre compréhension de ce roman.*

Je vous souhaite un excellent voyage !

*Je n'ai pas besoin de surveiller mes arrières,
car tu le fais déjà pour moi, mon frère.*

Léa Novels

REGARD D'ACIER
TOME II

NIDAROS

LTLAND

NOREGI

UPPSALA

KATTEGAT

SVÍARÍKI

AROS

JUTLAND

JOMSBORG

SAXLAND

NOREGI

REGARD D'ACIER

SVIARIKI

KATTEGAT

VIBORG

JUTLAND
AROS

LALANG

RIBE

HEDEBY

JOMSBORG

SAXLAND

REGARD D'ACIER

TOME 2 - PARTIE 1

LEA NOVELS

PROLOGUE

« Quand le voile des mensonges se lève, le véritable combat commence. »

Quand tu as découvert ton passé, tu as décidé de lui tourner le dos. Bien trop de morts à déplorer, de souffrance et d'espoirs brisés.

Tu as trouvé un nouveau refuge, une seconde famille et l'amour inconditionnel d'une épouse. Mais le destin te les a repris, car l'heure du repos n'est pas encore venue.

Je me tenais à tes côtés lorsque vous vous êtes affrontés. Parce qu'il a triché, tu as perdu. Ce n'était pas une simple défaite. Cette fois-ci, tu ne te relèves pas. Tu n'y parviens pas. Et je commence à craindre que ton âme ne s'avoue définitivement vaincue.

Je t'en prie, mon héros, ouvre les yeux ! Reste avec moi ! Ne m'abandonne pas ! Les dieux ont besoin de leur loup-guerrier !
Tu te figures que tu n'es plus rien sans elle. Mais moi, je n'existerai bientôt plus sans toi.

Bats-toi pour nous, pour ton peuple et pour ma déesse. Parce que nous croyons tous en toi.

Asulf, tu es le seul à pouvoir y mettre un terme.

Je me tiendrai dans le creux de ta main quand tout ceci prendra fin. Et quoi qu'il arrive, je te le promets, nous nous vengerons…

PETRA ET ASULF

CHAPITRE 1

PERTE DE REPÈRES

❋ ÞORRI / FÉVRIER ❋

ASULF

Le cliquetis d'un cadenas que l'on déverrouille me sort de ma torpeur. Je relève lentement la tête et ouvre mes paupières pour observer ce qui m'entoure. Plongé dans le noir, je ne distingue rien. Des relents de soufre et d'excréments me piquent les narines et la gorge. Quelle horreur !

Une chaleur accablante m'enveloppe, si bien que j'en ai ôté ma chemise. Je meurs de soif. J'espère que la personne qui est sur le point d'entrer apporte de l'eau.

Un bruit de métal qui coulisse s'ensuit, puis une porte qui s'ouvre. Assis à même le sol, je tente de me redresser, mais je suis à bout de forces. J'ai la tête qui tourne et je me sens bien trop mal pour bouger. Je grogne et retombe lourdement contre le mur sur lequel mon dos était appuyé l'instant d'avant.

Des pas légers claquent sur la pierre. Leur son se rapproche, et avec eux, un peu de lumière. J'ouvre à nouveau les yeux et suis immédiatement incommodé par la flamme d'une lampe à huile qui avance et dont le métal grince.

Mes paupières clignent plusieurs fois et ma perception s'ajuste, jusqu'à entrevoir ce qui m'entoure. La pièce est sombre, il y traîne des caisses en bois et des chaînes rouillées dont je préfèrerais éviter

CHAPITRE 1

qu'elles m'entravent. Au-dessus de moi, une trappe laisse passer un peu l'air. Et en face, la porte qui se referme violemment derrière ma visiteuse et la fait sursauter.

La jeune femme a de longs cheveux blonds comme les blés relâchés sur ses épaules. Elle s'avance en tenant la lampe, un pichet, un gobelet et une assiette. Elle s'accroupit calmement face à moi et dépose ce qu'elle apporte. Elle ne semble guère rassurée. Vient-elle souvent ?

J'entreprends d'étendre mes membres mais je grimace. Mon corps est faible et douloureux.

— Doucement, Asulf, murmure-t-elle. Je vais t'aider.
— Hum, grogné-je en signe de reconnaissance.

Elle se saisit de mon mollet, décolle mon talon et allonge lentement ma jambe. Elle réitère son geste avec précaution.

— Je t'ai apporté de l'eau. Il faut que tu boives. Markvart a dit que cela accélèrera ton rétablissement.
— Pourquoi... j'ai... si... mal... ?
— Tu ne te souviens de rien ?
— Non.

Inquiète, elle me scrute et touche mon front.

— Tu es brûlant. Je vais demander au guérisseur de te préparer quelque chose pour faire baisser ta fièvre.

Elle s'apprête à se relever, mais je lui attrape mollement le poignet, l'interrompant dans son élan.

— Dis-moi... pourquoi...

Elle reprend sa position à genoux face à moi et verse un liquide nauséabond dans le verre. Je grimace et détourne la tête.

— Je sais. Il m'a prévenu que tu réagirais ainsi. Mais il a insisté pour que tu boives tout le pichet. D'après lui, demain tu te sentiras mieux.

Je la toise avec suspicion. Mon corps réclame ce liquide, quel qu'il soit, alors que mon esprit m'enjoint à la prudence. Quant à mon cœur, il m'intime de faire confiance à la jeune femme qui m'observe.

D'un léger mouvement du menton, je lui signifie mon accord.

Délicatement, elle relève ma tête et dépose le verre contre ma bouche. J'entrouvre les lèvres et laisse passer le breuvage infâme.

Je déglutis à plusieurs reprises et déjà la décoction n'est plus si dégoûtante. Je bois jusqu'à la dernière goutte alors qu'elle me raconte comment je me suis retrouvé dans cet état :

— Après trois ans d'absence, tu es revenu à AROS, escorté par des guerriers VIKINGS de chez nous. Tu as réclamé une audience auprès du Conseil pour t'expliquer sur ton départ. Tu as été publiquement entendu de tous, puis Harald a souhaité t'affronter en duel pour régler votre affaire. Tu t'es bien battu mais tu as perdu. Personne ne pouvait gagner face à la magie que les dieux ont déléguée à notre roi.

— La magie… Interdite…

— En effet. Ils lui ont exceptionnellement accordé leurs faveurs.

— Non…

Je me débats alors que le souvenir du combat me submerge. Et je me remémore tout. Markvart le sorcier a instruit Harald. Ce dernier est devenu puissant et ses sortilèges m'ont mis à mal, l'un après l'autre. Je me rappelle m'être pétrifié de l'intérieur et avoir trépassé. J'ai rencontré FREYA entre deux mondes. Elle m'a appris que mon oncle avait pactisé avec SURT, que je devais l'arrêter. Elle m'a expliqué comment le vaincre, mais je n'en ai pas eu l'occasion. À peine revenu d'entre les morts, Markvart m'a fait avaler un breuvage pour m'endormir et je…

La jeune femme me tend à nouveau le verre rempli. Je le repousse violemment le plus loin possible de moi. Il vole et elle le rattrape de justesse alors que le liquide s'échoue sur le sol en pierres.

— Non… je ne… boirai pas… Markvart…

— Tu dois t'abreuver, insiste-t-elle, paniquée. Je… je te laisserai le pichet d'eau après mon départ. Il a dit…

— Il a… voulu… me tuer…

— Je sais, je l'ai pensé durant un temps, bredouille-t-elle. J'étais dans la foule. Tout AROS a cru que tu avais succombé. Mais tu es bel et bien là.

CHAPITRE 1

Elle pose sa paume sur ma joue barbue.

— Peux-tu sentir ma main ? Tu es mal en point, certes, mais vivant.

Je soupire lourdement. Elle a raison, je peux ressentir sa chaleur à travers mes poils hirsutes. Je ne suis pas encore mort.

Je frappe l'arrière de ma tête contre le mur qui me soutient et grogne de douleur. Je n'ai jamais été dans un état aussi pitoyable, même dans mes pires beuveries de jeune homme, avec mon ami Björn.

Une vague de nostalgie m'enserre le cœur alors que je pense à lui. Après la bataille de JOMSBORG, durant laquelle nous avons perdu Karl, je lui ai demandé de mettre Eldrid et Lyra à l'abri. Je devais vaincre ma pourriture d'oncle et les rejoindre sur les ÎLES FØROYAR. Mais j'ai échoué, et je me retrouve prisonnier dans cette geôle infâme.

Je réalise alors que si je ne suis pas déjà mort, je le serai prochainement. Que je ne reverrai plus Lyra, ma femme adorée. Je ne pourrai plus admirer son sourire, l'entendre rire, tenter de la battre à la course à pied ou l'étreindre à la belle étoile des nuits durant.

Pardonne-moi, mon amour.

Adieu, mon rêve de fonder une famille avec elle. Nous n'avions jamais vraiment évoqué ce futur. Nous vivions dans l'instant présent et je chérissais cela. Maintenant, je regrette de ne pas l'avoir écoutée. J'aurais dû disparaître avec eux et laisser les dieux régler son compte à Harald. Sa soif de pouvoir nous perdra tous.

Pourquoi ai-je été impliqué dans ce conflit ? Je n'ai jamais brigué le trône. Je n'aspirais alors qu'à une vie tranquille. Une existence où le *Regard d'acier* serait définitivement mort. Une réalité où je serais devenu père.

Je regrette d'avoir joué les héros. Pour sauver quoi, au juste ? Des territoires et un titre que je ne veux pas ? Un peuple qui ne croit même pas en moi ?

Il ne me reste plus rien, à l'exception de l'espoir. Je prie les dieux pour que mes amis et mon épouse soient sains et saufs, loin de tout ce merdier.

Je me concentre sur la jeune femme face à moi. Elle semble inquiète et elle m'observe en attendant une réaction de ma part.

Je m'éclaircis la gorge et constate que je vais déjà mieux. Je pose mes mains au sol et prends appui dessus pour me redresser. Elle a raison, mes forces reviennent.

— Encore… s'il te plaît…

Elle approuve d'un hochement de tête et remplit à nouveau le verre qu'elle me tend. Je m'en saisis et bois ce remède en quelques lampées.

Une autre rasade plus tard, je peux m'exprimer normalement :

— Comment t'appelles-tu ?

— Petra.

— Je te remercie Petra. Je suis Asulf.

— Je sais qui tu es. Holda ne tarissait pas d'éloges sur toi.

Je me redresse vivement tandis que ma tête tourne. Se pourrait-il que j'aie des hallucinations ? Je tente de me focaliser sur ses précédentes paroles.

— Qui es-tu ? Et d'où connais-tu ce nom ?

— Je suis une THRALL, tout comme elle l'a été. Aujourd'hui au service de Harald après trois ans auprès de Baldwin. J'ai succédé à Holda dans ces deux LANGHÚS. Elle et moi étions amies avant que… Enfin, tu sais.

Elle baisse la tête tandis que des larmes dévalent ses joues. Je les essuie avec compassion avant qu'elles ne remuent de sombres souvenirs qui me hantent et pourraient entraîner les miennes.

Mon destin maudit a eu des répercussions sur beaucoup trop de monde. Tous ceux qui m'ont côtoyé sont morts ou en fuite. Et je ne peux pas lui imposer cela.

— Éloigne-toi de moi, Petra, ou tu périras comme les autres.

Elle pose une main sur mon bras en signe de confiance.

— Je sais que tu ne me feras aucun mal. Par conséquent, je reste, m'oppose-t-elle.

Je soupire d'exaspération.

CHAPITRE 1

— Tu te fourvoies. Je suis pire qu'une VALKYRIE, je prélève les âmes. Mais pas pour ODIN. Pour HEL. Alors, garde tes distances.

— Ma vie n'est qu'un lointain souvenir, lorsque j'étais encore au service de Baldwin. Depuis que j'ai été transmise à Harald, je suis morte à l'intérieur.

Je me fige et la détaille. Ses longs cheveux blonds, sa silhouette élancée, son air juvénile. Elle transpire la bonté. Tout en elle me rappelle Holda. Et je comprends alors ses mots. Elle la remplace. Elle endure le même calvaire. À en juger par son expression apeurée, elle aussi doit subir les viols répétés de mon oncle.

Je serre mes poings tandis que ma rage gronde.

— Je t'en prie, ne me congédie pas, sanglote-t-elle. Qui sait ce qu'il me fera ?

Bordel !

Un grognement sourd s'échappe de ma gorge alors que je ferme les yeux. Petra a besoin de mon aide, je ne peux pas la laisser tomber. J'ai failli avec Holda et cela lui a coûté la vie. Je ne réitérerai pas mes erreurs avec cette innocente qui me fait face.

J'ouvre mes paupières et la fixe. Son air craintif et ses traits tirés me fendent le cœur. Comme ma première fiancée avant elle.

— Je te promets que nous sortirons d'ici vivants et que nous partirons loin. Je ne te laisserai pas tomber Petra.

Elle se jette alors dans mes bras et me remercie. Tandis que je la serre contre moi, je lui embrasse affectueusement la tête et murmure :

— Pour toi, Holda.

❋ ÞORRI / FÉVRIER ❋

CINQ ANS PLUS TARD

ASULF

Je me réveille en sursaut, empreint d'un sentiment étrange. Mes mains baignent dans une flaque d'eau. Mon rêve est nébuleux, mais je me rappelle avoir imaginé un petit garçon prénommé Geri. Il cherchait sa chèvre et pensait que j'étais son père. Surprenant ce que l'esprit est capable d'inventer en songes. Alors qu'il refuse de me livrer mes souvenirs dans le monde réel. Comme s'ils m'avaient été dérobés. Je m'efforce de les rassembler, sans jamais y parvenir.

Tout ce que je sais est que je me nomme Asulf…
Malheureusement, je ne me remémore rien d'autre.
Je ne me rappelle pas qui j'étais avant d'être prisonnier de cette pièce lugubre. De par ma carrure, ma force et les cals sur mes paumes, je pourrais être un forgeron.
Pourtant, mon esprit est affûté. Il a déjà analysé de quoi cette cellule est composée, quelles en sont les issues et si j'ai une chance de m'extraire d'ici. Et j'en déduis que je suis davantage qu'un simple artisan de l'acier.

Je grimace alors que j'entends le métal coulisser, puis un grincement. La porte s'ouvre sur une jeune femme blonde portant une lampe à huile et un plateau. Son visage triste m'interpelle. J'ai la sensation qu'elle m'est familière.
— Bonjour Asulf, dit-elle, froidement.
— Bonjour. Nous sommes-nous rencontrés auparavant ?
Elle soupire, dépitée.
— Comment te nommes-tu ?
— Peu importe. D'ici mon prochain passage, tu m'auras oubliée.
— Que veux-tu dire ?
Exaspérée, ses yeux roulent en direction du plafond.
— Que nous avons déjà eu cette conversation trois fois cette semaine. Je te rappelle tout ce dont tu ne te souviens pas. Tu me promets de me sortir de là. Et à ma visite suivante, tu as de nouveau perdu la mémoire. Alors, excuse-moi, mais je n'ai plus envie de parler.
Son ton froid est sans appel. Elle quitte rapidement la pièce, me

CHAPITRE 1

laissant un quignon de pain et de l'eau. Je mange, me désaltère et m'endors, perplexe.

LE LENDEMAIN

ASULF

J'émerge de mes songes. J'ai rêvé d'un jeune garçon. Il a cinq ans et se nomme Geri. Il me dit que nous nous sommes rencontrés hier, mais je n'en ai gardé aucun souvenir.

Alors il m'a raconté notre conversation de la veille.

Bien qu'étrange, sa présence m'apaise. Je me sens moins seul pour affronter les ténèbres qui m'entourent.

TROIS JOURS PLUS TARD

ASULF

Le petit Geri m'est apparu en songes. Il me parle de choses dont nous nous serions entretenus mais dont je ne garde aucun souvenir. D'ailleurs, pourquoi est-ce que je ne me rappelle de rien en dehors de ces murs ? Que m'arrive-t-il ? Qu'était ma vie avant tout cela ?

Hier, je lui ai dit qu'à part lui et une jeune femme blonde, je ne côtoyais personne. Aujourd'hui, je lui demanderai son nom et le communiquerai à Geri.

Ce petit a de la mémoire et veut m'aider à ne pas sombrer. Il pense que je pourrais être son père ; or je sais que je n'ai pas d'enfant. Ou peut-être en ai-je et les ai-je oubliés ? À ma connaissance, je n'ai même pas de femme. Ou peut-être bien que si ? La raison m'échappe. Cependant, si cela peut lui faire plaisir, je me comporte comme tel. En espérant que je sois capable de le guider sur le bon chemin.

Je frustre de vivre dans ce brouillard permanent. De devoir me reposer sur un enfant imaginaire pour ne pas oublier le peu qu'il me reste.

❊ GÓA / MARS ❊

ASULF

Geri est ma lumière dans l'obscurité. Cet enfant, sorti de nulle part, m'aide à me souvenir de ce que j'oublie. Ou que je crois omettre. Car peut-être est-il simplement le fruit de mon imagination.

La jeune femme blonde me rend visite tous les jours. Elle me nourrit, m'abreuve, vide mon seau à chaque passage et rafraîchit ma paillasse. Elle est discrète et garde ses distances. Mais elle semble heureuse que je connaisse son prénom. Je devrais surtout remercier le gamin, qui, lui, sait qu'elle s'appelle Petra. Il me le souffle à l'oreille.

J'ai compris que Geri a un rapport particulier avec l'eau. Nous parvenons à communiquer lorsque je touche une flaque d'eau qui jonche le sol de ma cellule. Alors, tous les jours, je m'assois dedans et je l'attends impatiemment.

Il ne me parle jamais de sa famille. Juste de lui. Il m'a confié que c'est pour les protéger. J'aime sa maturité, alors qu'il est encore si jeune. Cela m'est en quelque sorte familier. Nous bavardons et nous épaulons mutuellement. Puis il va se coucher et je retourne à l'oubli dans ma sombre prison, seul.

❊ MÖRSUGUR / JANVIER ❊

DIX ANS PLUS TARD

CHAPITRE 1

ASULF

Geri a bien grandi, c'est à présent un adolescent. Il est demeuré mon confident et ma mémoire, car je ne me souviens jamais de ce qui s'est passé la veille. Par chance, je m'habitue à nos échanges quotidiens et ne l'ai pas oublié. Patiemment, il me raconte le plus important.

Mais ce soir, il est morose. Alors je l'écoute me livrer ce qu'il a sur le cœur : la fille dont il est amoureux est avec un autre. Sa peine me touche comme si je la vivais. Ai-je déjà ressenti cela ? Je ne sais rien d'elle, excepté que son surnom est FŒTR KALDIR, qui signifie « *pieds froids* ». Je tente de le convaincre qu'elle finira par s'apercevoir qu'il est quelqu'un de bien. Qu'au moment où cela arrivera, il connaîtra un immense bonheur. Et que, si j'avais eu un fils, j'aurais voulu que ce soit lui. Mes mots nous ont tous deux touchés plus que je ne l'aurais cru. Ma gorge s'assèche quand je pense à ce qu'il endure.

D'après lui, je suis enfermé ici depuis quinze ans, et c'est sûrement dans ces conditions que je finirai ma vie. Je n'aurai jamais ni femme ni enfants. Je n'ai que les ténèbres. Depuis toujours. Pour toujours. Sa lumière est tout ce qui m'empêche de sombrer dans le néant. Même s'il n'est que le fruit de mon imagination, je m'accroche à lui de toutes mes forces. Il me garde en vie.

UNE SEMAINE PLUS TARD

ASULF

Geri vient de s'excuser de ne pas avoir été présent ces derniers jours. La vérité c'est que je n'ai pas ressenti son absence. J'ai beaucoup dormi, car j'étais épuisé.

Il m'a dit qu'à VIK, là où il vit, la nature est plus rude qu'ailleurs. Il me décrit en détail les magnifiques paysages de sa contrée, la *Terre de glace*, qu'il parcourt au quotidien. Des plages de sable noir et fin. Des cascades majestueuses, certaines sur plusieurs niveaux, sous lesquelles il a plaisir à se baigner. Ces dernières gèlent en hiver, mais le courant est si puissant que l'eau continue de couler fort. Des prairies verdoyantes à perte de vue où il aime courir. Tout à l'air si différent de ce que j'ai connu, que j'en viens à me demander s'il y a une part de réalité là-dessous, si je n'ai pas tout inventé.

Mais tout cela a été menacé par la montagne de feu qui s'est réveillée. Quand il m'a conté son récit, j'en ai eu la chair de poule. Mon cœur s'est mis à battre furieusement. J'ai alors compris qu'il aurait pu disparaître, et cela, je ne peux m'y résoudre. Peu importe qu'il soit réel ou non. À ce moment-là, j'ai senti que si je le perdais, je perdrais mon âme.

Geri m'a promis que REYKJAVIK, son nouveau lieu de résidence était paisible. Il m'a même parlé de sources naturelles d'eaux chaudes à proximité. Je ferme les yeux en repensant à tout ce qu'il m'a décrit. Son pays me fait voyager, alors que mon corps est prisonnier ici. J'aimerais tellement le visiter.

Un jour, peut-être.

LE LENDEMAIN

ASULF

Je me réveille en suffoquant, le corps et la tête meurtris. Je suis hanté par ce cauchemar où je livrais mes proches à mon pire ennemi. Celui-ci s'est infiltré dans mon esprit pour en retirer ce qui l'intéressait. Un nom et une localisation me reviennent en tête mais je ne suis sûr de rien, tout est confus. Björn. ÎLES FØROYAR.

Je suis encore dans cette cellule. Seul.

CHAPITRE 1

Petra entre avec un plateau chargé de victuailles. Elle m'avise que son calvaire auprès de Harald est terminé. Je suis ravi pour elle, mais tellement honteux de ne pas avoir pu l'aider durant toutes ces années ! Frustré aussi, de la voir s'en aller alors que je suis toujours coincé.

— Pardonne-moi de saisir ma chance et de te laisser ici.

— Tu n'as rien à te reprocher. C'est moi qui devrais m'excuser de ne pas t'avoir protégée. De ne pas avoir su te délivrer.

Elle s'approche et je l'enserre avec force, conscient que c'est la dernière fois que je la vois.

— Où vas-tu aller ?

— Aucune idée. Mais je veux fuir aussi loin que possible d'ici. Peut-être les ÎLES FØROYAR.

Une atroce douleur s'empare soudainement de ma tête. Je ferme les yeux et grogne, tandis que me parvient ce qui semble être un souvenir, ou une autre hallucination.

Je vois un jeune guerrier blond qui me dit veiller sur moi comme si j'étais son petit frère. Il me confie qu'un jour, nous quitterons ces terres et ces vies que nous détestons tant. Il a entendu parler des ÎLES FØROYAR par des combattants de son père, de retour d'expédition. Ce point est le plus éloigné que des VIKINGS aient découvert. Il pense que cet ailleurs, loin de tout, serait idéal pour y bâtir un monde à notre image. Mon cœur tambourine fort alors que j'approuve son idée. Nous scellons notre pacte d'une poignée de main ferme, en espérant que ce moment arrivera bientôt.

Le songe s'estompe en même temps que la douleur qui comprimait ma tête. Je suis à nouveau face à Petra qui m'observe.

— Je... tu devrais y aller. Et quand tu y accosteras, mets-toi en quête d'un dénommé Bjӧrn. Nous étions amis, il fût un temps. Dis-lui que tu viens de ma part et tu seras sous sa protection.

— Comment te souviens-tu de cette information ? s'enquiert-elle.

— Ta mention des ÎLES FØROYAR a déclenché quelque chose. C'est confus, mais j'ai l'étrange sensation que tu seras en sécurité auprès de lui.

— Je te remercie. Je vais suivre ton conseil. Mais comment saura-t-il qu'il peut me faire confiance ?

Je me penche à son oreille et lui murmure :

— Voilà ce que tu lui transmettras de ma part.

LE JOUR SUIVANT

ASULF

Le départ de Petra m'a brisé le cœur. Elle représentait mon seul lien avec le monde extérieur. Je veux dire, le monde réel. Je n'ai jamais pu déterminer si le gamin de mes songes existe vraiment. D'ailleurs, là où il vit est si incroyable que je l'ai sûrement rêvé. Néanmoins, lui confier mes peines m'aide à ne pas sombrer. Je lui explique avoir envoyé la THRALL auprès de mon ami qui la gardera en sécurité. Peut-être reviendront-ils pour me libérer ?

La porte s'ouvre de nouveau ; les battements sous mes côtes s'emballent. Un homme entre, vêtu d'un simple pantalon comme si nous étions en plein SUMAR. D'une démarche triomphante, il s'avance vers moi, dépose entre nous l'habituel plateau de Petra et s'accroupit pour être à ma hauteur.

Son regard me transperce, mais pas autant que les mots qu'il prononce :

— Bonjour, fils. Toi et moi devons parler.

Note de l'auteur : VIKINGS : groupe de guerriers et de marins appartenant à certains peuples originaires de Scandinavie, dans le nord de l'Europe. Ils sont devenus connus pour leurs voyages d'exploration maritime et pour leurs raids et pillages

CHAPITRE 1

dans une grande partie de l'Europe, entre les IXe et XIe siècles. Ces redoutables guerriers ont laissé une empreinte durable dans l'histoire grâce à leurs exploits maritimes et leurs conquêtes.

Note de l'auteur : Les VIKINGS possédaient des lampes à huile et savaient créer du verre. Plus de détails à la fin du roman.

Note de l'auteur : Les VIKINGS comptaient en mois lunaires. Donc une lune désigne un mois.
VETR : L'hiver démarre le 11 octobre et ce premier jour s'appelle VETRABLÓT.
SUMAR : L'été démarre le 19 avril et ce premier jour s'appelle SIGRBLÓT.

Note de l'auteur : LANGHÚS : maison VIKING d'environ vingt mètres de long, souvent composée d'une pièce où des couchages entourent un foyer central.
Pour les besoins du récit, leur habitation comportait plusieurs chambres, afin de permettre de l'intimité entre certains protagonistes.

Note de l'auteur : THRALL : Esclave. Il fait partie de la plus basse strate de la société, et n'a aucun statut juridique. Il est principalement utilisé dans les travaux pénibles. À la mort de son maître, il est souvent sacrifié avec lui pour l'accompagner et le servir dans l'au-delà.

Note de l'auteur : VALKYRIE : Divinité mineure, représentée comme une guerrière ailée et armée, chargée de guider les guerriers morts sur le champ de bataille vers le VALHALLA. Elles sont au nombre de vingt-neuf et possèdent le pouvoir d'invisibilité. Elles servent aussi dans le VALHALLA en versant de l'hydromel à l'intention des EINHERJAR et en organisant des festins. Elles répondaient autant à la déesse FREYA qu'à ODIN.

Note de l'auteur : VIK : signifie « la baie ». Ville la plus au Sud de l'ISLANDE, elle est entourée de falaises, et est à proximité d'une plage de sable noir, d'un glacier et d'un volcan. Le village est exposé aux risques d'éruptions volcaniques et aux torrents d'eau fondue.

Note de l'auteur : REYKJAVIK : signifie « la baie des fumées », due aux nombreuses sources chaudes qui se trouvent dans la région et qui produisent des vapeurs. Capitale de l'ISLANDE, elle est la ville la plus septentrionale du monde.

CHAPITRE 2

À MOI

❄ MÖRSUGUR / JANVIER ❄

AU MÊME MOMENT

HARALD

Assis sur mon trône, dans le SKALI que j'occupe depuis presque vingt ans, je souris. La chance est enfin de mon côté, alors je profite du fruit de mes efforts depuis cette position confortable.

Je claque des doigts et fais apparaître une flamme rougeoyante. Elle est moins intense qu'il y a quelques années. C'est comme si je m'essoufflais avec le temps. Hypnotisé par les ondulations dans ma paume, je repense au passé et à tout ce chemin que j'ai parcouru.

Une enfance et une adolescence de maltraitance m'ont donné la rage et la résistance qui ont fait de moi un valeureux guerrier VIKING. Je me suis hissé seul jusqu'à cette place que j'estime mériter. Celle depuis laquelle tous m'admirent et me craignent. En chemin, j'ai occis la totalité de ceux qui m'avaient entravé d'une manière ou d'une autre et forcé les autres à ravaler leurs paroles méprisantes.

Il y a presque vingt ans, Asulf a eu l'opportunité de monter sur le trône. Je pensais le conseiller dans l'ombre, comme je l'avais fait avec Thorbjörn, son prédécesseur.

Mais mon passé nous a rattrapés et tout a basculé.

CHAPITRE 2

Celui que j'ai présenté à tous comme mon fils est en réalité mon neveu. Et je gage que les deux visiteurs qu'il a rencontrés le soir de sa victoire lui ont révélé les meurtres de sa famille et de Holda. Car le lendemain matin, Asulf s'était volatilisé, abandonnant derrière lui tout ce que j'avais mis tant de temps et d'ardeur à construire.

Néanmoins, son départ m'a permis de devenir le Régent du royaume du JUTLAND, dans l'attente de son retour. Position que j'ai rapidement assise, en éliminant la lignée de notre ancien roi. Pour me couvrir, j'ai accusé son plus jeune fils, Björn, qui a prit la fuite. Plus rien ne m'empêchait d'être le souverain incontesté de cette terre sur laquelle je suis né.

Plus de trois ans se sont écoulés sans que personne ne croise ni Asulf ni Björn. Mes hommes ont ratissé tout le JUTLAND, sans succès. Jusqu'à ce qu'un mercenaire m'annonce que les deux compères étaient à JOMSBORG. J'ai envoyé mes trente meilleurs guerriers pour les ramener et seul Almut en est revenu. Bredouille, qui plus est.

Quelques semaines plus tard, Asulf faisait une entrée triomphale dans AROS, succédé par Amalrik et Baldwin, deux traîtres de plus. Mais toujours aucune trace de Björn.
Mon neveu est rentré pour réclamer justice et me destituer, prenant à témoin le peuple et le Conseil. J'ai coupé court à ses accusations en proposant un duel. Aidé de ma magie, j'ai gagné et, aux yeux de tous, je l'ai fait passer pour mort.
Sa défaite était une mascarade improvisée, un exemple pour tous ceux qui oseraient se dresser contre moi. Je n'aurai aucune pitié. Jamais. Pas même pour ceux qui ont un jour compté. Ni pour Baldwin. Ni pour Amalrik. Enfermés et torturés, ces derniers ont croupi telles des bêtes durant sept ans pour mon ancien meilleur ami, et à peine un an pour le vieil ours.

J'oriente ma paume vers le bas et fais danser la flamme telle une pièce de monnaie qui dégringole d'un doigt à l'autre.

Quant à Asulf, la tâche a été ardue parce qu'il refusait d'obtempérer. Mais puisqu'il était censé avoir péri de ma main, j'ai aisément pu le cacher sous le SKALI, à l'abri des regards indiscrets.

Quinze longues années… Le temps d'obtenir ce que je souhaitais.

Pourquoi ?

Parce que je veux la tête de Björn, pour en finir avec sa lignée et les dissidents. Tant qu'il vit, il symbolise l'espoir pour mes opposants qui n'aspirent qu'à me contrer. Sa légitimité à réclamer le trône est une menace sur mon règne. Par sa seule existence subsiste le risque pour que tout ce que j'ai bâti de mes mains soit réduit à néant.

Son ascendance.

Son aptitude à combattre.

L'affection du peuple.

Tout cela met en péril mon autorité. Il me faut en finir.

Pendant mon duel contre Asulf, j'ai découvert que l'épée abrite bien plus qu'un simple démon. Une VALKYRIE est également prisonnière de sa lame. Information que SURT m'a soigneusement dissimulée. Elle est bien plus précieuse qu'il n'y paraît et je compte en tirer le meilleur parti.

Plus j'y pense, plus je suis persuadé que le seigneur de MUSPELHEIM me manipule et n'honorera pas notre accord. Il s'imagine sûrement se débarrasser de moi, une fois les portails ouverts entre les neuf royaumes. Il ne lui resterait plus qu'à s'emparer de l'épée du *Regard d'acier* pour vaincre les ASES.

Comme c'est poétique !

Nourrie par une âme furieuse assoiffée de sang, elle lui permettrait de régner sur tous les mondes connus.

Si tel est le cas, cette lame est l'arme ultime. Elle pourrait me protéger des dieux, ou de toute autre créature. Je pourrais conquérir le trône d'ODIN et devenir un souverain incontesté ; le nouveau *Père de Tout*. Mais c'est jouer avec le feu que de détenir un tel objet, si

CHAPITRE 2

désireux et capable de me détruire.

Markvart et moi avons tenté de trouver comment renvoyer le démon d'où il vient. Le sorcier n'a qu'un objectif en tête : venger sa sœur. Or, de ceux qui ont souillé son aînée, je suis le dernier en vie. C'est là que nos intérêts divergent. Si Markvart l'apprend, je ne donne pas cher de ma peau. Sa connaissance de la magie dépasse la mienne, même si je bénéficie des pouvoirs de SURT. Par conséquent, je l'empêche de progresser autant que possible.

Et parce qu'Asulf est le seul capable d'utiliser la puissance de l'épée. Elle lui appartient corps et âme, si je puis dire. Hors de sa main, elle s'appesantit et devient impossible à manier.

J'ai dû user de ruse pour m'en emparer. Elle me résistait. Pire, elle s'illuminait et me vidait de mes capacités. Empoignée à peine quelques secondes, et je m'affaiblissais autant qu'un vieillard aux portes de sa mort.

Rigborg m'a donné une vision dans laquelle le démon et la VALKYRIE s'alliaient contre moi. Je les sentais aspirer ma vie et il me fallait de plus en plus de temps pour me régénérer. Jusqu'à des lunes entières.

Voilà pourquoi j'ai besoin d'Asulf vivant. Il doit canaliser cette énergie à mon profit et devenir mon protecteur. Je dois briser ce qu'il a été pour l'asservir. En attendant qu'il capitule, je le maintiens prisonnier.

Les premières années de sa captivité, j'ai tenté la persuasion par la manière forte et je l'ai torturé physiquement. J'ai usé de fouets que je claquais inlassablement sur son dos et dont le son résonnait agréablement à mes oreilles. Mon neveu serrait les dents, aucun bruit ne passait ses lèvres, me privant d'une immense satisfaction. J'ai donc fini par me détourner de l'exercice.

Je l'ai poignardé et écartelé. Mais sa volonté était telle qu'il n'a pas plié un seul instant. Pire, quand il agonisait et que je lui mettais son épée en main, celle-ci lui transmettait l'énergie nécessaire pour le régénérer. Ses blessures disparaissaient sans laisser la moindre cicatrice. Elle le rendait également plus fort alors je devais la lui retirer rapidement, sans quoi il aurait réussi à s'échapper.

Il m'aura fallu cinq ans pour briser ses défenses et m'infiltrer dans ses failles. J'ai alors opté pour un sort d'amnésie, que j'utilise toujours sur lui. Beaucoup moins risqué. Dix ans qu'Asulf ne conserve donc aucun souvenir de nos entrevues quotidiennes, parce que je les efface. Cela vaut mieux, car personne ne peut endurer de telles souffrances sans perdre la tête. Et sans cela, il me serait impossible d'obtenir un jour sa coopération.

Autant de temps que j'essaie d'atteindre les tréfonds de son esprit, espérant qu'il accepte de redevenir mon champion. Malgré mes efforts, il s'y est toujours refusé.

Par ailleurs, il s'obstine à retenir toute information qui m'aiderait à débusquer Björn.

Et je fulmine, car mes hommes le cherchent encore.

La traque de l'ultime héritier est une impasse. Elle l'était, tout du moins. Après quinze longues années de persuasion et de tortures, Asulf m'a enfin révélé où Björn se cache. Rien ne me garantit qu'il y soit toujours, toutefois je me dois d'y envoyer un DRAKKAR pour vérifier.

Petra sera du voyage. Cette blonde plantureuse, qui me rappelle Holda d'une certaine manière, a été à mon service ces quinze dernières années en tant que THRALL. Elle n'est plus vraiment de toute fraîcheur et je devrais penser à la remplacer par une autre plus jeune qui se confondra mieux avec l'originale.

C'est justement pour sa ressemblance avec Holda que je l'ai envoyée s'occuper de mon neveu. En tant que confidente d'Asulf, elle ne m'a rien rapporté de probant. Mais elle s'est attachée à lui. Bien trop, à mon goût. Donc si je la libère de ses chaînes, il est probable qu'elle veuille l'aider une dernière fois. Et quel meilleur

CHAPITRE 2

service que de porter un message à ce cher Björn ?

Asulf semble ne pas pouvoir se passer d'elle. En ce qui la concerne, l'esprit du loup résiste à l'amnésie par je ne sais quel moyen. Elle est une lueur dans ses ténèbres. Si je l'en prive, cela me permettra d'entrer dans une nouvelle phase de persuasion.

Comme il serait aisé et jouissif d'accuser Björn de l'avoir tuée, alors qu'elle venait le quérir pour secourir Asulf.

Ou d'instiller dans son esprit que cet homme, supposé être son meilleur ami, culbute la rouquine, mais aussi la brune qui lui est chère ! Et que tous trois se moquent bien de son sort, puisqu'ils ne sont jamais revenus le chercher.

Je dois l'éloigner de Petra, qui est un ancrage trop fort. Livré à lui-même et privé de sommeil, Asulf sera vulnérable et intègrera lentement les informations que je lui distillerai.

Il finira par me rejoindre. Et ce jour-là, je ressusciterai le *Regard d'acier* aux yeux de tous. Je lui pardonnerai publiquement sa bravade et ferai de lui mon escorte personnelle.

Je souris de ma roublardise et referme brusquement ma main, étouffant la flamme qui y brûlait toujours.

Je me lève promptement du trône et me rends auprès de mon précieux atout. Il est temps de tester une approche différente. J'attrape de quoi le sustenter marche encore quelques mètres, déverrouille et passe la porte.

Je m'accroupis devant lui et pose mon offrande :

— Bonjour, fils. Toi et moi devons parler.

Note de l'auteur : SKALI : demeure du chef.

Note de l'auteur : SURT : ce géant est le seigneur de MUSPELHEIM, donc il garde les frontières qu'il arpente avec son épée à la main.

Note de l'auteur : VALKYRIE : immortelle qui ramasse l'âme de ceux qui ont péris valeureusement pour les emmener au VALHALLA.

Note de l'auteur : VALHALLA : Salle de banquet, située dans le royaume d'ASGARD. Elle est la dernière demeure des EINHERJAR en attendant le RAGNARÖK.

Note de l'auteur : ASES : divinités qui résident à Asgard, dont ODIN, surnommé le « *Père de Tout* ». Il est le roi des dieux, et souverain d'ASGARD.

Note de l'auteur : DRAKKAR : Navire à voile et à rames, souvent utilisés pour les raids, les pillages et les explorations des VIKINGS. Ils étaient souvent décorés de sculptures complexes, notamment de têtes de dragon ou de serpent, d'où leur nom qui signifiait « dragon ».

CHAPITRE 3

MAUVAISE RENCONTRE

❋ GÓA / MARS ❋

GERI

Adossé contre un tronc d'arbre, je soupire bruyamment en scrutant les environs, comme cela m'arrive de temps à autre. Cette surveillance était déjà contraignante durant les douces lunes de SUMAR, mais pendant celles de VETR, c'est une torture !

J'imite la voix et la posture assurée de mon jumeau :

— Est-ce que tu peux faire le guet pour nous, Geri ? Tu sais, pour que Karla et moi passions du bon temps ! Et si tu pouvais éloigner Thor s'il débarque, ce serait parfait. Merci, mon frère !

Je ponctue ma tirade grotesque de son fameux clin d'œil de connivence qui m'agace profondément dans ces moments-là. Lorsqu'il me gratifie d'une tape sur l'épaule tandis qu'il file étreindre ma belle.

Je voudrais m'énerver, mais je ne peux m'en prendre qu'à moi-même. J'ai accepté de les couvrir il y a plusieurs lunes de ça. Je pensais alors qu'après quelques câlins, ils se rendraient compte de leur erreur et que chacun partirait de son côté. Après tout, nous n'avons que seize ans et Leif n'est pas réputé pour se satisfaire d'une seule femme.

Mais ça, c'était omettre son caractère obstiné et celui, encore pire, de Thor. Le cadet de Karla a été nommé ainsi en référence au dieu du même nom et en hommage à son grand-père Thorbjörn. Ce petit

CHAPITRE 3

morveux nous suit partout dès qu'il le peut, et je ne serais pas étonné qu'il débarque à l'improviste. D'ailleurs, il le fait de plus en plus souvent. Quant à savoir si ce n'est pas aussi parce qu'il soupçonne la relation secrète entre Leif et Karla…

Une bourrasque ébouriffe mes cheveux. Une mèche brune retombe devant mes yeux bleus et mon nez rougi par la morsure glaciale. Il est temps que je les coupe.

Je souffle sur mes doigts engourdis et les bouge avec difficulté pour tenter de les réchauffer. Pas assez efficace.

Je me décolle de l'écorce sèche et sautille sur place comme un idiot afin d'accélérer la circulation de mon sang dans mes veines. Toujours insuffisant. J'ai l'impression qu'il fait plus froid ici qu'à VIK, lieu de notre résidence précédente. Nous l'avons quittée précipitamment l'année dernière, car la montagne s'est réveillée.

Je m'en souviens comme si c'était hier.

Nous sommes en pleine lune de GORMÁNUÐUR. *Malgré le froid, le temps devrait être beau et sec. Pourtant, une chape grise nous surplombe ce matin, à l'instar des jours précédents. Je décide de faire une pause : j'essuie mon front et me déleste quelques instants de ma hache. Le nez pointé vers le ciel, j'observe ces nuages cendrés. Ils ne laissent plus passer le soleil, si bien qu'il fait constamment sombre, même en plein jour. L'ambiance morose s'ajoute à l'air glacial qui nous englobe.*

De temps à autre, j'entends des grondements. Un coup d'œil à Thor m'apprend que lui aussi les a perçus, car il s'interrompt dans le rangement de mes découpes. Rien de bien rassurant.

D'un commun accord, nous rentrons nous réchauffer et nous désaltérer avant de poursuivre notre corvée. C'est alors que le sol tremble et ébranle la LANGHÚS. *Le bois des planches craque, le peu de mobilier que nous possédons vibre et nos verres se renversent sur la longue table. Nous déglutissons et sortons découvrir ce qui se passe.*

Toute notre famille nous rejoint rapidement devant la porte.

— Il semblerait que la montagne se soit mise à cracher du feu et des pierres, explique Björn. Je vais m'enquérir de ce que décident les colons, mais je ne pense pas qu'il soit prudent de rester ici. J'ai un mauvais pressentiment. Alors, préparez les traîneaux et chargez-les avec tout ce qui est vital et que vous pouvez emporter. Nous ignorons si nous pourrons revenir.

Je tente de demeurer calme alors que la panique s'empare de moi. Le danger et si réel que nous pourrions tout perdre ou mourir à tout moment. Mes yeux s'arriment à ceux de Karla. J'y décèle la même frayeur qui m'habite. Elle détourne soudainement le regard tandis que Björn passe devant elle pour gagner le village.

Notre petite tribu se coordonne et nous papillonnons en tous sens, les bras chargés tandis que nous regroupons ce qui nous sera nécessaire.

Durant un court instant, l'agitation ambiante se calme. Ils ont tous déserté la maison et je me retrouve seul avec Karla. Elle est nerveuse et les fourrures qu'elle transporte lui échappent. Je m'approche d'elle alors qu'elle tente de contenir ses tremblements.

Lorsque je l'étreins, elle sanglote contre mon torse.
— Tout se passera bien, je te le promets.
Elle serre ses bras autour de ma taille et enfouit son nez dans mon cou. Sa respiration proche refoule ma panique. Soudainement, je me sens bien alors qu'une catastrophe nous menace.
— Comment peux-tu en être sûr ? Cette montagne… elle…
Je m'écarte d'elle à contrecœur, son visage entre mes paumes. De mes pouces, j'essuie délicatement ses joues. Nos regards plongés l'un dans l'autre, j'espère calmer mon rythme cardiaque qui ne cesse d'accélérer, mais c'est tout le contraire qui se produit, car il semble s'affoler de plus belle.
— Rien ne nous séparera, Karla. Je le sens, murmuré-je en replaçant une mèche de cheveux bruns derrière son oreille.
Elle me sourit avant de prononcer quelques mots qui résonneront longtemps en moi :

CHAPITRE 3

— Les NORNES ont tissé un destin exceptionnel pour toi, Geri.
— T'ont-elles parlé ?
Elle ne dit rien et m'admire en silence :
— Moi aussi je ressens des choses que je ne contrôle pas, susurre-t-elle. Que je ne m'explique pas.
Je déglutis péniblement. Je me sens fiévreux et heureux.
— Je te vois tel que tu es, poursuit-elle. Je sais que tu es formidable. Celle à qui tu offriras ton cœur sera chanceuse.
Mon palpitant martèle puissamment dans ma poitrine. Je rêve de ce moment depuis si longtemps. Je m'apprête à lui dire ce que j'éprouve pour elle. À laisser éclater ma joie. À poser mes lèvres sur les siennes et à l'embrasser jusqu'à en perdre la raison. Mais nous sommes interrompus par Leif qui entre en trombe. Elle se détache de moi bien trop vite et je ressens un vide intense.
— Björn est revenu et nous sommes prêts à partir, annonce-t-il.
Karla recule en continuant de me faire face. Son visage est l'exact reflet du mien, empli de déception. Elle ramasse les peaux qu'elle avait fait tomber et se dirige vers la sortie, emboîtant le pas de mon frère. Quand elle franchit la porte, elle se retourne et me lance un « merci » silencieux. J'esquisse un léger sourire, mais au fond de moi, je suis dévasté. Lorsque le battant claque, je sais que j'ai laissé passer notre moment.

Nous quittons VIK et le village qui nous a vus naître, alors que j'ai doublement la vague à l'âme. Les soixante colons qui ont débarqué en ÍSLAND et leur centaine d'enfants cheminent avec nous. Nous nous dirigeons vers l'Est, puisque les pierres et les larmes rougeoyantes et brûlantes coulent vers le Sud et l'Ouest, détruisant tout sur leur passage. La neige sur le sol ne les refroidit même pas, elle fond instantanément à leur contact.
Nos parents n'ont rien connu d'aussi dévastateur et nous intiment de presser le pas. Il est vital que nous trouvions un abri sûr.

Nous longeons la côte pendant des semaines, sans jamais pouvoir nous éloigner du danger, car le relief nous maintient entre la mer et

la montagne de feu. Je porte presque toujours un gamin sur mes épaules ; ils sont nombreux et le trajet est interminable pour leurs petites jambes. L'air est parfois irrespirable et nous nous demandons si les dieux ne sont pas courroucés par quelques actions commises.

En dépit de cet exode forcé, nous découvrons des paysages magnifiques. À l'occasion, une gigantesque cascade qui continue de couler, alors que les alentours sont figés par le gel. D'énormes étendues de plaines enneigées que j'imagine verdoyantes durant la saison chaude. Des forêts brûlées, car elles ont reçu des gerbes de feu et se sont embrasées. Je songe à nos champs enfouis sous cette croûte dure, sur laquelle plus jamais rien ne poussera.
Il va nous falloir repartir de zéro. Tout reconstruire. Ailleurs.

Deux lunes plus tard, quand la montagne se calme, nous décidons d'une pause. Nous établissons un campement de fortune dans un endroit épargné par le tumulte et y découvrons une source d'eau chaude. De mémoire de VIKING, *personne n'a jamais connu cela. Certains ont peur que les émanations de soufre qu'elle dégage proviennent d'une magie sombre qui hante ces lieux.*
Pas impressionné, Leif m'enjoint à l'imiter. Sous les yeux outrés de tous, nous nous déshabillons et entrons prudemment dans l'eau pour leur prouver qu'ils ont tort.
Quelle sensation délicieuse !
Mes muscles endoloris se délassent et je soupire d'extase. Nous en concluons que les dieux miséricordieux nous font un présent et nous incitons les autres à nous rejoindre.
Ce site est de loin le plus accueillant que nous ayons rencontré. Les colons décident de le nommer REYKJAVIK, *« la baie des fumées », qui deviendra notre nouveau chez nous.*

Je quitte mon souvenir alors que je rêve de plonger sur l'instant dans cette source pour réchauffer mes membres transis de froid.

À quelques pas de moi, j'entends Karla gémir.

CHAPITRE 3

Pas encore, pitié !

Il y a quelque temps, nous sommes tombés par hasard sur cette cavité. Nos tourtereaux y ont installé leur petit nid douillet et reviennent y roucouler régulièrement, à mon grand regret.

Ils sont nus, batifolant près d'un feu que je perçois crépiter pendant que je me les gèle dehors, malgré une épaisse couche de vêtements. Je suis dépité et amer ; envieux et frustré.

Il faut que les choses changent !

Je sens une goutte fraîche s'écraser sur ma joue. Puis une seconde, suivie d'une multitude d'autres qui dégringolent dans un silence absolu. Je lève la tête et observe les cieux cotonneux à travers les branchages dégarnis. Au-dessus de nous, des nuages gris à perte de vue relâchent en nombre des flocons. J'en déduis qu'il va neiger très fort sous peu.

Nouveau râle d'excitation, cette fois de la part de Leif.
De rage, je frappe du pied dans le tas de bois que nous avons rassemblé et qui s'étale, comme les morceaux brisés de mon cœur. Ramasser de quoi nous chauffer, c'était cela, l'objectif de cet après-midi. *Tu parles !*
Encore des cris de plaisir et des bruits de peaux qui s'entrechoquent. C'en est trop pour moi.
— Prenez votre temps surtout ! Ne pensez pas au glaçon qui vous sert d'éclaireur !
Ils me répondent par un gémissement.
Bordel !
Que le gamin découvre leur secret, ça leur fera les pieds !
— Je vais faire un tour ! grogné-je à leur intention.
Pas d'objection de leur part, évidemment. Je ne suis même pas sûr qu'ils m'aient entendu, trop occupés à se câliner.

Je m'éloigne dans cette nature silencieuse, où je ne perçois rien d'autre que le bruit de mes pas. La neige crisse et s'affaisse sous mes bottes alors que je m'aventure dans les bois. Je m'enfonce jusqu'aux chevilles et ma progression se fait de plus en plus lente dans cette neige qui s'épaissit doucement.

Nouvelle bourrasque et cheveux en bataille, dans lesquels les flocons s'entremêlent. Je cache mes mains dans mes vêtements et rabats ma capuche sur ma tête. Néanmoins, le vent m'apporte une information intéressante quand j'entends des clapotis. Sans m'en apercevoir, je me suis dirigé vers un petit ruisseau toujours en activité. Je vais pouvoir m'y désaltérer et me changer les idées.

Ma joie est cependant de courte durée. Devant moi, je visualise une masse informe que je reconnais aussitôt. Sa respiration est lente alors que la mienne s'accélère. Son pelage blanc immaculé rappelle la couleur de la neige alentour. De la vapeur s'échappe de nos exhalations respectives. Par chance, l'ours polaire qui se tient à une dizaine de mètres me tourne le dos.

Repartir de là où je viens. À reculons, pour le garder à l'œil.
Éviter de marcher sur des branches pour qu'il ne me détecte pas.
Ne pas faire de gestes brusques s'il se retourne.
Et surtout : ne pas détaler comme un lapin ! Il sera, de toute façon, plus rapide que moi.

Un pas après l'autre, je rebrousse chemin calmement et laisse l'animal s'abreuver paisiblement.

Voilà, Geri, exactement comme cela !

Björn, notre père adoptif, nous a toujours recommandé de ne pas nous battre contre la nature, car elle est trop dangereuse.

Il y a une dizaine d'années de cela, il s'est frotté à un ours, un mâle solitaire. En plein dans un mauvais jour, notre patriarche a refusé de plier devant cette montagne de muscles qui défendait son territoire. Ils se sont affrontés, puis quittés chacun avec le souvenir de l'autre, comme en témoigne la belle quadruple griffure qu'il arbore

CHAPITRE 3

sur son triceps droit. Quant à l'ours, il a hérité d'une entaille sur la truffe et le flanc gauche.

Björn nous a raconté qu'à son retour, Lyra, ma mère, et Eldrid, sa femme, l'ont longuement sermonné. Loin de se démonter, il leur a répondu que cette entrevue impromptue lui avait au moins permis de ne pas s'encroûter et d'extérioriser sa rage. Sacré entraînement, n'est-ce pas ?

Il était fou et complètement inconscient à cette époque. L'absence de mon père lui pesait trop, comme à nous tous. Heureusement, notre ours s'est assagi. Même s'il ne faudrait pas trop le provoquer pour qu'il recommence.

Le souvenir de cette anecdote dessine un sourire sur mes lèvres gercées et me rappelle de rester prudent. J'imagine déjà son regard mi courroucé, mi-fier de moi parce que je n'ai pas détalé, quand je lui narrerai cette rencontre insolite.

Je pense m'être suffisamment éloigné de la bête pour reprendre ma route, mais c'était sans compter sur ce fichu vent. L'air soudainement balayé en sens inverse ramène mon odeur jusqu'aux narines de celui que je tentais d'esquiver.

Surpris par ma présence, l'animal se retourne violemment et se redresse sur ses pattes arrière en grognant pour m'intimider. J'ignore combien il pèse, mais il est monstrueux. Il s'agit d'un mâle, mais c'est particulièrement la balafre sur son museau qui m'interpelle.

Mon cœur palpite fort dans ma poitrine. Serait-ce *lui* ?

Je pose mes yeux sur son flanc gauche.

Eh merde !

L'ours rugit puis retombe sur ses quatre pattes en faisant trembler le sol jusque sous mes pieds.

Mes battements s'accélèrent. Je ne peux pas fuir. Il me rattraperait sans difficulté. Peut-être même qu'il s'amuserait avec moi avant de m'éventrer et de me déguster.

Il ne me reste qu'une option : faire front. Alors je dégaine mon épée dont je ne me sépare jamais. Je suis souvent raillé pour ma prudence excessive. Pourtant, aujourd'hui, je suis bien content de l'avoir avec moi. Même si le combat m'est fatal, au moins, je ne démériterai pas en mourant et pourrai sûrement prétendre au VALHALLA.

Mes pensées fusent et vont à ma famille que ma perte dévasterait. Mais elles s'égarent surtout vers Karla et Leif, qui s'envoient en l'air en ce moment même. Ont-ils entendu le grondement de l'ours ? Vont-ils me rejoindre alors qu'ils ne sont pas armés ? Ou risquent-ils de se faire surprendre et mourir à leur tour ?

Je prends conscience que je suis leur seul rempart contre cette bête féroce et qu'il m'incombe de les protéger.

Tu peux le faire, Geri ! me motivé-je. Tu t'entraînes au combat avec Björn depuis que tu es en âge de tenir ton épée. Et il te l'a dit : tu te bats très bien. Tu peux mettre en déroute cet ours polaire. Souviens-toi de ses conseils !

Je bande mes muscles et pousse un cri fort et long pour tenter de l'impressionner à mon tour. L'animal est surpris mais ne se laisse pas intimider.

Éviter la confrontation autant que faire se peut.
Je recule d'un pas, puis d'un autre, tout en restant face à la montagne de chair.

Détourner le regard pour lui offrir la possibilité de s'éloigner. Mais celui-là ne paraît pas disposé à prendre la fuite. Au contraire, il esquisse un mouvement vers moi.

Alors je change de tactique. Puisqu'il veut attaquer, il doit comprendre que je riposterai.

Je dévoile mes dents et grogne comme il l'a fait juste avant. Décontenancé, il hésite et semble enclin à partir tandis que je conserve ma position.

Sous mon apparente sérénité, je suis mort de trouille. Mon cœur bat à tout rompre, car la bête est impressionnante et le spectre de HEL

CHAPITRE 3

tourne autour de moi tel un rapace. Cependant, j'approuve ce statu quo et promets intérieurement aux dieux de le laisser tranquille.

— Geri ? m'interpelle Karla, en panique dans mon dos.

L'ours, qui s'était assagi et s'apprêtait à quitter les lieux, change subitement d'avis et me charge. Je ne peux pas l'éviter puisque ma belle serait livrée à une mort certaine. Alors je fais front, comme le valeureux guerrier qu'elle mérite, conscient du danger qui fonce droit sur moi. Sur nous.

Ne pas paniquer. Ne pas paniquer. NE PAS PANIQUER !

Je m'écarte sur sa gauche au moment où son souffle chaud s'échoue sur mon visage. Je plante ma lame de toutes mes forces dans son flanc, là où Björn l'a entaillé dix ans auparavant. Je prie ODIN que cette blessure ravive la précédente, et que l'ours décide que nous sommes quittes sur cette brève joute.

L'animal grogne et freine après quelques foulées, emporté par son élan. Il fait demi-tour pour m'affronter à nouveau. Dressé sur ses membres postérieurs, il me toise de toute sa hauteur.

Je déglutis bruyamment quand je le détaille, alors qu'il est trop proche de moi. Des canines énormes, des pattes puissantes munies de griffes deux fois plus longues que ses dents, indéniablement capables de déchiqueter un phoque sans mal, et donc, moi. Sa mâchoire redoutable ne ferait qu'une bouchée de mon bras ou de ma jambe.

Je chasse de mon esprit ces idées angoissantes. Dans ce combat pour ma vie, je ne suis plus un gamin de seize ans, je suis un guerrier. Et j'endosse ce rôle comme s'il avait été taillé pour moi. Je serai victorieux, coûte que coûte.

Je repense à ce que m'a dit Björn. Les ours polaires savent monter aux arbres, mais ils le font rarement. En revanche, Karla est une grimpeuse hors pair qui se hissera au sommet en un temps record, lui permettant de se mettre hors de danger durant le combat.

— PERCHE-TOI TRÈS HAUT, KARLA !
— Compris !

Je me concentre de nouveau sur l'ours qui balance une patte puis l'autre dans ma direction, ses deux armes face à ma seule épée. Et je n'ai même pas de bouclier pour me protéger.

Respire, Geri. Vise sa gueule dès que tu en auras l'occasion.

Je réussis à détourner sa première attaque, mais pas la seconde, qui s'abat sur mon épaule gauche. Les griffes lacèrent ma chair. Je m'entends hurler alors que mes bottes ne touchent plus le sol. Le coup de patte a été si puissant que je m'envole, propulsé par une force inouïe. J'atterris dans la neige quelques mètres plus loin, en roulant pour amortir l'impact.

Bordel, ça fait un mal de chien !

Déboussolé par la douleur qui me paralyse et martèle ma tête, il me faut quelques instants pour reprendre mes esprits. J'entends le cri déchirant de Karla, puis le grognement sourd de l'ours qui apparaît à la périphérie de mon champ de vision. Je comprends qu'elle n'est pas en danger. Elle m'avertit qu'il se rapproche de moi pour finir le travail. Il va sûrement me neutraliser puis me dépecer.

Je vais lui servir de dîner.

Ne rien lâcher. Jusqu'au bout.

Je refuse de mourir aujourd'hui. De baisser les bras. Parce que Karla et Leif ne m'abandonneront pas, même s'il le faut, et qu'ils deviendront les prochaines cibles de ce meurtrier blanc.

Alors, je rassemble mes forces et me redresse aussi vite que mon corps meurtri me le permet. Puis je le hèle, prêt à en découdre.

La rage m'habite soudain. Dans un sursaut de courage, je me rue contre l'ours, ma lame en avant. Je transperce son ventre puis me jette au sol un peu plus loin, mon épée abandonnée dans son abdomen. L'animal retombe sur ses quatre pattes en rugissant. Il s'avance vers moi, puis se redresse pour me surplomber. Je sens mon

CHAPITRE 3

heure arriver alors que je suis désarmé. Par ODIN, ce n'est vraiment pas mon jour !

Un point lumineux et vacillant parvient dans mon champ de vision.
— Hey, par ici, espèce de gros balourd ! hurle Leif pour détourner l'attention de l'ours.

Il s'approche assez pour presser son morceau de bois enflammé et brûler la fourrure blanche maculée de sang. La montagne pivote vers mon frère en grognant. Elle le désarme d'un coup de griffes, mais, ce faisant, m'offre une ouverture. Je récupère mon épée en l'arrachant des chairs de la bête.

L'ours me fait de nouveau face et s'apprête à retomber sur ses quatre pattes. J'ai tout juste le temps de relever mon arme à la verticale, la poignée calée contre mes côtes et mon genou, et de replier sommairement mes jambes sur mon torse dans l'espoir d'amortir le choc imminent.
L'animal blessé perd l'équilibre et s'affale de tout son poids. Malheureusement pour lui, il s'empale la tête droit sur ma lame. Et, manque de chance pour moi, il m'écrase littéralement sous lui, sa gueule ouverte à quelques centimètres de mon visage.

Si j'étais frigorifié quelques minutes plus tôt, je suis à présent en nage et j'étouffe. Mon corps est immobilisé et très douloureux. J'ai mal à l'épaule, bien sûr, mais aussi… partout.
Je perds connaissance au moment où Karla et Leif nous surplombent. Ils me parlent mais je ne les comprends pas.
Je ne sens même plus la lourdeur qui m'oppresse, puis j'ai froid, tout à coup. Je me réconforte en me disant qu'ils sont sains et saufs. Telle ma VALKYRIE, le visage de Karla est le dernier que j'entrevois alors que je glisse vers le VALHALLA. Dire qu'elle ne sait même pas que je l'aime.

Note de l'auteur : GERI : nom de l'un des deux loups qui accompagnaient ODIN lors de ses périples. Geri et son compagnon Freki étaient vénérés par les peuples VIKINGS pour leur symbolisme. Ils étaient loyaux et très courageux. Parfois, ils aidaient les VALKYRIES à transporter vers le VALHALLA les guerriers tombés au combat.

Note de l'auteur : LANGHÚS : maison VIKING d'environ vingt mètres de long, souvent composée d'une pièce où des couchages entourent un foyer central.
Pour les besoins du récit, leur maison comportait plusieurs chambres, afin de permettre de l'intimité entre certains protagonistes.

Note de l'auteur : HEL : déesse des morts.

Note de l'auteur : NORNES : Créatures mythologiques qui tissent et entremêlent les destinées des hommes. Personne, pas même les dieux, ne pouvait influer sur leur ouvrage. Elles sont souvent représentées par trois. (Plus de précisions dans la section dédiée aux dieux).

CHAPITRE 4

ÉCHAPPÉE BELLE

❄ GÓA / MARS ❄

KARLA

Les mains de Leif glissent sur ma peau et provoquent une traînée de délicieux frissons. Nous sommes tout à notre plaisir, comme à chaque fois que nous venons nous aimer ici. Je suis sereine lorsque je m'abandonne à notre étreinte, puisque Geri surveille les alentours.

Pourtant, je sors de ma bulle de volupté lorsque je crois percevoir un cri. À l'affût, je m'immobilise quelques secondes. Mais plus rien ne me parvient. Il s'agissait probablement du vent qui se lève.

Chassant ce qui doit être le fruit de mon imagination, je me concentre de nouveau sur les attentions délicates de mon amant. Jusqu'à ce qu'un grondement animal s'ensuive.

— Tu as entendu ? demandé-je à Leif, paniquée.

Il soupire quand j'interromps ses mouvements et ses baisers pour écouter. Tout sourire, il me rapproche de lui et susurre à mon oreille :

— Je n'ai perçu que tes gémissements de plaisir. Et Geri aussi, si tu veux mon avis.

Je le frappe gentiment sur le torse pour le faire reculer, alors que je plaque une main contre ma bouche, rouge de honte.

— Ne t'inquiète pas, me rassure-t-il, mon frère a l'habitude.

— Et c'est censé me réconforter ? m'offusqué-je alors que la culpabilité m'assaille.

Leif rit de mon malaise et je me surprends à me laisser

déconcentrer lorsqu'il mordille la chair tendre de mon cou et que son bassin bascule d'un coup sec, pour mon plus grand plaisir.

Un nouveau grognement arrive jusqu'à nous. Et cette fois, le regard de mon partenaire est sans équivoque : nous l'avons tous les deux entendu. Son air jovial s'efface instantanément, son visage se tend, comme avant un entraînement musclé où mon père ne retiendra pas ses coups.

— Bordel, Geri ! s'inquiète-t-il.

Nous nous rhabillons à la hâte et sortons de notre cachette. Je cours au hasard dans le blizzard que je n'ai pas vu se lever, à la recherche de mon ami. Le vent et les flocons me ralentissent en plus de me couper des sons que je traque.

Je tourne plusieurs fois sur moi-même puis panique d'avoir perdu sa trace, quand soudain, des cris me guident enfin.

Mon rythme cardiaque et mes pas s'accélèrent sans que je sois pleinement consciente des dangers qui me guettent. De plus, je ne suis pas armée. Pourtant, un besoin vital m'envahit : m'assurer que Geri se porte bien.

Les bruits sont effrayants et de plus en plus forts. Je sais que j'ai emprunté la bonne direction. Mais lorsque je l'aperçois, je me fige. Dos à moi, il fait face à un ours polaire énorme qui le toise dans une posture d'attente.

— Geri ? l'interpellé-je malgré moi, tandis que la panique me submerge.

Je le regrette instantanément, car au lieu de prendre peur d'être en sous-nombre, l'ours se décide à nous charger.

Je suis tétanisée alors qu'il fonce droit sur nous. Geri me hurle de grimper à l'arbre, d'où j'assiste, impuissante, à la suite de cet affrontement. Je hurle pour le prévenir lorsqu'il est au sol et que le danger se rapproche, terrorisée à l'idée de le perdre.

Je réalise à peine que Leif arrive et détourne l'attention du colosse pour que Geri le terrasse. Mais la bête perd l'équilibre puis s'effondre sur le pauvre guerrier qui a vaillamment lutté.

CHAPITRE 4

La chute de l'ours me coupe le souffle, comme si j'étais moi-même sous lui. Alors que j'amorce ma descente, ma poitrine m'oppresse, me brûle.

— Viens m'aider ! hurle Leif à mon attention.

Sa supplique me sort de ma catatonie. Je lui prête main-forte pour rouler l'animal sur le dos, mais ce truc doit peser plusieurs centaines de kilos, et à nous deux, nous ne parvenons pas à libérer Geri.

— Hey, mais qu'est-ce que vous foutez ? Nous hèle une voix derrière nous que je suis heureuse d'entendre.

— On a besoin de toi, Thor ! On doit l'extraire de là-dessous !

Mon petit frère accourt, et, à nous trois, nous ôtons le poids mort qui étouffait Geri.

Je me précipite sur lui et l'inspecte. Mes mains parcourent frénétiquement son visage puis ses membres. Malgré ma vue brouillée par mes larmes, mes doigts ne peuvent s'empêcher de glisser à nouveau sur ses joues.

— Réponds-moi Geri, je t'en supplie ! Reste avec moi, tu m'entends ? Reste éveillé, c'est important. Je…

Sans me préoccuper de ce qui se passe autour de nous, je déchire un pan de ma tunique pour lui faire un garrot à l'épaule. L'entaille est suffisamment profonde pour lui laisser au mieux une cicatrice.

— Il faut le ramener et vite ! énonce Leif, qui prend les rênes de notre petit groupe. Je vais le porter sur mon dos. Karla, tu récupères son épée. Thor, aide-moi à le ceinturer contre moi pour qu'il ne bascule pas. Attache-nous bien !

— Compris. Et quand la LANGHÚS sera en vue, je partirai devant pour avertir les parents.

— Très bien, confirme Leif. Karla, tu surveilles Geri. Préviens-nous s'il glisse. Thor, garde l'œil ouvert, tu nous protèges.

Mon frère tend sa main vers moi et je lui donne machinalement l'épée. Je n'ai pas détourné mon regard de Geri, trop inquiétée par son état.

Même si Leif trottine, son jumeau sur son dos, le trajet me semble durer une éternité. Notamment parce que le blizzard s'est intensifié et que cette tempête de neige ralentit notre progression.

De temps à autre, je pose un doigt tremblant sous le nez de Geri pour vérifier qu'il respire encore, puis m'assure que sa plaie ne saigne pas abondamment.

Nous apercevons finalement notre foyer. Thor y court pour rameuter Björn et Lyra. Quant à Eldrid, ma mère, elle reste en retrait pour éloigner les deux plus jeunes.

— Putain, mais qu'est-ce que vous avez foutus ? s'énerve notre patriarche.

— Pas maintenant, Björn ! le réprimande sèchement Lyra. Leif, que s'est-il passé ?

— Une attaque d'ours polaire, répond-il, le souffle court. Geri a... pris un coup de patte et... accessoirement... l'animal s'est écroulé sur lui... Il a essayé... d'amortir le choc... en pliant ses jambes.

Les adultes opinent du chef alors que nous entrons, dans la LANGHÚS, haletants comme jamais.

— Amène-le sur la table, lui ordonne Lyra.

Leif s'assoit au bord de celle-ci pendant que sa mère les détache. Björn et elle allongent le blessé sur le bois puis demandent à Thor de les assister pour le soigner.

Geri est blafard ; je dois être dans le même état. D'ailleurs, je m'effondre au sol, harassée par tout ce stress. Leif chancelle et vient s'affaler près de moi. Cette course lestée l'a épuisé, sa poitrine se meut à un rythme effréné.

Eldrid apparaît quelques instants pour prendre des nouvelles. Elle en profite pour nous lancer une pomme à chacun pour que nous nous restaurions.

Le temps s'écoule mais je n'ai pas bougé. Geri est toujours inconscient. Par conséquent, il ne perçoit pas les douleurs qu'imposent ses soins. Lyra et Björn travaillent dans un silence oppressant. Seuls les pas de Thor qui s'affaire en tous sens viennent rompre cette sinistre ambiance.

CHAPITRE 4

Je ne me suis même pas aperçue que je pleurais. Je le réalise quand Leif me prend dans ses bras pour me rassurer :
— Il va s'en sortir, murmure-t-il à mon oreille. Il est fort. Ça va aller, Karla. Fais-moi confiance.
— On n'aurait jamais dû... sangloté-je. Il était en danger à cause de...

Je n'ai pas le temps d'achever ma phrase que le doigt de Leif se plaque sur mes lèvres :
— Aie foi en lui, m'intime-t-il en pivotant mon visage pour l'amener près du sien. Il ne nous abandonnera pas.

Je me noie dans ses yeux. Son assurance me fait du bien, je me calme petit à petit.

Je me force à manger lorsque nos parents terminent de soigner Geri. Il a repris conscience, mais Lyra lui a donné de quoi dormir. Sa convalescence sera longue. Ses tibias se sont fracturés sous l'impact quand l'ours s'est effondré sur lui. Néanmoins, il a eu le bon réflexe en repliant ses jambes. Sans cela, ses côtes auraient pu lui perforer les poumons en se brisant. Il serait mort, à l'heure qu'il est.

Il lui faudra plusieurs lunes pour s'en remettre totalement mais je serai à ses côtés pour veiller sur lui. Bénis soient les dieux, Geri est toujours en vie ! Et mon cœur exprime frénétiquement la joie ainsi que le soulagement que je ressens.

BJÖRN

Quand mon fils Thor a déboulé en panique dans la LANGHÚS, j'ai eu peur pour mes enfants. Geri a été salement amoché. Heureusement, Lyra et moi avons fait le nécessaire à temps. Il survivra et conservera l'usage de son bras. Et s'il reste tranquille, avec ses attelles autours de ses tibias, il a de grandes chances de s'en remettre totalement.

Ce n'était vraiment pas la bonne saison pour se blesser. Nous avons besoin de tous les bras disponibles pour récupérer du bois afin de se chauffer. VETR est rude ici, la survie de notre famille en dépend.

Je m'assois au chevet de Geri, que nous avons installé dans la chambre de Karla. Ma fille adoptive a promis de veiller sur lui jusqu'à ce qu'il soit complètement rétabli. Je compte bien m'assurer qu'elle tienne parole.
Karla a toujours eu un lien singulier avec Geri. Néanmoins, en tant que père de cette dernière, je ne l'autorise pas à tourner autour d'elle. Ni aucun autre homme, d'ailleurs.

Lyra voulait rester au chevet de son fils mais elle a eu une journée harassante, qui s'est achevée en apothéose par les soins que nous avons dû prodiguer au gamin. Une fois certains qu'il était tiré d'affaire, nous avons laissé le soulagement nous enlacer. Lyra s'est effondrée dans mes bras, émotionnellement épuisée. Elle qui garde son sang-froid en toutes circonstances a subi ce contrecoup de plein fouet. Je lui ai suggéré d'aller se reposer dans son lit et promis de la quérir quand Geri se réveillerait.

Je frotte mon visage, songeur. Il m'est arrivé d'affronter un ours par le passé. Malgré mon expérience, je n'en menais pas large. Geri est encore si jeune. Il devait être terrifié. Pourtant, il a tenu tête à l'animal et l'a vaincu. Il a protégé son frère et ma fille sans faillir. Grâce à lui, ils sont tous rentrés en vie. Mon cœur se gonfle de fierté pour ce gamin que j'aime infiniment et qui me le rend bien. Si Asulf était là, il serait tellement heureux.
Tu me manques, mon ami.

Toute cette histoire m'a ébranlé. J'écrase promptement une larme qui dégringole de ma joue. Ce n'est pas le moment de penser à ce qui aurait pu se produire s'il n'avait pas été armé.

Je me redresse rapidement et chasse ces mauvaises pensées de mon esprit. Maintenant que le blessé est tiré d'affaire, il me faut interroger ses compères. Et justement, les voilà qui arrivent, penauds.

CHAPITRE 4

Je les invite à se confier :

— Je suis tout ouïe. J'aimerais entendre vos explications sur le champ. Pourquoi n'étiez-vous pas armés tous les deux, contrairement à Geri ?

— Nous allions chercher des branchages, comme tous les jours, argumente Karla. Nous n'avions aucune raison de nous équiper.

— La preuve que si ! grogné-je. Une chance que Geri soit moins imprudent et plus prévoyant que vous ! Vous vous êtes fait attaquer. Vous réalisez que sans lui vous seriez morts ?

Honteux, les deux gamins hochent la tête. Bien. Au moins ils comprennent l'ampleur de leur erreur.

— C'est de ma faute, avoue Karla. Si je n'avais pas…

— Stop ! la coupe Leif qui se place devant elle. C'est moi qui rabâche à Karla qu'elle n'a pas besoin de s'équiper, que l'endroit est sûr. Je n'ai aucune excuse, la responsabilité m'incombe totalement. À l'avenir, je prendrai toujours ma hache et elle, de quoi se défendre.

J'approuve ses paroles. Je sais que nous vivons dans un endroit paisible sans conflits territoriaux avec les colons. Pourtant, la nature peut être particulièrement hostile. Ils en ont clairement eu un aperçu aujourd'hui.

— Cela vous changerait d'écouter mes conseils ! les rabroué-je.

— Je pensais sincèrement que nous ne risquions rien, renchérit Leif, la tête basse. Nous allons là-bas tous les jours et il ne s'était jamais rien passé de fâcheux.

Je reste silencieux en les toisant longuement. Karla commence à rougir et Leif bafouille. Je ne suis pas né de la dernière pluie. Je sens que ces deux-là me cachent quelque chose.

Je n'ai pas le temps de poursuivre mon interrogatoire, car la voix de Geri se fait entendre, rocailleuse et lointaine :

— Tu n'avais pas menti pour l'ours.

— Tu es en vie, gamin ! constaté-je en le rejoignant et lui ébouriffant les cheveux. Heureux de te compter encore parmi nous !

— Moi aussi, affirme-t-il. Comment vont Leif et Karla ?

Sa sollicitude envers les deux autres me touche. D'autant qu'il s'est mis en danger pour protéger ma fille.

— Ils vont bien, pas même une égratignure. D'ailleurs, je ne sais pas si c'est une bonne ou une mauvaise nouvelle pour toi que tu sois le seul blessé. Donc, dès que tu seras de nouveau apte, nous allons corser ton entraînement, plaisanté-je.

— J'ai occis l'ours que tu avais manqué la dernière fois. Je suis plus fort que toi.

Geri commence à rire, mais une forte toux lui arrache une grimace et le coupe dans son élan.

— Avant cela, je vais demander à ta mère de baisser les doses de sa décoction contre la douleur, car tu divagues.

— Non, je… tente-t-il d'expliquer en s'éclaircissant la gorge. Tu n'avais pas menti cette fois-là. L'ours polaire que nous avons croisé aujourd'hui est le même qui t'a attaqué il y a dix ans.

Je marque une pause, le sourcil haut, surpris par ce qu'il m'annonce.

— Comment ? m'étonné-je.

— Les balafres sur sa truffe et son flanc gauche. Je les ai utilisées contre lui.

Je souris, ravi qu'il se soit servi de mon expérience pour s'en tirer.

— Je constate que tu as prêté une oreille attentive à mes récits et mes enseignements de vieillard.

Le jeune homme sourit. Il sait que je déteste évoquer mon âge.

Il inspecte son bandage à l'épaule. Je me suis pris un coup de patte de cet ours exactement au même endroit.

— Maintenant, nous avons une histoire commune à raconter, plaisante-t-il.

Je ricane alors qu'il esquisse un rictus. Heureusement que ce gosse est malin.

Mes yeux s'embuent, mais ce sont des larmes de soulagement que je camoufle par un fou rire nerveux. Je considère les héritiers d'Asulf comme mes fils et les ai d'ailleurs élevés ainsi. Ils savent qui est leur père et les raisons de son absence. Je suis à la fois leur patriarche et leur oncle Björn. Ils ne m'ont jamais appelé « *père* », toujours par

CHAPITRE 4

mon prénom, cependant, je sais qu'ils m'aiment tout autant. Alors, avoir vu Geri inconscient m'a fait comprendre à quel point je les chéris, ces adolescents aventuriers. Et plus que tout, il m'est impensable de les perdre.

— Eh bien, ne t'en vante pas trop. Les nerfs de ta mère ont suffisamment été mis à l'épreuve.

— J'imagine…

— J'irai la quérir dès que je me serai entretenu avec vous trois.

Leif et Karla sont restés dans leur coin et ont assisté à notre échange en silence. D'un signe de tête, je les autorise à venir étreindre notre héros du jour.

D'un raclement de gorge, je mets fin à leurs effusions. Il est temps que je prononce mon jugement pour leur manque de discernement.

— J'ai entendu tout ce que je voulais savoir sur cette histoire. À présent, j'ai un châtiment à la hauteur de vos erreurs, pour lesquelles Geri a payé cher. Par conséquent, jusqu'à son rétablissement complet, Leif fera les corvées que j'avais prévues pour les jumeaux durant VETR. Tu commenceras demain.

— Double dose, c'est une juste sentence, approuve-t-il.

— Repose-toi bien alors, lui conseillé-je, car tu auras fort à faire !

Il déglutit bruyamment mais accepte sa punition sans un mot de plus. Je le sens surtout soulagé que cette situation périlleuse soit définitivement derrière nous.

Je me tourne ensuite vers Karla :

— À partir de maintenant, tu es en charge de veiller sur Geri nuit et jour jusqu'à sa guérison complète. Il dormira dans ton lit et je te veux à son chevet pour répondre aux besoins qu'il ne peut assumer seul. Peu importe l'heure.

Elle acquiesce en silence, et j'aperçois alors plusieurs échanges de regards entre eux trois. Leif contracte ses poings et sa mâchoire, visiblement très énervé, mais ne dit rien. Karla tortille ses doigts et rougit à n'en plus finir. Et Geri paraît lutter pour ne pas sourire comme un idiot.

J'aimerais vraiment savoir ce qu'ils ont dans la tête. Quoique…

CHAPITRE 5

COMME UNE ODEUR DE VIOLETTE

☀ HARPA/MAI ☀

QUATRE ANS PLUS TARD

KARLA

Leif est intenable. Même lorsque nous jouons dans des équipes séparées, il trouve le moyen de déposer un baiser dans mon cou. Ce que personne n'a loupé, visiblement. Comme à son habitude, Thor le rabroue et Erika me lance un regard noir.

Il y a plusieurs raisons pour lesquelles je souhaite que Leif et moi restions discrets.

D'une part, nos parents. Björn ne m'a pas engendrée, pourtant, il prend soin de moi comme la prunelle de ses yeux. Sous ses airs rustres et bourrus, il est le meilleur père que je pouvais espérer, au vu des circonstances. Sans pour autant dire que je suis sa préférée, il est fantastique avec moi.

Quand ma mère s'est retrouvée enceinte et veuve avant l'heure, Björn a tout quitté pour nous mettre à l'abri du danger, puis construit notre maison avant de m'élever et m'aimer comme sa fille. Patient, il a attendu que ma mère se sente prête à ouvrir son cœur de nouveau pour entreprendre de la reconquérir, sans que jamais je ne me sente exclue de leur foyer.

Björn veille farouchement sur notre famille. Notre père nous

CHAPITRE 5

couve, certes, mais il nous apprend surtout à être autonomes et responsables. La nature en ÍSLAND est dangereuse, mieux vaut se préparer à tout affronter. Savoir que Leif et moi sommes sortis sans arme l'a profondément déçu. Par chance, Geri a vaincu l'ours. Dans le cas contraire, aucun de nous ne se le serait pardonné.

Grâce à Björn, je sais construire un abri de fortune, cependant j'avoue ne pas être très douée dans cette tâche. À l'instar des autres, je suis capable de chasser et de pêcher pour me nourrir.
Passons sur l'aspect jardinage et agriculture, puisque dans ces domaines, je suis une calamité.
Par contre, je cuisine très bien !
Enfin, pour ce qui est de me battre, je m'en sors avec les honneurs. Surtout au tir à l'arc, où j'excelle.

Alors, autant dire que je n'ai pas envie de chagriner mon père adoré en lui confiant que mon cœur ne lui est plus exclusivement dédié. Même s'il se doute bien qu'à vingt ans, je pourrais déjà avoir des enfants, c'est une idée qu'il a du mal accepter, pour moi comme pour Erika. Il est persuadé d'avoir tout mis en œuvre pour qu'aucun homme ne m'approche et je ne voudrais pas le décevoir.

Ensuite, il y a Thor, mon casse-pieds de petit frère. Je l'aime infiniment, mais il y a des moments où j'apprécierais qu'il me laisse respirer. Un peu plus de deux ans nous séparent, pourtant, il agit comme s'il était le plus âgé. Il se sent responsable de moi et veille au grain. Il ressemble tellement à Björn, y compris dans son aisance à séduire. Tous deux refusent que des hommes me touchent, que je cède à la tentation de beaux parleurs. S'ils savaient seulement ce que Leif me fait !
Je n'ai clairement pas besoin d'autres expériences. Leif me butine chaque jour, dans des décors naturels enchanteurs et toujours plus improbables. À la belle saison, mon endroit préféré est sans conteste un parterre de violettes. Leur parfum couvre les odeurs de batifolage que je crains toujours que l'on remarque.

En l'absence de notre famille, nous avons également étrenné quelques recoins de la LANGHÚS. J'en rougis à chaque fois que mon regard s'y attarde, ce qui fait bien rire mon… Mon quoi, d'ailleurs ?

Leif et moi n'avons jamais défini clairement notre lien. Même s'il a été le seul à poser ses mains sur moi, je sais que de son côté, toutes les filles de colons y sont passées. Excepté Erika, ma petite sœur. Je la soupçonne toutefois d'être tombée sous son charme, c'est pourquoi je dois impérativement lui cacher la nature exacte de nos liens. Elle en souffrirait.

Chaque fois que Leif badine avec moi, Érika se renferme et devient froide, voire agressive. J'ai bien essayé de lui en parler, mais elle se renfrogne et m'ordonne de la lâcher avec mes suppositions idiotes. Elle a tout juste seize ans. Son attitude pourrait sembler normale pour une adolescente, mais je crois que la vérité est tout autre. Car si Erika est amoureuse de Leif, lui ne l'a jamais regardée autrement que comme un membre de sa famille. C'est probablement là que réside le nœud du problème ; il se complexifie à mesure que le temps s'écoule et que nos affinités se renforcent.

Bientôt, Leif voudra une femme.

Et il brisera encore un cœur.

GERI

Assis à l'ombre des arbres, j'observe les autres enfants de cette grande famille recomposée que nous formons. Leif et Thor font équipe face aux trois autres dans un jeu de balle. Les rires fusent jusqu'à moi tandis que je profite du spectacle auquel je n'ai jamais vraiment participé.

— Geri, es-tu certain de ne pas vouloir te joindre à nous ? questionne Leif, à qui je réponds par la négative.

J'aime m'asseoir ici, m'enivrer de l'odeur des violettes qui m'entourent. Elles me rappellent son parfum et m'évoquent ce que je

CHAPITRE 5

n'ai pas : elle.

C'est dans un endroit comme celui-ci que je l'ai serrée dans mes bras pour la dernière fois. Leif et elle venaient de rompre. Elle sanglotait, je l'ai réconfortée. Mon cœur tambourinait si fort dans ma poitrine que j'avais du mal à respirer. J'étais sur le point de lui avouer mes sentiments, ceux que je dissimule depuis tant d'années, quand mon frère a débarqué, réclamant ma place pour récupérer la sienne à ses côtés.

Là où mes espoirs ont été réduits à peau de chagrin, parce qu'il a ensuite défini un périmètre de sécurité autour d'elle. Il l'a décrétée chasse gardée, comme si elle lui appartenait. Alors je me suis maintenu à distance, sans jamais vraiment m'éloigner. J'en étais incapable, de toute façon.

Erika et Ragnar crient à Karla de leur passer la balle alors que Thor tente de faire barrage. Mais les deux plus jeunes sont malins ; ils ne se laissent pas intimider par leur grand frère.

Ma belle dispose à peine du temps pour s'exécuter que Leif la ceinture. Ses mains sur sa taille, il la décolle du sol puis dépose un baiser furtif dans son cou. Un rire cristallin s'échappe d'entre ses lèvres. Il résonne comme une douce mélodie à mes oreilles tandis qu'il torture mon cœur. Dépité, je souffle, rêvant d'être à sa place. De devenir celui qui la rend heureuse. Au lieu de cela, je suis cantonné au rôle d'ami, pire, de frère, me verrouillant définitivement l'accès à ce futur commun que je souhaite si ardemment.

D'ici, j'entends Thor grogner à Leif d'ôter ses sales pattes de sa sœur aînée puis le mettre en garde, une fois de plus. Je lui sais gré de son intervention, même si mon frère l'ignore royalement.

Nous sommes six enfants dans cette famille reconstituée. Björn est notre patriarche, mais uniquement le père biologique des trois plus jeunes d'entre nous. Même si nos voisins colons aiment s'imaginer que la réalité est tout autre.

Leif et moi sommes les héritiers d'Asulf et Lyra, nés il y a vingt ans. Nous n'avons jamais rencontré notre père, qui n'a d'ailleurs pas eu vent de notre existence. Des jumeaux aux physiques différents, comme si nous étions juste frères. Il faut bien avouer que nos caractères sont radicalement opposés : Leif est flamboyant et sûr de lui, là où je suis constamment en retrait par manque de confiance en moi. Il est le fils prodige, celui à qui tout réussit, bien qu'indéniablement loin du gendre idéal. Elles ont toutes succombé à son sourire charmeur et à ses coups de reins, pour des histoires sans lendemain. Il prétend refuser de s'attacher, pour ne pas les vexer. En réalité, il revient toujours vers celle qui n'ose pas s'afficher avec lui au grand jour.

Je n'ai pas ses atouts. Je suis timide et donc, pas assez entreprenant. Je réfléchis trop et perds de précieuses occasions de faire mes preuves ou de m'exprimer. Alors, je m'enferme chaque jour un peu plus dans ce mutisme, ce cercle vicieux qui m'entrave et ronge lentement mon âme. Je voudrais crier qu'au fond de moi sommeille un homme heureux de faire partie de cette famille atypique et ô combien aimante. Qu'il suffirait de presque rien pour que mon bonheur soit total : qu'elle soit ma compagne. Mais son cœur appartient à Leif depuis trop longtemps pour que les choses changent. Elle ne me verra jamais, et je vais continuer de sombrer dans ces abîmes qui ne semblent pas connaître de fonds.

Thor a dix-huit ans. Premier fils d'Eldrid et Björn, il est tout le portrait de son père. Grand, blond aux yeux bleus, fougueux, farouche protecteur de sa famille — surtout de ses deux sœurs. À l'instar de son père et de Leif, il aime les femmes et connaît bien les ruses à employer pour parvenir à ses fins. J'aurais sûrement à apprendre de lui. Avec Thor, il n'y a jamais de demi-mesure et c'est ce que j'apprécie le plus. Il passe d'un extrême à l'autre avec une facilité et une rapidité déconcertantes, en plus d'une sagesse constante.

Deux ans après lui est née Erika de cette même union. Une jolie blonde aux yeux bruns et au caractère bien trempé. Rien de bien

CHAPITRE 5

étonnant quand on connaît ses parents. Les hommes qui ont essayé de la séduire ont vite renoncé. Ils ont appris à la dure que c'est elle qui décide. Je dois d'ailleurs surveiller ses arrières pour calmer les frustrés éconduits. Si, de prime abord, elle mord aussi fort qu'un ours polaire, elle est d'une dévotion sans bornes envers notre famille.

Et enfin Ragnar, leur petit dernier, âgé de quatorze ans. Peu bavard mais très observateur, il a mûri trop vite à nos côtés. Il marche déjà dans les traces de Thor, à qui il ressemble énormément. Je suis certain que lui aussi brisera des cœurs sous peu. Si Thor résout les conflits avec pragmatisme, Ragnar est un guerrier dans l'âme et préférera verser le sang.

Et puis il y a Karla. La fille d'Eldrid et de feu Karl, le grand rival de Björn à une époque lointaine.
Karla…
La simple mention de son prénom suffit à faire battre la chamade à mon cœur.
Leif et moi sommes amoureux d'elle depuis toujours. Grandir sous le même toit n'a pas facilité les choses.
Elle est pour moi la plus belle femme qui réside en *Terre de glace*, et je jure par les dieux que les colons qui nous accompagnent ont été prolifiques ! Ce ne sont pas les jolies filles qui manquent ici.
Mais ma Karla, c'est quelque chose !

Eldrid la contemple toujours avec douceur et nostalgie, car sa fille ressemble énormément à son défunt père. Elle est grande et élancée, avec de longs cheveux bruns qui cascadent jusqu'à sa taille. J'aime son ravissant petit nez en retroussé qu'elle fronce souvent, ainsi que ses fossettes qui creusent ses joues quand elle sourit. Il lui suffit de me sourire pour que tout s'illumine et devienne beau.
Elle fait de l'effet à tous les hommes, peu importe leur âge. D'ailleurs, Björn est bien en peine de contenir tous ces mâles qui lui tournent autour ! S'il savait que l'un d'entre eux a déjoué sa vigilance, il en serait malade.

Cette magnifique jeune femme est mon soleil, ma déesse, celle que je souhaiterais vénérer. Pourtant, elle ignore tout des sentiments qui me consument.

Je ravale ma fierté en même temps que ma salive et me morfonds en silence. J'ai mal de la savoir aussi proche de Leif et heureuse dans ses bras.

Alors, quand mon meilleur ami rappelle à mon frère de prendre ses distances, je me sens soulagé, même si je sais que cela ne durera pas.

D'aussi loin que je me souvienne, Karla, Leif et moi sommes inséparables. Bambins, il nous était inconcevable de dormir séparés. J'adorais me coller à elle sous l'immense peau d'ours polaire qui nous servait de couverture. Quand elle plaquait ses pieds gelés contre mes mollets, je la laissais faire juste pour entendre son petit rire étouffé. Au lieu de la repousser, je me serrais un peu plus contre elle pour la réchauffer et apaiser mon rythme cardiaque qui s'emballait déjà. C'est à cette période, alors que nous n'avions pas plus de cinq ans, que ses yeux bleus m'ont irrémédiablement envoûté. Depuis ce jour, je sais que mon cœur et mon âme lui appartiennent ; car nulle autre n'a pu détourner mon regard d'elle.

Cette habitude a perduré une dizaine d'années dans la troisième et dernière chambre de la LANGHÚS. *Björn a ensuite exigé des couchages séparés lorsqu'il a surpris nos regards curieux des transformations physiques à l'œuvre à l'adolescence.*

Karla a gardé notre chambre, tandis que Leif et moi avions rejoint les trois autres gamins dans la pièce principale et dormions sur des banquettes le long des murs.

À nos quinze ans, nous avons dû nous installer ailleurs, à REYKJAVIK, *et construire une nouvelle* LANGHÚS, *avec deux autres chambres : une pour Leif et moi, la seconde pour les trois cadets.*

Parce que je ne pouvais plus l'étreindre pour m'assoupir, je me contentais de plonger dans mes souvenirs en attendant que le

CHAPITRE 5

sommeil me gagne. Jusqu'à mes blessures face à l'ours polaire. La pénitence imposée par Björn était sans conteste la meilleure période de mon existence, bien que la plus houleuse, car Leif ne supportait pas notre proximité.

Depuis que nous avons construit cette demeure, Leif se faufile en douce dans la chambre de la jeune femme dès que tout le monde somnole. Si notre patriarche l'apprend, c'en sera fini de lui et je deviendrai fils unique.

C'est un peu avant cette époque que Karla a perdu son innocence. Avec mon frère. Autre coup dur pour mon cœur meurtri : j'ai été témoin discret de leurs ébats.

Une nuit, j'étais roulé en boule et face au mur, presque endormi, quand j'ai entendu Leif se lever. Je n'ai pas bougé, essayant de comprendre où il allait. Torturé par ma curiosité, j'ai silencieusement fini par lui emboîter le pas. Je me suis arrêté devant la chambre de Karla et je les ai espionnés. J'ai vu mon frère, torse nu et dos à moi, assis au milieu du lit. Elle, à califourchon sur ses genoux. Il l'embrassait et la déshabillait alors qu'elle ondulait sur ses cuisses en soupirant. La lumière de la lune traversait sa fenêtre et éclairait son corps dénudé duquel je ne pouvais détacher mes yeux.

Je les ai observés un instant faire l'amour en silence, m'imaginant être à la place de Leif, posant mes lèvres et mes mains sur elle. Cette vision m'a vrillé les entrailles, alors qu'une larme a coulé le long de ma joue. Dépité, le cœur en miettes, je suis reparti me coucher, incapable de me rendormir.

Quand Leif est revenu, j'étais toujours éveillé. Un sourire béat aux lèvres, il m'a supplié de ne pas dévoiler son escapade nocturne. Pire, il m'a demandé de le couvrir auprès des parents. Mais également de l'aider à déjouer toute tentative d'approche masculine autour de Karla. Et comme l'idiot que je suis, je lui ai obéi.

Des tensions sont naturellement apparues entre mon frère et moi lorsque Karla a pris soin de moi durant des lunes, après l'affrontement avec l'ours polaire. Je mourrai d'envie de lui dire ce que je ressens pour elle depuis toujours, mais je me suis débiné.

Pourtant, je suis certain qu'elle n'aurait jamais papillonné avec nous deux. Elle aurait choisi.

J'avais plus à y gagner qu'à perdre, pourtant, j'étais terrifié à l'idée qu'elle me rejette et m'évite. Je n'ai jamais eu d'amis en dehors de notre famille qui a toujours été mon seul refuge. Alors si Karla m'avait tourné le dos, je ne m'en serais pas remis.

Foutaises, Geri ! Elle t'aurait écouté et tout compris : ta distance, ton regard triste, tes gestes manqués ; ton éternel célibat, à une entorse près. Elle t'aurait peut-être aussi préféré à Leif. Mais aurais-tu assumé de le perdre lui pour la gagner elle ?

Lors de notre première nuit de cohabitation imposée par Björn, Karla a dormi dans mes bras. Elle était censée veiller sur moi à distance, mais elle ne cessait de se lever pour contrôler que j'allais bien. J'ai fini par la retenir en enlaçant mes doigts aux siens. D'abord hésitante, elle s'est glissée sous la couverture et a plaqué ses pieds froids contre moi. J'ai frissonné et elle a souri. Puis elle s'est couchée dans mes bras, comme au bon vieux temps, juste pour vérifier que tout ceci était bien réel.

Je ne me suis pas fait prier pour l'étreindre longuement – en toute amitié, bien sûr. Je voulais lui éviter de se morfondre dans son coin et de passer sa nuit à se lever pour se rassurer. Elle s'est donc blottie contre moi jusqu'à ce qu'elle s'endorme. J'imagine qu'elle a senti mon cœur battre comme un fou pour elle. Elle aurait pu aussi remarquer mes joues en feu et mon sourire niais, car la pleine lune nous éclairait. Or, elle n'en a jamais rien dit.

Ce qui aurait dû rester une exception s'est mué en habitude. Karla s'endormait chaque soir contre moi, puis je m'écartais d'elle lorsque j'étais sûr de ne pas la réveiller. Je ne pouvais raisonnablement pas la garder contre moi toute la nuit, car elle n'était pas mienne. De plus, je me doutais que Leif finirait par nous espionner pour s'assurer que je n'avais pas pris sa place.

CHAPITRE 5

Pourtant, par ce simple geste, Karla et moi replongions en enfance, quand tout était tellement plus simple. Enfin, pas tout à fait. D'aussi loin que je me souvienne, chaque jour a contribué à ce qu'elle estampille sa marque indélébile sur mon cœur. Cette blessure toujours à vif dont je voudrais ne jamais cicatriser, pourtant à la limite de ce que je suis capable d'endurer.

Sa présence permanente auprès de moi m'aidait au quotidien. La sensation de me projeter dans le futur me collait à la peau, comme revenu blessé de glorieux combats, alors que ma femme prenait soin de moi. La journée, je gardais une distance respectable sans abuser de mon statut. Mais, lorsque MANI, *le dieu de la Lune, éclairait le ciel nocturne, je vivais mon rêve éveillé. Nous partagions cette unique peau en guise de couverture, propice aux rapprochements.*

Je souhaitais plus que tout que cela dure éternellement. Mes sentiments pour elle ont recommencé à m'obséder, se développant à vitesse folle, devenant bien plus forts qu'auparavant.

Plus de six lunes se sont succédées et Leif devint fou. D'une part, il travaillait deux fois plus, puisqu'il se chargeait également de mes corvées. D'autre part, parce qu'il ne voyait plus Karla, cette dernière prétextant ne plus avoir de temps pour lui. Il nous a reproché notre proximité, même si elle était — malheureusement pour moi — innocente. Il voulait récupérer sa compagne, quand elle refusait de déroger aux ordres de Björn, pressentant que ses représailles seraient terribles.

Alors, pour la provoquer, mon frère s'est décidé à butiner ailleurs. Afin de ne pas envenimer la situation entre eux, j'ai réintégré mon couchage dans la pièce principale, seul et dépité, même si je n'étais pas complètement rétabli.

Pour autant, Karla n'a pas autorisé Leif a revenir. Elle attendait des excuses qu'il refusait de lui adresser. Ils n'avaient pas convenu d'exclusivité, par conséquent, il estimait ne pas être fautif et donc, qu'il n'y avait rien à pardonner.

Quel crétin !

Quand il a réalisé que son physique ne le sauverait pas cette fois, il a continué de faire n'importe quoi, supposant que la belle brune reviendrait vers lui.

Karla lui est restée fidèle deux longues années, alors que Leif multipliait les aventures. Il tentait régulièrement de la reconquérir mais sa fierté l'empêchait de faire marche arrière, ce qui provoquait la colère de Karla. Il a longuement ramé avant qu'elle ne cède – à mon grand désarroi.

Dans l'intervalle, Leif me boudait, persuadé que tout était de ma faute. Il ne remarquait pas que son attitude la poussait vers moi. Elle venait pleurer sur mon épaule tandis que je me faisais violence pour ne pas la consoler par des baisers et des mots doux.

Cette situation a perduré jusqu'au pardon, où tout s'est alors inversé. Comme si Leif lui avait enjoint de prendre ses distances avec moi.

Je l'ai progressivement perdue.

Bordel !

Ma frustration a pris de l'ampleur avec les années. Notamment quelques lunes plus tard, quand j'ai tenté de me sortir ma belle de la tête. J'ai perdu mon pucelage avec la très jolie fille d'un colon. Pourtant, en plein ébat, c'est à Karla que je pensais. J'ai à peine eu le temps de finir avec la petite blonde qui m'avait chaleureusement accueilli que son père débarquait et me chassait à coup de fourche. Par chance, elle n'est pas tombée enceinte.

L'occasion de réitérer ne s'est pas présentée, car tous les habitants de REYKJAVIK *me fuient depuis que j'ai mentionné mon don. Cette capacité extraordinaire à communiquer avec mon père, emprisonné à l'autre bout du monde. Ils me croient fou et m'évitent.*

C'est ainsi que je me suis retrouvé à l'écart de tout, sans autre raison.

Rumeurs : 1 - Geri : 0.

CHAPITRE 5

Je me suis progressivement renfermé sur moi-même, sans pour autant réussir à m'intéresser à une autre femme que Karla. Encore et toujours elle.

Alors, je m'enivre d'elle discrètement, en attendant qu'une prochaine vienne prendre sa place dans mon cœur meurtri. Si cela est encore possible. Je prie les dieux chaque jour pour qu'elle arrive vite.

LEIF

Mon frère reste de nouveau à l'écart. Je le questionne en espérant que cette fois, il participera.

— Geri, tu es certain de ne pas vouloir te joindre à nous ?

Il me répond en ballotant négativement la tête. Son isolement constant occupe tout l'espace. Il semble porter tout Yggdrasil sur ses épaules, alors qu'il a l'âge de l'insouciance. J'aimerais le voir heureux, pourtant, j'ai le sentiment qu'il s'en empêche.

— Dommage, murmure Karla dans mon dos. Je devrais peut-être aller lui tenir compagnie.

Je me tourne vers elle et grimace, jaloux.

— Il nous rejoindra quand il aura fini de réfléchir. À moins que tu te serves de lui comme d'une excuse parce que tu sais que ton équipe perdra.

Outrée, elle écarquille les yeux, avant de me frapper d'un léger coup de poing dans le ventre que j'amortis sans mal.

— Ne prends pas tes rêves pour des réalités.

Et elle court retrouver les deux plus jeunes.

Je garde dans un coin de mon esprit que je devrais discuter de tout cela plus tard avec Geri. Pour l'heure, je me concentre sur le jeu. Erika et Ragnar font équipe avec Karla, alors que je suis avec Thor. Je profite de ce que les deux plus jeunes occupent leur grand-frère pour ramener Karla entre mes bras et l'embrasser furtivement dans le cou. Elle rit sous mon assaut, je la serre un peu plus contre moi. Ses cheveux exhalent une odeur prononcée de violettes, au milieu desquelles elle s'allonge chaque jour quand je lui fais l'amour, à l'abri des regards indiscrets.

— Leif, vire tes sales pattes de butineur de mes deux ! C'est ma grande sœur et je t'interdis de l'approcher, c'est clair ? s'agace Thor.

— Nous ne faisons rien de mal, rétorque Karla.

Elle s'écarte lentement de moi pour rajuster sa robe.

— C'est à moi d'en juger, contre-t-il.

— Tu es mon frère, pas mon père, fulmine-t-elle.

— Alors je lui passerai le relai. On verra bien ce qu'il pense de Leif qui te pelote dès qu'il peut, grommelle le blond.

— Il ne dira rien.

— Parce qu'il n'est pas ton père ? l'interrompt-il.

— Parce qu'il n'y a rien à rapporter. Maintenant, cesse d'être sur mon dos et de jalouser Leif pour avoir couché en premier avec les mêmes filles que toi !

La pique est cinglante, en plus de s'adresser autant au blond qu'à moi. D'ailleurs, nous l'accueillons tous deux comme une gifle.

— Elles m'ont préféré à lui, conteste-t-il pour tenter de se recomposer une contenance.

Lorsqu'il pivote vers moi, la seconde suivante, il arbore son air inquisiteur :

— D'ailleurs, cela fait un moment qu'elles ne jasent plus sur toi. Un souci ? Une panne, peut-être ? se moque-t-il, goguenard.

Je refuse d'entrer dans son jeu et ne réponds rien. Je sais qu'il me provoque pour que je me compromette. Il m'y invite clairement. Le bougre a beau être plus subtil que son père, je m'en méfie. Sa maîtrise de l'exercice le rend dangereux. Avec lui, je demeure constamment sur mes gardes.

— Va te soulager ce soir, lui intime Karla. Tu es vraiment lourd quand tu t'y mets !

CHAPITRE 5

Thor se renfrogne puis s'éloigne sans demander son reste. Je coule une oeillade furtive vers ma complice. Nous réalisons qu'une fois encore, nous avons eu chaud.

Karla et moi ne sommes pas officiellement en couple. D'ailleurs, je suis certain que Björn désapprouverait. À ses yeux, personne n'est assez bien pour sa fille adoptive. Je n'ai donc jamais rien formalisé.

Thor a raison quand il m'accuse de papillonner avec les jeunes filles d'ici. Je l'ai fait pour de mauvaises raisons, de mes seize à mes dix-huit ans. Un vrai tombeur !
Par chance, j'ai cessé mes âneries avant de perdre définitivement Karla. Je lui suis demeuré fidèle depuis.

Donc, oui. Nous nous embrassons et couchons régulièrement ensemble. Tous les jours, à dire vrai. Nous profitons de nos parties de chasse en duo ou avec Geri. Sans compter que je me faufile auprès d'elle toutes les nuits, même si je ne reste pas dormir dans ses bras. Il ne manquerait plus que l'ours nous surprenne dans le même lit au petit matin. Je suis téméraire, pas suicidaire ! Nous nous astreignons également à manger ces plantes qui contribuent à éviter une grossesse.

Je ne remercierai jamais assez Geri de couvrir ainsi nos arrières. Combien d'excuses a-t-il dû inventer pour ne pas éveiller les soupçons de Björn ou de Thor ? Probablement des centaines. D'autant que son fouineur de petit frère semble se douter de quelque chose. Dès que nous pénétrons dans son champ de vision, il ne nous lâche plus du regard. Il nous épie, et il nous faut redoubler de vigilance pour ne pas nous faire prendre.
Alors, dès que l'occasion de brouiller les pistes se présente, j'accepte de partir plusieurs jours avec Björn. Et parfois Thor. Dans ces moments-là, je délègue la sécurité de Karla à Geri. Aujourd'hui, je lui octroie toute ma confiance, même si, à l'époque, je l'ai jalousé inutilement. Je sais qu'il veille sur elle comme si elle était sienne.

Pourtant, Karla et moi n'avons jamais mis de mots sur cette exclusivité tacite qui existe entre nous. Notre alchimie a beau ne plus être à prouver, j'ignore si elle accepterait d'officialiser ce « nous ». Car, contrairement aux autres filles de colons, elle n'a jamais émis le souhait de s'unir. À vrai dire, elle ne paraît pas s'y intéresser.

Demander, c'est s'exposer à un refus.

Même si je semble être doté d'une assurance à toute épreuve, en cas de « non », mon égo ne s'en remettra pas. Alors, j'attends qu'elle fasse un pas vers moi, qu'elle me désigne comme l'élu de son cœur, celui qui prendra soin d'elle. Je patiente depuis un moment, il est donc légitime de m'interroger : suis-je toujours à l'épreuve ou m'a-t-elle pardonné ? Assumera-t-elle notre relation face à nos parents, ou vais-je demeurer son vilain petit secret jusqu'à ce qu'elle trouve un époux respectable ?

— On rentre ! nous hèle un Thor, plus que directif.

Geri sort de sa torpeur et se lève. Je trottine à sa rencontre puis passe un bras autour de ses épaules dans une accolade fraternelle. Je suis heureux que nous ayons pu nous réconcilier après l'épisode quelque peu tendu de sa convalescence.

Lorsque nous rejoignons les quatre autres, j'adresse un clin d'œil espiègle à Karla qui me sourit en retour. Son regard oscille ensuite entre mon frère et moi. Encore une douce journée qui s'achève en ÍSLAND.

Note de l'auteur : MANI : dieu de la Lune.

Note de l'auteur : YGGDRASIL : arbre qui soutient les neufs royaumes : ASGARD, HELHEIM, VANAHEIM, JÖTUNHEIM, MIDGARD, MUSPELHEIM, NILFHEIM, ALFHEIM et SVARTALFHEIM. Il s'effondre durant le RAGNARÖK, entraînant la destruction des mondes dans sa chute. (Plus de précisions dans la section dédiée aux neuf royaumes.)

CHAPITRE 6

UN REVENANT

BJÖRN

Asulf n'est pas à mes côtés, pourtant, je lui parle à haute voix, comme je le fais depuis vingt ans. Une éternité durant laquelle j'ai espéré qu'il nous trouve. En vain. Je me suis découragé à mesure que les saisons s'écoulaient et qu'il n'apparaissait toujours pas.

Alors, je me suis concentré sur notre futur.

En tant que légendaire guerrier VIKING, j'aurais dû gagner le droit de succéder à mon père et régner sur le royaume du JUTLAND. Mais les NORNES en avaient décidé autrement.

Vingt années que nous avons abandonné le Continent avec un groupe de colons pour un avenir meilleur. Ailleurs. Nous devions nous établir dans les ÎLES FØROYAR, mais notre DRAKKAR a dévié au Nord et nous avons accosté ici, où personne avant nous n'était parvenu. Sur ce sol, que nous avons nommé ÍSLAND, la *« Terre de glace »*. Un territoire hostile auquel nous nous sommes tous adaptés.

Vingt ans d'anonymat et de tranquillité, m'ont finalement forcé à admettre l'inacceptable : mon ami Asulf ne nous rejoindrait jamais.

Jusqu'à ce que débarquent le navigateur et la THRALL. Et qu'ils m'annoncent cette nouvelle que je n'attendais plus.

CHAPITRE 6

— « Il me tarde de revoir ton arrière-pays de sans-fourreau. » C'était son message, précise l'homme.

Cette stupide blague est devenue notre mot de passe durant notre adolescence. Une preuve de confiance. L'entendre déclenche en moi un torrent d'émotions. Mon palpitant part au triple galop, ma poitrine m'oppresse comme si j'avais couru à en perdre haleine. Pourtant, je respire mieux que jamais.

Asulf est en vie.

Je ne peux m'empêcher d'exulter intérieurement :
Par tous les dieux, Björn ! Asulf est en vie ! EN VIE, PUTAIN !

Asulf, mon frère d'armes et de cœur, est toujours parmi nous !
Dire que j'étais sur le point de capituler et d'enfouir au plus profond de moi cet espoir qui me rongeait de l'intérieur ! Si je n'avais pas face à moi ces deux étrangers qui viennent de m'annoncer la meilleure des nouvelles depuis des années, je danserais comme un dément !

Ce départ forcé de JOMSBORG, sans lui, m'a laissé un goût amer. J'ai passé les vingt dernières années à regretter de l'avoir abandonné alors qu'il rentrait à AROS. Même s'il était accompagné d'Amalrik, notre mentor, qui faisait office de second père pour lui. Parce que le « sien » est un monstre de la pire espèce que j'aurais dû occire depuis bien longtemps.

Baldwin, un autre excellent guerrier que nous respections, faisait également partie du voyage vers la terre qui nous a vu naître. C'est d'ailleurs Haf, ce navigateur et second fils de ce dernier, qui se tient devant moi et ravive la flamme ténue de ma foi en nos dieux. Cette simple phrase d'insultes résonne comme une douce mélodie à mes oreilles.

Je ris à gorge déployée, les larmes aux yeux.

L'excitation me gagne, je lutte pour me contenir. J'ai besoin d'en apprendre plus avant de déterminer si je peux ou non leur accorder ma confiance. La sécurité de ma famille en dépend.

J'inspire et expire de longues secondes pour me canaliser, les paupières fermées, comme jadis avant un combat. Lorsque je les ouvre, je suis à nouveau en pleine possession de mes moyens.

— Maintenant, racontez-moi tout ce que vous savez. Sans omettre le moindre détail. Et surtout, dites-moi comment je peux aider Asulf à rejoindre les siens.

LEIF

— Les enfants, venez manger ! nous hèle Lyra depuis le seuil de la LANGHÚS.

Je resserre ma prise sur l'épaule de Geri et tente de le faire sourire en lui ébouriffant les cheveux. En vain. Il est mono-expression depuis des années. Un grand torturé.

Nous nous empressons de rentrer et découvrons qu'Eldrid et ma mère viennent tout juste de garnir la table de pommes de terre et carottes cuites dans du jus de volailles rôties. Je salive à la vue des peaux dorées que je devine croustillantes à souhait. La journée a été interminable, je suis affamé.

Chacun notre tour, nous déposons un tendre baiser sur leurs joues avant de rejoindre nos places habituelles sur les longs bancs en bois.

— Où est père ? questionne Thor.

— Sûrement avec son tas de cailloux, souffle son cadet, qui vient de fêter ses quatorze ans.

— Possible qu'il y soit resté tout l'après-midi, commente Karla. Je l'y ai aperçu à plusieurs reprises avec deux étrangers.

— Des colons ont débarqué et tu ne m'en as pas parlé ?

CHAPITRE 6

Elle n'a pas le temps d'ouvrir la bouche que Geri murmure :
— La THRALL et le navigateur.
Tout le monde se tait soudainement.
— Encore avec ça ! grommelle Ragnar.
De concert, Geri et moi lui lançons un regard réprobateur. Je remarque alors que notre mère s'est raidie. Je sais à quoi elle pense. Lorsque nous adoptons cette expression, nous lui rappelons notre père. Elle nous a expliqué que nous lui ressemblons de plus en plus, tel qu'elle l'a connu à notre âge, il y a deux décennies. Il lui manque chaque jour.

Notre famille recomposée représente tout à mes yeux. Alors quand la porte s'ouvre et que Björn entre, précédant deux étrangers, le silence se réinstaure. Nous nous rendons tour à tour nos regards méfiants. Chacun a parfaitement compris que nous devions garder nos liens secrets. Moins ils en savent, moins ils risqueront de nous nuire.

Les deux inconnus le suivent et s'asseyent autour de lui tandis qu'il préside la tablée, comme à son habitude. Quant à moi, je suis installé entre ma mère et Karla. Entre cette dernière et le mur, Geri se fait discret mais attentif.

L'ambiance est aussi glaciale que durant VETR, alors que nous sommes en plein SUMAR et que les journées sont douces.

Nous nous observons mutuellement à la dérobée et en silence. Excepté Geri qui scrute les deux nouveaux sans relâche.

Ce malaise qui s'est invité chez nous est finalement dissipé par notre patriarche.
— Passe-moi les pommes de terre, Karla, veux-tu ?
Je pose ma main sur son avant-bras pour l'immobiliser. Surprise, elle interrompt son geste et pivote vers moi au moment où je plante mon regard dans celui de l'étranger pour l'interroger :
— Qui êtes-vous ?
— Je me nomme Haf, et voici Petra.
— Mais encore ? renchéris-je, un sourcil relevé.

— Vous connaissiez mon père, Baldwin, affirme-t-il en s'adressant à Björn et Eldrid.

Il désigne ensuite la blonde qui se dandine face à lui, imperceptiblement mal à l'aise.

— Et son amie Holda.

Pas besoin que l'on me rappelle de qui il s'agit, j'en ai longuement entendu parler depuis que je suis tout petit. Ces personnes faisaient partie de l'ancienne vie de nos parents. Il est toutefois étrange que d'autres qu'eux les évoquent.

Par les dieux ! Ces deux-là étaient réellement à notre recherche.

Eldrid s'installe auprès de l'homme alors que ma mère fait barrage entre la femme et nous. Leur attitude est à l'image de la mienne : méfiante.

— Peut-être pourriez-vous vous montrer un peu plus loquaces, suggère Eldrid alors que l'ambiance est officiellement polaire.

— Je connaissais Holda, entame Petra. Je lui ai succédé au service de Baldwin.

— Donc tu es une THRALL, traduit Thor sans aucune subtilité.

— En effet.

Tous les regards se braquent alors vers Geri. Je ne suis visiblement pas le seul à faire le rapprochement avec ses paroles mystérieuses un peu plus tôt. Serait-ce un coup de chance ?

— Et vous ? enchaîne Thor, à l'attention de Haf.

— Je suis un navigateur. On m'a longtemps cru disparu en mer, mais il semble que NJÖRD ait veillé sur moi.

Nos mâchoires se décrochent. Nous réalisons que Geri, tel les devins des histoires, savait avant même de les rencontrer. Pourtant, mon frère reste impassible, comme s'il sondait leurs âmes pour débusquer un éventuel mensonge.

La tension dans la pièce est palpable. Tout le monde est sur le qui-vive tandis que Thor s'agite nerveusement en formulant :

CHAPITRE 6

— À ce rythme, on en aura pour la nuit ! Alors crachez le morceau, que l'on puisse manger avant que ce succulent repas ne refroidisse !

Björn fronce les sourcils de mécontentement, mais Eldrid ne lui laisse pas le temps de remettre leur fils à sa place :

— Tendez-moi tous vos assiettes pendant que nos invités nous expliquent la raison de leur présence.

Sans piper mot, nous obtempérons et nous restaurons lentement.

Haf réajuste sa position et entame son récit :

— Nous avons quitté AROS il y a cinq ans, avec un message de la plus haute importance à délivrer exclusivement à Björn.

— Nous n'avons aucun secret les uns pour les autres sous ce toit, déclare Eldrid.

— Quel est-il ? s'impatiente Thor.

— « Il me tarde de revoir ton arrière-pays de sans-fourreau. », récite Haf.

— Et qu'est-ce que cela signifie ? s'agace le blond.

— Qu'Asulf est en vie, clarifie Björn.

Nous nous interrompons tous simultanément. Nos regards se braquent sur lui.

Par les dieux !

Cette nouvelle me fait l'effet d'un coup de massue. Aux visages ahuris qui m'entourent, je ne suis pas le seul choqué.

— En tout cas, il l'était quand nous sommes partis à votre recherche, précise Petra.

— Il l'est toujours, affirme Geri, demeuré silencieux jusqu'à présent.

Nous restons interdits face à ses propos. Toute notre attention est accaparée par Geri qui fixe en silence les intrus.

— Asulf est en vie, murmure Eldrid, les larmes aux yeux, verrouillant ses iris dans ceux de Lyra, assise face d'elle.

À cette annonce troublante, ma mère a l'œil sec et résigné. Il lui en faut plus pour la convaincre. Pourtant, je la connais suffisamment pour percevoir que la nouvelle la frappe en plein cœur et que, sous sa carapace de femme stoïque, elle manque de défaillir. Elle a prié les dieux si fort pour que notre père soit toujours de ce monde. Elle se force néanmoins à dissimuler ses émotions devant ces personnes que nous rencontrons à peine. Bien qu'ils aient pu gagner la confiance d'Asulf, ils devront en faire autant avec elle.

THOR

Ces étrangers sont entrés dans nos vies depuis moins d'une heure. Malgré cela, nous sommes déjà tous tendus comme jamais. Je coule un rapide regard vers ma mère, je n'ai pas besoin de l'entendre pour deviner la teneur de son message :
Thor, calme-toi et ne provoque pas ton père !
Ouais, ben, facile à dire !

Puisque personne n'ose poser les questions qui fâchent, je m'en charge :
— Et quelles preuves avancez-vous ?
— Cette phrase rapportée d'Asulf, c'est un secret entre lui et moi. Elle signifie que nous pouvons faire confiance à la personne qui nous la délivre. C'est de lui, sans aucun doute.
— Dans quelles circonstances l'avez-vous acquise ? interrogé-je.
— Je prenais soin de lui durant sa captivité, énonce Petra. Lorsque Harald m'a libérée, j'ai fait mes adieux à Asulf. Et il m'a communiqué tout ce dont j'avais besoin pour vous trouver. La traversée étant longue et périlleuse, j'ai préféré partager ces informations avec Haf, au cas où il m'arriverait malheur…

Je secoue la tête pour signifier mon mécontentement. Je n'adhère pas à leur histoire et mon père le sait, car il me connaît bien. Donc, il poursuit ses explications :

CHAPITRE 6

— Je la crois. Petra m'a sauvé la vie à AROS il y a vingt-trois ans. À cette époque, Harald et son sorcier Markvart me retenaient prisonnier. Ce traître voulait m'accuser du meurtre de ma famille, alors qu'il l'avait lui-même perpétré durant les minutes précédentes. Je serais mort sans son intervention. J'ai passé tant d'années à m'interroger. Qui avait bien pu m'aider ? Aujourd'hui, je sais que c'est elle.

— Comment peux-tu être en sûr ? demandé-je.

— Nous avons discuté cet après-midi. Elle m'a révélé des détails de cette nuit-là dont personne ne pouvait avoir connaissance.

Tout le monde acquiesce, acceptant le peu d'informations dont la véracité ne fait aucun doute pour Björn tandis que je fulmine.

Si je sens Leif et Lyra ébranlés par cette nouvelle, Geri, quant à lui, semble imperturbable. Comme s'il le savait déjà. Je suis admiratif de ses profondes convictions à l'égard de son père. Pour lui, Asulf a toujours existé, et pas simplement dans les souvenirs de nos parents. Il a prétendu l'avoir vu et conversé avec lui, et ce, durant de nombreuses années. Il l'a même parfaitement décrit à sa mère alors qu'il n'était encore qu'un gamin.

La responsabilité incombe à Björn, Eldrid et Lyra, qui leur parlaient constamment de ce père qu'ils n'ont jamais connu, au cas où il nous rejoindrait un jour. Ce n'était peut-être pas une si bonne idée, après tout, car Geri s'est inventé un ami imaginaire qu'il a prénommé Asulf. Et toute la colonie a commencé à le traiter comme un VARGR, un paria.

Pourtant, aujourd'hui, je me demande si nous ne sommes pas passés à côté de quelque chose. Et s'il avait toujours dit la vérité ?

Je me dois de creuser cette piste et poursuis mon interrogatoire, plus suspicieux que jamais :

— Comment nous avez-vous trouvés ?

Haf s'éclaircit une nouvelle fois la gorge avant de mordre dans une cuisse de poulet. La peau croustille sous ses dents tandis qu'il démarre son récit, la bouche pleine :

— Asulf nous a transmis les informations du lieu où vous deviez vous retrouver lorsqu'il aurait vaincu Harald. Sur son ordre, nous avons donc embarqué à bord de mon DRAKKAR à Aros et pris la direction des ÎLES FØROYAR.

— Qui ça, « nous » ?

— Petra, moi et quelques hommes.

— Et où sont-ils maintenant ?

— Certains sont morts en mer. D'autres sont restés là où nous avions accosté lorsque nous vous cherchions.

— Pourquoi Asulf n'était-il pas du voyage ? insisté-je.

— Il était prisonnier de Harald. Et il l'est probablement toujours.

Du coin de l'œil, je perçois Geri acquiescer discrètement, comme s'il validait leurs dires. Alors je continue :

— Donc vous êtes partis d'AROS sans lui ? Pourquoi venir jusqu'ici, au bout du monde connu, quérir l'aide que ni vous ni personne n'a eu le courage de lui apporter ?

— La situation n'est plus ce qu'elle était, avoue le navigateur, embarrassé. Tout a bien changé depuis que j'ai disparu en mer.

— Comme c'est pratique ! ironisé-je.

— Thor ! me rabroue sèchement mon père.

— Non ! contesté-je vivement. Nous sommes en ÍSLAND depuis vingt ans, sans que personne ne nous ait jamais trouvés. Pas un foutu nouveau colon n'a foulé notre sol après notre arrivée ! Et eux débarquent, seuls, à REYKJAVIK, qui plus est, avec des explications bancales et un message d'Asulf ? Ça pue le traquenard !

Tout le monde semble approuver mes propos en acquiesçant.

En bout de tablée, mon père bout, car je le provoque.

— Si Asulf est toujours en vie, il m'incombe d'aller le libérer. Il l'aurait fait pour moi. Pour chacun d'entre nous. Je refuse de l'abandonner encore alors qu'il a clairement besoin de moi.

— C'est un piège de Harald pour rapatrier les traîtres ! martelé-je, exaspéré. Une putain de mission suicide !

— Ton langage, Thor ! Tu oublies à qui tu t'adresses.

CHAPITRE 6

— Asulf n'est qu'une excuse, un appât. Harald vous veut tous les trois, poursuis-je en désignant nos parents. Il nous convoite tous. De préférence vivants. Il désire probablement nous torturer et nous tuer en public pour l'exemple. Pour qu'aucune de ses brebis ne se pense hors de la portée de son châtiment, que ce soit sur son sol ou dans le temps. Et ces deux-là sont sûrement dépêchés par Harald.

Mon père se relève brusquement. Emportée par son élan, sa chaise s'écrase sur le plancher. Il s'énerve en pointant à son tour les deux étrangers du doigt :

— Asulf requiert explicitement mon aide et il les a envoyés pour cela !

Notre discussion est un dialogue de sourds mais je ne peux pas me taire. Il doit être raisonnable et m'écouter.

Je me redresse pour être à sa hauteur :

— Y aller, c'est signer ton arrêt de mort, ainsi qu'à tous ceux qui te suivront. Ne pense pas que tu pourras le récupérer sans encombre. Cela fait vingt-trois ans que Harald a le pouvoir et il nous veut toujours. Pourquoi ?

— À quoi joues-tu, Thor ?

— Il fait précisément ce que tu nous as appris : prendre du recul.

La voix de ma mère qui m'épaule me rassure quelque peu dans ma démarche, même si je sais qu'elle n'est pas acquise à ma cause. Cependant, elle m'offre l'opportunité d'exprimer mes doutes.

— Exactement. Je réfléchis, j'évalue nos faiblesses et nos forces pour affronter la situation, ou encore si la raison en vaut la peine. Et au risque de me répéter, tu vas sacrifier ta vie ainsi que les nôtres pour un cadavre. Car oui, Asulf est déjà mort. Ton ami n'est plus qu'un vague souvenir.

— Tu n'en sais rien.

— Peut-être. Mais il a passé toute son existence auprès de Harald. Les vingt premières années dans l'ignorance, et les vingt dernières probablement sous la torture. Alors permets-moi de douter de l'homme que tu vas retrouver !

Björn ouvre la bouche, ahuri par mes propos. Je dis vrai mais il refuse de me croire et persiste :

— Ma décision est prise. Je ne l'abandonnerai pas à son sort.
Bordel ! Il va me rendre dingue !

Personne n'ose nous interrompre. Pourtant, je constate que les avis sont partagés, pour l'instant. Je dois convaincre mon père, car tous se rangeront derrière lui… ou le braveront. Je sais que ce ne sera pas sans conséquences. C'est la première fois que nous nous disputons de la sorte. Néanmoins, je n'ai pas d'autre choix que de le pousser dans ses derniers retranchements pour lui ouvrir les yeux, en espérant qu'il abonde dans mon sens :

— Pourquoi leurs accordes-tu une confiance aveugle plutôt que de m'écouter ?

— J'ai foi en ce message qu'ils portent. Et je ne peux pas laisser Asulf là-bas.

— N'étais-tu pas censé être le meilleur guerrier en ton temps ? Un fin stratège invaincu ? Le futur roi du JUTLAND ? Parce que là, on ne dirait pas ! Est-ce pour cela que tout le monde s'est rallié derrière Asulf ?

Rouge de colère, mon père n'apprécie pas que je le provoque, serrant ses poings si forts que ses jointures blanchissent.

Bénis soient les dieux, il va enfin entendre raison !

— Je t'interdis de me défier, gamin ! rugit-il. Alors pose tes fesses sur ce putain de banc !

— Sinon quoi ?

Je ne plie pas et arbore ma moue boudeuse alors que je croise mes bras, signifiant que je campe définitivement sur mes positions :

— Si tu t'en vas, tu nous condamnes.

— Je pars seul. Vous resterez ici, en sécurité.

Ce n'est pas vrai ! Mon paternel est d'un têtu !

Courage, Thor, essaie de le raisonner avant qu'il ne fasse n'importe quoi !

J'inspire longuement puis adopte une autre stratégie :

— Très bien. Supposons que le sauver soit la bonne chose à faire. Admettons que ton voyage se passe sans encombre, ce dont je doute.

CHAPITRE 6

Puis que tu réussisses à le libérer sans mourir. Saurez-vous vous échapper et revenir ici sains et saufs ?

Je perçois d'abord l'incompréhension de mon père face à mon nouvel angle d'attaque. Puis de l'hésitation quant à sa réponse. Il le sait, bien qu'il refuse de l'avouer, il y a beaucoup trop d'incertitudes, pas même l'ébauche d'un plan viable. Ses yeux plissés et sa mâchoire contractée le trahissent. Il fonçait tête baissée vers le danger.

Je suis soulagé, car je l'ai atteint et forcé à y réfléchir posément.

— Je les ramènerai, annonce Haf.

Furieux qu'il s'immisce dans notre conversation père-fils, je suis à un cheveu de l'étriper :

— Toi, on ne t'a pas sonné !

— Merci, prononce Björn.

Mais, non, putain ! Personne n'ira nulle part !

— C'est non ! Pas de sauvetage improvisé face aux guerriers de tout un pays pour un potentiel macchabée !

— JE SUIS LE CHEF ICI ! Je décide...

—...qui doit mourir ? le coupé-je effrontément. Tu ne partiras pas dans une mission suicide avec toutes les chances d'y rester. Je m'y oppose. Et je ne pense pas être le seul à tenir à toi, ici.

Nous nous toisons, je sais qu'il n'en a pas terminé. Je déteste le rôle que j'endosse, mais je les aime tous bien trop fort pour les perdre.

Courage, Thor ! Ne lâche rien !

Trois silhouettes, jusque-là demeurées silencieuses, se lèvent à leur tour. Je sens les regards courroucés que m'adressent Lyra et les jumeaux. Pourtant, je dois tenir bon, pour notre bien à tous. Puisque je semble être la seule personne rationnelle de cette pièce.

— Je t'accompagne, Björn, et c'est non négociable, lance Lyra.

— Nous aussi, entonnent simultanément Leif et Geri.

— J'en suis, déclare Karla.

Oh bordel ! Il ne manquait plus que cela !

— Personne ne partira, conteste mon père, à mon immense

soulagement.

— Nous avons tous les trois vingt ans, rétorque simplement ma grande sœur. Tu ne peux pas nous en empêcher.

Pincez-moi, je rêve ! Elle a chassé trois lapins et elle se pense guerrière VIKING *!*

— Je regrette la période où vous m'obéissiez aveuglément, grommelle-t-il pour seule réponse.

— Est-ce que vous vous entendez ? m'exaspéré-je. Aucun de vous n'est un vrai VIKING. Nous sommes tous des paysans. Et vous voulez aller affronter des hommes qui se battent à longueur d'année ?

— Nous avons été entraînés par Björn, rectifie Leif.

— Un vétéran qui n'a pas croisé le fer depuis vingt ans avec des adversaires dignes de ce nom ! raillé-je. Tu veux réellement parier nos vies là-dessus ? Troquer notre existence paisible contre des incertitudes, du sang et des morts ?

Il ne me répond pas, alors je pose ma botte sur la table, en sors un poignard et le tends à mon père :

— Vas-y, tue-nous maintenant. Le résultat sera le même, de toute façon. Mais cela nous empêchera de souffrir pour une cause perdue d'avance.

Je pensais obtenir du soutien auprès de ma famille ; je n'en trouve aucun. Leurs regards expriment clairement leur détermination et je suis excédé par leur égoïsme. Dans un geste prompt, je range mon arme et me rassois.

Je vis donc au milieu d'une bande de suicidaires.

BJÖRN

Je me frotte vigoureusement le visage, exaspéré par l'attitude revêche de mon fils et cette situation qui m'échappe totalement.

— Non ! Vous resterez tous ici.

CHAPITRE 6

— Ce n'est pas à toi seul d'en décider, tranche ma femme. Cette question est trop importante, surtout pour Lyra et les garçons.

— J'ai fait une promesse à Asulf. Une putain de promesse ! Qui m'a tenu éloigné de lui bien trop longtemps !

— Et tu as plus que rempli tes obligations envers lui et vis-à-vis de nous, me rassure Lyra.

— Quand bien même ! Je ne mettrai aucune de vos vies en danger.

— Karla te l'a dit, nous sommes en âge de prendre nos propres décisions, tempère Leif. Nous t'accompagnerons tous les quatre, quoi que tu en penses.

— J'AI DIT NON !

— Tu n'es pas notre père ! explose Geri.

Il n'avait pas prononcé un mot depuis un moment. Mais lorsqu'il s'exprime, je reçois sa contestation comme un coup mortel. Je chancelle, ébranlé par cette vérité qui me frappe plus durement que tout ce que j'ai pu endurer dans cette existence. La bouche ouverte, je tente vainement de mettre de l'ordre dans mes idées.

— Je t'aime comme tel depuis toujours et rien ne changera cela, complète-t-il. Mais maintenant, j'ai aussi besoin de lui physiquement dans ma vie. Peux-tu accepter notre aide ?

Je sais qu'ils rêvent de rencontrer Asulf, le héros égaré, depuis leur plus jeune âge.

J'inspire profondément. Bien évidemment, je les comprends. Je leur ai relaté mon histoire : j'ai perdu mon père à leur âge, quand eux ont dû grandir sans le leur.

Je les observe tour à tour et termine par Lyra. Elle a passé tant d'années à pleurer son mari. Combien de fois l'ai-je aperçue à la dérobée alors qu'elle épanchait son chagrin sur l'épaule d'Eldrid ? Beaucoup trop. Elles se sont confié leurs douleurs, leurs doutes, qui n'étaient autres que les exacts reflets de ceux que je ruminais.

Pourtant, cette annonce sonne la fin de mon aide. Les yeux de Lyra pétillent. Derrière son visage fermé se cache une guerrière résignée à libérer celui qui a toujours fait battre son cœur.

— Et si c'est bel et bien un piège ? réitère Thor sans en démordre. On vous perdra pour quoi ? Un homme que vous ne connaissez pas, ou plus, après vingt ans loin de lui ?

Il tente le tout pour le tout. Il désire protéger notre famille et je ne peux pas l'en blâmer. Je l'aime tant de se battre pour nous !

— Asulf, bien qu'absent depuis une éternité, a toujours été un pilier pour nous tous, renchérit Eldrid qui les appuie.

Je soupire, las de ce débat sans fin, et parce que je devine où elle veut en venir. Je hais le tournant que prend cette discussion houleuse.

— Tu nous prépares à cela depuis des années, me rappelle-t-elle. Nous sommes prêts. Alors nous irons à AROS, tous ensemble.

— C'est beaucoup trop dangereux, surtout pour les petits.

— Plus que de nous abandonner ici, sans toi ? se hasarde-t-elle.

Je scrute ma femme qui a pesé chaque mot pour m'atteindre. Notre famille a toujours été soudée. Toutefois, je me doutais que la libération d'Asulf serait notre point de discorde. Tous savent prendre soin d'eux et se défendre en mon absence. Je prévoyais de filer en douce cette nuit et de le ramener, même s'ils m'avaient maudit au petit matin. Mais, sur le qui-vive, ils m'empêcheront d'aller au bout de mon projet.

J'ai sacrifié ma vie de guerrier que je chérissais tant pour leur offrir un avenir paisible. Et nul doute qu'ils m'en sont tous reconnaissants. Au fond de moi, je sais que cette bravade n'a rien de personnel. Nous partageons ce besoin viscéral d'avoir enfin Asulf parmi nous.

Je suis fier du dévouement de chaque membre de cette famille. À l'instar de Thor, je protège farouchement ceux que j'aime, parfois en usant de ma position de patriarche pour m'imposer.

Je regrette d'avoir amené la THRALL et le navigateur sous mon toit. Je pensais bien faire en leur offrant l'hospitalité, mais j'ai fait entrer un vent de révolte dans mon foyer. Car ce qui a été entendu ne peut être repris. Dès lors, mes proches ne cesseront de se mettre en danger jusqu'à atteindre leur objectif. Par conséquent, peut-être vaut-il

CHAPITRE 6

mieux que nous fassions front commun durant cette expédition périlleuse.

— Très bien, Eldrid, tu as gagné. Nous partirons dès que possible.

Tous soupirent de soulagement tandis que je me rassois et entame enfin le repas. Mais Thor jette sa cuillère dans son assiette et se lève :

— Bordel ! Je serai du voyage. Non pas parce que je vous crois, dit-il en pointant les étrangers du doigt, mais pour veiller sur cette bande d'inconscients qui me sert de famille et leur éviter de mourir bêtement. Mais je n'ai aucune confiance en vous deux. Aucune ! Alors si vous tentez quoi que ce soit, sachez que je n'aurai pas le moindre scrupule à vous éliminer. Est-ce clair ?

Inquiets, la THRALL et le navigateur s'observent tandis que nous ne perdons pas une miette de cet ultime éclat.

La tension reste suspendue dans l'air durant un long moment, jusqu'à ce que Thor s'asseye calmement, attrape une cuisse de poulet et s'adresse à Eldrid et Lyra :

— Merci pour ce repas alléchant. J'ai une faim de loup !

Avec ton estomac, ou ton envie d'en découdre, mon fils ?

Note de l'auteur : HAF : signifie « la mer » et est le diminutif de HAFÞÓRR qui correspond à « navigateur » ou « celui qui voyage sur la mer ».
Les VIKINGS étaient connus pour leurs compétences maritimes exceptionnelles et leur exploration audacieuse des mers, ce qui en a fait des navigateurs remarquables.

Note de l'auteur : NJÖRÐ était le dieu associé aux navigateurs, car il avait une grande influence sur les vents, les vagues et les conditions météorologiques. Les marins espéraient obtenir sa protection et sa faveur pour assurer des voyages sûrs et fructueux.

Note de l'auteur : VARGR : Signifie « loup solitaire ». Il englobait les hors-la-loi, les déserteurs, les lâches et les marginaux qui ne faisaient pas partie de la société VIKING.

CHAPITRE 7

FIN DU SUPPLICE

LYRA

Asulf est en vie.

C'est en tout cas ce que prétendent les deux inconnus débarqués quelques heures plus tôt, et ce dont mon fils est persuadé.

Cette annonce m'a fait l'effet d'un coup de massue. J'étais complètement sonnée, ma tête bourdonnait, mon corps ne réagissait plus. En apparence, je suis restée stoïque. À l'intérieur, j'étais si heureuse qu'il soit toujours de ce monde, et à la fois dévastée de l'avoir abandonné à son sort pendant si longtemps. D'avoir, un jour, baissé les bras alors qu'il continuait de se battre en se raccrochant à nous.

À peine le repas est-il terminé que je sors de la LANGHÚS sans un mot. L'ambiance dans notre demeure est étouffante. Je suffoquais tandis que tous braquaient leurs yeux sur moi, se réjouissant de la nouvelle, alors que je ne réalise pas encore l'ampleur de ce que cela signifie.

Asulf est en vie.

Cette simple phrase me provoque des frissons. Je ressens de nouveau ses baisers, ses caresses, sa voix grave qui murmure à mon

CHAPITRE 7

oreille. Mon corps se manifeste, me rappelant tout ce que j'ai enfoui au plus profond de mon être pour ne pas perdre la tête et sombrer sans l'amour de ma vie. Pour demeurer la mère que nos garçons méritent.

Toute cette histoire est dingue. Je vais me réveiller, en sécurité dans les bras d'Asulf, ici même, en ÍSLAND. Il nous aura accompagné et vécu vingt ans de bonheur, auprès de nous tous. Il aura vu grandir nos fils, et, peut-être, aurons-nous eu d'autres enfants.

Oui, voilà, je dois être en train de rêver. Ou en plein cauchemar. Car il ne m'aurait jamais abandonnée, n'est-ce pas ?

Le vent qui se lève apaise mon esprit en feu. J'ai besoin de calme pour digérer toutes ces révélations.

Sans réfléchir, je laisse la LANGHÚS derrière moi et m'enfonce dans l'obscurité, puissamment éclairée par MANI, le dieu de la Lune. Un pas après l'autre, je m'éloigne. J'accélère. Encore. Toujours plus. Jusqu'à courir aussi vite que mes jambes me le permettent. Mes bottes touchent à peine l'herbe pour me porter au petit ruisseau, où je m'arrête brusquement. Cet effort physique ne m'a rien coûté, toutefois je suis mentalement épuisée.

Je me laisse tomber à genoux alors que des larmes dévalent mes joues sans retenue. Mon cœur tambourine fort dans ma poitrine. Je me sens à la fois oppressée et libérée. Torturée et délivrée. Cette douleur en mon sein est suffocante, pourtant, je l'accueille avec plaisir. Ce sont des larmes de joie qui coulent, bien que teintées d'amertume.

D'un geste vif, je retrousse mes manches et plonge mes mains en coupe dans l'eau. Je les amène à mon visage pour m'en asperger, dans l'espoir que la fraîcheur vivifiante m'aide à reprendre mes esprits.

Figée dans cette position, j'inspire longuement, à plusieurs reprises. Mes sanglots se calment, la cage dans laquelle je me trouve depuis notre séparation forcée ouvre enfin sa porte, permettant au doute de s'envoler.

Asulf est en vie.

Je le ressens maintenant dans mes tripes alors que la culpabilité m'assaille. Je m'allonge sur le dos, les mains croisées sur mon ventre. Les yeux rivés vers les étoiles, je me laisse bercer par le bruit du ruisseau qui clapote près de moi.

Je commence à murmurer pour elles, en espérant qu'elles portent mon message jusqu'aux oreilles de mon bien-aimé :
— Je comprends à présent ce besoin que Björn a toujours eu. Ces longs monologues quotidiens où il te relate tout pour ne pas te perdre, comme si tu étais parmi nous. Il s'est accroché à toi de toutes ses forces, et c'est ce qui lui a permis de garder la tête hors de l'eau durant toutes ces années. Eldrid a bien tenté de nous raisonner, mais lui comme moi sommes rongés par les remords.

Mes yeux se brouillent alors que je lutte pour ne pas craquer maintenant. J'ai à m'entretenir avec mon mari.
— C'est la première fois que je m'adresse à toi, comme Björn a pu le faire. Je suis navrée d'avoir pris tout ce temps. Je n'y arrivais simplement pas jusqu'à présent. Te parler comme cela était trop difficile. Avec toute cette incertitude autour de toi, qui a grandi au fil des ans, j'avais le sentiment que te transmettre ces quelques mots ressemblerait à une oraison funèbre. Comme si j'acceptais de te laisser partir, ce que j'ai farouchement rejeté ! Björn, Eldrid et moi étions persuadés que tu étais toujours en vie. Nous avions cette conversation silencieuse, mais jamais nous ne nous sommes résignés. Nous t'avons attendu, mon roi. Chaque jour levée avant l'aube, je guettais les voiles à l'horizon. Mais après toutes ces années, ma lumière s'était presque éteinte. Ignorant si tu vivais encore, ou si tu t'étais effondré. Et tout était de ma faute. J'aurais dû continuer de croire en toi. En ta force. En ton courage. Je suis désolée d'avoir failli.

CHAPITRE 7

Une légère brise souffle et fait voler quelques mèches de mes longs cheveux bruns, qui viennent caresser mon visage par intermittence. Je les laisse faire, imaginant que ce sont les doigts d'Asulf qui frôlent mes joues pour me consoler.

Je poursuis mon monologue en triturant nerveusement le bracelet torque à têtes de loup, le premier cadeau qu'il m'a offert :
— Je me souviens de ton regard quand je suis partie de JOMSBORG avec Björn et Eldrid, parce que tu as ordonné à ton ami de nous mettre à l'abri. Ta tristesse m'a déchiré le cœur. J'ai prié les dieux, encore et encore, afin qu'ils veillent sur toi et te protègent. Que tu nous rejoignes rapidement, sain et sauf. Mais ils ont dû se lasser de mes supplices et m'ont abandonnée. Contrairement à nos amis qui ne m'ont jamais tourné le dos. Nous avons toujours pris soin les uns sur les autres, et sommes, aujourd'hui, plus soudés que jamais.

Je ferme les yeux et soupire bruyamment.
— Je me remémore tous les soirs notre dernière nuit ensemble. Elle ressemblait à des adieux. Avec une infinie tendresse, tu m'as aimée en silence jusqu'au matin. Tes baisers, tes caresses et tes non-dits. Tout cet amour pour moi que tu déversais dans chaque geste et qu'aucune parole ne saurait retranscrire avec la même intensité. Je me suis enivrée de toi, gravant chaque détail dans ma mémoire. Jamais je n'ai regretté d'avoir délaissé mon immortalité pour ton étreinte enflammée. Notre lien si puissant m'a poussée maintes fois à me transcender. Je chéris toujours nos ultimes instants, lorsque je me retrouve seule dans la pénombre, cruellement en manque de toi.

Je m'éclaircis la gorge pour ravaler les sanglots que je persiste à refuser.
— Te souviens-tu de ce que tu as dit à Eldrid quand tu me l'as présentée ? Tu m'autorisais à apprendre les actes d'amour avec elle. Je dois t'avouer qu'elle et moi avons séché nos larmes ensemble. Je ne te le narrerai pas ce soir, mais un jour, je le murmurerai en détail à ton oreille. Sache simplement qu'elle a été la seule à me toucher

depuis toi, comme je te l'avais promis. C'était une période sombre pour nous deux. Nous nous sommes accrochées l'une à l'autre pour survivre à ta disparition et à celle de Karl. Nos chagrins nous consumaient et nous les avons apaisés, une nuit, dans un moment d'égarement, par des baisers et des caresses.

— Tu sais, depuis notre arrivée, les colons désapprouvent notre modèle familial plutôt atypique. Nous inciterions les autres hommes à la débauche en vivant à deux femmes et un homme sous le même toit. À peine débarqués à VIK, nous nous sommes vu refuser l'aide de la communauté. Fâché, Björn a décidé de construire notre LANGHÚS seul, à l'écart du village. Les conditions de vie sont rudes et la nature ne nous épargne pas. Il y a cinq ans, nous avons donc déménagé à REYKJAVIK et érigé une seconde demeure, plus spacieuse que la précédente, car nous étions plus nombreux.

Je souris en pensant à nos garçons, qui ont bien grandi depuis.

— Je dois te confier autre chose. Durant cette ultime nuit ensemble, notre amour a conçu deux merveilles. Nos fils sont nés ici, en ÍSLAND. Ils se nomment Leif, comme feu ton véritable père, et Geri, tel l'un des deux loups compagnons du dieu ODIN. L'accouchement n'a pas été simple, et j'ignorais alors qu'il y avait deux bébés. Quand Leif est apparu, je souffrais depuis des heures, j'étais épuisée. Puis j'ai dû continuer de pousser pour que Geri vienne au monde à son tour. J'ai hurlé. Pleuré. Usé de mes dernières forces. Je n'y arrivais plus. Geri et moi avons frôlé la mort. Mon cœur s'est emballé, puis brusquement arrêté. Björn m'a frappé la poitrine et insufflé de l'air à de nombreuses reprises. Il m'a ramenée à la vie. J'ai puisé dans ton souvenir, en nous, puis j'ai recommencé à pousser pour que naisse ton second héritier. Ce ne sont pas les dieux qui m'ont donné la force de me battre, c'est toi.

Et Geri est apparu.

J'essuie les larmes qui coulent. Je ne peux pas flancher ; pas encore.

— J'ai failli le perdre à deux reprises. Durant l'accouchement,

CHAPITRE 7

puis cinq ans plus tard. Quel genre de mère suis-je pour mettre en danger mon enfant ? La seconde fois, il est tombé dans le ruisseau, près de notre première LANGHÚS. Il aurait pu se noyer à cause de mon manque de vigilance. Pourtant, du duo, c'est Leif l'intrépide. Geri est la force tranquille. Calme et posé, il ne fait rien sans réfléchir. Tout aurait pu très mal se terminer si j'étais arrivée ne serait-ce qu'un instant plus tard. J'ai cru mourir lorsque j'ai sorti de l'eau son petit corps gelé et inanimé. Puis revivre quand il m'a serré dans ses bras frêles. Après cela, je n'ai plus jamais dormi sur mes deux oreilles. Je cauchemardais, revivant sans cesse cette scène affreuse. J'ai même demandé à nos fils et à Karla de veiller constamment les uns sur les autres. Inséparables, ils sont devenus plus forts. J'ai peur qu'en venant te chercher, je mette en péril la vie de Geri une troisième fois. Ainsi que celle de son frère, et de toute notre famille.

Je réajuste ma posture sur le sol aussi dur que froid.

— J'ai élevé nos enfants avec ceux d'Eldrid et Björn. Ton ami est devenu le mien. Il se transforme en un véritable ours polaire quand il s'agit de nous protéger, mais c'est un cœur tendre avec nous. Il prend soin de moi comme d'une sœur depuis notre départ. Il représentait une figure paternelle exemplaire pour nos garçons, tout en veillant à leur parler de toi pour que tu aies ta place, le moment venu. Très tôt, il leur a expliqué que tu étais tenu éloigné d'eux contre ton gré, mais qu'un jour, ils te rencontreraient. Maintenant que Haf et Petra nous ont trouvés, nos fils n'ignoreront pas ton appel à l'aide. D'autant que Geri est certain qu'ils ne mentent pas.

Je replie ma jambe droite et ramène mon talon contre ma fesse.

— Étrange histoire que celle de Geri, qui prétend communiquer avec toi depuis tout petit. Personne ne l'a cru. Les colons d'ici le pensent fou, et en dehors de notre famille, tout le monde l'évite. À l'adolescence, Björn, puis moi, lui avons suggéré d'arrêter de parler avec ce qu'il imaginait être toi. Nous songions, à tort, qu'il nous avait écoutés. Je comprends la raison de son mensonge : il voulait simplement paraître normal aux yeux des autres. Pourtant, je dois avouer que ce don m'effraie. Même s'il lui a probablement permis de ne pas perdre pied, en bénéficiant de ton soutien. J'ignore le contenu de vos échanges, mais tu es un modèle pour lui. Il semble en savoir long sur toi, sur ta force de caractère et ta capacité à prendre du recul. Je suis troublée par toutes ces ressemblances entre vous. Et cela ne fait qu'accréditer ses dires tout au long de ces années. Il te parlait, il ne peut en être autrement. Car Leif est loin de te connaître aussi bien.

Je soupire longuement et constate que la brise s'est tue.
— Je n'ai jamais réussi à être heureuse sans toi. À chaque aube naissante, je désirais ardemment ton retour. Je t'ai attendu, refusant toutes les avances qui m'ont été faites. J'ai même coupé le doigt d'un colon en représailles, après qu'il a tenté de me forcer la main. Puis Björn a décidé de tous nous instruire au combat, dès que chaque petit en a eu l'âge. Cette pratique quotidienne n'était pas du goût des colons, cependant il avait besoin de savoir sa famille en sécurité. Les entraînements sont devenus de plus en plus intenses. Björn était inventif pour tester notre résistance. Je l'ai vu renaître à ce moment-là. Il était ravi de transmettre ses connaissances en créant sa troupe de guerriers. De partager ce temps précieux avec nous. Pour qu'à ton retour, tu nous trouves prêts et dignes de toi. Je présume qu'il attendait le jour où tous seraient en âge de partir à ta recherche pour revenir sur le Continent.

Je souris en repensant à tout cela.
— Tu sais, grâce à lui, je suis redevenue la combattante que tu avais façonnée. Je souhaitais qu'à ton arrivée, rien n'ait changé entre nous. Que tu sois toujours aussi fier de moi malgré les années écoulées. J'ai développé un mental d'acier, un peu à ton image. Mais comme pour toi, mes proches sont ma faiblesse. À tel point que j'envisage sérieusement de partir en douce avec Björn, la THRALL et le navigateur pour te libérer. Je sais ma démarche égoïste, car tes fils voudraient être du voyage.

Je me redresse et m'assois sur l'herbe :
— Une question me taraude : comment est-il possible que tu sois

toujours vivant après tant d'années de captivité ? Si Harald ne t'a pas tué, c'est qu'il avait des projets pour toi. Que t'a-t-il fait, mon amour ? Suis-je encore dans tes pensées ? M'as-tu oubliée ? Tant d'années ont passé…

Je continue mon bavardage nocturne, sous la voûte céleste qui scintille au-dessus de moi :

— Ma morosité a fini par déteindre sur Geri. Il est sombre et timide, là où Leif est solaire et avenant. Ils sont comme les deux faces d'une même pièce : des opposés qui ne sont rien l'un sans l'autre. Ils disent que je suis leur modèle, mais j'ai l'impression de ne plus en avoir que l'apparence. J'ai besoin que la source de ma force me rende ma superbe. Que tu me reviennes. Aujourd'hui, plus que jamais. Car tu es en vie.

Les larmes coulent de nouveau sur mes joues tandis que j'imagine l'impensable.

— Et si Harald t'avait brisé ? Que tu ne te souvenais plus de nous ? Je crois que l'indifférence ou la haine dans ton regard serait pire que de te savoir mort, alors que tu nous aimais. Quand je repense à toutes les batailles que tu as livrées, à tous ces sacrifices pour nous sauver. Aujourd'hui, je te voudrais pour moi seule ; égoïste mais heureuse. Je prie les dieux pour que nous n'arrivions pas trop tard.

GERI

Ma mère quitte précipitamment la LANGHÚS. J'imagine à peine ce qu'elle a dû ressentir. Leif veut partir à sa suite, mais je l'en dissuade. Elle a besoin d'être seule pour digérer la nouvelle. Accepter d'être à nouveau une épouse, et plus simplement une mère aimante et dévouée. Possible qu'elle appréhende ces retrouvailles et qu'elle se pose mille questions.

Comme à notre habitude, nous participons tous au rangement de la maison, puis aménageons de la place pour les deux inconnus. Cette nuit, il est certain que je ne dormirai pas. J'ai beau croire nos invités quant au motif de leur venue, je ne leur fais pas confiance pour autant. Ils restent des étrangers. Tant qu'ils n'auront pas fait leurs preuves, je ne relâcherai pas ma vigilance. Nous avons trop à perdre.

Je sais qu'Asulf est en vie, car nous n'avons jamais cessé d'être en contact. En revanche, pour ma famille, cela a été un choc. Ils comprennent enfin que je n'affabulais pas. Mais également que je leur ai menti quand j'ai confirmé ne plus communiquer avec mon père. Il m'était impossible de rompre notre lien unique, puisque cela intervenait à un moment où j'avais cruellement besoin de lui, et lui de moi.

Une telle nouvelle aurait dû être accueillie dans la liesse. Cependant, cette soirée en demi-teinte a ravivé nos espoirs autant que nos craintes. Car nous devrons nous rendre à AROS et affronter de nombreux dangers.

Je comprends le point de vue de Thor. C'est une mission périlleuse et je partage son appréhension. Toutefois, je ne peux abandonner mon père, quand lui a toujours été présent pour veiller sur mon âme. Ni depuis que la flamme s'est rallumée dans le cœur de ma mère à l'idée de revoir son mari. Bien que silencieuse durant le repas, ses yeux l'ont trahie, en tout cas, pour qui sait lire en elle. Les années passant, je suis devenu plus sensible aux signes d'affection, et j'ai décelé son besoin de tendresse que seul un époux peut offrir à sa femme. Ce dont elle a cruellement manqué tout ce temps, par fidélité absolue envers lui et leur amour. Je comprends ses choix, parce que j'aurais agi de la même manière.

J'avance lentement en direction du cours d'eau non loin de chez nous, les yeux rivés sur mes bottes. Mes pieds l'ont emprunté à de nombreuses reprises, si bien que je pourrais faire ce trajet les yeux fermés.

Lorsque ma destination est à portée, j'entends la voix de ma mère. Je relève la tête et l'aperçois, assise dans l'herbe, s'adressant aux

CHAPITRE 7

étoiles, inquiète pour nous tous. La tristesse m'envahit quand je l'observe pleurer pour la toute première fois de mon existence, car je peux ressentir toute la peine et la douleur qu'elle a contenu durant si longtemps.

Je m'approche d'elle doucement et l'interpelle :
— Mère, est-ce que tu vas bien ?
Malgré la précaution dans mes pas pour ne pas l'effrayer, elle sursaute en épongeant promptement ses yeux rougis.
— Geri ! Je ne t'ai pas entendu arriver.
— Je m'excuse de t'avoir interrompue. Je pensais être seul ici.
— Oh, c'est vrai que c'est ton espace pour te ressourcer. Je ne voulais pas te déranger. Je vais m'en aller.
Elle amorce un mouvement pour se relever, mais je m'assois près d'elle en pressant son bras.
— Ta présence est une excellente surprise. Reste me tenir compagnie. Tu t'entretenais avec père, n'est-ce pas ?
— Oui, avoue-t-elle en esquissant une petite moue pudique. Je sais qu'il ne peut pas m'entendre, c'est idiot. Mais j'avais besoin d'exprimer ce que je ressentais.
— Tu as bien fait. Chacun gère son absence à sa manière. Björn lui parle bien tous les jours, lui.
— Et toi également, n'est-ce pas ?
Ses grands yeux verts plongent dans les miens. Je n'ai jamais vu ma mère aussi chamboulée. Elle qui a passé sa vie à nous rassurer attend la même chose de moi, à présent.

J'enroule mon bras autour de ses épaules, elle appuie sa tête contre la mienne.
— Comment va-t-il ?
Sa question me tord l'estomac. Je n'ai aucune réponse agréable à lui apporter. J'aimerais pouvoir lui dire de ne pas s'inquiéter, pourtant, je ne veux pas lui mentir. Sa situation est préoccupante.
— Il n'est pas au mieux de sa forme.
Ma mère réprime un sanglot, je la rapproche alors de moi.

— Je l'aide à lutter. Il possède une force incroyable qui lui a permis de tenir en dépit de tout ce qu'il a subi. Mais il est grand temps que nous le sortions de là.

Elle hoche la tête en reniflant.

— Comment est-ce arrivé ? Quand ?

— Est-ce si important de le savoir ? exhalé-je, me remémorant l'instant où tout a débuté. Ce lien entre nous existe bel et bien. C'est ainsi et j'en suis heureux.

— Pourquoi n'as-tu jamais cessé de lui parler ?

— Nous avions besoin l'un de l'autre. Et dernièrement, lui plus que moi. Je ne pouvais pas l'abandonner.

— Tu as bien fait, approuve-t-elle en essuyant ses joues redevenues humides.

— Dire qu'on me félicite parce que je transgresse les règles !

— Ne t'y habitue pas trop !

— Et toi, laisse couler tes larmes. Tu en as besoin.

— Une guerrière VIKING ne pleure pas.

— Et un guerrier ? Je crois que j'en ai versé bien plus que toi, alors que suis-je ?

— Ta période en tant que nourrisson ne compte pas, ironise-t-elle.

— Eh ! Cette phrase aurait plus de sens dans la bouche de Björn !

Elle rit, et c'est tout ce qui importe à mes yeux.

Elle se cale davantage contre moi.

— Leif et moi ne pouvions rêver meilleure mère que toi. Depuis toujours, tu es bienveillante et aimante. Nous n'avons jamais manqué de rien. Rares sont les femmes capables d'être fortes pour deux comme tu l'as été. Père serait tellement fier de toi.

— Dit le fils qui a failli mourir par deux fois à cause de moi.

— Rien n'était de ta faute. Les NORNES m'ont tissé ce chemin, pourtant, ce ne sont pas les dieux qui m'ont protégé, mais bien toi. Peut-être qu'il me serait arrivé bien pire si tu ne veillais pas aussi bien sur moi.

Je dépose un baiser dans ses cheveux alors que ses muscles se

CHAPITRE 7

détendent enfin.

— Tu es comme lui. Calme, réfléchi et fort. La femme qui partagera ta vie aura énormément de chance !

— Encore faudrait-il qu'elle me remarque.

Mon soupir n'échappe pas à ma mère, qui m'admire un instant puis pose sa main sur ma joue.

— Elle te verra, Geri. Fais-moi confiance.

— Je l'espère. Que FREYA t'entende.

CHAPITRE 8

SUSPICIONS

 HARPA/MAI

SIGRUNE

Harald est un monstre qu'il me tarde de châtier. Voilà vingt ans qu'il s'amuse avec la vie d'Asulf. Tout autant que je rêve du jour où je reprendrai mon rôle de VALKYRIE pour l'empêcher d'accéder au VALHALLA.

Mieux que cela !

Je ferai le voyage moi-même pour l'accompagner jusqu'à MUSPELHEIM, cette terre de désolation où vivent géants et créatures immondes. À son image.

Dire que je suis furieuse est bien loin de la réalité…

Je regrette tellement d'avoir entraîné Asulf dans cette épopée sombre… Existait-il un meilleur champion que lui ? Je ne crois pas. Il était le seul en qui Harald avait confiance. Ce dernier l'avait formé à lui obéir, ce que le jeune guerrier s'employait à faire. Harald n'avait donc aucune raison de se méfier de lui.

Je me souviens avec nostalgie de notre première rencontre.

Asulf atteignant l'âge de se battre, son oncle ouvrit un vulgaire coffre en bois aux relents de moisissures, dans lequel il entreposait des armes. Il l'autorisa à en choisir une. Je croupissais là depuis bien

CHAPITRE 8

trop longtemps. Pire, je dépérissais. Quand le visage du jeune homme me surplomba, j'entrevis mon sauveur et m'agrippai à lui de toutes mes forces. À quatorze ans, ce cœur pur possédait déjà une farouche envie de défendre les faibles et les opprimés. D'un seul regard, je su qu'il était le héros que j'attendais. Celui qui réparerait le monde qui se fissurait un peu plus chaque jour.

Asulf saisit Rigborg et un frisson nous parcourut. Cette caresse révérencieuse reflétait ce respect qu'il avait pour moi. Inconsciemment, il pensait que l'épée était spéciale, sans se douter que c'est lui qui l'avait toujours été et que nous l'épaulions. Il devint ma raison de me battre. Je le protégeais et le hissais vers les sommets.

Je m'attachais rapidement au jeune loup. Bien trop pour le salut de mon âme d'immortelle. Je me croyais incapable d'aimer quelqu'un d'autre que mes sœurs, aussi, ce que j'éprouvais pour lui me déstabilisait. Bientôt, je ne pensais plus à fuir Rigborg. Je souhaitais ardemment rester avec lui, tenant à l'écart quiconque voudrait s'emparer de cette épée fabuleuse en l'alourdissant au maximum, la rendant intransportable.

Nous n'appartenions qu'à Asulf, l'élu qui vengerait le démon et me libérerait.

Jusque là, Harald ignorait que Rigborg était magique, car le soir où elle lui fût remise, le monstre portait ses gants et l'attrapa par le fourreau, bloquant ainsi toute magie.

Les NORNES ont entremêlé nos destins d'une façon singulière. Qui aurait cru que je me lierais aussi étroitement à un mortel ? En dépit de toutes les batailles que j'ai affrontées, ce voyage à ses côtés est de loin le plus intense de mon existence.

Si je regrette qu'Asulf subisse autant de souffrance, il est néanmoins notre unique espoir.

De tout temps, Harald était persuadé qu'il dirigerait le JUTLAND à travers son fils adoptif. Pourtant, à trop vouloir jouer avec le feu, on finit par se brûler. C'est ce qui arriva. Holda mourut des mains de

Harald, plongeant mon héros dans un abysse de désespoir. Cet événement en déclencha d'autres, provoquant, trois ans plus tard, un marasme sans précédent.

La perte de Karl obligea Asulf à rentrer à AROS pour faire face à ses responsabilités et mettre fin au règne du tyran. Il pria Björn de prendre soin d'Eldrid, son amie, mais surtout de Lyra, sa femme. Asulf leur mentit lorsqu'il promit de les rejoindre rapidement. Car s'il l'emportait, il devrait régner sur le JUTLAND et réparerait les dégâts causés par son prédécesseur, jusqu'à ce qu'un nouveau roi émerge. Il savait donc qu'il ne les reverrait pas de sitôt.

Brisé, Asulf combattit vaillamment, mais fût vaincu par la sorcellerie de Harald. Je n'avais jamais douté de la victoire de mon champion jusqu'ici, pourtant je me leurrais quant aux fourberies de son adversaire.

L'usurpateur fit passer Asulf pour mort, puis l'enferma dans son SKALI. À plusieurs reprises, il essaya de s'approprier Rigborg, la lame à l'origine de la légende du *Regard d'acier*. Sur le qui-vive, le démon et moi l'en empêchions en lui volant son énergie vitale. Or, nous n'en prélevions pas assez, car jamais le bougre ne trépassait ! Ses tentatives pour contrôler l'épée se sont espacées parce qu'il récupérait de plus en plus lentement. Il apprit aussi à ne plus jamais la toucher sans protection, à notre grand désespoir.

Nous sentions Harald dans une impasse, toutefois, il ne baissait pas les bras. Il priva Asulf de Petra pour l'affaiblir. Le manque de sommeil et de nourriture terminèrent de le rendre vulnérable. Après des années de torture physique et psychique, Asulf crut aux mensonges de Harald. Ce dernier déformait la réalité et remplaçait ses souvenirs, renforçant son emprise sur lui. Le guerrier ne connaissait plus personne à AROS, excepté son oncle, qui redevint progressivement son point de repère.

Aujourd'hui, la détermination d'Asulf est à nouveau présente. Mais pour la mauvaise cause… Il a oublié tout ce que Harald lui a fait subir. S'il en apprenait ne serait-ce qu'une infirme part, il

CHAPITRE 8

détruirait le SKALI et ses occupants sur le champ.

Je suis hors de moi.
Par ODIN, je jure de le venger !

Néanmoins, au sein de toutes ces ténèbres, une bonne nouvelle subsiste. Harald pense que seul Asulf peut utiliser l'épée, donc il le garde en vie. Si d'aventure il découvre que c'est ma propre volonté qui l'entrave, il cherchera une autre solution pour nous posséder et se débarrassera de son neveu, par la même occasion. Je dois tout faire pour que cela n'arrive jamais.

Tiens bon, Asulf, nous trouverons un moyen de te sortir de là.

Je continue de lutter mais je sens que son âme s'éloigne. Et je crains de ne pas réussir à la lui rendre à temps.

MARKVART

Dans mon antre, assis devant un grimoire, je parcours un énième recueil censé contenir des invocations pour renvoyer un esprit d'où il vient. Cet ouvrage n'est même pas de notre culture. J'ai dû apprendre une langue qui m'était inconnue, le latin, pour comprendre les inscriptions sous mes yeux. Il provient de la Grande Bibliothèque, à bien trois lunes de voyage d'ici. Je suis un érudit puissant mais frustré, fulminant contre moi-même. Comment en suis-je arrivé à faire tout l'inverse de mon principal objectif ?

L'épée d'Asulf contient le démon que j'ai invoqué il y a un peu plus de quarante ans. Depuis cette fameuse nuit du rituel, j'attends de venger les morts de mes parents et de ma sœur. Et au lieu de cela, Harald m'ordonne de trouver un moyen de libérer l'esprit sans qu'il ait rempli la tâche pour laquelle je l'ai appelé.

Bordel !

Je fais ce que j'ai toujours refusé : travailler pour quelqu'un. Même si cette personne comble tous mes besoins et que je ne me soucie plus de rien. Je vis dans l'aisance, au pied du SKALI, dans une demeure qui m'appartient. Je possède deux jeunes THRALLS qui se chargent de la cuisine et des corvées, et que je culbute à l'envi. J'occupe mes journées à engranger des connaissances. Ni femme ni enfant pour me distraire ou me contraindre à quoi que ce soit. Et je ne rends des comptes qu'à l'occasion.

En somme, la vie parfaite !

Je frotte mon visage, espérant éclaircir mes pensées. Je deviens vieux, j'éprouve des difficultés à lire dans la pénombre. J'ai soixante-deux ans maintenant et mon corps accuse le coup.

Je réalise que je ne suis pas sorti de chez moi depuis plusieurs jours, mais également que Harald ne m'a pas fait mander. Loin de moi l'idée de me plaindre quand il me laisse de l'espace, mais sa façon de faire est inhabituelle. Il aime tout contrôler, en permanence, alors ce comportement ne lui ressemble pas. Au fond de moi, je sens que quelque chose cloche.

Je masse mes tempes et tente d'assembler les pièces manquantes pour éclaircir la situation. Harald est un fin stratège, il ne fait jamais rien par hasard. Il calcule toujours tout. Il a, au minimum, plusieurs coups d'avance sur tout le monde. Alors difficile de percer à jour ses vraies motivations.

Cela fait vingt ans qu'il a combattu Asulf et que celui-ci est devenu notre *invité...* quelque peu contraint et forcé. Je me réjouissais déjà de la présence de son épée, car j'allais pouvoir en finir avec ma vengeance.

Pourtant, en deux décennies, je n'ai pas progressé. Pire, je régresse. Non seulement je n'ai jamais eu le droit d'approcher de la lame, mais j'ai également été tenu à l'écart d'Asulf durant les quinze premières années. Depuis, je l'aperçois, mais il ne m'adresse pas un

CHAPITRE 8

mot ni même un regard. Il n'a pas tort de se méfier, mieux vaut se montrer prudent.

Je ne cherche pas non plus à me faire des amis, c'est surfait. Je suis un solitaire, j'exècre feindre de l'intérêt pour les insignifiants.

Cependant, un doute persiste. Qu'est-ce que Harald lui a fait ?

À la fois si proches et si loin du but que je me suis fixé.

Si je ne peux côtoyer ni l'homme ni l'épée, il ne me reste aucune chance d'entrer en contact avec le démon prisonnier de la lame. Alors je fais des recherches. Des tas d'investigations. Dans des montagnes de livres. Pour... pour quoi, au juste ?

J'ai l'impression de perdre mon temps. D'être affecté à une tâche inutile pour laquelle personne n'a d'intérêt. Du vent. Comme si Harald visait simplement à m'écarter de la quête principale, avec des quêtes annexes sans importance.

Il y a longtemps, à force de fouiller dans des recueils interdits, j'ai déniché des indications qui expliquaient comment défaire une invocation. Il faut réciter les paroles entonnées à l'envers. Par chance, il s'agit de ma litanie, et j'ai gardé précieusement en mémoire le texte de cette nuit-là. Cela devrait libérer l'esprit, mais ma vengeance demeurerait inassouvie.

Puis-je m'asseoir sur dix ans de formation à la magie chez Askel, suivis de quatre décennies d'attente, de recherches et de pratique ? Impossible.

En somme, quelles alternatives me reste-t-il ?

Harald a déjà répondu à cette question. Pour lui, il faudrait conserver l'épée et s'en servir. Mais à quel dessein ?

Bien évidemment, une telle arme employée lors de conquêtes de territoires simplifie grandement la tâche. Les peuples ont peur et se soumettent sans opposer de réelle résistance. Harald destitue leur roi puis annexe cette nouvelle province. Et ainsi de suite.

En cinq ans, il a mis sous son joug les royaumes de NOREGI, SVÍARÍKI, les SAMIS au Nord de NIDAROS, ainsi que les îles HJALTLAND. Il lorgne à présent sur le SAXLAND, SKOTLAND, INGLALAND, ainsi que sur les ÎLES FØROYAR. Il y envoie des flottes de HERSKIPS qui massacrent à vue, à peine posé le pied-à-terre. Mais je gage qu'il y a autre chose là-dessous.

Harald a une patience dont je ne saurais faire preuve. Et, étrangement, le temps semble comme suspendu pour lui. De cinq ans mon aîné, il devrait être un vieux croulant, aussi mal en point que je le suis. Or, il n'en est rien, il est même bien trop en forme.

À de rares occasions, je lui ai trouvé les traits tirés, le corps fatigué. Mais cela ne dure pas plus de quelques semaines.

J'ai constaté que ses pouvoirs se sont accrus, et, sans que je puisse me l'expliquer, il me le cache. Il n'en fait la démonstration devant personne. C'est presque imperceptible, mais je suis coutumier de cette pratique et je l'ai vue. Par ailleurs, tout le monde s'est aperçu qu'il vit à moitié nu toute l'année, alors que tous, durant VETR, nous nous dissimulons sous des piles de fourrures. Il fait chaud dans son SKALI, même quand le foyer est éteint, comme si Harald irradiait. Ce n'est pas normal.

Je le soupçonne de savoir ouvrir des portails. À plusieurs reprises, j'ai remarqué une odeur de souffre dans sa grande salle, ainsi qu'une trace de brûlé sur le sol en bois, caractéristiques de cette sorcellerie.
Pourquoi en ouvre-t-il ? Où va-t-il ?
J'ai lu et énormément pratiqué la magie durant toute ma vie pour acquérir mes compétences. Et j'ai l'impression que les siennes surpassent les miennes. Comment est-ce possible ?
Si tel est le cas, à quoi lui sert un sorcier moins puissant que lui, si ce n'est à faire diversion ? Au moindre problème, je suis certain que l'on m'accusera. Personne ne m'aime à AROS, et cela en a toujours été ainsi. Les habitants me craignent et m'évitent, ce qui arrange bien mes affaires. Je sens que je serais une tête à couper si la population s'insurgeait contre la magie. Quoi qu'il arrive, mes jours sont comptés.

CHAPITRE 8

Cependant, pour l'instant, personne n'ose contredire le roi. Il est vrai que les visages empalés sur des piques, à l'entrée de la ville, dissuadent les plus téméraires. D'une manière générale, le peuple préfère se soumettre et attend celui qui destituera Harald. Je crois qu'ils mourront tous avant que ce jour n'advienne.

Harald s'accroche plus que tout à son pouvoir. Il a ce besoin d'être reconnu en tant que chef tout puissant, comme s'il voulait prendre la place d'ODIN lui-même ! M'est avis qu'il se complique l'existence.

Bien sûr, pour le stratège qu'il est, cette conquête est distrayante. Peut-être, même, amusante. Mais toute cette logistique... Cela m'épuise rien que de l'imaginer.
Ne bosser pour personne et ne faire bosser personne.
Ma si chère devise, gage de totale liberté.

Dire que j'agis à l'encontre de mon propre principe de vie. Même si être au service de Harald n'est pas contraignant pour moi, contrairement à ce que subit le peuple.

À l'époque de Thorbjörn, son prédécesseur, le premier-né mâle de chaque famille était d'office enrôlé en tant que sentinelle ou guerrier. Harald a décidé de prélever également tous les hommes en âge de combattre, parce que les frontières s'étendent et qu'il a besoin de plus de bras armés.

Je soupire longuement. Et si notre roi n'était plus lui-même ? Et s'il avait passé un accord avec quelque chose de si redoutable qu'il le garderait éternellement jeune et lui octroierait des pouvoirs hors normes ?

Nul doute que les ASES ne partagent pas de telles aptitudes avec des MIDGARDIENS. Il reste donc peu de moyens d'accroître sa magie aussi rapidement. Si Harald a pactisé avec une créature plus puissante, cela pourrait expliquer sa transformation.

Non. Il n'est pas si stupide. Il sait que cela pourrait lui coûter bien plus qu'il ne pourrait réellement donner.

À moins que… ? Sa soif l'aura-t-elle conduit à cette folie ?

Je me frotte frénétiquement le visage.
Qui Harald a-t-il bien pu contacter ?
Un frisson me parcourt l'échine. J'ai peur de trouver la réponse à cette question, car je doute qu'elle me plaise. Et j'admets que je ne serais pas de taille à affronter cette entité, en cas de désaccord.

J'espère que tu sais ce que tu fais, Harald. Car la chute pourrait être mortelle.

Note de l'auteur : SAMIS : situé au Nord de NIDAROS, qui correspond à l'actuelle Laponie, le peuple Sami était composés de nomades qui vivaient aux rythmes de la transhumance, se nourrissant de chasse et de cueillette.

Note de l'auteur : NIDAROS : ancien nom de la ville de Trondheim, en Norvège. Ville portuaire située au Nord de la Norvège d'où partaient les expéditions vikings. Ce comptoir commercial en était à ses balbutiements au moment du récit.

Note de l'auteur : HJALTLAND : également connu sous le nom de Shetland, était une région colonisée par les Vikings norvégiens à la fin du VIIIe siècle. Les colons vikings y ont établi leurs propres lois et leur propre langue.

Note de l'auteur : SAXLAND : région associée aux Saxons, un peuple germanique qui habitait des parties de l'actuelle Allemagne et des Pays-Bas. Leur territoire s'étendait le long de la mer du Nord et de la mer Baltique.

Note de l'auteur : SKOTLAND : correspond à l'actuelle Écosse.

Note de l'auteur : INGLALAND : correspond à l'actuelle Angleterre.

Note de l'auteur : MIDGARDIEN : Habitant du royaume de MIDGARD.

Note de l'auteur : SENTINELLE : Appellation fictive pour dénommer les guerriers VIKINGS patrouillant sur le territoire du JUTLAND. À l'instar d'une police, ils sont en charge de maintenir l'ordre et de faire respecter les lois du roi. Cette fonction n'existait pas à l'époque, mais a été créée pour les besoins du roman.

CHAPITRE 9

SUR LE DÉPART

THOR

Il fait nuit noire et je n'ai toujours pas fermé l'œil. La discussion de ce soir a été houleuse. J'ai provoqué notre patriarche dans l'espoir qu'il entende raison, en vain. Les deux étrangers arrivés aujourd'hui n'ont pas débarqué seuls. Ils amenaient avec eux des dizaines d'années de batailles, de gloire et d'amitié, qui se sont déversées sur mon père telle une mer déchaînée.

Et il a répondu à l'appel, incapable d'y résister.

Assis sur un rondin à quelques pas de la LANGHÚS, j'observe les étoiles. Je repense aux récits héroïques que me relatait mon père et j'essaie de m'imaginer son existence avant d'arriver en ÍSLAND. Visiblement tout l'opposé de ce que nous vivons ici. Des rivières de sang sur les champs de bataille alors que nous ne connaissons que les sources d'eaux chaudes. Des combats féroces et des manipulations politiques face à nos petites chamailleries de voisinage. Une existence de guerrier contre celle d'un paysan père de famille.

Ces deux vies n'ont absolument rien en commun. Björn a complètement changé dès lors qu'il a posé le pied ici.

Des pas approchants me tirent de ma contemplation.

— Elles sont magnifiques, n'est-ce pas ? me demande mon père

CHAPITRE 9

en s'emparant à son tour d'un rondin pour me rejoindre.
— Si belles et si lointaines.
— Elles étaient identiques lorsque nous étions à AROS. Seule constante depuis cette époque d'un autre temps.
— Et tu sais de quoi tu parles.

Loin de s'offusquer de ma moquerie, mon père étouffe un rire.
— Tu me ressembles trop, Thor. Même physique, même humour et même caractère. À se demander ce que tu as pris de ta mère.
— Je suis plus beau, plus intelligent, aussi. Une meilleure version de toi grâce à elle.

Un large sourire de fierté se dessine sur son visage.
— Tu dis vrai, elle est la meilleure partie de moi. Mais ne lui répète pas, sinon HEL va me faire vivre un enfer !
— Mère sait-elle que tu la surnommes comme la reine des enfers ?
— Baisse d'un ton si tu ne veux pas qu'elle débarque !
— Laquelle ? je ricane. Quoi qu'il en soit, règle numéro un, Eldrid a toujours raison.
— En effet, grommelle-t-il alors que je sais qu'il déteste l'avouer.

J'inspire profondément et me tourne vers celui qui m'a tout appris :
— Pardon pour mon comportement de ce soir. Je ne voulais pas te manquer de respect. C'est juste que tu nous as longuement expliqué que la guerre n'est pas à considérer à la légère.
— C'est le cas. Il m'a fallu du temps pour apprendre que perdre des proches, même dans la gloire, c'est toujours les perdre. Et prendre le risque d'être isolé, constamment triste, voire de devenir fou. Les guerriers honorables partent pour le VALHALLA, mais les autres vont à HELHEIM. Les familles se séparent.

J'acquiesce à son rappel. Ici, nous succomberions de vieillesse et nous nous retrouverions ensemble dans l'au-delà. Mais là-bas, à AROS, nous pourrions être séparés, dans cette vie comme dans la mort.

Notre réflexion commune assombrit mon moral et me force à peser longuement le pour et le contre de cette mission de sauvetage.

Cette expédition est extrêmement dangereuse. Le risque immense que nous perdions des nôtres pour secourir un homme qui est peut-être déjà mort plane au-dessus de nos têtes. Nous n'avons aucune garantie de rien, à part la parole du navigateur et de la THRALL. Même si Geri sait qu'Asulf est toujours vivant, grâce à leur lien mystique.

— Tu nous répètes que nous sommes doués. Cependant, le sommes-nous suffisamment pour une mission de cette ampleur ? Erika et Ragnar sont encore trop inexpérimentés.

— Asulf et moi avions l'âge de ton petit frère lors de notre première bataille. Nous étions deux jeunes chiens fous. Par chance, nous avions été convenablement formés, car nous aurions pu succomber ce jour-là, ainsi que durant tous les suivants.

Je sens que ce souvenir évoque beaucoup d'émotions pour mon père. Il est clairement nostalgique de cette autre vie. Tiraillé entre son besoin de gloire et la raison qui l'enjoint à se tenir à distance des problèmes.

Lorsqu'il ouvre de nouveau la bouche, je l'écoute avec attention :

— Vous êtes bien mieux formés que je ne l'ai été. Néanmoins, vous n'êtes pas prêts à rivaliser avec les guerriers d'AROS.

— Mais nous pourrions aider par une diversion efficace.

— Cela me semble raisonnable, approuve-t-il en souriant, ravi que nous trouvions un terrain d'entente.

Je suis entièrement d'accord avec le constat de mon père. Grâce à lui, nous sommes malins et d'excellents stratèges. Nous maîtrisons le maniement des armes, avec chacun nos domaines de prédilection. Nous sommes aguerris aux mauvaises conditions ; des sorties dans le froid et loin de la maison avec juste un couteau pour survivre, aux simulations d'attaque-surprise où nous nous battions pieds nus en pleine nuit, en passant par les parcours du combattant où nous transportions un blessé sur notre dos. Même l'affrontement de Geri avec l'ours polaire il y a quatre ans était un entraînement contre ce que nous devrions braver un jour.

Être capable de mordre pour ne pas être mordu en premier.

CHAPITRE 9

Björn est un professeur strict et exigeant, pourtant, j'ai peur qu'il nous arrive malheur.

— Je mesure notre chance de n'avoir jamais connu la perte d'un proche. Et je suis désolé que Harald t'ait enlevé toute ta famille.

— Si j'en ai l'occasion, il paiera pour ses crimes et ses affronts aux dieux.

J'approuve ses paroles. Haf et Petra ne nous l'ont pas avoué ouvertement, pourtant, j'ai su lire entre les lignes. Mes parents l'ont connu manipulateur et prêt à tout. Apparemment, les choses ne se sont pas améliorées depuis.

— Le plus important dans un combat : ne jamais se séparer des autres. Toujours faire front ensemble. Car vous serez plus forts.

Je termine cette phrase avec lui, superposant ma voix à la sienne.

Le regard de mon père se voile un instant, alors qu'il se force à orienter son visage vers les étoiles.

— Tu t'inquiètes pour Asulf ?

— Hum. Il m'en voudrait tellement de m'accrocher à lui comme cela, après vingt ans de séparation. De risquer vos vies. Pire, de vous y entraîner. Et il aurait raison. C'est une décision périlleuse.

— Après toutes ces années, tu l'aimes toujours autant.

Il me répond en m'interrogeant à mon tour :

— Si aujourd'hui Geri et Leif étaient faits prisonniers, dormirais-tu sur tes deux oreilles ? Continuerais-tu ta vie telle qu'elle est ? Ou ferais-tu tout ton possible pour leur porter secours ?

— Je ne les abandonnerais pas. Je comprends qu'Asulf soit le seul frère qu'il te reste, bien que vous ne partagiez pas le même sang.

— En effet. Et je crois qu'il préférerait mourir que de nous savoir menacés par sa faute. C'est d'ailleurs ce qui s'est produit après la bataille de JOMSBORG, quand il a refusé que je l'accompagne à AROS.

— Il t'a demandé de mettre à l'abri ce qu'il avait de plus précieux : Lyra et mère. Et ce faisant, il te protégeait également.

— C'est possible. Cet idiot l'ignorait, mais il m'a laissé un sacré cadeau de départ ! Des jumeaux, bordel ! Comme si je n'avais pas assez avec Karla.

Toute tension se dissipe alors que je ris de bon cœur avec lui.

— Il devait vraiment te détester ! me moqué-je.

— Je le crois aussi. Il s'est assuré que plus jamais je ne ferme l'œil ni ne l'oublie, le bougre !

— Tu as endossé une responsabilité dont personne n'aurait eu le courage : prendre soin de femmes et d'enfants qui ne sont pas les tiens.

— Lyra et les jumeaux n'auraient pas survécus seuls. Je me devais d'être là pour eux jusqu'au retour d'Asulf. Quant à Karla, elle est la fille de ta mère, et donc la mienne.

— Tu n'as jamais cessé de l'aimer, n'est-ce pas ?

— Depuis que j'ai rencontré ta mère, il ne s'est pas passé une seule journée sans que mon cœur ne batte pour elle. Mais cela je t'interdis de le lui répéter.

— Je tiendrai ma langue. En tout cas, tu es bien le seul VIKING qui élève le petit d'un autre.

— Aucun homme, avec un tant soit peu d'honneur, ne se débarrasse d'un enfant. Au pire, il lui apprend à quitter le foyer dès que possible, dit-il en me toisant, un rictus en coin. C'est d'ailleurs ce que j'ai tenté de faire avec vous tous, sans succès. Vous vous accrochez à vos parents comme des bulots à leur rocher. Allez, oust, je vous ai assez vus ! Maintenant, j'ai besoin de paix.

Je feins d'être outré, les yeux écarquillés, la bouche grande ouverte, une main sur le cœur :

— Moi qui voulais finir mes jours à tes côtés, avoir une chambre jouxtant la tienne et fonder une famille dont tu pourras t'occuper. Non, vraiment, je n'envisage pas l'avenir sans toi !

Mon père tente de claquer l'arrière de ma tête, mais je l'esquive en riant franchement.

— Tu vois, tu n'es déjà plus aussi vif ! Tu as besoin de moi.

Il grogne en me répondant :

— Je n'ai besoin que de ta mère. Toi, tu peux disposer.

Je ris de plus belle et savoure cet instant de confidences.

Retrouvant mon sérieux, je poursuis :

CHAPITRE 9

— Je parie que mère avait fixé son ultimatum : elles deux ou rien.
— Exact. Mais la question de garder Karla ne s'est jamais posée. Je voulais l'élever.

Je crois surtout que mon père culpabilise. Il se sent responsable de la disparition de Karl, puis d'avoir pris sa place, tant dans le cœur que dans le lit de celle qu'ils chérissaient.

— Tu l'aimes trop.
— C'est certain ! Quand elle a poussé son premier cri à sa naissance, mon cœur s'est immédiatement pris d'affection pour cette petite chose fragile. Alors que HEL me broyait la main et m'insultait copieusement, alors que je n'y étais pour rien.

J'éclate de rire et lui envoie une bourrade dans les côtes. Je parlais de ses sentiments pour sa femme, pas pour ma demi-sœur.

Mon père n'est pas capable d'être sérieux deux minutes, et en cela, je lui ressemble comme deux gouttes d'eau.

Il poursuit :
— Si j'avais su ce qui m'attendait à ce moment-là... Karl et Asulf se sont rappelés à mon bon souvenir de jour comme de nuit !

Nous rions de plus belle, les larmes aux yeux, ressassant encore quelques anecdotes marquantes. Je les connais toutes grâce à ma mère ou Lyra, car mon père ne s'était jamais confié aussi ouvertement. Ces moments sont bien trop rares à mon goût.

Je me calme enfin et l'admire :
— Je vois à présent à quel point Asulf compte pour toi.
— Il est comme mon frère. Mais lui ne m'aurait pas abandonné. Jamais. Et je me sens honteux de l'avoir fait.
— Ce n'est pas le cas. Tu as obéi à ton roi. Et je ressens par tes mots que ta vie d'avant te manque.
— L'exaltation d'avant combat. Ce sentiment de toute-puissance. La rage décuplée. Ces moments où Asulf et moi étions invincibles sur le champ de bataille. Rien ne nous résistait ni ne pouvait se mettre entre nous. C'est de cela que je suis nostalgique.

— Nous l'avons tous senti. Ici, tu t'ennuies. Tu t'éteins. Tu es un guerrier et il est temps pour toi de reprendre les armes.

— Je le crois aussi. Mais vous devez tous rester ici.

— Impossible. Tu as besoin de nous. Tu t'es encroûté avec les années puisque je peux te battre à présent.

— Va chercher nos épées et je te ferai une petite démonstration.

— Tu vois, vieillard, tu ne peux même plus te déplacer !

Björn grimace, outré, le nez retroussé et les sourcils froncés. Sa bouche boudeuse est à deux doigts de s'étirer pour rire de nouveau.

— Tu nous as appris à rester ensemble, quoi qu'il en coûte. Alors nous partirons tous avec toi, car depuis toujours il manque « *Asulf le* DRAUGR » dans notre famille.

Björn sourit pour approuver ma remarque, tout comme mon accord de le suivre dans ce projet insensé.

Notre décision est prise, nous irons tous libérer Asulf.

☀ SKERPLA / JUIN ☀

GERI

Cette nuit est la dernière que nous passons en ÍSLAND. Comme à son habitude, j'entends mon frère rejoindre Karla dans sa chambre. Je soupire frustré. Lorsque nous serons sur le Continent, je devrai vraiment me trouver une femme qui me fera oublier celle qui me hante depuis toujours et que je n'aurai jamais. Je souffre beaucoup trop de cette situation. Même si je suis heureux pour eux, j'ai à présent besoin de prendre mes distances.

Allongé sur ma couche, je repense à la lune qui vient de s'écouler. Nous nous sommes entraînés plus fort pour nous améliorer. Nous avons fait le plein de provisions, rassemblé toutes nos affaires et prévenu les colons de notre départ.

CHAPITRE 9

Haf et Petra nous ont rejoints avec un HERSKIP. Björn a moyennement apprécié d'apercevoir un navire de guerre au mouillage. Parcourir les mers à la voile, puis à la rame quand aucun vent ne se fait sentir, posséder un DRAKKAR efficace pour lutter contre les éléments, ce doit être excitant.

Nous avons rafistolé son navire, car les cinq années passées à nous chercher ne l'ont pas épargné. Nous avons renforcé les petites cales aménagées pour nos denrées, nos fourrures et un surplus de matériel. Je ne pensais pas que le navigateur était aussi un bon charpentier.

Au fil du temps, je me suis peu à peu rapproché de lui pour en apprendre davantage sur ses compétences. Cet homme aime son DRAKKAR plus qu'une femme. Il en prend soin, de la proue à la poupe. Il connaît chaque gravure de son bois, pour les avoir lui-même dessinées. Tantôt une scène de bataille, tantôt le portrait flatteur d'une guerrière viking qu'il a rencontrée lors de ses périples et avec qui il a eu une aventure.

Je me demande si j'aurais aimé explorer les océans, à la recherche de terres fertiles où des colons pourraient s'établir. Pourtant, je sens au fond de mon cœur que je ne pourrai jamais me séparer de ma famille. D'une compagne et des enfants qui m'attendraient à la maison. Ce concept m'est encore étranger, toutefois il me tente.

À ce propos, je ne sais pas quoi penser de la relation entre Haf et Petra. À leur arrivée, ils ressemblaient à des partenaires pour passer du bon temps. Durant nos préparatifs, ils ont dû se disputer, car Petra est revenue un soir avec une blessure à la tête. Elle a prétendu que tout allait bien, néanmoins, ils ont pris leurs distances et ne s'adressent plus la parole. Pire, il a même l'air gêné en sa présence, comme si elle savait quelque chose de compromettant. Ou alors, je me fais tout simplement des idées. Ils ne se supportent sûrement plus, après avoir passé autant de temps ensemble sur un si petit espace qu'est le navire.

En tout cas, depuis ce jour, Petra est... différente, mais je ne saurais expliquer en quoi. En outre, la THRALL tourne autour de Thor.

Les regards qu'elle lui lance sont clairs ; elle le veut. Peu importe la quinzaine d'années qui les séparent, Thor ne se fera pas prier. Si ce n'est pas déjà fait.

J'ai prévenu le blond de ce que j'ai aperçu. Il était déjà sur ses gardes avec Haf et m'a assuré que s'il devait se passer quelque chose entre Petra et lui, ce serait purement charnel et éphémère. Il n'est pas prêt à se poser. Il a encore toute sa vie devant lui.

Plus tôt dans la soirée, je suis allé au cours d'eau pour parler avec Asulf, comme chaque jour depuis mes cinq ans. Je me souviens de ce moment où j'ai manqué de me noyer, dans le ruisseau près de notre première demeure. Si Karla n'avait pas constaté mon absence et réveillé ma mère, je serais mort cette nuit-là. Lyra m'a fait promettre de ne plus y retourner, mais je n'ai fait que désobéir et mentir. Je m'y suis rendu chaque soir dans l'espoir d'y converser de nouveau avec mon père, sans succès. Jusqu'à ce que je comprenne qu'en étant en contact avec de l'eau, j'étais capable de l'apercevoir. Le ruisseau n'était qu'un lieu éloigné et au calme.

J'ai tenté d'en parler aux autres, mais personne ne m'a cru. À dater de ce jour, tout le monde m'a pensé fou. Certains disaient que j'avais perdu l'esprit. D'autres disaient que mes parents avaient trop évoqué ce père absent et que je m'étais inventé un ami pour combler ce vide. Puisque je ne voulais pas en démordre, les colons ont commencé à m'écarter de leurs vies et de leurs enfants. Malgré moi, j'étais devenu un VARGR, un paria.

Pourtant, j'ai toujours été intimement convaincu que tout ceci était réel. Avec le temps, tout cela m'est apparu comme réconfortant, rassurant. J'ai prétendu ne plus le voir depuis mon adolescence dans l'unique but de tranquilliser tout le monde. Alors qu'en secret, Asulf m'épaulait pour me construire et me forger un mental à toute épreuve. Et en retour, je l'aidais à se souvenir.

CHAPITRE 9

Je voulais croire qu'il était *lui*, ce père que Leif et moi attendions de rencontrer. Ce mari que ma mère désespérait de revoir un jour. Pourtant, je ne lui ai jamais parlé ni de mon frère ni d'elle. Cette relation a toujours été centrée sur lui et moi, et rien de plus. Un lien père-fils exclusif et fictif dont nous avions tous les deux besoin.

Je n'oublierai jamais ce jour où il m'a dit que s'il avait eu un enfant, il aurait souhaité que ce soit moi. Ces quelques paroles m'ont bouleversé comme jamais auparavant.

Alors quand la THRALL et le navigateur nous ont trouvé et relaté la raison de leur présence, j'ai compris que ce lien avec Asulf n'était pas uniquement le fruit de mon imagination débordante. Il est bel et bien en vie et je communiquais vraiment avec mon père.

Les autres ont été choqués de cette révélation. Peut-être davantage en constatant mon impassibilité face à cette nouvelle que nous attendions tous avec une impatience non dissimulée. Je savais et je n'ai jamais fabulé. Si j'avais toujours réfuté ce plan, je me suis néanmoins rallié à ma mère et Leif pour planifier la libération d'Asulf. Notre père. Ce héros sans qui nous avons dû grandir. Mais plus pour longtemps.

Demain nous appareillerons pour les ÎLES FØROYAR, afin d'y récupérer les compagnons de route de Haf et nous y ravitailler. Leur aide s'avérera précieuse pour cette tâche ardue.

Puis, direction NIDAROS, sur la côte Ouest de NOREGI.

LEIF

J'ai rejoint Karla pour notre dernière nuit en ÍSLAND. Nous avons prolongé notre étreinte bien plus tard qu'à l'accoutumée, ne sachant pas quand aura lieu la prochaine. Grand bien m'a pris d'aller boire de l'eau avant de retourner me coucher, car Thor et Björn sont entrés dans la LANGHÚS au même moment. Ils ont visiblement passé la nuit dehors. Ils ne m'ont fait aucun commentaire, alors j'en déduis, qu'une fois de plus, nous l'avons échappé belle.

Serait-ce un mal que notre histoire soit découverte ? Enfin, mis à part que je risque ma peau. Doublement, qui plus est, car le père et le fils me tomberont dessus.

Depuis le HERSKIP qui s'éloigne, poussé à la seule force du vent, j'observe le rivage de cette *Terre de glace* où nous sommes nés tous les six. Ce sol qui nous a vu grandir, nous aguerrir aux climats les plus rudes, mais aussi accueillis nos ébats un peu partout : grottes secrètes, forêts luxuriantes, sources chaudes délassantes, et j'en passe.

Guidés par Björn nous avons appris à maîtriser ce territoire, à pêcher, chasser, construire un abri sûr, faire corps avec la nature plutôt que de lutter contre elle. L'importance de la respecter et de ne pas la perturber. À nous battre, également, comme si nous étions de vrais combattants VIKINGS. Je n'en avais jamais réellement vu l'utilité avant aujourd'hui, où nous partons délivrer notre père de ses chaînes, en plein cœur d'un énorme foyer de guerriers.

Plus nous nous éloignons de la côte et plus mes incertitudes grandissent. Alors que nous voguons vers l'inconnu, j'observe les autres pour me rassurer. Ma fratrie semble partager mes appréhensions, excepté Geri. Lui et nos parents sont décidés, presque impatients des aventures qui nous attendent. Nous savons que nous rencontrerons des embûches, pourtant, nous affronterons tout ensemble, avec bravoure.

Haf nous a prévenus que la traversée pouvait être houleuse. L'océan est parfois capricieux. J'espère que je n'aurai pas le mal de mer.

Karla prend place à ma droite et me sourit, sa main posée sur mon avant-bras, alors que nous quittons l'ÍSLAND.

Je prie les dieux pour que tout se passe bien.

CHAPITRE 9

Note de l'auteur : HEL : Nom de la reine des enfers, et surnom donné à Eldrid par Björn. Ici, une double signification humoristique.

Note de l'auteur : DRAUGR : Mort-vivant.

Note de l'auteur : HERSKIP : navire grand et rapide, utilisé pour les raids et les batailles. Il pouvait accueillir entre vingt et trente hommes. Équipé de voiles carrées et de rames, il permettait de naviguer rapidement dans toutes les conditions météorologiques.

CHAPITRE 10

EN PLEINE TEMPÊTE

☀ SKERPLA / JUIN ☀

TROIS JOURS PLUS TARD

KARLA

Ce matin, nous nous sommes réveillés sur une mer agitée. Nous avons quitté l'ÍSLAND à peine trois jours plus tôt, pourtant, notre foyer me manque déjà. Ses paysages magnifiques, ses prairies verdoyantes, sa montagne capricieuse et grondante au loin, ses sources d'eaux chaudes dans lesquelles j'avais plaisir à me baigner, surtout durant VETR.

Nous avons délaissé cette paix pour sauver un homme qui ne sait pas que sa femme est toujours en vie. Un étranger pour nous, alors qu'il est un père qui s'ignore. Celui de mon compagnon.

Pour la première fois, je quitte ce sol qui m'a vu naître, m'a tant offert et dont je n'ai pas assez profité. Aujourd'hui, l'eau m'entoure à perte de vue, si bien que je me languis de fouler de nouveau la terre ferme.

Nos vies sont à la merci de Haf et de la thrall. Geri a confirmé la raison de leur présence, ce qui me rassure un peu. Je fais entièrement confiance à son jugement. Il ne s'est jamais trompé.

Il est tellement différent de son jumeau que je les vois davantage comme des frères. Déjà parce que physiquement, ils ne sont pas identiques. Geri a les cheveux courts et plus clairs, quand ceux de Leif sont plus foncés et qu'il aime les porter longs et tressés.

En revanche, tous deux ont hérité d'un regard bleu océan et d'un sourire à se damner. Même si Geri ne se lâche que trop rarement. Je comprends que Lyra ait succombé aux charmes de leur père.

Ils auraient également la même carrure que lui, très grande et musculeuse. Je n'ai pas eu l'occasion d'admirer le corps de Geri ces dernières années, car, pudique, il ne se dénude pas devant nous, y compris durant Sumar. Néanmoins, je le sais bien bâti, rien que grâce aux travaux quotidiens dont il se charge et aux entraînements rigoureux de Björn.

Quant à Leif, j'ai assisté avec délice à sa métamorphose. Je l'ai vu s'épaissir progressivement, jusqu'à devenir massif. Je ne suis pas étonnée qu'autant de filles se soient jetées à son cou quand nous étions séparés. Encore une fois, je remercie notre patriarche pour la discipline de vie qu'il nous impose.

Ensuite, leurs caractères sont diamétralement opposés. Là où Leif flamboie et se fait remarquer, Geri est tout en discrétion, la force tranquille. Ils se rejoignent cependant sur la bravoure et leurs certitudes. Je sais que je peux m'en remettre à eux sans aucune hésitation, ils me protègeront de tout et ne m'abandonneront jamais. En tout cas, c'est ce que Leif m'a dit, à maintes reprises. Et ce que les yeux de Geri m'ont confirmé, dans un silence assuré. Contrairement à son frère, ce dernier n'est pas bavard. Cependant, son visage est si expressif qu'il n'a pas besoin d'ouvrir la bouche pour que je le comprenne. Il est là et veille sur moi. Toujours.

Les mouvements de la houle me rappellent où nous sommes. Embarqués dans cette galère. J'espère sincèrement que nous réussirons à libérer Asulf et à rentrer chez nous. Pourtant, je suis habitée par la désagréable sensation d'avoir définitivement tourné le dos à l'ÍSLAND. De ne plus avoir de chez-moi, en dehors de notre famille que j'aime plus que tout.

La journée s'étiole lentement alors que je m'ennuie à mourir. Jusqu'à présent, les vents nous ont été favorables et nous poussent toujours plus loin sur cette étendue bleue. À tour de rôle, nous observons le large, sans rien apercevoir d'autre que le ciel et l'eau. Du bleu, et encore du bleu.

Partout.

Nous admirons les astres se lever et se coucher. Au matin, la déesse SOL monte sur son char, tiré par ses chevaux, pour arpenter le firmament qu'elle illumine. Poursuivie chaque jour par le loup géant SKÖLL, à qui elle échappe pour l'instant. Il en va de même pour MANI, dieu de la lune, que HATI menace de dévorer.

J'ignore pourquoi je pense à cette prophétie du RAGNARÖK, durant laquelle les loups mettront fin à la course des astres. Mais je bénis ces deux dieux qui œuvrent à l'équilibre de MIDGARD, notre monde.

Un long soupir m'étreint. Je ne l'ai pas réalisé tout de suite, mais plus nous avançons dans la journée et plus le HERSKIP tangue. Le vent s'est levé, je frissonne. Je resserre mes bras autour de moi pour me protéger de cet air frais, mais aussi des vagues qui frappent la coque. Je passe ma langue sur mes lèvres au goût de sel alors que je prie NJÖRD, le dieu des mers, des vents et des marées, de contenir ses ardeurs.

Lorsque la soirée débute, le DRAKKAR bouge tellement que rester debout s'avère impossible. Tous assis sur les bancs de rame, les uns contre les autres, secoués par les éléments déchaînés, nous bavardons pour nous distraire.

Björn tient ponctuellement la barre pendant que Haf et Geri se chargent de vérifier que tout est rangé dans les espaces de stockage, calés et fermés. Je suis épatée de voir ce dernier aussi à l'aise sur ce navire. Il répond immédiatement aux ordres de Haf, alors que je ne

CHAPITRE 10

comprends pas la moindre phrase. J'admire son aisance déconcertante quand il se déplace avec légèreté et assurance. J'imagine qu'après cette épopée, il voudra explorer les océans pour découvrir de nouvelles terres. Il rencontrera sûrement une femme magnifique avec qui il aura des enfants.

Une vague de tristesse me submerge à cette dernière pensée. Est-ce qu'il s'éloignera de nous ?

Les mouvements du DRAKKAR sont de plus en plus forts, nous ballottent en tout sens, à l'instar de mon esprit torturé. Le navigateur nous conseille de rester assis, contre le bois de la coque, les genoux calés sous les bancs de rame pour nous stabiliser.

Il fait à présent nuit noire. Le HERSKIP continue sa danse infernale sur les flots, la mer est déchaînée. Nous prions tous NJÖRD de bien vouloir apaiser l'océan, mais nos appels demeurent vains alors qu'il nous démontre toute sa fureur. Nous ne sommes pas habitués à de tels remous. Une lividité commune s'est emparée de nous. Excepté Haf et Geri, une fois de plus.

Les nuages s'amoncèlent et THOR, le dieu du tonnerre, se joint à la bataille que nous menons contre les puissances élémentaires. Le ciel se fend d'un éclair de temps à autre, illuminant ponctuellement la nuit. Au gré de la houle, l'eau passe au-dessus les bordés sur lesquels nous étions accoudés plusieurs heures plus tôt pour observer l'horizon. Nous sommes épuisés, trempés et gelés. Effrayés par le courroux des dieux. Nous prions ces derniers de nous épargner.

À la barre, le navigateur maintient le cap comme il le peut. Il a beau hurler ses ordres, nous ne percevons que des sons décousus, tant la foudre et des vagues grondent.

— Il a peur que nous passions par-dessus bord ! relaie Geri en criant pour se faire entendre. Il suggère que nous nous arrimions avec des cordages.

Il nous tend des bouts de corde.

— Attachez-vous solidement pendant que je déploie la voile au-dessus de nous pour nous protéger des flots.

J'acquiesce tandis que nos regards s'attardent un instant, comme s'il voulait s'assurer de ma pleine compréhension. Durant un court instant, je crois percevoir de la crainte dans ses yeux. Puis il repart en direction de Haf pendant que nous nous arrimons.

J'observe le vacarme ambiant, quand soudain, je réalise que ma petite sœur a du mal à serrer son nœud. Je pars lui prêter main-forte en tanguant dangereusement avec le DRAKKAR. Elle tremble si fort que je repousse doucement ses doigts et m'affaire à sa place. Quand je suis certaine qu'elle ne risque rien, je rebrousse chemin.

J'avance comme si je titubais pour m'asseoir près de Leif et m'attacher à mon tour. J'y suis presque lorsqu'une vague manque de faire chavirer le navire. J'en perds l'équilibre.

— Karla ! hurle Leif.

Je tends la main vers lui, espérant le contact de sa peau. Cependant, nous nous loupons de peu. Comme au ralenti, j'admire son visage terrifié alors qu'il se lève d'un bond pour me rattraper. Mais il s'est déjà arrimé au HERSKIP et sa corde lui enserre la taille. Son regard paniqué est la dernière chose que je vois avant de tomber à la renverse et de sombrer.

GERI

Je suis en train de me démener à tendre la voile au-dessus de nos têtes pour nous abriter des vagues lorsque je l'entends crier. Je me retourne et le spectacle qui se déroule sous mes yeux est horrifiant. Malhabile sur ses appuis, Karla perd l'équilibre et passe par-dessus bord.

Près de là où elle se trouvait une seconde plus tôt, Leif hurle de rage et tire désespérément sur sa corde. Empêtré, il ne réussit pas à se défaire de ce lien alors que son regard paniqué oscille entre cette

CHAPITRE 10

satanée corde et Karla, qui s'éloigne de nous.

Mon cœur s'affole et s'arrête à la fois. Ma poitrine m'oppresse. Je ne prends même pas le temps d'analyser la situation, je traverse en courant le banc de rame avant de plonger à sa suite. Je ne suis sûr de rien, hormis que si je la perds, autant laisser l'océan m'engloutir avec elle.

L'eau froide me réceptionne sans ménagement, me glace et me secoue, si bien que je mets un moment à refaire surface. Le tonnerre gronde et les vagues déferlent de toutes parts. Je suis ballotté au gré des courants déjà prêts à m'avaler.

Je m'essuie le visage et tourne la tête de tous les côtés. Au dernier moment, j'aperçois la houle qui m'écrase la seconde d'après. J'ai à peine eu le temps de prendre une inspiration, que j'espère suffisante.

Lorsque j'émerge pour la seconde fois et peux à nouveau respirer, je m'oriente en tout sens pour chercher Karla.

Je suis aveuglé par la nuit noire. Lorsqu'un éclair déchire le ciel à l'horizon, j'entrevois le drakkar s'éloigner, trop rapidement pour que je puisse le rejoindre à la nage. Mon palpitant accélère son rythme. Je ne sais pas si les autres pourront faire demi-tour pour nous secourir. Ni s'il restera quelque chose à sauver. Pourtant, ils ne sont pas ma priorité. Je continue à tourner sur moi-même en hurlant son prénom dans la tempête contre laquelle je lutte. J'ignore laquelle m'engloutira en premier : celle qui m'entoure, ou celle qui m'habite.

La nuit voilée et ce tumulte m'aveuglent. Je crie son nom mais je ne l'entends pas répondre. Mon cœur bat à tout rompre alors que j'étouffe à cause de l'eau que j'ingurgite. Mais aussi de cette possibilité de la perdre qui plane au-dessus de ma tête depuis que j'ai plongé dans cette mer démontée.

J'ai prié les dieux pour qu'ils soient cléments durant cette traversée et voilà ce que je récolte : à vouloir sauver mon père, je vais perdre la femme que j'aime. Pas parce qu'elle sera avec un autre que moi. Mais parce qu'elle intégrera définitivement HELHEIM si je ne la rejoins pas rapidement.

Alors j'implore le seul que je n'ai pas encore invoqué. Celui en qui j'ai placé toute ma confiance ces quinze dernières années et que je n'ai cessé d'épauler. J'espère que de là où je suis, il entendra mon appel :

— Asulf, je t'en conjure, aide-moi à la retrouver.

Mes suppliques restent sans réponse. Les eaux froides m'étreignent trop fort et veulent m'engloutir. J'enrage face à cette situation où je me sens complètement impuissant.

Putain !

Puis soudain, un frisson. Une sensation étrange. Une intuition.

Je me retourne brusquement dans la direction que m'indique mon instinct et crois apercevoir une main qui sombre. Je nage vers elle et implore les dieux de ne pas avoir rêvé. Je suis entravé par ce tumulte qui me renvoie en arrière. Mes bras et mes jambes fatiguent, toutefois, je ne peux pas ralentir la cadence. Je dois la rattraper au plus vite, car chaque seconde est précieuse.

J'arrive là où je pensais la trouver, mais elle n'y est pas. L'angoisse me gagne tandis que je crains de devenir fou. Lorsqu'il s'agit d'elle, je perds vite mes moyens et deviens irrationnel. Mais là, c'est une question de vie ou de mort. Je ne peux pas échouer, je n'en ai pas le droit.

J'inspire profondément et tente de faire le vide dans mon esprit. Je dois la chercher sous mes pieds, au cas où elle aurait été poussée vers le fond par la houle tumultueuse. J'enfonce mon visage dans l'eau et sonde les abysses sous mes bottes. Je me force à garder les yeux ouverts, malgré le picotement. Mes poumons me brûlent tandis que je continue de scruter sous moi. Mais je n'y vois rien, car l'obscurité rend la tâche difficile.

Une fois encore, j'en appelle à la bienveillance de mon père. Je le supplie de me guider. L'instant d'après, dans mon dos, le ciel se fend

CHAPITRE 10

d'un éclair.

Et là, je la distingue enfin. En contrebas, inconsciente alors que les fonds l'aspirent inexorablement. Galvanisé par ma trouvaille, je sors la tête de l'eau le temps de reprendre une profonde inspiration puis replonge dans sa direction.

Je nage en brasses puissantes alors que les premiers mètres sont épuisants, à cause des vagues qui me balancent à leur gré. Cependant, je m'obstine et fais fi de la douleur de mes muscles. De mes poumons qui se vident inexorablement. Et de mon cœur qui panique. Car chaque mouvement me rapproche d'elle, bien trop lentement cependant.

Je décide d'accélérer encore.

De sombres pensées m'assaillent. Et si je l'atteignais trop tard ? Ou même jamais ?

Mon sang martèle ma tête. Mes oreilles bourdonnent et se bouchent mais je m'en moque. Björn nous a appris à gérer la douleur. Notre esprit doit surpasser les limites de notre corps pour atteindre notre objectif. Je m'efforce donc de suivre ce conseil avisé.

Mon enveloppe charnelle agit d'elle-même tandis que mes pensées se détachent progressivement. Je me remémore tous nos bons moments ensemble. À ses pieds gelés plaqués sur mes mollets. À son sourire qui me fait fondre à chaque fois que je la contemple. À son odeur de violette qui me torture. À la vue de ses courbes affolantes lorsque nous nous baignons dans les sources chaudes en ÍSLAND. À la sensation de son visage appuyé sur mon torse quand elle s'endormait sur moi durant ma convalescence. À mon cœur qui ne bat que pour elle. Aux regrets que nous n'ayons jamais eu cette chance d'être heureux tous les deux.

Je l'ai toujours su. Néanmoins, ce soir encore, je comprends que je ne pourrai jamais vivre sans elle. Que je préfère endurer la douleur de la savoir heureuse avec un autre. Que je serais prêt à renoncer à absolument tout, pourvu qu'elle survive.

Dans le cas contraire, je choisis de mourir ici, avec elle.

Je suis sorti de ma torpeur quand ma main frôle quelque chose. La cadence de mes battements s'emballe. Sans m'en rendre compte, je l'ai rejoint.

Mes poumons sont vides, mes forces m'abandonnent. Dans un ultime élan désespéré, je puise dans l'adrénaline et l'espoir pour me propulser contre elle. Lorsque je l'atteins, je l'enserre comme jamais.

Putain que c'est bon de la sentir contre moi !

À présent, il me faut nous sortir de là. Mes bras resserrent leur prise sur la taille fine de Karla pendant que mes jambes battent frénétiquement pour nous remonter à la surface.

Je t'en prie, Karla, ne m'abandonne pas. Pas maintenant. On y est presque. Juste quelques mètres de plus.

Je sens que mes membres ralentissent la cadence à mesure que nous nous rapprochons de notre salut. Ce n'est pas le moment de fléchir, alors que je puise au plus profond de moi.

J'ignore encore comment j'ai pu tenir, mais je réussis à nous ramener à la surface. Quand l'air afflue sur mon visage et dans mes poumons, Karla toujours dans mes bras, je respire enfin.

Pas elle.

Ma belle brune ne bouge pas.

Les larmes me montent alors que mes jambes me font horriblement souffrir. J'ai fait le plus dur, il ne me reste qu'à expulser le liquide qu'elle a ingurgité et tout devrait bien se passer.

Toujours dans mes bras, je la retourne dos à moi et la comprime vigoureusement sous les seins. Mes mouvements sont réguliers, mais leur force amoindrie par l'effort que je viens de fournir, ainsi que l'eau qui me ralentit.

CHAPITRE 10

Une vague s'abat sur nous et je bois cette eau salée qui me donne envie de vomir. Je continue de presser Karla contre moi, mu du peu d'énergie qui subsiste en moi.

Encore et encore.

Je la supplie de revenir à elle.

De ne pas me laisser ici, seul au milieu de nulle part.

Jusqu'à ce spasme singulier, quand elle reprend conscience et crache tout le liquide qui obstruait son souffle.

Hébétée, complètement perdue comme si elle venait de se réveiller, Karla panique, se retourne, puis m'étreint aussi fort qu'elle le peut.

— Oh, Geri ! Merci de ne pas m'avoir abandonnée, bredouille-t-elle. J'ai eu tellement peur !

— Et moi donc !

Je crois que je n'ai jamais été aussi heureux de l'entendre prononcer mon nom et de l'enlacer. Cela faisait une éternité que nous n'avions pas été aussi proches, alors son contact me fait frissonner plus que le danger auquel nous venons d'échapper. Je l'ai arrachée à Hel juste à temps. J'espère que je n'ai pas simplement retardé l'inévitable, puisque les vagues continuent de nous secouer.

— Ne me lâche pas, supplie-t-elle à mon oreille.

— Je n'en ai pas l'intention, lui dis-je.

Nos visages se font maintenant face. Les circonstances sont loin d'être idéales, pourtant je rêve de l'embrasser. Nous sommes seuls au milieu de nulle part, à l'abri des regards indiscrets. Libre d'exprimer ce que nous ressentons. Avec l'océan comme unique témoin et gardien de notre secret.

Les grands yeux bleus de Karla m'hypnotisent et nos bouches ne sont espacées que de quelques centimètres. Nous oublions tous ce qui nous entoure, alors que nous sommes toujours ballottés par les vagues qui s'apaisent néanmoins. Peut-être vivons-nous là nos derniers instants.

Comme d'habitude, je tarde à me décider et elle rompt notre contact visuel en baissant la tête.

Quel con !

Je resserre mon bras autour de sa taille et dépose un tendre baiser sur son front. Mon visage coulisse lentement le long du sien alors que nos nez et nos fronts se rejoignent. Elle frissonne, pourtant, j'ignore si c'est à cause de mes lèvres ou si elle a froid.

Je ne la libère pas de mon étreinte. J'ai trop peur de la perdre. D'autant que je sens ses forces s'amenuiser.

— Tu dois être épuisée. Grimpe sur mon dos, je vais surnager pour nous deux.

Elle recule à peine et son regard me transperce.

— On ne va pas s'en sortir, sanglote-t-elle.

— Je lutterai autant que je le pourrai. J'ai senti que tu as encore ta corde autour de ta taille. Je vais nous ceinturer pour que tu ne coules pas.

Elle acquiesce, tremblante.

Je m'exécute, mes yeux toujours plongés dans les siens. Lorsque je lui fais signe que tout est prêt, elle me contourne puis s'accroche à moi.

Le contact de ses bras autour de mon cou, de ses jambes qui enserrent ma taille, de son souffle chaud sur ma nuque, de son ventre contre moi, me galvanisent et me donnent la force de poursuivre.

— Repose-toi. Je continue de me battre pour nous. Je te le promets, je n'abandonnerai pas.

Nous survivrons ou nous mourrons ensemble.

Note de l'auteur : SÓL : déesse qui personnifie le Soleil.

CHAPITRE 10

Note de l'auteur : SKÖLL : Louve, fille de FENRIR. Chasse SOL, déesse du soleil, qu'il dévorera durant la prophétie du RAGNARÖK.

Note de l'auteur : RAGNARÖK : Prophétie de fin du monde durant laquelle les géants affronteront les dieux, qui tomberont presque tous, ainsi qu'YGGDRASIL.

CHAPITRE 11

DESTINS LIÉS

☀ SKERPLA / JUIN ☀

AU MÊME MOMENT

ASULF

Assis dans un baquet d'eau chaude, je patiente pendant qu'une THRALL nettoie le sang qui macule mon corps, souvenir macabre de cette journée interminable. La petite rousse troque le linge souillé contre la cruche sur le sol. Elle ne se contente pas de déverser discrètement le liquide sur mes épaules pour me rincer. Elle se place face à moi, ses seins rebondis à hauteur de mes yeux. Son corsage délacé laisse entrevoir sa peau lisse et ferme sous le tissu. Il me suffirait d'avancer un peu pour la frôler. Cependant, je reste immobile. Elle est très belle mais elle ne m'attire pas. Sans compter qu'elle semble bien trop jeune pour moi ; j'ai sûrement l'âge de son père.

Elle repose la cruche, s'agenouille au-dessus de mon bain et se penche pour en dévoiler davantage. Sa tunique blanche, en appui sur le rebord mouillé du baquet, s'imbibe d'eau. Ses mamelons apparaissent peu à peu par transparence. Elle me sourit en glissant sa main le long de mon corps à la recherche de mon membre tandis que mes doigts l'interceptent.

— Que fais-tu ?

CHAPITRE 10

— Rien de plus que ce que l'on m'a ordonné.
— Je ne t'ai rien demandé.
— Vous, non, mais votre père l'a fait.

Sans se décourager, elle attrape mon poignet et pose ma paume sur sa poitrine. Je refuse de la toucher et me retire prestement, comme si elle m'avait brûlé. Elle grimace avant d'insister.

— Laissez-moi vous détendre comme vous le méritez.

Ce moment m'est étrangement familier. Comme une réminiscence du passé, mon esprit m'impose une vision.

Je crois avoir déjà vécu une situation identique, mais la jeune femme était plus âgée et à l'aise. Sa voix se superpose à celle de la THRALL lorsqu'elle prononce la même phrase.

Et je perds pied pendant un instant.

Je suis persuadé de connaître ce rire et ce visage, cependant, je ne me souviens plus d'elle. Ce souvenir m'échappe. Il glisse entre mes doigts aussi facilement que de l'eau tandis que tente en vain de le retenir.

Bordel !

Un contact physique me ramène dans le présent, et à l'esclave qui s'offre toujours à moi. Bien qu'elles partagent la même couleur de cheveux, elle n'a rien de la jeune femme qui m'aguichait dans mon songe. Il me paraît évident que celle qui me fait face se force. Qu'elle se rassure, je ne lui ferai rien.

— Je n'ai plus besoin de toi. Tu peux t'en aller. Je terminerai seul.

Vexée, elle se redresse promptement et prononce quelque chose d'inaudible en sortant.

Je soupire d'exaspération en frottant mon visage. Pourquoi mon père m'envoie-t-il des THRALLS pour baiser ? Je n'ai pas voulu des précédentes et n'ai toujours pas changé d'avis.

Je glisse dans le baquet avec lassitude. J'aimerais que mon épouse m'attende chez nous, dans notre LANGHÚS. Mon cœur a repoussé toutes celles qui se sont présentées, parce qu'il a choisi. Il appartient déjà à une autre. À *elle*, dont j'ignore le prénom, mais que je vois constamment en songes.

Je n'arrive pas à la sortir de mon esprit. Pire, il me suffit de fermer les yeux pour l'apercevoir. Encore et encore. Comme à cet instant où je me laisse guider par mes rêveries.

Je revis toujours ce même moment. Elle se baigne dans une cascade, dos à moi. Mon corps frissonne d'excitation lorsque j'entre dans l'eau et m'approche d'elle. J'appose une main sur son ventre tandis que l'autre dégage sa nuque avec tendresse.

— Bonjour mon étoile, murmuré-je en l'embrassant.

Habituellement, elle soupire d'aise, se retourne en souriant et enroule ses bras autour de mon cou. Je la presse contre moi pour l'étreindre. Elle répond à mon baiser, dont la douceur se transforme rapidement en passion. Je ne vois jamais son visage lorsqu'elle me fait face, pourtant, je connais par cœur la pureté de ses formes, parfois je les imagine encore. Puis elle m'entraîne sur la berge où je lui fais longuement l'amour.

Mais aujourd'hui, tout est différent. Elle se retourne vivement et recule d'un pas. Je ressens une panique inhabituelle qui émane d'elle tandis que les mots qui passent ses lèvres me glacent :

— Asulf, je t'en conjure, aide-moi à la retrouver.

Je ne comprends pas pourquoi elle prononce cette phrase. Pourquoi j'entends la voix de Geri au lieu de la sienne. Pourquoi elle tombe à la renverse sans que je ne puisse la rattraper, malgré tous mes efforts.

Quand les flots avalent son corps, je plonge à sa suite avant de réaliser que nous ne sommes plus à la cascade en plein jour. Le rêve tourne au cauchemar. À présent, je me débats en pleine tempête dans la nuit noire. Et je la cherche désespérément alors qu'elle n'est nulle part.

Mon cœur tambourine à un rythme effréné, effrayé comme je l'ai rarement été dans ma vie. Je ressens cette panique au plus profond de

CHAPITRE 10

mon âme, telle une urgence absolue. Je tremble de froid mais pas seulement. J'ai peur de perdre cette meilleure partie de moi. Sans elle, je ne suis plus rien. Je n'ai plus aucune raison de me battre pour quiconque.

Pas même pour moi.

Je sonde les profondeurs sans rien voir, ballotté par les vagues qui se fracassent sur moi. Durant cette nuit sans lune, je la cherche partout, en vain.

Pourquoi est-ce que j'entends la voix de Geri et non la mienne, lorsque je l'appelle ?

Peu importe, il faut que je la retrouve.

Un éclair déchire le ciel et je profite de cette seconde de luminosité intense pour regarder vers le fond. Par chance, j'aperçois un bout d'étoffe qui s'enfonce vers les abysses. Je sors la tête de l'eau pour inspirer un maximum d'air avant de la rattraper. Je nage dans sa direction aussi vite que je le peux, oppressé, les yeux brûlés par le sel, mais je n'en ai cure. J'accélère pour me rapprocher d'elle. Il faut que je la sauve !

La distance entre nous diminue trop lentement à mon goût. La houle ne m'atteint plus, mais chaque mètre semble infranchissable tandis qu'elle poursuit sa chute. La pression de l'eau comprime ma tête tel un étau. Je deviens fou face à mon impuissance. L'obscurité est telle que j'ai l'impression de m'enfoncer dans le néant. Pourtant, je ne fléchis pas, j'y suis presque.

Je compte sur ma rage pour me propulser jusqu'à elle, et lorsqu'enfin j'y arrive, l'espoir renaît. Je m'accroche à elle comme si nos vies en dépendaient et nous remonte immédiatement vers la surface.

J'agrippe les rebords du baquet et émerge en me redressant violemment. J'inspire fort et tousse en recrachant l'eau que j'ai avalée.

Par les dieux ! Je me suis endormi dans mon bain et j'ai bien failli

y rester ! Cette journée m'a complètement épuisé.

Je débarrasse mon visage des gouttes qui ruissellent tout en stabilisant ma respiration.

Il me faut un moment pour reprendre mes esprits. Ma vision a presque eu raison de moi. Est-ce que ma dangereuse perte de conscience a induit mon rêve ? Ou la noyade dans mes songes m'a-t-elle empêché de me rendre compte que je mourrais vraiment ?

Quoi qu'il en soit, j'ai la désagréable sensation que quelque chose de grave est arrivé. Que ce cauchemar était bien réel, comme si Geri me suppliait de l'aider.

D'ailleurs, nous voilà déjà à une semaine sans nouvelles. Je m'en suis souvenu car nous sommes de nouveau LAUGARDAGUR, le jour du bain, et que l'eau nous est nécessaire pour communiquer. Je me sens terriblement seul, comme lorsque la montagne de feu s'est réveillée il y a cinq ans, et que j'ignorais comment il allait.

Adossé contre le bois, les bras reposant sur les rebords et la tête en arrière, je tente de poursuivre ce rêve. Parce que j'espère que Geri existe. Qu'il a besoin de moi. Donc je suis là pour lui.

Il m'a soutenu durant toutes ces années, je peux bien lui consacrer un peu de mon énergie.

Dans un état de semi-conscience, je réfléchis au sens de ma vie. Et le constat est sans appel : je suis désespérément seul. J'envie la complicité des groupes de sentinelles que je croise. J'ai bien tenté de m'adresser à eux, une fois ou deux, mais tous me regardent avec crainte. Comme s'ils voyaient mon père à travers moi, ils me fuient… En revanche, les THRALLS demeurent un peu trop avenantes.

À quand remonte mon dernier moment de bonheur ? L'ai-je déjà été ? Le peu de souvenirs qui peuplent mon esprit est superficiel, sans camaraderie, sans saveur. Ils ne m'évoquent pas la moindre émotion, un peu comme s'ils ne m'appartenaient pas. Or, je suis persuadé de les avoir vécus.

CHAPITRE 10

Néanmoins, j'admets volontiers que les vingt années écoulées sont passées bien vite. Qu'elles semblent avoir été survolées. Je n'en retiens pas grand-chose, à mon grand regret.

Un jour, je mourrai sans rien laisser derrière moi. Pas de descendance pour raconter ma légende ni perpétuer ma lignée. Pas de femme éplorée à l'annonce de ma perte.

C'est *elle* que je voulais. Par comparaison, toutes les autres me paraissent insignifiantes. Mon cœur lui appartient et ne cessera de la chercher jusqu'à mon dernier souffle.

Pourtant, elle n'est pas là. Au mieux, elle fait partie de mes rêves, de mes fantasmes. Je continue de souffrir de son absence, du vide qu'elle laisse en moi. Je n'arrive même pas à voir son visage. Je me souviens à peine de la couleur de ses cheveux.

Que se passe-t-il ? Pourquoi suis-je aussi confus ?

Mon étoile.

Mes yeux seraient incapables de la reconnaître si je la croisais. Peut-être mon cœur le pourrait-il ? Lui qui bat parfois la chamade pour une phrase ou un rire surgit dans mes pensées.

Je ne sais plus où j'en suis. Cette vie ne rime à rien, je vaux mieux que cela. Il y a quelque chose d'anormal dans cette réalité, mais je ne parviens pas à identifier de quoi il s'agit.

Est-ce que je perds la tête ?

Reprends-toi, Asulf !

Je soupire longuement. J'espère que mon fidèle et unique compagnon trouvera une femme digne de lui, que naîtront plusieurs enfants, si ce n'est pas déjà fait.

Geri est très secret. Derrière sa timidité, il cache une grande générosité et une force incroyable. Il a survécu à tant d'épreuves quand d'autres succombent pour le quart de ce qu'il a enduré.

Sa ténacité hors du commun me fait douter de son existence. Regretter qu'il ne soit pas réellement mon fils. Même si je partage avec lui tout ce dont je me souviens. Pourtant, à chaque exploit qu'il me relate, je suis si fier de lui.

Il n'entre jamais dans les détails de sa vie, mais j'ai compris qu'il est bien entouré et épaulé par des parents aimants. Ce qui me rassure quant à son absence prolongée. Il n'est pas livré à lui-même.

J'écarte toutes ces réflexions déprimantes afin de me recentrer sur ma rêverie et, en un instant, je revois cet océan tumultueux. Je me retrouve à nouveau à lutter pour ma survie au milieu des éléments déchaînés. Sa survie. Je commence à sentir la brûlure de l'effort dans mes muscles. Pour autant, je continue de les mouvoir, motivé par la sensation du corps de cette femme agrippée dans mon dos. De ses cuisses enroulées autour de ma taille. De ses bras qui m'enlacent. Des frissons provoqués par son souffle chaud dans ma nuque. Contrairement à l'eau glaciale qui nous entoure. Et dans lequel nous surnageons en silence.

Geri, si c'est toi, tiens bon ! Tu es le seul homme que je connaisse capable d'y arriver. Je le sais. Je le sens. Tu peux le faire. Je suis avec toi, gamin.

Note de l'auteur : LAUGARDAGUR : signifie « le jour du bain » et correspond au samedi. Ce terme est toujours utilisé en Islande. Les Vikings étaient en fait un peuple assez propre. et pas juste quelques barbares sales. Ils avaient probablement une meilleure hygiène que d'autres sociétés à cette époque.

CHAPITRE 12

SURVIVANTE

SKERPLA / JUIN

GERI

La tempête s'est calmée, le HERSKIP a pu faire demi-tour pour nous secourir. J'ignore comment j'ai pu tenir aussi longtemps sans sombrer, mais je suis au comble de la joie quand Haf, Leif et Björn nous hissent à bord. Je m'écroule de fatigue au moment où j'entends Eldrid réclamer des couvertures et confirmer que Karla est en vie. Je l'ai sauvée. Plus rien d'autre n'a d'importance. Alors, tremblant de froid, ne sentant plus mes membres, la vue brouillée, je glisse dans un sommeil sans rêves.

Lorsque j'émerge, la soif et une affreuse migraine m'assaillent de concert. J'ai été déplacé et allongé. Déshabillé et emmitouflé dans des peaux pour me réchauffer. J'en déduis que nous sommes en milieu de journée car SOL est à son zénith.

Par bonheur, mes vêtements sont secs. Je m'en vêtis à la hâte et bois toute l'eau dans la coupe en bois près de moi. Je mange avec difficulté la pomme laissée à côté, épuisé, la gorge douloureuse. Puis je me réinstalle au chaud et me rendors.

Je me réveille plus tard avec l'agitation du groupe. Je suis maintenant assis à l'extrémité du DRAKKAR et je regarde en direction de

CHAPITRE 12

Karla et de Leif. Elle dort emmitouflée dans des fourrures, mais n'est pas blottie dans ses bras. Seule, bien que près de lui. Je voudrais la serrer contre moi. La rassurer. Lui dire que je suis tellement heureux qu'elle soit toujours en vie.

Mais je n'en ferai rien. J'ai l'impression que notre proximité chèrement acquise est déjà oubliée. La promiscuité du DRAKKAR ne nous offre aucune intimité. Et même plus tard, quand tout le monde dormira, je ne me risquerai pas à la réconforter juste à côté de mon frère. Ce serait déplacé.

Je suis interrompu dans mes réflexions par Thor, qui s'assoit près de moi. Son arrivée furtive m'a pris de court, signe que j'ai relâché ma vigilance.

Il rompt le silence en s'adressant à moi à voix basse, admiratif :

— Tu as une sacrée paire de couilles pour avoir sauté dans l'eau glacée et en pleine tempête !

— Et c'est maintenant que tu t'en rends compte ? réponds-je en esquissant un sourire, presque aphone. Ravi que tu aies enfin constaté ma bravoure.

— Disons que tu n'es pas celui qui s'en vante le plus. Et que d'autres n'ont pas vraiment pu confirmer tes prouesses. Ah, si ! réalise-t-il dans un sursaut. La petite blonde ! C'était quoi son nom, déjà ?

— Tu plaisantes ? Elles étaient presque toutes blondes. Il n'y avait pas non plus des centaines de jeunes filles en ÍSLAND. Ne me dis pas que tu n'as même pas retenu le prénom des personnes que tu as côtoyées durant toute ta vie !

Il ne relève pas ma remarque et poursuit son monologue :

— Ah si ! La fille de Ventre Poilu !

Je manque de m'étouffer par sa légendaire absence de tact.

— Tu es con, Thor, lâché-je en le frappant derrière la tête du plat de ma main.

— Ah nan, je dis une bêtise. Elle m'a raconté que tu avais été super rapide et que tu en avais une toute petite.

Il mime un écart ridicule entre son pouce et son index tandis qu'il se moque ouvertement de moi.

J'expire bruyamment par le nez en signe d'exaspération, cependant, je suis content qu'il m'ait rejoint.

— Je devrais peut-être te passer par-dessus bord. L'eau gelée te remettrait les idées en place.

Il peine à étouffer son rire et mord son poing pour ne pas réveiller tout le monde. J'adore Thor et son humour qui en ont déstabilisé plus d'un. Les habitants de la *Terre de glace* se plaignaient qu'il n'y ait pas de demi-mesure avec lui. Tantôt insouciant et tantôt plein de sagesse. Néanmoins, je l'aime tel qu'il est : un ami sincère, droit et franc, que je considère comme mon petit frère.

Bien que de deux ans mon cadet, quand il me parle, je l'écoute attentivement :

— Tu es quand même sacrément inconscient d'avoir sauté derrière elle en pleine tempête ! On vous a perdu de vue en quelques instants.

— Et quoi ? Il aurait fallu l'abandonner ? La laisser se noyer ?

— Bien sûr que non ! Tu as fait ce qu'il fallait. Tu as eu plus de courage que nous tous réunis. Nous étions sous le choc, rongés de remords. Nos mères et Erika étaient effondrées. Haf s'excusait de ne pas pouvoir faire demi-tour. Mais dès que la tempête s'est calmée, nous sommes revenus en arrière. Tes cris nous ont guidés jusqu'à vous. Mais putain, ce qu'on a eu peur ! On s'imaginait ne jamais vous revoir, ou repêcher vos cadavres flottants.

J'acquiesce en silence, le cœur serré de savoir ce qu'ils ont vécu en notre absence. Je déglutis douloureusement et bruyamment.

Thor se tourne vers moi et m'étreint un instant avant de reprendre sa position initiale.

— Merci de l'avoir sauvée, entonne-t-il doucement en regardant Karla endormie sous des peaux d'ours polaire. Je l'aime tellement que sa mort m'aurait arraché le cœur.

— Et moi donc, soufflé-je.

CHAPITRE 12

Thor pivote lentement son visage vers moi et m'observe un moment avant de m'interroger :

— Pourquoi tu n'es pas avec elle, à la serrer dans tes bras ?

Sa remarque m'interpelle, je ne trouve pas grand-chose à répondre.

— Parce qu'elle...

Je m'interromps avant de tout dévoiler.

— Ne te fous pas de moi, Geri ! râle mon ami. On dirait que tu as peur de l'approcher. Elle ne va pas te brûler !

J'entrouvre la bouche et j'ignore quoi répliquer. Alors je me contente de hocher la tête.

— J'irai la voir quand elle sera réveillée.

— Bien. Garde en tête que si elle est en vie, c'est uniquement grâce à toi. Alors, pour une fois, sors de l'ombre et profite d'être le héros du jour. Mais je remarque que tu ne réponds pas à ma question.

Le blond me fixe intensément et je sais qu'il me sonde, à la recherche de la vérité. Celle que nous protégeons tous les trois.

Je reste silencieux à peine une seconde. Inutile d'éveiller les soupçons.

— De quoi parles-tu, Thor ?

— Vous me prenez vraiment pour un lapin de trois semaines ! s'offusque-t-il. Vous pensez être discrets mais je sais tout.

J'ouvre la bouche pour lui débiter une excuse toute prête, comme d'habitude, mais il me devance :

— Je vais te dire ce que je crois. Ce que j'ai vu. Et j'aimerais que tu sois honnête avec moi.

J'ai peur de ce qu'il va lâcher. De ce qu'il a découvert. Pourtant, je n'ai pas le choix. Il s'inquiète pour sa sœur et il a besoin de réponses pour la protéger au mieux.

— Hum, grogné-je pour accepter ce marché que je vais devoir honorer.

Thor réajuste sa position et m'expose son hypothèse :

— Je crois que tu es amoureux de Karla depuis toujours et que

Leif t'a devancé. Que tu n'as pas osé t'imposer parce que tu es trop gentil, ou puisqu'il est ton frère, je n'ai pas encore tranché sur ce point. Mais que, dans le fond, tu souffres depuis des années de les voir ensemble. Pire, de les couvrir quand ils vont s'envoyer en l'air à l'écart, alors qu'ils s'imaginent être discrets.

Ma mâchoire se décroche sous la clairvoyance de Thor. Comme toujours, il appuie là où ça fait mal.

Il doit sentir que mes pensées s'emballent, pourtant, il continue son monologue.

— L'épisode de l'ours.
— Oui, eh bien quoi ?
— Je suis au courant depuis ce jour-là.

Je suis estomaqué qu'il ait compris cela à quatorze ans à peine.

Les questions se bousculent dans mon esprit mais je reste impassible. Il pourrait très bien dire n'importe quoi pour que j'avoue malgré moi. Et en même temps, ai-je encore envie de protéger cette relation secrète qui me tourmente ?

— Comment ?

Je déglutis alors qu'il prends son temps pour me détailler. Cet idiot fait tout pour me mettre mal à l'aise.

— Ta tête. C'est imperceptible pour quelqu'un qui ne te connaît pas. Mais moi je l'ai vu. Ton regard sur ma sœur ne trompe pas. J'ai repensé à tous ces moments où tu étais triste ou joyeux. Elle était toujours là. Quand elle te sourit, tu rayonnes. Mais quand Leif s'approche d'elle, tu te renfermes. Je m'en doutais, pourtant, sans en être sûr jusque là. Puis, cette nuit, tu as plongé sans réfléchir, comme si tu venais de tout perdre. Tout est devenu clair. Excepté une question : pourquoi ne sait-elle toujours pas que tu es dingue d'elle ?

Je tente de rester neutre et demande, négligemment :

— Si tu étais au courant depuis aussi longtemps, pourquoi n'avoir rien dit à personne ?

Il se cale contre la coque et énonce :

— Je protégeais ton petit cœur. Et pas que le tien, d'ailleurs.
— Arrête tes énigmes, lui intimé-je en fronçant les sourcils.

CHAPITRE 12

Un rictus se dessine au coin de sa lèvre alors qu'il me scrute en silence, sans ciller. J'ignore quoi en penser et réajuste ma position, signe de ma nervosité.

Thor relâche son attention et fixe de nouveau Karla alors qu'il continue de me parler à voix basse :

— J'avais un moyen de pression contre vous trois, pour le jour où vous tenteriez de me chahuter.

Il pouffe et poursuit plus sérieusement :

— Si j'avais raconté à Björn tout ce que je sais, il vous aurait demandé de vous expliquer. Tous les trois. Tu aurais dû avouer à mon père tes sentiments pour ma demi-sœur, ce qui vous aurait mis tous les quatre dans une situation délicate. De plus, comme Karla est avec Leif…

— Ils ne sont pas ensemble. Enfin, pas officiellement.

Thor m'observe encore une fois parce que je viens de lui couper la parole. Il promène sa langue sur ses dents et affiche son habituel sourire énigmatique. Ma brusque réaction n'est pas passée inaperçue.

— Bref, poursuit-il, après avoir pété un plomb et fait la morale à sa fille chérie sur son coureur de jupons de *petit-copain*, Björn aurait demandé à Leif d'épouser Karla. Je te fais grâce du volet où il le menacerait de le pendre par les joyeuses s'il n'arrêtait pas de batifoler avec tout ce qui possède des seins. Réprimande que je lui ai déjà faite, soit dit en passant. Nous en sommes venus aux mains plus d'une fois.

— Je n'aurais pas pu le supporter.

— Je sais. Pourtant, si tu veux que les choses changent…

— Pourquoi me pousses-tu vers elle ? Björn me ferait la peau si elle devenait ma compagne. Et toi aussi, au vu de ce que tu viens de me confier.

— Possible que je sois plus souple te concernant, soupire-t-il. Et que mon père aussi. Mais si elle est malheureuse à cause de toi, nous te tomberons dessus. Te voilà prévenu.

— Pourquoi ?

— Parce que tu n'as pas sauté sur toutes les filles d'ÍSLAND. Mais tu as sauté dans l'eau. Et ce léger détail fait toute la différence.

Je me sens honteux d'avoir cru que Thor n'était pas sérieux. Il ne m'a jamais menti, alors pourquoi aurait-il commencé aujourd'hui ? Qui plus est, dans une discussion aussi importante.

Je ravale ma fierté et pèse les mots qu'il a prononcés.
— Pourquoi as-tu dit que tu protégeais plusieurs cœurs ? Dans ton scénario, seul le mien serait meurtri.
— Tu crois ça ? m'interroge-t-il en plissant ses paupières. Tu as vraiment de la paille dans les yeux, alors !
Je m'empourpre tandis que Thor se moque ouvertement de moi.
Devant mon désarroi, le blond reprend son sérieux et s'explique :
— Karla n'est pas amoureuse de Leif. Et il ne l'est pas davantage.
— Ils sont pourtant ensemble depuis des années.
Thor hoche la tête en signe d'approbation.
Merde ! Il m'a piégé et je viens d'avouer quatre ans de secrets. Le petit couple va me faire la peau.
— Enfin tu l'admets ! Et non, ils ne sont pas faits l'un pour l'autre. Observe-les, m'intime-t-il en les pointant du doigt. Ils dorment côte à côte.
— Et alors ?
Sa tête ballote un non, comme si je ne le comprenais pas.
— Maintenant, regarde mes parents, dit-il l'index pointé dans leur direction.
Je prends le temps de les détailler et conviens qu'il a raison. Björn enlace Eldrid. Tous deux ont l'air heureux, même dans leur sommeil.
— Karla et Leif ont pu avoir des sentiments à un moment donné, même si je ne suis pas sûr qu'ils se soient réellement aimés. Mais c'est surtout la routine qui s'est installée ces derniers temps. Elle ne l'admire pas comme s'il était tout pour elle.
Thor marque un point, et non des moindres.

Mon cœur rate un battement à ce constat. Serait-il possible que l'espoir renaisse ? Que j'aie finalement une chance avec elle, aussi

CHAPITRE 12

infime soit-elle ?

— Parce que tu sais à quoi ressemble un regard amoureux, toi ?

Il fait fi de mes railleries et continue, sans se laisser déstabiliser.

— Il en existe plusieurs. D'abord, celui de mon père pour ma mère. Son œil pétille d'admiration pour elle. Eldrid est sa merveille, celle qui le rend heureux. Il sait qu'elle ressent la même chose pour lui, alors il s'applique chaque jour à lui rendre tout cet amour.

Mon ami a raison. Un soupir de frustration m'échappe.

— Et il y a celui-là, dit-il en me pointant le nez. Le tien. Cet éternel regard torturé que tu arbores.

Percé à jour, je tente maladroitement d'esquiver son nouveau piège alors que je repousse sa main.

— Ne dis pas n'importe quoi. C'est le mouvement de l'eau qui te fait divaguer ?

Thor attrape soudain mon visage entre son pouce et son index et le pivote lentement vers sa cadette, allongée un peu plus loin. Je n'avais pas remarqué qu'Erika était réveillée. Il me faut une seconde pour comprendre ce qu'il attend de moi, une autre pour suivre le regard de la gamine qui se pose sur Karla.

— Elle est inquiète pour sa grande sœur, c'est...

— C'est *lui* qu'elle admire, m'interrompt-il. Encore et toujours Leif. Dire que cette andouille n'a rien remarqué ! Sais-tu ce qui est le plus drôle ? Quand j'aborde le sujet avec Erika, elle fait précisément comme toi : elle mord. Donc, voilà ce qu'est un regard amoureux et désespéré. Elle se meurt à petit feu parce que ton abruti de frère la considère comme une gamine et ne la voit pas.

— Et je fais pareil avec Karla, reconnais-je finalement.

— Exact.

Je cogne l'arrière de ma tête contre le bois de la coque et ferme les yeux. Cela me fait mal de l'admettre, cependant, Thor a raison sur toute la ligne. Je suis malheureux depuis des années de savoir Karla avec mon frère. J'en suis arrivé à un point où je ne peux même plus supporter leurs œillades de connivence. Je suis en permanence déprimé et au fond du gouffre.

Pourtant, en parler avec Thor me fait du bien. Peut-être dois-je suivre ses instructions.

— Alors, monsieur le conseiller en unions. Qu'est-ce qui va se passer, maintenant ?

Le silence de Thor ne m'inspire rien qui vaille.

Je redresse la tête pour le scruter. Je perçois un plan diabolique prendre forme dans son esprit, lorsqu'il sourit et s'allonge à côté de moi, serein.

Les secondes défilent me rendant de plus en plus nerveux. Et lorsqu'il s'exprime, je reste bouchée bée :

— Tu vas sortir officiellement avec Erika.

THOR

Après mon entrevue avec Geri, je suis allé trouver Erika. À l'instar de mon ami, ma petite sœur est restée muette durant mon analyse de la situation. Lorsqu'elle s'est empourprée pour démentir, j'ai souri, comme avec Geri. Elle s'embourbait dans des explications invraisemblables, alors je l'ai interrompue. Ce n'est pas moi qu'elle doit convaincre. D'abord sceptique, car elle pensait ne pas savoir jouer la comédie, elle a finalement accepté mon idée.

Comme convenu, dès que j'ai eu l'air de m'endormir, elle s'est discrètement installée auprès du héros du jour. Les paupières à peine entrouvertes, je les ai observés. Erika minaude à la perfection. Du moins, j'espère qu'elle simule ! Il ne manquerait plus que mon plan lui brise le cœur.

Geri a feint d'être réceptif. Ils se sont souris et ont beaucoup discuté. Il a fini par la prendre dans ses bras avant de s'assoupir ainsi.

Au réveil, notre père a moyennement apprécié. Il n'a prononcé aucune parole mais son visage en disait long. Lyra et Eldrid ont vu leurs enfants enlacés, heureusement, elles ont vite compris, à mon air semi-coupable, que l'idée venait de moi. Il faudra que je m'entretienne avec elles plus tard pour leur avouer être l'instigateur

CHAPITRE 12

de toutes ces manigances. Mais d'abord, je dois ouvrir les yeux à ma chère aînée aussi aveugle que Geri.

Lyra ne tarde pas à rappeler son fils à elle. Je profite de ce que Leif se lève pour le remplacer immédiatement auprès de Karla.
— As-tu apprécié ta baignade nocturne avec Geri ?
— Un peu fraîche mais je m'en suis remise, plaisante-t-elle.

Je glisse un bras autour de ses épaules et la serre contre moi. Ses cheveux exhalent une odeur salée quand j'y dépose un baiser. Je sais qu'elle a vécu quelque chose de traumatisant, alors je cherche à détendre l'atmosphère.
— Tu empestes le poisson.

Je grimace avant de sourire bêtement, heureux que cet inconscient de Geri ait plongé sans réfléchir pour la sauver.
— Ravie que tu aimes mon nouveau parfum ! J'ai prévu de le porter encore quelques jours. Jusqu'à ce que nous accostions sur les ÎLES FØROYAR.

Mon visage pivote quand je la sens se tendre contre moi.
— J'ai cru que tout était terminé, énonce-t-elle. Quand j'ai été projetée hors du bateau, dans cette tempête déchaînée. Le DRAKKAR qui s'éloignait. Je…

Sa phrase reste en suspens, interrompue par des sanglots qu'elle ne parvient pas à retenir.
— Mais Geri t'a vue passer par-dessus bord et il n'a pas hésité une seule seconde. Je crois qu'il n'a jamais été aussi sûr de lui.
— Pourquoi lui, Thor ? Pourquoi pas Leif ? Me questionne-t-elle.

Je l'observe un instant tandis qu'elle sursaute, réalisant qu'elle m'en a trop dit et qu'il est trop tard pour ravaler ses paroles. Ses yeux larmoyants me supplient de l'aider à clarifier ses pensées. Sa question va au-delà des événements de la veille. Elle a aperçu Leif entravé par la corde autour de sa taille, tentant vainement de s'en défaire alors que Geri s'affairait avec la voile.
— Ton cœur connaît la réponse, Karla, même si tu refuses de l'écouter.

— Qu'essaies-tu de me dire ?

— Tu te voiles la face pour une obscure raison. S'il y a déjà eu de l'amour entre Leif et toi, je suis certain qu'aujourd'hui il n'y en a plus entre vous.

— Tu te trompes. Leif et moi. Je l'…

Je la sens perdre pieds, empêtrée dans leur mensonge alors qu'elle a besoin d'y voir plus clair.

— Ne prends pas cet air offusqué, je sais depuis des années ce qui se passe entre vous deux. Je te suggère de garder ta salive pour celui que tu dois convaincre.

Elle inspire profondément, le temps d'intégrer mes paroles et de mettre en ordre son esprit.

— Tu n'es pas fâché ?

— Si. D'ailleurs, j'espère que tu en as bien profité parce que je vais lui faire la peau. Mais ce n'est pas le propos.

Elle glousse, visiblement gênée de ne pas m'en avoir parlé elle-même plus tôt.

— J'ai beaucoup d'affection pour lui. Je…

— Précisément. Et ce n'est pas un reproche. Il me semble juste que tu t'empêches d'être pleinement heureuse. Pourquoi ?

Ses yeux balaient les miens à plusieurs reprises, à la recherche d'un quelconque soutien. Puis, ils sont attirés dans mon dos et son regard se voile. Je ne peux me retenir de jubiler intérieurement. Je sais qu'elle a aperçu Erika et Geri, qui donnent l'impression de se découvrir sous un nouveau jour. J'ai vraiment trouvé la meilleure des occupations pour égayer la monotonie de ce voyage, mais aussi afin d'oublier la terrible nuit précédente.

Avec nonchalance, je suis l'objet de l'attention de Karla qui s'est figée. Notre petite sœur joue à merveille la gamine émerveillée par les prouesses du héros du jour. Et il y a de quoi, soit dit en passant. Une main sur son biceps, elle minaude alors que le courtisé sourit, ce qui ne lui arrive que trop rarement.

— Est-ce que j'ai raté quelque chose ? m'interroge tristement Karla.

— Qu'est-ce qui te chagrine, au juste ? Geri est un homme courageux et fiable. Il saura prendre soin d'Erika.

— Je croyais qu'elle et moi étions hors limite pour les jumeaux ? Tu as changé d'avis ?

— J'ai revu ma position pour Geri cette nuit, admets-je. Son héroïsme envers toi me rassure quant à sa capacité à s'impliquer pour celle qu'il aimera. Et comme il semble plutôt sérieux, j'ai décidé de lui accorder sa chance.

— Je ne te comprends pas, mon frère, balbutie-t-elle.

— Aurais-tu quelque chose à dire, Karla ? Tu sais que j'aime Leif comme mon sang. Mais je désapprouve totalement son comportement volage. Et tu es bien trop sage pour tenir un homme tel que lui.

Je vois ma sœur froncer les sourcils en silence.

— Qu'est-ce que tu insinues, Thor ?

— Tu as fait le mauvais choix. Tu restes avec Leif par commodité, ou par peur de ce que tes sentiments dévoileraient de toi. De ce feu que tu t'obliges à masquer.

— Tu ne sais pas de quoi tu parles, grimace-t-elle.

— Ah oui ? Alors, éclaire-moi. Pourquoi sembles-tu si triste de voir Geri heureux avec Erika ? Elle fera une bonne épouse et lui un mari dévoué.

Ma question la laisse sans voix. Avant qu'elle ne s'embourbe, je ponctue :

— Tu comptes pour lui. Bien plus que tu ne le crois. Mais si tu l'aimes sincèrement, ne renonce pas à lui. Je te conseille également de ne pas traîner, car une autre pourrait bien prendre cette place que tu convoites inconsciemment.

Sans attendre sa réplique, je me relève, abandonnant Karla avec des dizaines de nouvelles questions auxquelles elle doit apporter des réponses.

KARLA

Quand Thor me quitte, mon esprit est complètement embrumé. Je croyais qu'Erika s'intéressait à Leif, pas à Geri. A-t-elle changé d'avis ? Et pourquoi ? Se doute-t-elle de quelque chose ?

Si Thor a saisi ce qui se trame depuis des années, il n'est peut-être pas le seul. Et je comprendrais qu'elle tente de préserver son cœur en s'accrochant ailleurs. Mais pourquoi *lui* ?

Sûrement parce qu'il est l'homme idéal à épouser, idiote ! Fort, courageux, d'une beauté qui vous hypnotise et dont le sourire qu'il vous adresse provoque une envolée de papillons dans le ventre. Le genre de compagnon que l'on est fière de présenter à ses parents. Prêt à tout donner pour sa famille, à rendre son épouse heureuse ?

Ma sœur s'est rapprochée de lui. Beaucoup trop en quelques heures, et cela m'ennuie profondément, alors que c'est la première fois que je vois quelqu'un lui tourner réellement autour.

Thor a raison : je dois mettre mes pensées en ordre et m'assurer d'avoir fait les bons choix. Je vais reprendre le cours de ma vie, être heureuse avec Leif, et…

Mais pourquoi est-ce qu'elle approche son visage de lui ? Elle ne va quand même pas l'embrasser, si ? Il me faut les arrêter avant que leurs lèvres se touchent !

Je m'entends l'interpeller, sans pouvoir contrôler les mots qui sortent de ma bouche.

— Geri, tu as un instant ?

Erika se suspend en plein élan puis m'offre son regard le plus meurtrier. Elle espérait un baiser mais je l'ai interrompue. Dommage.

Le jumeau se redresse en s'excusant auprès de ma sœur à qui il adresse un sourire forcé, accompagné d'une rapide caresse sur la joue. Je jurerais avoir entendu un petit « ce n'est pas grave, va la voir. Je t'attends ici. Essaie de ne pas t'éterniser. »

Non, je ne veux pas que tu patientes. Ni aujourd'hui, ni demain, ni jamais. Geri n'est pas pour toi.

CHAPITRE 12

Mon sauveur acquiesce et se lève pour me rejoindre. Je ne comprends pas pourquoi, à cet instant précis, mes mains deviennent moites et je me sens fébrile.

Geri se glisse lentement à mes côtés, les traits tirés et l'air inquiet.
— Comment vas-tu ? m'interroge-t-il, réellement préoccupé par mon état de santé.
— Mieux, merci.
— Bien. J'en suis soulagé.

Pour la première fois de mon existence, je suis gênée en sa présence. J'ai l'impression de lui mentir, bien que ce ne soit pas le cas. Je n'ai rien à me reprocher. J'hésite à le serrer dans mes bras, pourtant, j'en ignore la raison. Maudit sois-tu, Thor ! Toi et tes insinuations qui m'obsèdent à présent.

Geri doit ressentir cette tension entre nous. Il s'éclaircit la gorge et, devant mon silence, il amorce son départ. Je le sens qui s'éloigne de moi comme si un fossé se creusait entre nous, alors qu'il s'est à peine déplacé d'une vingtaine de centimètres.

J'arrête de réfléchir et je me jette sur lui. D'abord surpris, il me réceptionne avec ce que je crois être du soulagement. Je réalise que j'ai besoin de lui, de son étreinte. Alors j'enroule mes bras autour de son cou, l'enlaçant aussi fort que je le peux.
— Merci de m'avoir sauvée. De ne pas m'avoir laissée seule, abandonnée au milieu de nulle part. Je serais morte sans toi.

Mes mots, à peine murmurés à son oreille, résonnent en moi comme si leur portée dépassait le simple sauvetage de ma noyade. Et c'est sûrement le cas, car Geri a toujours veillé sur moi, d'aussi loin que je me souvienne. Je tente de chasser cette pensée instillée par Thor lorsque Geri la rattrape et la loge plus fort dans ma poitrine :
— C'est moi qui serais mort si je t'avais perdue, Karla.

Mon cœur loupe un battement, puis un autre, avant de se lancer dans une ruade qui me fait mal tant elle est forte.
Est-ce qu'il a dit ce que je crois ?

Mon corps n'attend pas que mon esprit trouve la réponse à cette question. D'eux-mêmes, mes bras resserrent leur prise sur son cou.

— Ne me fais plus jamais peur comme ça, d'accord ? m'implore-t-il en continuant de susurrer dans mes cheveux.

Les larmes me montent et je lutte pour les contenir. J'étouffe par ces quelques paroles alors que je respire aussi à nouveau grâce à elles. Je me sens vivante.

J'inspire profondément son odeur de mer qui se mêle parfaitement à la mienne. Comme une évidence à laquelle je ne veux pas croire. Car je ne le peux pas.

— C'est promis, soufflé-je avec difficulté.

Geri m'étreint plus fort encore pendant que je me figure avoir imaginé ce qui suit :

— Tu es telle la déesse SÓL, le Soleil qui illumine mes jours. Sans toi, il ne reste que la nuit sombre.

Mais mon cœur, ce traître, confirme mes soupçons.

Boum boum, boum boum, boum boum...

Mes battements sont si forts que je suis certaine qu'il les ressent. Comme s'ils voulaient rejoindre les siens. Je ne comprends pas ce qui se passe, pourquoi tout s'emballe, alors que lui et moi ne sommes pas voués à être ensemble. Et pourtant, tout cela semble si familier.

Être dans ses bras m'apaise. D'ailleurs, cela a toujours été le cas. Depuis toute petite, je me sens en sécurité avec lui. Non, je le suis. Comme lorsqu'il m'a protégée face à l'ours polaire. Ou encore comme cette nuit, quand il a de nouveau risqué sa vie pour me sauver.

Mes pensées s'entrechoquent, ma tête commence à tourner. Les battements sous mes côtes me font mal. Je crois que me remémorer à notre mésaventure en pleine mer me donne des palpitations.

À moins que ce ne soit cette proximité avec Geri.

J'ai cette sensation tenace de passer à côté de quelque chose d'important, et ce ne serait pas la première fois. Je nous revois dans

CHAPITRE 12

la langhús, le jour où nous avons fui les larmes de feu de la montagne. Puis quand je le veillais alors que l'ours polaire l'a grièvement blessé.

Je me souviens que mon cœur s'est déjà emballé à ces moments-là, comme s'il espérait plus. Ce quelque chose qui n'est jamais venu.

Mon palpitant galope de plus belle quand je resserre mon étreinte sur Geri. Et si mon petit frère avait raison ? Me suis-je réellement trompée de jumeau ?

Un raclement de gorge à proximité nous rappelle à l'ordre. Geri relâche lentement son étreinte que je ne peux retenir, alors que j'en ai encore besoin. Pourquoi ai-je l'impression qu'il regrette cette accolade ? Ou bien est-ce cette interruption qui le chagrine ?

Mes interrogations devront attendre, car Björn et Leif nous surplombent, l'air suspicieux.

CHAPITRE 13

DE NOUVEAUX HORIZONS

❉ MÖRSUGUR / JANVIER ❉

CINQ ANS PLUS TÔT

HARALD

Je tourne la lame brûlante plantée dans sa chair tandis qu'une odeur de cramé flotte dans l'air.

— Où est Björn ? interrogé-je Asulf pour la énième fois.

Mon neveu grimace, ferme les yeux et serre les dents à s'en briser la mâchoire. Il contracte tous ses membres si fort que les jointures de ses mains blanchissent. Mais Asulf ne hurle pas. Non. Je ne perçois jamais le son de sa voix.

Il le guerrier parfait. Robuste. Endurant. Inébranlable. Prêt à mourir pour la cause qui lui est chère. Si tous mes hommes étaient comme lui, tout aurait été bien plus facile !

Chaque VIKING qui se respecte a entendu parler des BERSERKERS, ces hommes possédés qui combattent sans ressentir la douleur. Si je n'étais pas certain de notre lien de parenté, je jurerais qu'Asulf est l'un d'entre eux.

Néanmoins, aujourd'hui, je suis dans une impasse. Car la raison de sa lutte s'appelle Björn. Il le protège farouchement, quitte à succomber. J'ai toutes les peines du monde à percer ses défenses.

— Juste un lieu, murmuré-je à son oreille. Dis-moi où le chercher et je te laisserai tranquille. J'apaiserai immédiatement tes tourments.

CHAPITRE 13

Je pourrais même les effacer, pour que tu n'en souffres pas.
Réalisant qu'Asulf s'est immobilisé, je recule.
Plus un son.
Plus un sursaut.
Plus rien.
Il est inerte.
— Que HEL t'emporte, démon !
Je ricane à ses propos.
— Tu y étais presque ! C'est avec un autre que j'ai pactisé.
— SURT...
— Il semblerait que ta mémoire fonctionne encore suffisamment pour ne pas oublier tes croyances.
— Les dieux te feront payer ta traîtrise !
Ma patience et mon ton affable se volatilisent.

Mon esprit repense à tous ces moments où moi aussi j'ai été maltraité et manqué de trépasser. Je ne dois ma survie qu'à ma seule volonté. J'ai eu beau les implorer, l'un après l'autre, jamais les ASES ne m'ont secouru, se contentant d'observer ma déchéance depuis ASGARD, leur cité d'or. Pas une fois ODIN n'est intervenu. Alors que l'on ne vienne pas me parler de ces imposteurs qui tissent une destinée injuste ! Car la mienne n'est qu'embûches, par leur faute.

Je me suis hissé tout seul au sommet. J'ai rampé dans la boue et survécu à toutes mes batailles, sans jamais d'aide ou de compassion. De personne.

J'ai tout fait pour ne pas sombrer tandis que mon père souhaitait ma mort, mettant tout en œuvre pour que je disparaisse. Il ne m'a souri qu'une seule fois : quand les sentinelles sont venues me chercher. Son expression hargneuse d'antan que j'exécrais se superpose à son visage terrifié. Ce même faciès qu'il arborait un an plus tard, au moment où je l'ai enfermé dans notre maison et l'ai brûlé vif. Toute mon enfance, je le suppliais d'arrêter de me rosser. Le vieux restait sourd à mes appels. Alors, ce jour-là, quand il m'a supplié de l'épargner, j'ai jubilé en lui rendant la pareille.

Je pensais que sa disparition apaiserait mes tourments, mais il n'en fut rien. Ma rage enflait un peu plus à chaque événement marquant de mon histoire. Surtout lorsque l'on m'a forcé à violer la sœur de Markvart, alors que je méconnaissais les plaisirs de la chair.

Je me suis vengé des traîtres, notamment de Leif, présenté comme mon cousin alors qu'il était mon frère aîné. Il m'a volé ma vie, ma famille. C'était lui le géniteur d'Asulf, mais c'est moi son père ! J'ai élevé ce gamin avec toute l'attention qu'il méritait. J'en ai fait un guerrier VIKING. Une légende dont le seul nom faisait trembler même les plus courageux.

Aujourd'hui, je ressens un mélange de fierté et de frustration. Asulf était le fils parfait. Ma consécration. L'aboutissement d'un travail acharné, d'années de discipline.

Il était le meilleur.

Holda, cette traînée de THRALL, a tout compromis. Du jour au lendemain, Asulf a tout abandonné, alors que nous avions atteint le sommet. Il allait accéder au trône du JUTLAND, bordel !

Par chance, j'ai pu rattraper le coup avant de tout perdre. Jusqu'au dernier moment j'ai su compter sur mon intelligence pour nous sortir de ce merdier.

Par conséquent, que l'on ne me mentionne pas ces putains de NORNES, car elles ont fait de ma vie une ode à HEL ! Que l'on taise les noms de ces dieux ASES oisifs, ces pleutres !

Sans grande surprise, le seul à m'accueillir et à m'épauler fût SURT, le seigneur de MUSPELHEIM. Lui et moi nous ressemblons à bien des égards. C'est d'ailleurs la raison pour laquelle je dois rester sur mes gardes et obtenir les aveux d'Asulf. Car SURT me trahira, c'est inévitable. D'ailleurs, il a déjà commencé, me forçant à prendre les devants.

Manger ou être mangé.

Je refuse d'être celui qui court pour sauver sa vie.

Ma rage explose, sous le regard meurtrier de mon neveu :

CHAPITRE 13

— Les dieux... Ces êtres soi-disant bons qui protègent les humains et sont censés répondre à leurs prières ? Où sont-ils quand on a réellement besoin d'eux ?

Asulf plisse les yeux. Il est toujours dans ces croyances qui lui viennent de tous les moutons qui nous entouraient. Je me suis évertué à lui faire comprendre qu'il ne peut compter que sur lui-même. Une fois de plus, je vais le lui prouver.

Je m'approche pour susurrer mon venin à son oreille :

— Encore faudrait-il qu'ils sachent ce qui se passe ici.

Il me détaille d'un regard noir tandis que je prends plaisir à le narguer, puisqu'avant ce soir, je m'assurerai qu'il oublie l'entièreté de cette entrevue.

— Vois-tu, il y a des avantages à maîtriser la magie. Le SKALI est entouré d'un dôme protecteur qui empêche quiconque de savoir ce qui se trame en ces murs.

J'embrasse la pièce du regard, les bras à l'horizontale.

— Cette prison qui est la tienne depuis quinze ans est également camouflée sous un dôme. Mais il est bien plus puissant afin que personne ne puisse te voir ni t'entendre. Pas même ces fichus dieux.

Asulf relève sa tête et proteste en se débattant.

— Tout le monde te croit mort depuis le jour où tu es revenu m'affronter. Tu n'aurais jamais dû remettre les pieds à AROS. C'était une grave erreur. Tu as ravivé les espoirs de tous ceux qui voulaient me destituer. Alors j'ai fait de toi un exemple dont il se sont souvenus. Tu comprendras donc que personne ne souhaite t'aider. Il ne tient qu'à toi de te sauver. Rallie-moi et je t'offrirai le destin que tu mérites.

— Jamais ! Je te combattrai à nouveau et tu périras de ma main. C'est une promesse que je te fais, et rien ne saura empêcher cela !

Je me penche au-dessus de lui. Si je lui donnais son épée, je verrais apparaître le *Regard d'acier*. Cette version améliorée de lui, meurtrière, qui se révèle quand il agrippe son arme. Je voudrais la posséder moi aussi pour devenir un dieu. Mes pouvoirs actuels combinés à cette lame, nul doute que je pourrais affronter THOR ou ODIN.

Pour l'instant, elle me repousse et m'attaque.

Néanmoins, Asulf continue de me résister et cela me laisse perplexe. J'hésite à utiliser l'incantation d'intrusion que Markvart a découverte il y a quelques années, lors de ses recherches. Je me suis toujours refusé de le faire, car si je m'y prends mal, Asulf sera privé de tout ce qu'il connaît. Or, je ne désespère pas qu'il adhère à mes plans. Je projette de ressusciter ses souvenirs passés, à l'époque où il m'aimait encore. En parallèle, j'ai implanté dans son esprit de fausses informations : Björn a décimé sa propre famille puis j'ai été désigné successeur, en attendant qu'Asulf soit prêt à régner.

Par ailleurs, réaliser cette incantation puisera profondément dans mon pouvoir. Or, je ne suis plus assez puissant pour un tel sort, considérablement affaibli par mes tentatives pour dompter l'épée.

Et pour finir, cette opération est mortelle pour un corps affaibli. Donc le mien. Suis-je prêt à courir ce risque ou dois-je patienter davantage ?

Résigné, Asulf repose sa tête sur la table où je le torture. Il ne me dira rien.
Je perds patience.
Tant pis pour lui. Advienne que pourra.
— Fort bien. Puisque la manière douce ne mène à rien…
Je ne lui laisse pas le temps de réagir et plaque ma main sur son front.

AUÐGA ÞIK, LÁTA SKÍRAST ÞIK, ÞRÁTTU EKKI MÓT MÉR.
(Ouvre-toi, livre-toi, ne me résiste pas.)
SEGÐU MÉR HVAÐ ÞÚ FELUR DJÚPT Í ÞÉR.
(Dis-moi ce que tu caches au plus profond de toi.)

CHAPITRE 13

Les yeux d'Asulf se révulsent pendant que je répète l'incantation qui déverrouille tout. Mon énergie se consume. La douleur nous étreint tous les deux et nous hurlons à l'unisson. Le loup lutte de toutes ses forces. Moi qui le pensais moribond, je me suis fourvoyé. Son esprit semble imprenable. Cependant, je suis résolu à forcer le passage et continue inlassablement ma litanie, même si je suis déjà allé trop loin. Je pourrais lui créer des dommages irréversibles, en faire une coquille vide. Et alors je n'aurai plus aucune chance de m'approprier son arme tant convoitée.

Soudain, je vois à travers ses yeux. Face à moi se tient Björn, le visage courroucé.

— Fais juste ce que je te demande, s'impatiente Asulf.
Son ancien ami le toise un instant, hésitant, avant de capituler :
— Où souhaites-tu que j'aille ?
Les lèvres d'Asulf bougent alors que les miennes les imitent :
— Là où nous rêvions de nous rendre quand nous étions gamins.
— Ce lieu secret dont nous avions juré de ne parler à personne ?
— Hum.
— Très bien. Tu me dois une faveur, alors sois certain que nous nous reverrons, mon frère.

Mes jambes ne me portent plus. Mon cœur tambourine à tout rompre. Ma peau me brûle. Je dois interrompre la vision avant de succomber, n'étant déjà plus que l'ombre de moi-même.

Au moment où tout s'arrête, je m'effondre. Une pensée qui ne m'appartient pas s'infiltre dans mon esprit, avec juste un mot : FØROYAR. Je ris comme un dément et chancelle en me relevant. Je sais à présent où envoyer mes hommes.

Revivre ce songe nous a considérablement affaiblis. Asulf respire à peine. Je dois agir vite. J'enfile mes gants et pars chercher Rigborg. Je m'assure de l'attraper uniquement par son fourreau et l'amène tel quel au mourant. Le cuir me protège des convoitises de la VALKYRIE et du démon. À ce stade, si nous entrons en contact, je n'y survivrais pas. Ce serait dommage de tout gâcher si près du but !

J'enserre les doigts d'Asulf autour de la poignée. Instantanément, sa poitrine se soulève. Ses yeux s'ouvrent sur le halo bleu familier qui illumine aussi Rigborg et le régénère rapidement. Fasciné, j'observe sa plaie béante disparaître. En à peine quelques secondes, il ne garde plus aucune trace des heures précédentes.

Au moment où je veux lui reprendre son arme, Asulf s'y accroche, refusant de la lâcher. Je lui ôte avec moult difficultés. Lorsqu'enfin l'épée lui échappe, son bras retombe mollement. J'éloigne rapidement l'épée de lui et appose de nouveau ma main sur son front. Pour que mon plan réussisse, il doit oublier tout ce qu'il vient d'endurer.

ÞAT ÞÚ ENGAN MINNI HALDIR AF ÞESSUM DEGI,
(Que de cette journée tu n'en gardes aucun souvenir,)
ÞVÍ AÐ ÞÚ HEFIR VERIÐ OFURÞREYTTR.
(Car éprouvé tu ne l'as que trop été.)
GLEYM ÞVÍ SEM ÞÚ HEFIR ÞOLAÐ,
(Oublie ce que tu as enduré,)
OG ÞIG ALDREI MINNAST ÞEIRRA.
(Et que jamais tu ne puisses te la remémorer.)

Satisfait, je remets mes gants pour ramener Rigborg dans sa cachette. Je m'assure ensuite qu'Asulf est bien enfermé dans sa geôle avant de m'éclipser dans ma pièce secrète.

Pendant que j'y prépare une décoction de régénération rapide, j'aperçois mon reflet dans un bol d'eau. Comme à chaque fois que je puise trop dans mes forces, je ressemble à un vieillard : le visage creusé, les pommettes saillantes et les cheveux aussi blancs que la lune. Fort heureusement, je sais que cela ne durera pas. Toutefois, cette image de moi que l'eau me renvoie me choque à chaque fois.

CHAPITRE 13

Dans cette vie, je n'ai peur de rien. Je ne redoute que la mort, que j'admets frôler un peu trop souvent ces derniers temps.

Je bois rapidement l'élixir et m'allonge. Le liquide parcourt mon corps et me réchauffe de l'intérieur. Mes paupières s'alourdissent juste avant que je sombre dans un sommeil profond.

Au réveil, je ressemble toujours à un cadavre ambulant, même si j'ai retrouvé la force de me mouvoir. Petra a préparé un festin que je m'empresse d'engloutir.

— Va porter un demi-poulet et un pichet de cervoise à notre invité. Quand il aura terminé, viens me rejoindre. Toi et moi devons nous entretenir longuement.

Je la vois déglutir, accepter ma demande sans conviction, puis elle s'empresser de rejoindre Asulf.

À son retour, je la posséderai ici même, sur cette table. Puis un peu partout dans le SKALI. Et seulement quand j'aurai calmé mes pulsions et qu'elle aura crié aux quatre coins de ma demeure, je lui rendrai sa liberté. J'escompte briser le lien qu'elle a créé avec Asulf. Quand il se sentira seul au monde, je redeviendrai son unique repère. Je suis certain qu'il me fera à nouveau confiance, ce n'est plus qu'une question de temps.

Dans l'intervalle, je me préparerai à accueillir Björn. Hors de question qu'il réapparaisse en imitant le comportement d'Asulf. Je ne permettrai pas qu'il me provoque en duel pour regagner son héritage perdu ! Ni que la population prenne fait et cause pour lui.

Je dois également me protéger des dieux, dans l'éventualité où Björn ferait appel à eux.

Et enfin, il me faut me prémunir d'une future traîtrise de SURT. Je dois me préparer à l'affronter.

J'ai donc besoin d'un bouclier. Non, d'une puissante armure. Plus robuste que n'importe quel matériau. Impénétrable.

Je visiterai donc les royaumes d'ALFHEIM et SVARTALFHEIM. On raconte que les elfes possèdent des matières précieuses et rares. Quant aux nains, ils ont forgé MJOLNIR, le redoutable marteau du dieu THOR. Nul doute qu'ils me créeront ce qu'il me faut.

☀ SKERPLA / JUIN ☀

CINQ ANS PLUS TARD / DANS LE PRÉSENT

HARALD

Je rentre d'ALFHEIM en traversant la mare ondoyante du portail. Je n'ai rien dit à Markvart, gardant secrètes mes escapades entre les univers.

Ce n'est plus le cas aujourd'hui, mais je me souviens avoir vomi au cours de ma toute première traversée, il y a quelques années.

Mon corps n'était pas prêt à changer de monde. Ma tête tourne et mes tripes la suivent. Je suis parti de chez moi en plein VETR. Ici, nous sommes en SUMAR. Lorsque je lève la tête, le paysage est d'une beauté à couper le souffle. Le ciel est clair, la nature luxuriante et les animaux s'approchent sans crainte. Tout semble lié et communique par l'intermédiaire d'une brise chaude. Il y règne une harmonie apaisante.

Même mon âme torturée y trouve le repos pour un temps.

Je marche dans la lande verdoyante, les yeux mi-clos, écoutant le murmure d'un ruisseau dont l'eau clapote, puis le vent qui bruisse dans les feuilles. Je me surprends à être différent du guerrier ou du roi, attentif et intéressé par ce qui m'entoure.

Une elfe de la forêt vient à ma rencontre. Un simple bandeau cache à peine la poitrine, un second morceau la recouvre de sa taille

CHAPITRE 13

à mi-cuisses. Sa tenue, confectionnée en laine de mouton, laisse entrevoir des runes, tatouées un peu partout sur sa peau.

Quand elle arrive à ma hauteur, je la domine de plus d'une tête. Elle irradie d'une insouciance et d'une joie de vivre que je n'ai jamais croisées jusqu'alors. À son contact, je me détends, je souris, même, tandis qu'elle me guide dans son monde.

Je la suis à travers les bois, saluant des dizaines de ses congénères, pendant qu'elle m'accompagne jusqu'à ce qu'elle appelle « la citadelle des forêts ». Au pied de celle-ci, je ne peux dissimuler mon émerveillement : taillées dans un arbre immense, des milliers de marches d'escalier serpentent dans le tronc. Ici vivent des elfes de hauts rangs et des guerriers. Quant à leur peuple, il habite dans des demeures plus modestes, hissé dans les arbres alentour.

Elle ne désire pas m'escorter davantage – ou peut-être n'y est-elle pas autorisée –, car elle s'éclipse en silence quand deux gardes prennent le relais. Nous franchissons une gigantesque double porte en bois, gravée de deux cerfs qui se font face. Leurs postures majestueuses, un sabot avant relevé, le museau pointé vers le haut, semblent me souhaiter la bienvenue.

L'énorme salle dans laquelle je pénètre ensuite me laisse sans voix. Épurée mais magistrale, baignée d'une lumière divine. Au sol, un parterre de feuilles d'automne qui virevoltent sur mon passage. Des colonnes en bois blanc délimitent la pièce et soutiennent des voûtes. Au-dessus de ma tête, point de toiture mais des branches entrelacées et ajourées qui permettent d'entrevoir le ciel.

Le maître des lieux s'approche sans que je m'en aperçoive. Lorsqu'il s'adresse à moi, j'en ai presque oublié la raison de ma venue tant je suis en paix ici.

Je ne dévoile pas la vérité quand il me demande pourquoi je désire des cristaux d'ADAMANTAR, les plus résistants et purs ayant jamais existé. J'explique devoir protéger d'un courroux maléfique ce qui m'est le plus précieux. Piqué par la curiosité, mon hôte m'incite à *poursuivre mon récit. Alors, j'invente que j'ai eu vent d'une future incursion de* SURT *sur* MIDGARD. *Le géant projetterait d'envahir et conquérir tous les royaumes, les uns après les autres. Je précise que chez moi, j'ai des pouvoirs similaires à ceux des druides elfiques, tout en étant un guerrier, et que je serais donc le plus à même de défendre mon peuple. Cependant, j'ai besoin d'une protection suffisante pour lutter contre le seigneur de* MUSPELHEIM, *aussi je compte utiliser l'*ADAMANTAR *pour me fabriquer une armure.*

Le roi des elfes des forêts se tend. Ces cristaux se trouvent sur les terres de sa défunte épouse, il ne sait si son cœur pourra se défaire d'une partie d'elle. Il me demande de revenir plus tard, désireux de prendre le temps de réfléchir à ma requête.

Après plusieurs rencontres et des négociations qui requièrent toute ma malice et ma diplomatie, il consent à m'aider, néanmoins sans prendre part à mon combat. Tant que son monde n'est pas en danger, il refuse de sacrifier les siens. Cette cause n'est pas la leur. Pas encore.
Ravi de l'issue de cette discussion, j'accepte ses conditions. Je jubile, car j'ai posé le premier jalon de mon plan qui commence à prendre forme.

Je reviens de temps à autre, feignant une amitié naissante avec cet érudit et profitant de la quiétude des lieux. Mon âme tourmentée me réclame cette paix que je ne peux obtenir ailleurs. Alors, dès que la vie à AROS *me pèse trop, je m'échappe quelques heures sur* ALFHEIM, *pieds nus et seulement vêtu d'une tenue légère.*
La connexion avec leur mère Nature est incroyable et bienfaisante, si bien que, durant un temps, j'imagine ce que pourrait être ma vie ici.

Malgré tout, je suis conscient que je ne fais qu'abuser de leur naïveté pour parvenir à mes fins.
Je suis un guerrier VIKING *avant tout. Un* MIDGARDIEN. *Par*

CHAPITRE 13

conséquent, je n'accepterai pas qu'un seigneur elfe me regarde de haut ou me dicte ma conduite. Je serais contraint de le défier pour m'élever au-dessus de lui et faire taire son arrogance. Lui prendre ses terres, ses femmes, son peuple.

Rattrapé par ma personnalité profonde qui menace de se révéler sous peu, je ne m'éternise pas dans ce monde enchanteur. Il est trop tôt pour le conquérir. Mais lorsque MIDGARD *sera mien,* ALFHEIM *pourrait bien être ma prochaine étape, avant le trône d'*ODIN.

*Alors je prends l'*ADAMANTAR *qu'ils m'ont généreusement extrait avant de rentrer chez moi, ma noirceur échafaudant déjà des plans pour annexer ce royaume qui, tôt ou tard, sera mien.*

---

*Le lendemain, les cristaux d'*ADAMANTAR *dans une besace, j'ouvre un portail entre* MIDGARD *et* SVARTALFHEIM. *Et là, l'ambiance est à l'opposé de celle des elfes. Tout ici est sombre et oppressant. Dans ce monde souterrain où il fait constamment nuit noire, seules des torches allumées aident à se repérer. Tout autour de moi n'est que roche à perte de vue, du sol au plafond, avec, par endroits, des scintillements singuliers.*

Je suis accueilli par un jeune nain effronté qui me traîne dans plusieurs galeries. J'avoue que je commence à me demander s'il ne cherche pas à m'y perdre, ou à m'isoler pour m'exécuter discrètement. Il en serait bien mal avisé, sans parler que cela nuirait grandement à mes affaires. Quoi qu'il en soit, je serais bien incapable de m'orienter dans ce dédale de couloirs, il me faut donc lui faire confiance.

Il s'arrête devant une énorme double porte en marbre, incrustée de pierres précieuses. Nous pénétrons dans la salle du trône où tout est chargé à l'extrême. Des richesses à profusion jonchent le sol.

Je foule le marbre noir veiné de rouge qui guide mes pas jusqu'à un nain âgé et bourru, siégeant avec prestance. Le roi ne tergiverse pas exigeant immédiatement de connaître la raison de mon intrusion. Point de mensonges à SVARTALFHEIM, *donc je partage uniquement l'incursion prochaine de* SURT *dans mon monde, ainsi que mon besoin* d'une armure me permettant de l'affronter.

Le roi des nains m'écoute avec attention puis salue ma bravoure. Son peuple est composé de guerriers qui respectent et honorent les combattants. Impatient de voir de l'ADAMANTAR, ses yeux pétillent de convoitise. Il crache sur le sol en apprenant sa provenance. Néanmoins, il promet que ses meilleurs forgerons travailleront sans relâche pour me donner entière satisfaction, en échange de quoi, je leur livrerai régulièrement ce minerai.

Je suis satisfait de ce marché qui, une fois encore, repose sur du vent. Les habitants d'ALFHEIM refuseront de les fournir. Ces deux royaumes, aux antipodes l'un de l'autre, se détestent au plus haut point. Les elfes qualifient les nains de cupides, quand ces derniers les gratifient de hautains.

Une discorde ancestrale qui est très loin de se tarir.

Je reviens à maintes reprises, curieux d'observer les maîtres forgerons à l'œuvre. À l'aide d'une meule en pierre, similaire à celle que nous utilisons pour écraser le grain, ils réduisent les cristaux d'ADAMANTAR à l'état de poudre puis le déversent dans un creuset où leur plus précieux métal a déjà fondu. Ma tension est palpable quand ils m'expliquent que la température est juste assez chaude pour assimiler le matériau, sans pour autant l'altérer. Ils prennent mes mensurations pour ajuster l'armure à mon corps. Je suis en admiration devant le plastron qui prend forme sous mes yeux, hypnotisé par leurs marteaux qui frappent encore et encore.

Les battements de mon cœur se calent sur les martèlements. Mon impatience est telle que même en rentrant chez moi je continue de les ressentir. Et je m'endors, le sourire aux lèvres, un bruit de maillet berçant mes songes.

Il m'aura fallu quatre longues années de tractations pour que les elfes acceptent d'extraire les cristaux d'ADAMANTAR qu'eux seuls possèdent. Je les ai confiés aux nains qui m'ont créé l'armure la plus

CHAPITRE 13

légère et solide qui soit. Ils m'ont assuré que même MJOLNIR, leur précédente création divine, s'y briserait en me frappant.

Un sort d'invincibilité en sus et je pourrai m'élever au rang de dieu. Qu'ODIN et ses sous-fifres viennent, je les attends de pied ferme !

Avec une satisfaction non dissimulée, j'admire longuement cette armure rutilante dans le reflet d'une bassine d'eau. Ainsi paré, je suis à l'image de SURT, mon protecteur et ennemi. Excepté que j'ai la capacité de passer d'un monde à l'autre quand la magie des dieux l'a cantonné au sien. Alors, peut-être ne serait-il pas si compliqué d'affronter les ASES et m'approprier le trône du Père de Tout ?

Étranges créatures que ces petits hommes. Par vanité, ils seraient prêts à tout, se surpassant uniquement afin de prouver leur supériorité sur les elfes.

À la fin de leur ouvrage, ils m'ont rappelé les termes de notre marché. Ils espèrent obtenir davantage d'ADAMANTAR pour réaliser des créations encore plus folles, ce que je ne permettrai pas.

Par ailleurs, les elfes sont de mon avis. Courroucés par mes desseins, ils ont annulé notre accord. Pour eux, ces cristaux sont sacrés et ne doivent pas être transformés en arme de guerre. Ils contiennent l'essence de leur Nature et ne peuvent avoir d'autre fonction que celle de la servir.

La contrariété a gagné les dirigeants des deux royaumes, qui s'offusquent de la réaction de l'autre peuple. Les elfes se sentent spoliés, alors que les nains crient à la possession maladive. Ils exigent le partage équitable des richesses entre les mondes, ce que les elfes refusent.

Pressentant leurs réactions, j'ai volontairement attisé leurs rivalités pour qu'elles servent mes ambitions. Tant qu'ils se détestent, ils ne peuvent réitérer l'exploit de mon armure. Je veillerai à ce que personne n'égale ma puissance.

Je n'aurai plus qu'à lancer les hostilités entre eux au moment opportun et ma diversion sera lancée.

Je souris d'aise sans cesser de contempler mon reflet. Mon pouvoir m'est totalement revenu. Je suis à nouveau quadragénaire et dans la force de l'âge, massif comme jamais et sûr de moi.
D'autres bonnes nouvelles tardent à venir.

Immédiatement après sa libération, la THRALL est partie d'elle-même à la recherche de Björn. Par un heureux hasard de mon fait, un HERSKIP se rendait justement dans les ÎLES FØROYAR, sous couvert de découverte de territoire.
Je n'ai fait qu'étendre mon influence ces dernières années, avec un succès tel que personne ne s'étonne qu'un navire lève l'ancre en repérage vers ces contrées.
Cette expansion aussi massive que rapide m'a été permise grâce à mon arme secrète. Il m'aura fallu des années pour la refaçonner, mais elle est encore plus tranchante qu'auparavant.

Viens, Björn, je t'attends. J'ai hâte de te montrer ce que j'ai fait de mon royaume. Ainsi que de ton meilleur ami.

La partie ne fait que commencer.

Note de l'auteur : Les incantations évoquées dans ce chapitre ont été créées de toute pièce pour les besoins de mon histoire. À ma connaissance, elles ne fonctionnent pas. Je tiens à préciser que ce genre de pratique n'est pas conseillée et peut être dangereuse.

Note de l'auteur : ADAMANTAR : concept et nom inventés et qui désigne le diamant elfique. Il est la source du pouvoir du royaume de ALFHEIM.

Note de l'auteur : ALFHEIM : royaume des elfes.

Note de l'auteur : SVARTALFHEIM : royaume des nains.

CHAPITRE 14

ADIEU LES RENFORTS

☀ SKERPLA / JUIN ☀

KARLA

Appuyée contre le flanc du navire, je scrute l'horizon qui s'étend à l'infini. Nous voguons en mer depuis une semaine. Tout le monde devient dingue, excepté Geri qui conserve un calme à toute épreuve. Il apprend à naviguer en aidant Haf. De ce fait, il est indisponible pour nous, pour moi. À l'affût, Erika l'accapare dès qu'il s'assoit, ce qui a le don de m'énerver.

Les jours suivant la tempête ont été compliqués. Je suis encore toute retournée des paroles de Geri. Quelque chose a changé, nous ne sommes plus les mêmes. Il m'a sauvé la vie au risque de perdre la sienne. Il n'a même pas hésité une seule seconde. Pourquoi ?
Et si Thor avait raison ? Et si les mots de Geri cachaient des sentiments bien plus profonds qu'il n'y paraît ?
Ma confusion et l'impossibilité de m'isoler pour y réfléchir calmement accroissent mon mal-être.

Leif a essayé à plusieurs reprises de me voler des baisers et des caresses discrètes durant la nuit. Je l'ai laissé faire le premier soir. Depuis, j'ai réalisé que quelque chose s'est brisé. Ses lèvres et sa peau ne m'appellent plus. Je ne ressens plus de désir pour lui. Pire, mon corps rejette chacune de ses tentatives d'intimité.

CHAPITRE 14

La conclusion s'est imposée d'elle-même : j'ai décidé de rompre avec lui. Il n'y croyait pas vraiment et a réagi comme lors de nos ruptures précédentes, même si j'ai été claire. Il est bien trop sûr de lui pour l'accepter. Je sais déjà qu'il reviendra à la charge et que nous aurons une discussion sérieuse, voire houleuse.

Voilà deux semaines que nous avons quitté l'ÍSLAND. La tempête survenue trois jours après notre départ nous a grandement fait dévier de notre route. Et depuis, nous faisons face à une mer d'huile. Nous stagnons sans la moindre brise à l'horizon. Plusieurs heures par jour, nous ramons dans l'espoir d'avancer un peu. Malheureusement, notre efficacité n'est pas à la hauteur de nos espérances. Le HERSKIP est trop lourd et nous, pas assez nombreux pour lui imposer de se mouvoir plus vite. Sans compter que nos ressources sont presque taries. Nous devons économiser notre énergie et ne surtout pas gaspiller le peu qu'il reste.

Une tension générale plane sur nous. Entre le rationnement de nourriture, le manque d'intimité et l'espoir de voir une terre apparaître, il devient difficile d'étouffer les conflits qu'un rien attise.

Ma réflexion à propos de ma rupture avec Leif a eu tout le temps de mûrir : je ne changerai plus d'avis. Maintenant que mon esprit s'accorde avec mon cœur, je prête plus d'attention à tout ce qui se passe. J'ai la sensation d'être observée, ou plutôt : scrutée par tout le monde. Surtout par lui, alors que son intérêt se partage entre ma petite sœur et moi.

Au moment où mes yeux croisent ceux de Geri, ma respiration se coupe, mes joues s'empourprent et mon cœur s'emballe. Même en pleine nuit, depuis l'extrémité opposée du DRAKKAR, je sens qu'il me dévisage. Et je profite de l'obscurité pour lui rendre la pareille.

Je me consume sur place, laissant mon corps s'embraser avec délice sous ses pupilles qui me dévorent sans retenue. Les frissons d'excitation qui me parcourent ne me quittent qu'au moment où je m'endors, à regret.

Durant la journée, son regard s'assombrit si Leif me tourne autour. Pourtant, il en a toujours été ainsi. Qu'est-ce qui a changé au point de l'attrister autant ?

C'est précisément ce que souhaite savoir l'intéressé qui me rejoint.

— Que se passe-t-il, Karla ? murmure Leif en appuyant ses avant-bras sur le bois épais, dos à nos proches.

— Rien, je…

— Arrête, je te connais trop bien. Quelque chose te tracasse. Tu peux te confier à moi.

Mon regard est fuyant pour éviter de croiser le sien et de retomber dans ses bras, dans un moment de faiblesse. J'ai pris mes distances pour décider de ce que je voulais vraiment.

— Je crois qu'on devrait en rester là. Définitivement.

— À quel sujet ?

Il feint de ne pas comprendre. Ce n'est pas la première fois que nous nous retrouvons dans cette situation. Habituellement, il me laisse de l'espace et revient plus tard comme si de rien n'était. Pas aujourd'hui. Aujourd'hui, il persévère et requiert des explications.

Sans quitter l'horizon des yeux, je prends une longue inspiration pour me donner du courage avant de bredouiller :
— Toi et moi. Cela ne fonctionne pas.
— Tu ne peux nier que nous nous retrouvons toujours.
— Pas cette fois, Leif.

Je le sens se raidir à quelques centimètres de mon épaule, énervé, même s'il tente de le masquer.

— Tu me largues sans même me regarder ?
— Nous avons rompu il y a deux semaines.
— Non, toi tu as rompu, pas moi !

Je m'oblige à rester impassible, car c'est à ce moment précis qu'il va user de son charme pour que je lui revienne.

Courage, Karla, ne cède pas.

— Aie au moins le cran de me le dire en face.

CHAPITRE 14

Mes doigts se crispent, arrimés au bois du bateau. J'y puise la motivation qui me fait cruellement défaut en cet instant.

— Alors ? insiste-t-il devant mon silence qui s'éternise.

Il attrape mon menton et pivote lentement mon visage vers le sien. Je clos mes paupières, espérant qu'elles retiennent mes larmes, puis expire avant de le regarder. Il me fixe avec son air suppliant, priant pour que je me ravise.

Les secondes s'étiolent. Je me sens mal.

— C'est définitivement terminé, Leif. Nous avons eu notre temps et vécu ce qui devait l'être. Mais nous n'allons plus nulle part. Le moment est venu de passer à autre chose.

— Tss.

Ses doigts relâchent leur pression sur mon menton pour aller se loger dans ses cheveux qu'il agrippe discrètement.

— Qu'est-ce qui a changé ?

— Rien, et c'est là tout le problème. Nous faisons du sur place au lieu d'avancer.

— Tu m'en veux encore pour mon tableau de chasse ? Je croyais que c'était du passé, tout cela ?

— Ça l'est.

— Ce n'est pas ce que tu es en train de me dire.

Je perçois sa nervosité, même s'il s'exprime toujours à voix basse pour ne pas éveiller la curiosité des autres. Ses sourcils se froncent, sa bouche se pince, ses doigts fourragent dans ses mèches brunes.

— Putain, Karla, tu sais qu'il n'y a que toi depuis deux ans ! Je ne suis pas allé voir ailleurs. Pas une seule fois. Je t'ai fait une promesse et je l'ai tenue.

— Je t'en ai délivré.

Ma voix n'est plus qu'un son à peine audible, étranglé par les sanglots qui menacent de me submerger.

— Tu *quoi* ? Attends, tu délires ?

Ma tête dodeline pour le détromper.

— Pourquoi ? Parce que je ne me suis pas jeté à l'eau pour te secourir ? Tu sais bien que la corde m'entravait. Je me suis battu comme un démon pour m'en défaire. J'ai dû la couper avec ma hache, bordel ! Et il était trop tard pour te rejoindre. Nous étions déjà bien trop loin.

— Ce n'est pas cela. C'est moi.

— Je l'attendais celle-là !

— Tu n'y es pour rien. J'ai juste… je n'éprouve plus les mêmes sentiments qu'auparavant. Je crois que nous nous étions installés dans une routine confortable. Mais, ce n'était pas de l'amour. Plutôt de l'affection sincère.

— Qu'en sais-tu, hein ?

Je pince mes lèvres tandis qu'une larme dévale lentement ma joue. Je n'ai rien d'autre à lui proposer et ne comprends pas pourquoi il s'acharne.

— Voilà ce que l'on va faire. Je t'attendrai pendant que tu dissipes tes doutes, et…

— Pas cette fois, Leif. C'était la dernière, je te l'ai dit.

— On est en couple, je te signale. Cela se décide à deux.

— Nous ne le sommes plus. Nous n'avons jamais eu de relation au grand jour et c'était notre souhait à tous les deux de la garder secrète. Sans compter que je n'ai pas besoin de ta permission.

— Et si j'avais changé d'avis ? Si je voulais officialiser notre histoire et te demander de devenir mon épouse, l'accepterais-tu ?

Je suis bouche bée devant sa question, qui m'apparaît comme une ultime tentative pour me retenir.

Je n'ai pas le temps de lui répondre, car Haf hurle :

— ÎLES FØROYAR en vue !

Leif sonde mon regard un instant de plus alors que je demeure silencieuse.

— Cette conversation n'est pas terminée.

— Elle l'est. J'ai pris ma décision. Je suis désolée.

Je m'éloigne de lui sans me retourner, ressentant toute sa frustration dans mon dos.

CHAPITRE 14

THOR

De l'endroit où je me trouve, j'ai assisté à la rupture entre Karla et Leif. Elle campe sur sa position quand lui tente de recoller les morceaux ; en vain. Je suis navré pour leur petit équilibre. Ma démarche auprès de Karla visait uniquement la prise de conscience sur ce qu'elle avait et voulait. Et elle a choisi, au grand dam de Leif. Pour autant, je maintiens que c'était la bonne chose à faire. Pour tous les deux. Et je suis fier qu'elle en ait eu le courage.

— ÎLES FØROYAR en vue !

L'annonce de Haf me réchauffe le cœur. Je rêve de me dégourdir les jambes ! Une semaine que nous sommes sur son DRAKKAR et je deviens déjà fou.

En apercevant une plage, le navigateur se crispe.

— Que se passe-t-il ?

— Ce bateau n'était pas là au moment où Petra et moi sommes partis. Nos compagnons étaient seuls sur cette île, sans embarcation.

— Des pillards VIKINGS, soufflé-je.

— Probablement. C'est la saison des raids.

Mes muscles se raidissent alors qu'une bataille se profile. Si ce sont des pillards, il n'y aura qu'une issue possible à cette rencontre.

Notre tout premier combat en situation concrète. Nous avons beau avoir été préparés par le meilleur des guerriers de son époque, je n'en mène pas large. Mon père nous a avertis qu'il y a une énorme différence entre l'entraînement qu'il nous a prodigué et la réalité. Et j'imaginais pouvoir tout affronter. Maintenant que le danger est devant nous, je ne suis pas serein, même si je ne me défile pas. Moi aussi, je suis un courageux VIKING. Je me battrai et vaincrai face à eux.

Je me retourne vers ma famille pour les prévenir :

— Nous ne sommes pas seuls. Des ennemis nous ont devancés.

Je perçois la nervosité ambiante quand mon père s'adresse à nous :
— Nous allons débarquer en toute discrétion et leur tendre une embuscade dès l'instant où ils regagneront leur navire. Nous dissimulerons notre DRAKKAR dans une crique à proximité. Nous avons une chance sur deux pour qu'ils repartent du mauvais côté. S'ils nous repèrent, ils feront demi-tour pour nous tuer et voler le HERSKIP. Donc, mieux vaut frapper vite et fort pour conserver l'effet de surprise. Nous les tuerons avant qu'ils comprennent ce qui se passe.

Nous acquiesçons, puis nous précipitons vers les cales fermées afin de nous équiper. Heureusement que nous y avions déposé toutes nos armes au début de notre périple. D'ordinaire, les boucliers sont harnachés sur la coque des HERSKIPS. Pour que notre navire ne soit pas considéré comme hostile, nous les avions rangés. La tempête nous aura finalement occasionné peu de dégâts, parce que nous avons été prévoyants.

Alignés, nous nous transmettons nos épées, nos haches, nos arcs, ou nos boucliers que nous enfilons.

Un silence pesant s'installe. Tout le monde se concentre et rassemble son courage.
— Souvenez-vous de ce que je vous ai appris, entonne mon père. Aucune hésitation. Soyez rapides et légers sur vos appuis. Frappez fort et en premier. Ne vous séparez jamais. Restez au minimum en binôme. Dos à dos pour vous couvrir. Communiquez entre vous de façon concise. Hurlez si vous avez besoin d'aide.

Nous approuvons le plan. Sa stratégie est celle qu'Asulf et lui appliquaient il y a vingt ans, à l'époque où ils étaient invincibles.

Nous enfilons nos boucliers avant de nous échauffer, pour être prêts quand nous poserons le pied à terre.

Björn continue de motiver notre troupe :
— Ce sera votre premier combat en situation réelle. Rassurez-vous, vous êtes bien mieux entraînés qu'eux. Il n'y a qu'un seul

CHAPITRE 14

navire, c'est au maximum du six contre un.

Je déglutis. Même si nous nous exercions jusqu'à du huit contre un, nous ne devons rien prendre à la légère. Nous ne connaissons pas les points faibles de nos adversaires. Nous devons tout observer et rester coordonnés. Par ailleurs, nous ne pouvons exclure la présence d'autres VIKINGS, dont les bateaux ne seraient simplement pas visibles. Cette idée me noue les tripes, je la repousse donc aussi loin que possible. Un seul problème à la fois. Nous n'avons pas le choix et sommes contraints d'accoster.

Mon père passe à la partie stratégie :

— Lyra, Karla et Erika, vous êtes nos archères. Vous vous posterez en hauteur sur ce gros rocher, dit-il en le pointant du doigt. Dégagez-nous le terrain. Tirez à vue, en salves rapides. Je veux qu'une pluie de flèches s'abatte sur eux. Que les violents orages de THOR leur paraissent doux comparés à vos foudres.

Il se tourne ensuite vers Eldrid et Ragnar.

— Vous les accompagnerez et les protégerez au lancer de lames. Enchaînez à tour de rôle. Pas de répit. Petra, tu veilles à les approvisionner tous les cinq. Aucun d'eux ne doit être à court, c'est clair ?

Tous hochent la tête.

— Leif, Geri, Thor et Haf : avec moi. Nous nous cacherons derrière la cascade que vous apercevez. Nous chargerons et tuerons tout ce qui débarquera sur cette plage.

— Compte sur nous.

Le HERSKIP continue d'avancer, augmentant progressivement mon stress. Mes mains sont moites, ma respiration erratique, mon cœur tambourine fort dans ma poitrine. Pourtant, je reste stoïque, notamment pour éviter aux autres de paniquer.

Aujourd'hui je deviens un guerrier. Je vais blesser, trancher, embrocher, tuer. Je suis le fils de Björn. Rien ne me résistera !

J'ose un regard vers mes frères et sœurs. Nous vivons nos derniers instants d'enfants avant de rejoindre le monde des VIKINGS. Pas de

 204

retour en arrière possible. Ce soir, notre innocence nous aura tous abandonnés.

Devant moi se tiennent Geri et Karla. Leurs corps sont immobiles, leurs épaules raides, leurs bras reposant l'un contre l'autre. Discrètement, du dos de sa main, mon ami frôle avec tendresse celle de ma demi-sœur. Est-ce pour se donner mutuellement du courage, ou a-t-il peur de la perdre une seconde fois en l'espace de quelques jours ?

Cette dernière est aussi tendue que moi, car elle agrippe les doigts de Geri. D'abord timidement, puis avec force. Il répond à son étreinte en resserrant sa prise et la câlinant du pouce. Ils fixent tous deux l'horizon, cependant, dans cette seule caresse discrète transparaît toute la profondeur de leurs sentiments. Ces deux-là s'aiment, à n'en point douter.

Je suis heureux que Geri veille sur elle avec autant de dévotion. S'il devait m'arriver quelque chose, je sais qu'il prendrait soin d'elle.

Pour eux, pour ma famille et pour moi-même, je prie les dieux pour que nous nous en sortions tous vivants.

Asulf, j'espère que tu en vaux la peine, car nous risquons nos vies pour toi.

À bonne distance, nous contournons la plage où mouille le navire ennemi pendant que Haf nous emmène à l'abri. Bien trop vite à mon goût, le fond de la coque frôle le sable. C'est notre signal. J'inspire profondément et saute par-dessus bord. Mes bottes s'enfoncent dans l'eau et le sol meuble. Je me retourne pour aider Karla à descendre, puis les autres.

Sur ordre de mon père, Leif et Geri partent s'assurer que la voie est libre. Ils grimpent à toute hâte la falaise pour atteindre discrètement un plateau.

— Nos ennemis sont bien là, explique Leif. Une attaque vient tout juste de se terminer, car ils transpercent tous les cadavres. Certains trimballent déjà le fruit de leur larcin dans notre direction. Par chance, leur chef a exigé qu'ils fassent demi-tour. Il faut faire vite.

CHAPITRE 14

Geri et lui ont dénombré une quarantaine de guerriers. Les archères vont devoir être rapides et précises. En espérant que d'autres pillards ne débarquent pas à la nuit tombée, car nous aurons des difficultés à les localiser.

Haf est énervé comme jamais d'avoir abandonné ses compagnons d'aventure à ce funeste destin, sur cette île, face à ces impitoyables barbares. À travers son regard meurtrier, sa fureur couve, prête à éclater durant le combat à venir. Il ne fera pas de prisonniers, juste un massacre. Je ne compte pas le perdre de vue, car nous avons besoin de lui pour la suite de notre traversée.

Nous progressons en file et à couvert jusqu'à la plage, appliquant le plan de Björn à la lettre. Nous aidons les femmes et Ragnar à s'installer à plat ventre sur le rocher surélevé et difficile d'accès, puis nous partons nous dissimuler derrière le rideau d'eau de la cascade.

Je réajuste ma prise sur le pommeau de mon épée. À mon bras gauche se trouve mon bouclier. Une hache pend à ma ceinture, prête à dégainer. Et dans chacune de mes bottes, une lame de secours. Nous en avons tous, pour les corps à corps ou les cas désespérés.

J'inspire longuement pour réguler ma respiration et me concentrer. Et nous attendons.

BJÖRN

Après vingt ans sans verser le sang, éloigné de tout conflit, assagi pour devenir père, je pensais que la perspective d'un vrai combat me galvaniserait. Il n'en est rien. Un goût amer en bouche m'empêche de profiter pleinement de cette vie qui, je le croyais, m'avait manqué. Je suis entouré de ma famille. De tous ceux qui me sont les plus chers. Et je risque leurs existences pour aller chercher la dernière personne qui nous fait défaut malgré lui : Asulf.

À présent que le danger est palpable, je réalise que j'aurais dû partir sans eux. J'ai été idiot de les autoriser à m'accompagner. J'aurais dû m'éclipser en douce avec le navigateur et la THRALL.

— Je t'entends ruminer d'ici, grommelle Thor. Il est trop tard pour faire demi-tour. Donc, concentre-toi !

Mon fils a raison. Je me focalise sur l'objectif à atteindre : les tuer, jusqu'au dernier. C'est eux ou nous.

Dix minutes plus tard, des voix inconnues fanfaronnent sur les cadavres qu'ils ont occis et le butin dérobé. Je scrute la plage qui se remplit rapidement. Nous patientons jusqu'à ce que leur chef demande s'ils sont tous présents, et que ses hommes confirment.

Bien.

Un bref coup d'œil autour de moi puis vers le haut du rocher m'assure que tout le monde est prêt. Ensuite, j'inspire fort et crie à pleins poumons pour lancer l'assaut :

— FRAM ! C'est parti !

Nous sortons tous les cinq de notre cachette et courons vers les ennemis les plus proches au moment où les premiers traits fendent l'air en sifflant. Nous n'avons même pas atteint nos cibles que trois hommes hurlent au loin, puis trois autres à peine quelques secondes plus tard.

Comme je le pressentais, Lyra, Karla et Erika sont sacrément efficaces. Les cris nous parviennent successivement tandis que j'en dénombre trois à chaque salve.

Bon travail, mes guerrières ! Vous êtes d'un soutien inestimable !

Lorsque ma lame transperce le premier individu, une douzaine de ses compères ont déjà succombé à la pluie de flèches intarissable.

L'homme que je tue après trois passes rapides, épée contre épée, me regarde droit dans les yeux. J'y lis de la surprise et de la déception d'avoir été vaincu. Quant à moi, une excitation familière réapparaît, la même qui m'avait quitté il y a fort longtemps.

L'acier ressort de son cœur aussi facilement qu'il y est entré. Un flot rouge et continu s'écoule, m'aspergeant au passage. Le bougre n'agonisera que quelques instants avant de trépasser.

CHAPITRE 14

Le sang sur mes lèvres suinte un goût métallique que je reconnais immédiatement. Il me replonge à une époque lointaine où Asulf et moi étions les meilleurs. Aujourd'hui, ses fils à mes côtés, j'ai l'impression de revivre nos belles années. Mon corps bout d'une énergie nouvelle. Je me sens puissant et invincible à l'instant où je frappe du pied mon ennemi en pleine poitrine et qu'il s'écroule lourdement en arrière.

Je hurle toute ma rage et ma soif de vengeance.

Björn le guerrier est de retour et ça va faire très mal !

LEIF

Björn a donné le signal et nous courons en direction des hommes à abattre. Face à nous, les flèches pleuvent à intervalles réguliers. Les femmes de ma vie sont déchaînées et nous couvrent, nous permettant de progresser pour prendre en tenaille ces meurtriers. Nous leur barrons toute possibilité de repli, ils n'ont pas d'autre choix que de faire front.

Du coin de l'œil, j'aperçois Björn intercepter sa première victime. Celui que nous nous plaisons à surnommer en douce *l'ancien* n'a rien perdu de ses capacités. Au contraire, dans ce premier combat, il décharge toute la fureur qu'il contenait en lui depuis bien trop longtemps. Son adversaire n'est pas de taille face à ses assauts.

Geri, Haf et Thor rencontrent très vite de quoi se faire la main. À présent, c'est à mon tour. Je n'avais pas anticipé qu'ils seraient deux. Pas d'alternative, je fonce dans la mêlée. Les autres ont endossé leurs rôles, à moi d'assurer dans le mien.

J'accélère mes foulées, mon bouclier devant moi, m'écrasant de tout mon poids sur mon assaillant. Celui-ci vacille sous la puissance de mon placage et nous tombons à la renverse. Il reste au sol, la respiration coupée par le choc, pendant que je roule, entraîné par mon élan. Je termine ma pirouette pour me remettre avec aisance sur mes pieds et pivote face à lui.

C'est le moment de vérité. La première fois que je vais ôter la vie. Je me souviens des paroles de Björn nous enjoignant à ne pas réfléchir et à frapper vite.

Car gamberger, c'est mourir.

Alors, sans une once d'hésitation, j'abats ma hache sur son cou. Dans un craquement sourd, ses os cèdent. Sa tête se sépare de son corps qui tressaute sous le choc. Une gerbe de sang m'éclabousse le visage et décuple ma rage. J'essuie mes yeux d'un revers de manche en me redressant, prêt à en affronter d'autres.

Je n'ai pas le temps de réaliser ce qui se passe que déjà, son acolyte m'attaque à l'épée. Je lève mon bras gauche, mon bouclier pare le coup qui aurait pu m'être fatal. J'entends le bruit du métal frapper fort contre le bois pendant que je perds l'équilibre. Je me retrouve allongé sur le dos, comme mon adversaire précédent, tandis que l'homme au-dessus de moi essaie de me transpercer. Je roule à plat ventre pour l'esquiver de justesse et me relève d'un bond, prêt à en découdre. Je tends encore une fois mon bras gauche, mon bouclier intercepte ce nouveau coup puissant. Je chancelle mais tiens bon.

Loin de fanfaronner, je sens qu'enchaîner deux ennemis aussi rapidement et avec autant de force m'épuise.

J'ai mal jaugé les distances, mon crâne se retrouve à portée d'acier. Il se passe à peine une seconde et pourtant, je capte un nombre infini de détails. Son regard meurtrier, une balafre sur sa joue, sa bouche qui se tord dans un rictus. Il est persuadé que je vais mourir. Son épée qui se lève au-dessus de sa tête, pointée vers moi.

Je pense à Karla et à Erika que je risque de laisser seules dans ce combat. Dans la suite de ce périple. Dans leurs vies. À ce que j'aurais voulu que nous devenions et qui n'existera probablement jamais, car ce VIKING en face de moi est fort et affûté.

Je puise dans mes ressources pour parer un coup de plus, priant les dieux que l'on me vienne en aide. Je patiente durant ce qui me paraît

CHAPITRE 14

une éternité. Néanmoins, rien ne vient. Alors je décale mon bouclier et aperçois mon adversaire figé, sa lame toujours en l'air.

Parce qu'une VALKYRIE m'a prêté main forte.

Une flèche l'a transpercé de part en part pour ressortir au niveau de son cœur. Dans l'axe de ce futur cadavre, Karla, qui décoche déjà vers sa prochaine victime. Concentrée et inébranlable, elle arme, vise et tire. Encore et encore. À une cadence folle.

Depuis son piédestal, auréolée des derniers rayons de la déesse SOL, ma guerrière est sublime. Ses longs cheveux bruns qui flottent au vent lui confèrent une prestance digne d'une reine. Infatigable, elle continue de décimer nos assaillants, épaulée par ma mère et sa petite sœur. Je me serais prosterné si nous n'étions pas en pleine bataille.

Ma gratitude est soudain remplacée par de l'anxiété quand je réalise que des hommes tentent de grimper sur leur promontoire. Ragnar et Eldrid leur jettent des lames pour qu'ils lâchent prise. Toutefois, ils sont trop nombreux, le duo va vite être à court d'armes.

D'un rapide coup d'œil en arrière, j'avise Geri qui en tire les mêmes conclusions. Il me fait signe d'y aller, que la situation est sous contrôle pour lui.

Rassemblant mon courage, je m'élance en direction du rocher. En chemin, un pillard tente de m'intercepter. Je n'ai pas de temps à perdre avec lui. Animé d'une rage sourde qui me transcende, je le charge avec mon bouclier. Il s'affale lourdement au sol avant de se redresser plus vite que je ne le pensais. Je pivote sur moi-même, ma hache vers son bras. Et je tranche net. L'individu hurle et tombe à genoux. Son cou à hauteur de mon coude, j'abats mon courroux, cette fois à l'horizontale. Je reprends ma route alors que sa tête roule encore dans le sable, ses yeux et sa bouche grands ouverts.

Au pied du rocher, je découvre qu'un homme a tenté l'ascension et se trouve dangereusement proche de ma famille. Un second lui emboîte le pas, et deux autres montent la garde, un sourire aux lèvres.

Mon corps se tend. Je m'apprête à les affronter lorsqu'une main se pose fermement sur mon épaule. Mon cœur rate un battement, puis s'emballe furieusement. Je n'aurais pas dû être surpris. J'aurais dû rester attentif à ce qui se passait autour de moi, car je suis tombé dans un traquenard et je vais y laisser la vie. J'aurais au moins fait tout le nécessaire pour sauver ceux que j'aime. Je n'éprouve aucun regret.

— Celui de droite est pour moi, m'annonce la voix de mon frère.

Je soupire de soulagement, ragaillardi par sa présence.

Nous fonçons en même temps sur nos adversaires et enchaînons les passes. Les leurs sont plus fortes, néanmoins, Geri et moi jouissons d'une agilité qui leur fait défaut. Nous luttons pour notre survie et celle des nôtres. Cette rage qui nous anime décuple nos capacités, nous permettant de reprendre le dessus. Je tranche à nouveau un bras, puis une tête. Quant à mon jumeau, il transperce l'abdomen de son ennemi, pivote sa lame d'un quart de tour et la ressort sans ménagement. L'homme s'effondre, face contre terre, arrosant le sable blond de son sang.

Je pars à l'assaut des deux qui escaladaient le rocher. Je leur taille les tendons des talons à la hache, ils tombent lourdement au sol, Geri s'occupe de les achever. Je termine mon ascension pour rejoindre nos femmes et Ragnar. Tous m'enserrent, puis je me retourne pour apercevoir Björn tuer le dernier pillard encore debout.

Nous avons gagné. Mais surtout : nous sommes tous indemnes.

Le poing levé, je fais un signe de victoire à mon frère qui m'imite. Alors que l'adrénaline quitte progressivement mon corps, je scrute la plage et constate combien d'hommes ont péri de nos mains.

Aujourd'hui, j'ai tué pour la première fois de ma vie.

J'ai soudain la tête qui tourne et me penche en avant, pris de violents spasmes, juste avant de rendre le contenu de mon estomac.

CHAPITRE 15

PREMIÈRE ÉTREINTE

☀ SKERPLA / JUIN ☀

THOR

Tout comme Leif, j'ai rendu mon dernier repas à la fin de la bataille. Quant à Geri, Haf et Björn, même si leurs estomacs sont toujours en place, ils sont livides.

Côtoyer la mort d'aussi près fut un choc pour une bonne partie d'entre nous. Nous avons tué pour survivre et ne nous réjouissons absolument pas du sort de ceux qui ont péri.

Les flèches tirées par Lyra et mes sœurs ont été décisives. À elles trois, elles ont neutralisé la majorité des pillards.

Mon père, Haf et moi rejoignons le reste de notre groupe au rocher surplombant la plage. Nous les aidons à descendre de leur promontoire et les étreignons avec force.

Ma mère me serre contre elle et me murmure qu'elle a eu peur pour moi. Elle perçoit mon émotion et mes légers tremblements quand je la plaque dans mes bras. Elle m'apaise d'un baiser sur mon front et me félicite pour ma bravoure.

Eldrid et Lyra sont des mères formidables, tendres sans jamais se montrer infantilisantes. Toujours fières de nous, elles nous encouragent à donner le meilleur de nous-mêmes. En silence, je remercie les dieux de m'accorder davantage de temps avec mes proches.

CHAPITRE 15

— Ne nous attardons pas ici, suggère mon père. Reposons-nous cette nuit. Demain, nous nous ravitaillerons et reprendrons la mer en direction de NIDAROS.

— En effet, mieux vaut ne pas traîner dans le coin, approuve Lyra. Si ces hommes ne voyageaient pas seuls, nous pourrions subir une autre attaque.

Nous acquiesçons tous, échaudés par ce combat à peine terminé.

Dans un silence pesant, nous arpentons le sable et fouillons le butin que les voleurs ont rapatrié sur la plage. Personne n'est à l'aise avec cette idée, pourtant devenue une nécessité, car nos réserves sont à sec. Notre plan initial consistait à accoster ici pour récupérer des guerriers et réapprovisionner notre stock de vivres.

Malheureusement, il vient de changer.

Ces pillards avaient vraiment tout pris, jusqu'aux assiettes et aux couverts.

Haf a refusé de toucher aux affaires de ses défunts compagnons. Je le comprends, car j'en aurais fait autant.

Petra et lui préparent un feu pour ce soir pendant que nous dénichons de quoi manger. Épuisés, nous n'en ferons pas plus aujourd'hui. Demain matin, nous trierons les décombres quand Haf récupérera son navire dans la baie. Nous le chargerons et reprendrons notre périple.

Assis autour du feu, près de l'une des tentes abandonnées, nous nous restaurons dans un silence ponctué de rares échanges. Chacun est perdu dans ses pensées. Les miennes revivent en boucle cette bataille. D'abord, les visages et les cris de mes ennemis lorsqu'ils trépassaient, comme si mon esprit voulait les graver à tout jamais dans ma mémoire pour me rappeler que la vie peut s'arrêter à tout moment.

Ce que j'ai accompli m'a donné la nausée. Pourtant, je refuse de sombrer sous le poids de la culpabilité qui m'assaille. Je suis un

VIKING. Cet après-midi, j'ai lutté fièrement pour défendre ma famille.

Je repousse ces souvenirs en décortiquant mes attaques pour comprendre comment m'améliorer afin de mieux protéger mes proches, de survivre, transformant cette expérience en apprentissage.

Je suis reconnaissant envers les dieux de nous avoir tous épargnés. Et envers mon père, pour avoir organisé la meilleure des stratégies. Björn était un grand guerrier et un fameux tacticien. Aujourd'hui, il a prouvé que vingt ans plus tard, il n'a rien perdu. Je pense même que la paternité l'a affûté. Il devait systématiquement avoir plusieurs coups d'avance sur nous pour nous éviter des accidents mortels. Il nous connaît parfois mieux que nous-mêmes, c'est dire si son savoir est précieux !

Il fait déjà nuit noire et nous sommes tous éreintés, pourtant, le sommeil n'a gagné aucun d'entre nous. Cela tombe bien, parce qu'il faudra se relayer pour monter la garde jusqu'au matin. Même si nous pensons avoir éliminé toute menace, il serait stupide de nous retrouver en fâcheuse posture pour excès de confiance.

Néanmoins, Haf se force à aller dormir. Nous compterons sur lui demain pour naviguer entre les rochers. Au préalable, il devra déplacer son HERSKIP pour que nous le chargions avant de lever la voile. Cette manœuvre sera délicate. Lui qui aime son navire plus qu'une femme, il n'en supportera pas la moindre rayure. Il a donc besoin d'être en forme.

Petra ne l'a pas suivi. Depuis le début du repas, elle me jette des regards sans équivoque. Je lui plais. Je la croyais pourtant avec Haf. Peu importe, je n'ai pas baisé depuis des lustres et j'en crève d'envie. Si elle me cherche un peu trop, elle va me trouver.

D'habitude, mes conquêtes sont plus jeunes et n'approchent pas l'âge de ma mère. Toutefois, je ferai une exception, car la thrall est plutôt appétissante. Et elle va vite apprendre que si Haf la voulait pour lui seul, il ne représente pas un obstacle pour moi. Je m'assurerai juste de son consentement. Du reste, j'assume les

CHAPITRE 15

conséquences de mes actes sans une once de remords. Si un homme vient me chercher querelle à cause de l'attitude légère de sa compagne, il tâtera de mon épée. À Petra d'être certaine que c'est bien moi qu'elle convoite.

Du coin de l'œil, je vois Karla se lever et s'éloigner sans un mot. Secouée par cette rude journée, elle n'a pas touché à son assiette. Immobile, Geri l'observe s'enfoncer dans la nuit. Il manque vraiment de pratique ou de confiance en lui. À sa place, n'importe quel homme aurait déjà exploité cette ouverture. S'il ne veut pas que sa belle lui passe encore une fois sous le nez, il a intérêt à se bouger !

Geri sent mon regard peser sur lui et tourne son visage vers moi. D'un geste de tête, je l'incite à rattraper Karla, lui offrant mon approbation par la même occasion. Cette fois, il ne tergiverse pas, me remercie et part prestement.

J'espère pour lui que ses sentiments envers elle sont sincères, car je reste un frère protecteur avant tout et je n'hésiterai pas à me rappeler à son bon souvenir s'il lui fait du mal.

D'ailleurs, j'aurai bientôt une discussion avec « *l'ancien petit ami pas si secret* ». Puisqu'Erika a des vues sur lui, ce sera l'occasion de m'assurer que la période de débauche de Leif est bel et bien très loin derrière lui.

Assis à ma gauche, le jumeau a observé la scène et désire les rejoindre. Il n'accepte pas la rupture définitive qui lui est imposée et souhaite sûrement plaider sa cause. Je l'intercepte en lui saisissant le bras alors qu'il passe près de moi.

— Laisse. Karla est sous bonne garde avec Geri.

Il hésite, cherchant une parade, tandis que je le devance :

— Va plutôt voir comment se porte ma petite sœur. Erika n'a rien mangé et semble perdue. Ta présence la réconforterait.

Leif fulmine. Il est dans une impasse ; insister paraîtrait suspect et l'amènerait à dévoiler leur secret. Je continue donc de feindre l'ignorance, tout en me délectant de sa déroute. Pire, je l'envoie prendre des nouvelles de celle qu'il considère comme une gamine. Il ne le sait pas encore, mais il changera bientôt d'avis.

De mauvaise grâce, il obtempère, sans une parole à mon égard.

En tant que frère, par principe, je refuse qu'un homme s'approche d'Erika. Néanmoins, la situation est différente. Tous deux se sont déjà apprivoisés.

À seize ans, ma petite blonde est amoureuse de lui. Elle m'a brisé le cœur l'autre jour, quand elle m'a avoué l'aimer depuis des années, faisant fi de leurs quatre ans d'écart. En colère et impuissante, elle a assisté à son défilé de conquêtes. En ÍSLAND, elles y sont toutes passées exceptée elle, ce qui l'a profondément vexée.

Elle connaît depuis toujours le secret que Karla et Leif croient dissimuler. J'ose à peine imaginer ce qu'elle a ressenti durant tout ce temps. Pire encore cet après-midi. Elle accuse le coup, après avoir failli le perdre pour de bon.

Leif s'est fourvoyé. Karla n'a pas décoché la flèche qui lui a sauvé la vie. C'est Erika. La brune venait de tuer un ennemi juste derrière lui, avec lequel j'étais empêtré. Et il a pensé à tort qu'il est vivant grâce à elle.

Erika souffre d'être constamment dans l'ombre de la douce Karla. En un sens, je la comprends, car il est difficile de rivaliser avec notre demi-sœur si parfaite qu'elle semble avoir été façonnée par les dieux. Tout lui est acquis avant même qu'elle ne le réclame. Par bonheur, elle n'est pas capricieuse !

Alors quand Leif prend place aux côtés d'Erika, ses yeux de biche s'agrandissent de surprise puis s'illuminent. Ils parlent quelques instants à voix basse, le jumeau essaie de détendre l'atmosphère. Ma petite sœur est satisfaite et je suis heureux à mon tour. Puis Leif l'enserre dans ses bras et elle niche son visage dans son cou. Nous nous observons une seconde et je lui confirme d'un hochement de tête que son adoré vient de ma part. Elle sourit pour me remercier,

CHAPITRE 15

ferme les paupières et s'enfonce dans cette étreinte qu'elle espérait depuis si longtemps.

Ma mère s'éclaircit la gorge et je coule un rapide regard vers elle. Elle n'a rien perdu de tout ce qui s'est déroulé sous son nez. À coup sûr, je devrai répondre de mes manigances. Pour l'heure, elle se contente de plisser les yeux, suspicieuse.

Cette fougueuse rousse possède une âme de guerrière. Il le faut bien pour supporter mon père. Et cet après-midi, elle a une fois de plus prouvé l'étendue de sa valeur. Je ne pouvais pas lui accorder plus que quelques œillades entre deux adversaires occis. Cependant, j'ai constaté qu'elle se battait vaillamment. Munie de ses poignards, elle empêchait quiconque d'atteindre le sommet du rocher. Je suis fier d'être le fils de cette femme forte et pleine de ressources.

Je pensais reporter mon attention sur les crépitements du feu de camp, mais Petra m'intercepte d'un regard langoureux. Parfait, j'ai besoin de décompresser et elle se propose ouvertement de m'y aider. Je me lève et traverse avec assurance notre zone de repas improvisée. En arrivant à sa hauteur, je l'invite d'une voix audible d'elle seule :

— C'est le moment de saisir ta chance.

Je continue ma route en direction des bois un peu plus loin. Lorsque j'entends les pas de Petra derrière moi, je souris. Le jeu peut commencer. Je m'arrête afin qu'elle me rattrape. Elle est magnifique sous cette lune diaphane. Ses longs cheveux blonds lâchés sur ses épaules cascadent jusqu'au bas de son dos, ses grands yeux bleus m'admirent avec gourmandise. Quant à sa bouche, elle est un appel à la luxure.

Je la pousse contre l'arbre le plus proche et l'embrasse sans douceur. J'explicite mes intentions en mordillant sa lèvre inférieure. En guise de réponse, elle se presse davantage contre moi.

Depuis la dernière lune, Petra a changé. Depuis sa blessure à la tête durant nos préparatifs pour ce périlleux voyage, la THRALL craintive a laissé place à une toute autre femme. Drapée d'un nouveau charisme et d'une sensualité particulière, elle m'envoûte en plus de se montrer plus avenante avec moi. Si je ne la savais pas humaine, je jurerais que sous ses traits d'esclave se cache une déesse.

Jusqu'à ce soir, je refusais de céder à mes pulsions, car je n'ai confiance ni en Haf ni en elle. Cependant, Petra me déshabillait du regard comme jamais, faisant de moi l'objet de son désir. Et je suis bien trop affamé pour lui résister.

Elle abandonne ma bouche pour me dévêtir et parcourir mes muscles du plat de sa main. Ses doigts tracent des sillons brûlants sur ma peau. Son audace et ses baisers ardents sur mon corps qu'elle dénude n'ont qu'une vocation : me convaincre de la faire mienne. Alors, je la débarrasse de sa robe et la reluque sans vergogne. Elle est bien plus belle que ce que j'imaginais pour une femme de son âge. Sa peau est encore douce et lisse. Cependant, elle a clairement l'attitude d'une compagne d'expérience. Je vais pouvoir laisser libre cours à ma créativité débridée, voire apprendre deux ou trois astuces.

Elle me caresse, mon excitation grimpe en flèche. Je plaque son dos exposé contre l'écorce rugueuse pour la coincer contre le tronc. La coquine ne cherche pas à fuir et me colle à elle. D'un geste assuré, je relève sa cuisse au niveau de sa taille et la besogne avec fougue jusqu'à l'extase.

LEIF

Karla et Geri s'enfoncent dans l'obscurité tandis que Thor m'empêche de les rejoindre. Comment puis-je me réconcilier avec elle si son frère m'envoie réconforter la gamine ?

De mauvaise grâce, je m'exécute. Lorsque je m'assois pesamment à côté d'elle, Erika tourne la tête, prête à demander à l'intrus de partir. Elle change d'avis en me dévisageant de ses grands yeux qui pétillent.

CHAPITRE 15

Je m'enquiers à voix basse :
— Comment te sens-tu ?
— Mieux, merci.

Erika n'est pas du genre très loquace, donc je poursuis :
— Cet après-midi était intense, n'est-ce pas ? Heureusement, nous nous en sommes tous sortis sans dommages !

Elle hoche la tête et me lance une pique :
— J'attends toujours ta reconnaissance pour t'avoir sauvé la vie !

Il n'y a pas à dire, la gamine sait accueillir !
— Et à quel moment, je te prie ?
— Ton ennemi te surplombait, prêt à t'embrocher. Tu t'es protégé avec ton bouclier pendant que je tirais. J'ai décoché ma flèche si fort que tu as vu le carreau ressortir. Je lui ai transpercé le cœur. Tu serais mort sans moi.

Sa voix termine sur un murmure tandis que ses yeux s'embuent. Thor avait raison, cette première bataille l'a ébranlée bien plus qu'elle ne l'admettra jamais. Cette détresse qui l'envahit déchire mon âme. Je refuse de la voir pleurer.

Je m'approche d'elle et la serre dans mes bras pour la réconforter :
— Je vais bien. Merci d'avoir veillé sur moi, ma VALKYRIE.

Erika s'agrippe à ma nuque de toutes ses forces et enfouit son visage dans mon cou. Instinctivement, je resserre mon étreinte, le nez dans ses cheveux. Ce contact est une évidence. Je souris niaisement en réalisant qu'elle se blottit dans mes bras comme s'ils étaient faits pour elle. Mais je considère Erika comme ma petite sœur, et à ce titre, elle m'est interdite.

Ouais, comme Karla...

Je chasse les pensées inappropriées qui s'invitent dans mon esprit et profite de ce câlin bienvenu. Pourtant, loin de s'apaiser, mes sens s'affolent. En particulier mon cœur, qui tambourine à un rythme effréné que je ne lui connaissais pas.

Credere Vedente

CHAPITRE 16

JUSTE UNE ÉTINCELLE

KARLA

Cette journée est un cauchemar qui n'en finit plus. J'étais terrifiée à l'idée de me battre, pourtant, j'ai tenu bon. Concentrée sur la mission dont Björn m'a investie, j'ai décoché flèche après flèche. J'ignore combien d'hommes j'ai abattu, je répugne à tenir ce décompte malsain. Je me sens bien assez mal comme cela.

Tout ce qui m'importe, c'est que nous soyons sains et saufs.

À présent, j'accuse le coup en osant des regards las à mon assiette intacte. Je me demande si l'appétit me reviendra bientôt ou si ces images morbides, qui m'assaillent par bribes, accapareront mon corps et mon esprit pour des jours et des jours. D'ailleurs, mes mains recommencent à trembler. J'ai besoin de m'isoler avant de pleurer comme une enfant devant tout le monde ou d'accueillir des spasmes plus terrifiants. Si les plus jeunes n'ont pas craqué, je ne peux me résoudre à m'abandonner à ma tristesse. Alors je fuis ma famille pour permettre à mes larmes de couler librement.

— Karla ! m'interpelle Geri, qui m'a visiblement suivie.

Incapable de m'exprimer car étranglée par mes sanglots, j'accélère le rythme. Même si d'ordinaire je suis meilleure que lui à la course, ce soir il me rattrape sans difficulté.

— Hé ! Attends-moi !

CHAPITRE 16

Sa main capture la mienne avec douceur, m'interrompant instantanément. Il me contourne pour me faire face pendant que je me hâte de sécher mes larmes de mon autre manche.

Geri me laisse reprendre mes esprits avant de s'exprimer :

— Les premiers morts sont durs à encaisser. Björn nous avait prévenus, le combat nous change profondément.

Je renifle en plongeant mes yeux dans les siens.

— Comment fais-tu pour que rien ne t'atteigne ?

— C'est l'impression que je donne ? grimace-t-il.

J'acquiesce.

— Tu te trompes, je prends les choses bien trop à cœur. C'est précisément pour cela que j'ai appliqué les conseils de Björn tout à l'heure : ne pas penser, me contenter de faire ce pour quoi j'ai été entraîné. Après la bataille, j'ai prié les dieux de me pardonner. Ôter une vie n'est pas anodin. Néanmoins, il m'était facile de choisir entre eux ou nous. Je me rassure en me répétant que je vous ai évité le pire.

— C'est la première fois que tu parles autant.

— Je sens comme du sarcasme dans ta voix, jolie brune.

Un long soupir m'étreint tandis que ses mots font lentement leur chemin jusqu'à mon esprit.

— Tu nous as tous sauvés sur cette plage, poursuit-il. Sans toi, nous n'en serions pas sortis victorieux ni indemnes. Tu as fait ce qu'il fallait. Sèche tes larmes et sois fière de toi.

Geri se rapproche d'un pas. À présent, il me surplombe de sa stature. Ses paumes rejoignent mes joues et ses pouces cueillent mon chagrin. Ses gestes tendres m'apaisent. Je ferme les yeux pour savourer ce contact inhabituel et ô combien rassurant.

Il appuie son front contre le mien, inspire lentement.

— J'ai eu tellement peur de te perdre aujourd'hui, avoue-t-il. Les dieux s'acharnent à vouloir te prendre mais je ne les laisserai jamais t'emmener. Je me battrai pour toi jusqu'à mon dernier souffle.

Ces mots déclenchent une explosion de fourmillements dans mon ventre. Mon cœur s'emballe. Ma gorge s'assèche, je m'exprime avec difficulté :

— Pourquoi ?
— Parce que je refuse que nous soyons séparés.

Ma poitrine m'oppresse tandis que je peine à calmer le rythme erratique en mon sein. Les questions se bousculent dans ma tête si bien que je ne sais plus quoi penser.

— Pourquoi as-tu plongé en pleine tempête pour me sauver ? Tu n'avais qu'une chance infime de me retrouver vivante et…

— Et je l'ai saisie, m'interrompt-il. Je ne pouvais pas t'abandonner. Jamais.

Son nez frôle le mien délicatement.

— Sauter de ce bateau signifiait te condamner à périr.

— Je serais mort de toute façon. Je ne suis rien sans toi, Karla.

Mon cœur s'emballe, cogne trop fort pour que je l'ignore.

Les mots de Geri me touchent bien plus qu'ils ne le devraient. Ils remettent en perspective beaucoup trop de choses. Mon esprit s'embrouille, mes jambes menacent de me lâcher.

Notre lien n'a cessé d'être plus puissant chaque jour. Inébranlable. Mais cela n'a-t-il toujours été que de l'amitié ? Ou y avait-il déjà plus sans que je m'en aperçoive ?

En réponse à mes interrogations, mon cœur martèle de plus belle.

Boum boum, boum boum, boum boum.

Je suis effrayée à l'idée de faire fausse route et de perdre ce que nous avons construit durant toutes ces années. Que cette tempête à laquelle nous avons échappé de justesse s'invite à présent dans ma tête. Tout se mélange depuis que j'ai frôlé la mort.

J'ai besoin d'entendre de sa bouche que je peux faire confiance à mon cœur, car il semble en savoir plus que moi.

— Pourquoi ?

— Parce que tu es celle qui illumine mes jours. Dans cette vie ou dans l'au-delà, tu es ma raison de vivre.

Mon souffle se coupe. Je me noie dans ses paroles, comme pendant la tempête qui a manqué de m'engloutir. Je redresse lentement mon visage vers le sien, mes lèvres se retrouvent trop

CHAPITRE 16

proches des siennes. Puis je pose mes doigts sur ses joues et mes pouces effleurent doucement sa barbe naissante.

— Pourquoi ?

— Te souviens-tu quand tu m'as sauvé d'une mort certaine dans le ruisseau ? Depuis cette nuit-là, ça a toujours été toi, et aucune autre.

Mon corps frissonne à ces mots qui caressent mon âme.

Mes larmes se remettent à couler, de bonheur, cette fois. Il les chasse tendrement de mon visage tandis que ses lèvres chaudes frôlent les miennes. Mon cœur s'arrête lorsqu'il murmure :

— EK ELSKA ÞIK. Je t'aime, Karla.

Je souris et rougis telle une adolescente quand il m'embrasse délicatement. Son baiser, pourtant, d'une douceur extrême, me foudroie jusqu'à l'âme.

Le poids qui m'accablait jusqu'alors s'envole. Je me sens renaître. Je sais à présent que c'est de lui dont j'ai toujours eu besoin. Lui et personne d'autre.

Je me presse contre Geri pour intensifier notre contact. J'en veux plus. Cependant, il ne semble pas prêt à accélérer. Il savoure ce baiser, de prime abord chaste, qu'il approfondit progressivement. Lorsque ses lèvres s'entrouvrent et demandent accès à ma langue, je la lui offre avec délice. Je m'abandonne à son étreinte qui me submerge de par la puissance de son amour pour moi.

Si j'avais, une seule seconde, pensé pouvoir lui résister, ses dernières paroles m'ont convaincue de laisser tomber toutes mes défenses. De tout lui donner. Je réalise que cet homme formidable a tout risqué pour moi. J'ai toujours été sa priorité et pourtant, à aucun moment il n'a cherché à revendiquer quoi que ce soit. Il a patienté dans l'espoir que je comprenne un jour tout ce qu'il éprouvait pour moi, au risque de me perdre si je ne m'en rendais jamais compte.

Cette nuit je suis surprise, car je découvre que de toute ma vie, je n'ai rien ressenti d'aussi fort.

Nous nous embrassons inlassablement, chaque fois plus passionnément. Je suis bouleversée par l'intensité des sentiments qu'il déverse dans ses baisers. Il m'offre tout sans réserve.

À bout de souffle, nous nous séparons un instant. J'admire son visage et ses yeux bleus qui me contemplent comme si j'étais une déesse alors que je ne ressemble à rien. La pénombre masque mes joues rougies et mes cheveux décoiffés. Mon cœur tente de bondir de ma poitrine pour rejoindre le sien qui tambourine sous ma paume, et dont le rythme effréné s'accorde au mien.

Je sens que Geri est à la fois heureux et torturé.
— Je ne voulais pas profiter de ta faiblesse et te forcer la main en t'avouant ce que je ressens pour toi. Sache seulement que je ne pouvais plus me taire. Pas après tout ce que nous avons traversé depuis notre départ.
— Chut. J'ignore ce qui se passe, mais je perçois clairement quelque chose de puissant entre nous. Que je ne contrôle pas. Que je ne m'explique pas.

Geri sourit et même l'obscurité ne peut m'empêcher de distinguer ses traits sur son visage radieux.
— Tu l'as déjà dit.
— Non, je… quand cela ?
— Le jour où nous avons quitté notre foyer à VIK.
— Quand le volcan nous menaçait ? Comment peux-tu te souvenir de cela ?
— Toi non plus, tu n'as pas oublié ce moment. J'en déduis qu'il t'a marquée. Peut-être au moins autant que moi.

Il se penche de nouveau vers moi. Hypnotisée par ses lèvres, je me retrouve incapable de résister à cette attraction puissante qui me dévore.
— Si tu savais depuis quand j'attends ce moment. J'ai eu peur qu'il n'arrive pas et que je finisse par mourir de chagrin, confesse-t-il.

CHAPITRE 16

Mon cœur bat encore plus fort. Je ne crois pas que je pourrais le calmer un jour.

Je lui ai fait tellement de mal en étant la compagne secrète de son frère. Pourtant, Geri ne m'a jamais tourné le dos. Je comprends qu'il n'a pas pu, car ses sentiments pour moi sont trop forts. Il a préféré se mettre en retrait, privilégiant mon bonheur, taisant la douleur que cela lui infligeait. Or, ce soir, je réalise que nous pourrions être réellement heureux ensemble.

— Et s'il n'y avait pas de lendemain ? soufflé-je. S'il y avait une autre tempête et que je passais de nouveau par-dessus bord ?
— Je viendrai te chercher. Toujours. Je risquerais tout pour toi.

Un large sourire se dessine sur mon visage. Mes barrières s'effritent une à une, pourtant, mon humeur s'assombrit.

— J'ai peur que quelque chose tourne mal. Ce périple est tellement dangereux que tout pourrait s'arrêter demain.
— Je sais. Si ce baiser est mon dernier alors je partirai en paix, avec ton goût sur mes lèvres pour l'éternité.

Sa sincérité m'arrache un énième sourire, avant de s'estomper rapidement.

— Je ne veux pas mourir avec des regrets.

À la faveur de la nuit, mes joues à présent en feu, je m'embrase sous son regard et ses baisers. Mais surtout, à la perspective de ce dont j'ai besoin, là, tout de suite.

— À quoi penses-tu, Karla ? m'intime-t-il d'une voix suave.
— Je...
— Tout ce que tu désireras, ma douce. Dis-moi.
— Fais-moi tienne. Maintenant.

Geri soupire d'extase et m'embrasse fougueusement. Je me consume sur place, excitée et impatiente de m'unir à lui. Surtout quand il susurre ces paroles :

— Je veux vivre chaque seconde comme si demain était la fin du monde. Cette nuit, je suis tout à toi.

GERI

D'un baiser passionné, je scelle ma promesse de l'aimer et l'entraîne à l'abri des yeux et des oreilles indiscrètes. Nous nous allongeons sur l'herbe fraîche en nous embrassant à en perdre haleine. Je veux prendre le temps d'honorer ma déesse comme j'en ai mille fois rêvé.

Nous nous déshabillons mutuellement dans une lenteur exquise. La lune éclaire nos corps dénudés, me laissant entrevoir sa magnifique silhouette. Fébriles, mes doigts parcourent pour la première fois ses courbes parfaites que je mémorise pour des songes ultérieurs. Ma bouche se pose sur elle avec dévotion, partout où elle peut la combler. Karla frissonne, se tend sous mes caresses. Elle gémit faiblement, mon nom sur ses lèvres quand nous nous unissons. Avec passion, je lui fais l'amour toute la nuit, m'imprégnant d'elle, de son corps, de ses soupirs, de son visage lorsque ses orgasmes la foudroient. Je lui offre tout de moi, et pas seulement pour une nuit. À partir de cet instant et peu importe ce qui se produira, je lui appartiens.

Cette nuit merveilleuse s'achève avec les premiers rayons de la déesse SOL qui apparaît dans le ciel. Karla est couchée dans mes bras. Je profite de nos derniers instants pour resserrer mon étreinte et l'embrasser encore. Nous ne tarderons pas à nous lever et le charme sera rompu, alors je chéris cet ultime moment qui nous est offert.

— Je souhaiterais ne pas devoir quitter tes bras, murmure-t-elle, les larmes aux yeux.

— Et j'aimerais savoir arrêter le temps pour t'y garder à jamais, réponds-je en déposant un baiser dans ses cheveux.

Du bout du doigt, elle trace des cercles sur mon torse.

CHAPITRE 16

— Que devons-nous faire, Geri ? Allons-nous dévoiler notre relation au grand jour ?

Mon cœur se serre. A-t-elle honte que tous nous sachent ensemble ? Craint-elle le regard de nos proches ? Pourtant, nous ne sommes plus en ÍSLAND. Personne ici ne me juge ou ne me trouve bizarre. Je sais qu'elle n'y a pas pensé une seule fois, puisqu'elle a toujours été à mes côtés.

Alors de quoi ai-je réellement peur ?

Elle s'inquiète pour la suite. Si notre nuit n'avait été qu'une aventure sans lendemain, elle y aurait mis fin sans se soucier des conséquences. Toutefois, dans l'immédiat, elle nous accorde une chance d'être heureux. Simplement, elle ignore comment aborder l'avenir.

Je m'arme de toute ma compréhension quand je l'interroge :

— Si tu me poses la question, c'est que tu n'en as pas envie, je me trompe ?

— J'aimerais pouvoir. J'ai juste peur des réactions d'Erika et Leif. J'ai rompu, cependant il s'accroche.

Je souris, car elle ne souhaite simplement pas les blesser, à commencer par sa petite sœur, comme toujours.

— Erika n'est pas un problème. Elle n'a jamais eu d'intentions à mon égard.

— Pourtant, elle te tourne autour depuis deux semaines.

— Tu as vu ce qu'elle souhaitait te montrer. Elle me considère comme son frère, rien de plus.

— Leif a toujours clamé la même chose et pourtant…

— Erika est amoureuse de lui.

— Cette mascarade était une idée de Thor pour tester ta jalousie et celle de Leif, rétorqué-je, un sourire en coin.

— Quoi ? Comment est-il au courant ?

— Il sait depuis l'épisode de l'ours polaire. En même temps, Leif et toi n'étiez pas très discrets. Quant à Erika, elle ne jure que par

Leif. Thor s'imagine qu'elle pourrait lui convenir. C'était l'occasion de le faire réagir lui aussi.

Outrée par ma confession, Karla frappe mon épaule et je ris.

— Vous n'êtes que des gamins !

— Ton frère voulait simplement t'aider à y voir plus clair. Leif semble penser que c'est une énième pause entre vous et que tu lui reviendras.

— Il m'a demandé si j'aurais accepté de l'épouser.

Je me fige, incapable de la regarder. Voilà qui complique tout. Si Leif refuse de la laisser partir, il va y avoir de la casse.

Amer, je laisse retomber l'arrière de ma tête au sol. J'ai été idiot d'imaginer que tout irait bien après cette nuit. Qu'il suffisait que la femme de mes rêves m'accorde ses grâces pour que nos problèmes s'évanouissent. La réalité me frappe plus durement que les coups que j'ai parés la veille. Si nos familles consentent à ce qu'une histoire éclose entre nous, comment réagira Leif ? L'acceptera-t-il ? Je ne saurai être heureux s'il me déteste.

Karla perçoit mon trouble. Elle se redresse sur un coude et, de son bras libre, penche mon visage vers le sien. Ses doigts se perdent tendrement dans ma barbe, attendant que mes yeux rencontrent les siens :

— Je t'appartiens corps et âme, Karla. Dans cette vie et au-delà. Je serais prêt à braver mille morts et les dieux pour toi.

Une larme perle le long de sa joue.

— Cette nuit, mon cœur t'a choisi, Geri. Irrémédiablement.

Ma joie est à son comble alors que je la roule sur le dos et la surplombe. Elle m'aime vraiment. Pas un autre. Non. Moi. Juste moi. Je ne pourrais pas être plus heureux.

— Alors ce sera notre secret jusqu'à ce que nous ayons libéré mon père. Nous avons besoin que Leif ne se disperse pas. Ensuite, tu décideras du bon moment et j'irai lui parler.

— Très bien. Pour ma part, j'accepte qu'Erika feigne de te tourner autour si cela peut ouvrir les yeux de Leif. Mais je ne suis pas sûre que « *Thor la* VÖLVA » ait vu juste.

CHAPITRE 16

Je souris à ce surnom qui lui sied plutôt bien.
— Pourtant, il ne s'est pas trompé pour nous.

D'une légère pression sur ma nuque, elle m'approche de sa bouche gourmande et m'embrasse comme si elle avait besoin de moi pour respirer. En tout cas, c'est ce que je ressens quand ses lèvres rencontrent les miennes ou que nos peaux se touchent.

Mes poumons s'emplissent de bonheur, de son odeur qui a changé. Je ne perçois plus la violette que notre voyage a effacée. Comme s'il était temps qu'elle soit imprégnée d'une nouvelle fragrance : la mienne. En attendant ce moment, je m'abreuve d'elle à en devenir ivre d'amour.

Mon cœur se regonfle d'espoir. Un jour, peut-être, acceptera-t-elle de faire sa vie avec moi. Car il n'y a qu'elle pour moi. Et cette fois, je ne m'effacerai pas. Je ne renoncerai pas, n'en déplaise à Leif.

Les jambes de Karla entourent ma taille tandis que ses pieds pressent contre mon postérieur. Par cette invitation silencieuse, elle réclame un dernier plaisir avant de rejoindre les autres. Souhait que j'exauce avec ferveur.

Note de l'auteure : EK ELSKA ÞIK : signifie « je t'aime » en vieux norrois.

Note de l'auteur : VÖLVA : prêtresse capable de voir et d'interpréter l'avenir. Voyante, prêtresse ou devin, qui pratique la magie SEIDR.

CHAPITRE 17

VOYAGE INTERMINABLE

BJÖRN

Hier était un jour en demi-teinte, un de ceux où ni la victoire ni l'absence de blessures dans mon camp n'éclipse les craintes ressenties durant cette première bataille. J'ai beau être rassuré quant à mes capacités de chef après avoir été capable de fédérer mes guerriers et de mettre sur pied une stratégie efficace face à des adversaires coriaces, un sentiment contradictoire ne me quitte pas.

Je demeure mitigé, car je n'étais pas aussi en joie qu'espéré. Je pensais que livrer bataille à nouveau réveillerait le jeune guerrier en moi. Mais il n'a fait que titiller l'homme mûr et sage. Si je suis physiquement en forme, mon esprit n'est plus exclusivement tourné vers le combat. Je dois me reprendre très vite ou je risque d'y passer.

Je suis trop vieux pour ces péripéties, putain !

J'ai l'impression de me retrouver à la place d'Amalrik, notre instructeur d'antan. Il nous a appris à manier toutes sortes d'armes dès que nous avons su marcher. Il n'entraînait que les grands guerriers en devenir. C'est d'ailleurs là que je me suis lié d'amitié avec Asulf.

Je me rappelle que mes frères et moi étions de vraies teignes. Nous en faisions baver à notre mentor qui durcissait nos exercices à mesure que nous l'exaspérions. Tout au long de notre adolescence,

CHAPITRE 17

Amalrik était constamment sur notre dos, surveillant chacun d'entre nous de son regard affûté. Ses conseils avisés ont perduré jusqu'à ce qu'Asulf et moi nous battions pour le trône. Comme je regrette que toute cette histoire se soit terminée bien trop vite et dans un bain de sang !

À l'époque, je trouvais Amalrik bougon et rabat-joie. Aujourd'hui, je le comprends mieux que jamais. Parce que je connais les risques encourus, ainsi que les embûches qui nous attendent. J'ai vécu la perte d'êtres chers et l'affliction profonde qui s'ensuit. Je refuse d'y être à nouveau confronté, surtout avec mes enfants.

L'ancien savait et il a vainement tenté de nous l'enseigner. Nous avancions à l'aveugle, Asulf et moi, portés par notre foi inébranlable dans les dieux et notre courage. Pourtant, ce n'est qu'en devenant père que j'ai vraiment assimilé ce que le vieux pisteur disait.

Je me remémore ce moment où ma vie a pris un tournant inattendu. À vingt-quatre ans, je me croyais prêt à élever un enfant, sous-estimant clairement la charge. À trente ans, j'en avais six autour de moi. Quant à savoir ce que j'ai fichu dans l'intervalle… On s'en doute bien ! Les meilleures décisions de ma vie, pour sûr !

La paternité a été toute une aventure. Je pensais, à tort, que mon existence de guerrier me manquait. Jusqu'à ce que je réalise qu'à ce moment-là, je n'avais rien.

Petit dernier d'une fratrie de quatre garçons, je n'avais aucune chance de succéder à Thorbjörn, le roi du JUTLAND*. Pourtant, les* NORNES *ont tissé un destin bien différent pour moi : elles avaient tout orchestré pour que je marche dans les traces de mon père.*

Et j'ai tout fait foirer, par vanité.

Cela m'a coûté le royaume, ma famille et la femme à qui je voulais m'unir.

J'ai été banni, deux fois, à cause de ce traître de Harald, qui s'est emparé du trône du JUTLAND *en tuant chaque opposant potentiel.*

Orphelin, j'ai rejoint Asulf et Eldrid. Je remercie chaque jour les dieux de leur avoir suggéré de me pardonner, car ma vie a enfin pris tout son sens à partir de là. J'avais de nouveau une famille.

Thor m'extirpe de mes rêveries en posant une main sur mon épaule. Il a besoin de mon aide pour charger le HERSKIP. Nous emportons tout ce qui est facilement transportable ou ayant une valeur marchande, pour l'échanger sur le Continent.

Après une douche sous la cascade près de la plage, nous reprenons la mer. À bord du navire, je réunis tout le monde afin de leur exposer la suite de notre périple :

— Haf et Petra ont prit la mer il y a cinq ans, sur ordre d'Asulf, qui les a chargés de nous retrouver pour le sortir de là. Le temps s'écoule, cependant je connais suffisamment Harald pour m'en méfier. Je suis persuadé qu'il n'a pas oublié son désir de vengeance. Il est avisé, extrêmement patient et un orateur hors pair. Il a probablement convaincu le peuple que si je revenais un jour, ce serait pour reprendre le trône. Nul doute que ses hommes le préviendront dès qu'ils nous apercevront. Et le HERSKIP de Haf est loin d'être discret.

— J'ai été clair dès le départ, me semble-t-il ! râle l'intéressé. Cette beauté est à moi. Plutôt mourir que de m'en dessaisir !

— Ce qui nous oblige à un détour énorme, grimace Thor, dont la patience légendaire n'est plus à louer.

— Je vous ai exposé les termes de notre accord en ÍSLAND et vous les avez acceptés. À présent, il est trop tard pour négocier. Donc si vous pouviez laisser ma déesse tranquille, j'apprécierais.

— Tss. Si au moins tu parlais de Petra en ces termes, j'aurais pu le comprendre ! s'emporte mon fils. Mais là, c'est juste un bout de bois. Tu pourras en construire un autre si celui-ci s'abîme.

— Ce bout de bois va t'amener à bon port, donc un peu de respect !

— Il ne manquerait plus que ça, que tu sois venu nous chercher

CHAPITRE 17

pour nous larguer je ne sais où.
— Tu as un problème avec moi, gamin ?

Haf et Thor se lèvent et se défient, torse entre torse. Mon fils ne baisse pas les yeux et lui lance son sourire provocateur qui déclenche généralement les hostilités.

La tension entre eux est grimpée en flèche depuis la veille. Ma main à couper que Petra en est la cause. J'en discuterai plus tard avec Thor, nous ne pouvons nous permettre de nous diviser.

— Vous auriez dû prendre deux douches sous la cascade ce matin, parce que la première ne vous a pas rafraîchis les idées ! les asticote Ragnar à qui je fais à présent les gros yeux.

— Asseyez-vous ! Je vous rappelle que les règlements de comptes sont interdits sur un navire. Ils offensent les dieux.

— Pourtant, je suis certain que NJÖRD serait ravi que nous lui offrions un sacrifice, me rétorque Thor. Les vents nous seraient favorables et nous arriverions plus vite à destination.

— Oui, il apprécierait sûrement un blondinet fringant ! le tacle Haf.

— Ou un vieux croûton !

Je me frotte le visage, lassé de leurs joutes verbales puériles.

— Cela suffit ! hurle soudain Eldrid. Vous avez passé l'âge des gamineries ! Surtout toi, Haf ! Quant à toi, mon fils, pas un mot de plus.

Notre doyenne les force à reprendre leurs places. Elle a beau être plus petite qu'eux, elle n'en est pas moins impressionnante, ma Hel.

Le calme revenu, je poursuis :
— Nous ne pouvons pas accoster au Sud du JUTLAND.
— En effet, confirme Haf, ces terres sont hostiles et, depuis peu, constamment parcourues par des BERSERKERS imprévisibles. Ils sont descendus de SVÍARÍKI et se propagent partout, attaquant tous ceux qu'ils croisent, sans distinction. Ce sont de purs VARGR, des loups solitaires rejetés depuis toujours par nos sociétés.

— Sur ce dernier point, nous nous ressemblons ! ironisé-je. Nous serons considérés comme tels.

— La cruauté en moins, crois-moi !

— Par contre, vous avez le même penchant pour la nudité, complète Petra, amusée.

— Mon père et moi ne sommes pas pudiques. Et tu conviendras par toi-même qu'il serait dommage de cacher de telles merveilles ! dit Thor en désignant son physique avantageux.

La remarque de mon fils et son regard espiègle provoquent un rire général et détendent l'atmosphère.

— Ce sont des légendes, raille Leif. Personne ne se bat nu.

— Tu te trompes, conteste Petra. Je l'ai vu de mes propres yeux. Ils sont dans un état second, en transe. Ils ne ressentent plus la douleur, uniquement animés par la fureur qui parcourt leurs veines.

Je m'éclaircis la gorge pour capter à nouveau leur attention :

— Si nous voulons éviter les BERSERKERS, nous n'avons d'autre choix que de débarquer à NIDAROS, sur la côte Nord-Est, en NOREGI. Nous troquerons donc une partie du butin contre des chevaux pour ensuite traverser les territoires de NOREGI puis SVÍARÍKI. Avec une monture chacun, il nous faudra près de deux lunes pour atteindre notre étape suivante : UPPSALA.

— Pour y demander l'aide des dieux ? s'enquiert Ragnar.

— Pas seulement. En plus d'être une ville religieuse, UPPSALA est un lieu de pèlerinage, où des THINGS s'y tiennent régulièrement, . Tout bon VIKING s'y rend au moins une fois dans sa vie. Ce sera l'occasion pour nous tous de la découvrir et de nous y reposer. Nous en apprendrons aussi davantage sur Harald et l'étendue de son influence sur les royaumes voisins.

— Voire y trouver quelques alliés, suggère Petra. Bien qu'Asulf soit notre objectif, en tant que guerrier, qui plus est de lignée royale, tu ne peux pas laisser ton peuple aux mains d'un monstre.

— Ce n'est pas mon combat.

— Je pense que si, insiste-t-elle. Qu'adviendra-t-il ensuite ? Harald sera fou de rage et sûrement incontrôlable en apprenant la disparition d'Asulf. Il est probable qu'il mette le JUTLAND à feu et à

CHAPITRE 17

sang pour vous retrouver.

Je serre les dents. Une THRALL n'est pas autorisée à s'exprimer avec autant d'audace. Contester un KARL est une folie, pire encore s'il s'agit d'un JARL. Elle est à la limite d'être pendue.

Mais que suis-je, après tout ?

Je ne peux prétendre au titre de JARL, puisque je n'ai pas de terres. Je ne suis pas un KARL, car je n'appartiens plus à aucun peuple. Nous sommes tous libres et égaux en ÍSLAND. Enfin, étions.

Par conséquent, que suis-je aujourd'hui ?

Finalement, ma condition ne se rapproche-t-elle pas de la sienne ? En un sens, je ne peux plus prétendre à aucun droit nulle part. Elle est même pire, car je suis un VARGR. J'ai été banni et ma tête a été mise à prix. Peut-être est-ce même toujours d'actualité.

Je n'ai pas le temps de trancher sur le potentiel irrespect de Petra qu'elle ajoute pour m'adoucir :

— J'ai foi en ton jugement, Björn, fils de Thorbjörn. Je sais que tu es un homme bon et que tu feras ce qui est juste.

— Nous verrons cela au moment où Asulf sera de nouveau parmi nous, pas avant. Il aura peut-être des informations stratégiques et utiles.

— Je croyais que nous rentrerions en ÍSLAND après l'avoir libéré ! s'indigne Thor. Que nous y étions chez nous ! Finalement, pourquoi ne veux-tu pas avouer, que tu aimerais surtout récupérer ton trône !

— Il le doit, affirme Petra avant que je ne puisse ouvrir la bouche. Les NORNES et les dieux ont parlé.

— Qu'en sais-tu, THRALL ? T'ont-ils mise dans la confidence ? provoque mon fils.

Les deux se toisent et l'ambiance redevient tendue.

— Stop ! les coupe à nouveau ma femme. Thor, tes objections sont recevables. Toutefois, nous ne pouvons tout régler en même temps.

— Vous semblez dire que Harald est un fin stratège, renchérit mon fils. C'est certain qu'il aura un, voire plusieurs coups d'avance. Je refuse de me jeter dans la gueule du loup sans un plan solide et des plans de secours qui le seront tout autant.

— Thor a raison, le soutient Lyra. Au moment où nous aurons posé le pied en NOREGI, tout cela devra être défini. Nous pourrions être séparés ou faits prisonniers à tout moment. Toutes les possibilités doivent être envisagées, pour que nous n'ayons que peu de mauvaises surprises.

Nous approuvons tous d'un mouvement de tête.

Je poursuis ma planification :

— Bien, revenons à ce qui nous intéresse : la libération d'Asulf. Quand nous atteindrons UPPSALA, le rivage sera à trois jours à cheval. Puis nous reprendrons la mer en longeant les côtes de SVÍARÍKI avant de faire voile en ligne droite vers JOMSBORG. La traversée durera une semaine, si NJÖRD nous épaule. Il nous faudra un navire à rames plus petit que celui-ci, pour que nous le manœuvrions aisément. Haf, ce serait bien que tu restes avec nous, car nous ne trouverons peut-être pas de navigateur à UPPSALA.

— Et un périple par les terres à l'Est n'est pas envisageable, précise Eldrid. C'est un détour énorme, de plusieurs lunes, qui nous emmènerait à la RUS où nous serions encore plus exposés et vulnérables.

— Je reste à vos côtés, confirme Haf. En effet, nous croiserons moins de monde en mer. Certains territoires sont trop dangereux à traverser avec autant de femmes. Nous n'avons clairement pas besoin qu'il leur arrive malheur.

Je m'attends à voir ces dames déglutir avec appréhension, à être un minimum terrifiées de ce qui nous menace, mais il n'en est rien. Au contraire, elles sont déterminées à mener à bien cette mission de sauvetage.

— C'est entendu, confirmé-je, nous suivrons donc ce plan.

☀ SÓLMÁNUÐUR / JUILLET ☀

CHAPITRE 17

GERI

Cette seconde traversée est encore plus longue que la précédente, sur tous les aspects. La distance à parcourir est plus conséquente. Les courants sont plus puissants, même si nous n'avons pas essuyé de nouvelle tempête. Le vent n'est que partiellement présent, alors, contrairement au premier trajet, nous économisons nos forces et ne ramons pas sans terre en vue. Si Asulf nous a attendus vingt ans, il préférera sûrement patienter quelques semaines de plus et nous savoir en forme pour le libérer.

Je n'ai pas essayé de communiquer avec lui durant les deux traversées. Le prévenir de notre arrivée, c'est encourir le risque que Harald découvre notre plan. Je soupçonne ce fourbe de tenter régulièrement d'entrer dans l'esprit de mon père, aussi j'ai volontairement tu tout ce qui ne me concerne pas. Il ignore tout de ma vie en dehors de nos conversations régulières. Je l'ai avisé de mon absence pour un temps, lui promettant de ne pas le laisser tomber. Je m'en veux de l'abandonner de la sorte, cependant il n'existe pas vraiment d'autre option.

Naturellement, l'ambiance s'est tendue sur le HERSKIP. D'autant que les divertissements sont limités. Nous nous connaissons presque tous, il n'y a plus vraiment d'anecdotes à évoquer. Juste à questionner Haf et Petra sur leurs passés, ce que nous avons déjà fait.
Après avoir fait le tour des chants en musique, car Haf joue de la lyre, il n'y a plus rien de nouveau.
Peut-être faire une énième partie de TAFL ? Un jeu de stratégie ne peut que calmer les esprits et nous obliger à réfléchir. Seuls deux d'entre nous peuvent s'y adonner en même temps. Les autres les observent, les conseillent ou les remplacent si l'envie de jouer n'est plus là.

Pourtant, cet ennui-là n'est rien comparé au manque *d'elle*.

Après notre nuit d'amour, Karla et moi avons convenu de garder notre relation secrète, dans un premier temps. Ce qui semblait être une bonne idée ce matin-là est rapidement devenu une torture.

Pas de regards appuyés en public. Sur ce navire avec peu d'équipage, il est quasiment impossible d'avoir de l'intimité. La journée, ma belle et moi nous ignorons. Je m'active sur le HERSKIP pendant qu'elle s'occupe comme elle le peut avec les autres, loin de moi. Mais dès que tout le monde s'assoupit, nos yeux se croisent dans la pénombre pour ne plus se lâcher. Nous y lisons tout le désir que nous ressentons pour l'autre. Puisque je ne peux les distinguer à cette distance, j'imagine ses prunelles briller d'excitation, ses joues s'enflammer comme durant l'extase. Et je me consume à mon tour, en silence, tandis que son visage est toujours le dernier que j'admire avant de m'endormir.

Pas de contacts devant les autres, parce que j'ai peur de ne pas me contrôler. Pourtant, Karla me tente sans cesse. Elle se rapproche de moi si je discute avec un membre de notre famille, son odeur rappelant à mon cœur qu'il a besoin d'elle. Quand je dois gérer la voile, elle se positionne sur mon chemin pour que je passe au plus près d'elle. Nos doigts se frôlent et se caressent dans un instant fugace qui ravive toute l'intensité de mes sentiments pour elle.

Je voudrais dormir à ses côtés, pourtant, j'en serais proprement incapable. Je ne pourrais retenir ma bouche de l'embrasser, mes mains de la parcourir, mes bras de l'étreindre à nouveau. Je rêve, nuit après nuit, de la faire mienne comme s'il n'y avait pas de lendemain.

Karla aussi est dans cet état fiévreux. Sa respiration se coupe à mon contact. Elle est hésitante, haletante, et ses joues s'empourprent légèrement si nous conversons à la vue de tous. Elle comme moi nous remémorons en silence cet instant de volupté qui a tout changé.

Par FREYA, qu'est-ce que j'aurais aimé être son premier ! Je l'aurais déjà épousée. Peut-être même serions-nous déjà parents. Je pourrais la tenir dans mes bras à la vue de tous sans qu'aucun regard noir ni

CHAPITRE 17

reproche ne pèsent sur nous.

Pour le moment, je n'ai pas d'autre choix que de prendre mon mal en patience. Après tout, qu'est-ce que deux lunes alors que je l'attends depuis toujours ?

Je crois que d'avoir goûté à ses lèvres et parcouru son corps m'a rendu complètement dépendant à elle. Je pensais avoir déjà enduré le pire, et je me trompais. C'est à la fois une délicieuse torture et une frustration interminable.

Notre secret semble passer inaperçu, excepté pour Thor qui est dans la confidence. Nul besoin de lui confirmer quoi que ce soit : il sait et nous couvre. Donc il reste aux aguets et nous sauve si un bourbier se profile. La situation l'amuse et parfois il nous met gentiment dans l'embarras, juste pour nous voir ramer dans le vide. Dans ces instants, je bafouille et panique. Et je l'aime autant que je le déteste.

Leif est maussade et pensif depuis que nous naviguons à nouveau. Ce qui me conforte dans l'idée qu'il est prématuré de lui parler de notre histoire. Même si je suis persuadé que Karla est la femme de ma vie, je veux lui laisser le temps de se faire à cette idée. Elle gère à sa manière et je me plie à ses exigences.

Erika a arrêté de roucouler faussement à mon oreille. Les deux sœurs ont discuté et mis les choses au clair. La tension entre elles s'est évaporée au profit d'un rapprochement. Elles passent de longs moments ensemble pour rattraper le temps perdu.

Thor et Erika pensaient que Leif réagirait en voyant la jeune femme s'intéresser à moi. Cependant, il n'a même pas sourcillé. C'était peut-être trop tôt. Pour ne pas dévoiler nos manigances, j'ai parfois quelques attentions envers Erika, avec l'assentiment de ma douce. Il ne s'agirait pas de créer un conflit là où il n'y a pas lieu.

Nous avions bernés nos parents, attendris par cette situation fictive que nous leur servions. Alors qu'à l'abri des regards, Erika et moi nous taquinions en simulant un dégoût mutuel. L'entente entre nous deux est excellente, pourtant, elle ne dépassera jamais le stade d'amour fraternel. Elle est ma sœur de cœur, et bientôt, je l'espère, la sœur de ma femme.

Thor est quelque peu dépité que son plan n'ait que partiellement fonctionné. Pourtant, je sais qu'il n'a pas dit son dernier mot. Il a confiance en Leif, comme en moi. Toutefois, une mise au point s'imposera entre eux deux. Thor veillera à qu'il n'y ait pas d'infidélité, même s'il croit l'impétueuse blonde capable de dompter ce séducteur né.

D'ailleurs, c'est probablement ce qui inquiète mon ami. Que Leif ne prenne rien de tout cela au sérieux parce qu'Erika lui tombe dans les bras sans efforts.

Leif et lui ont passé du bon temps avec la totalité des filles en *Terre de glace*. Avec leurs belles gueules, il suffisait qu'ils sourient pour qu'elles écartent les cuisses. Elles avaient beau savoir qu'elles n'étaient qu'une passade, elles les suppliaient tout de même. Donc j'imagine que le côté surprotecteur de Thor est en alerte maximale.

Mais si, comme il le pressent, Erika sait se faire désirer, alors Leif est déjà pris au piège. Elle fera de lui ce qu'elle veut, car il déteste qu'on lui résiste. Elle deviendra son challenge personnel tandis qu'il multipliera les petites attentions à son égard. Et je vais devoir me tenir à distance, car il risque de me demander de faire le gué pendant qu'il l'honore. Et après la vie charnelle de Karla, je n'ai clairement pas envie d'imaginer celle d'Erika. Beurk !

Je regarde l'horizon quand la déesse SOL disparaît lentement pour laisser sa place au dieu MANI. Mon rendez-vous quotidien avec ma douce approche. Il me tarde d'y être pour l'admirer à loisir.

LEIF

CHAPITRE 17

Dire que je suis malheureux est un euphémisme. Depuis que Karla m'a quitté, je sens que tout est différent. Cette fois, elle ne reviendra pas. J'ai beau user de tous mes artifices, elle y est complètement indifférente. En journée, elle n'a plus de moments seule. La nuit, elle dort systématiquement entre Thor et Erika. C'est bien simple, je ne peux plus l'approcher. Ce n'est jamais arrivé et je me sens complètement déboussolé.

D'autant que je n'ai plus personne sur qui mon charme opère pour me réconforter. À part, peut-être, la gamine qui rit même à mes mauvaises blagues. Pire, depuis que Geri a sauvé Karla d'une mort certaine, tout le monde loue ses exploits et m'oublie complètement. Lui qui d'ordinaire déteste être le centre d'attention en est constamment couvert. Même Erika minaude ! Franchement, qu'est-ce qu'elle lui trouve ? Qu'a-t-il de plus que moi ?

Moi, jaloux ? Bien sûr que non ! Enfin… peut-être… un peu.
Je fourrage nerveusement dans mes cheveux.
Que se passe-t-il pour que la situation s'inverse autant ?
Les dieux m'en veulent-ils ?

— Oublie-la, me conseille Thor en s'asseyant à mes côtés, tandis que nos regards se braquent sur les deux sœurs qui bavardent.
— De quoi parles-tu ?
— Karla. Il serait temps que tu réalises qu'elle n'était pas pour toi.
Je tourne la tête, incrédule.
— Vous me prenez vraiment pour un idiot ! C'est vexant !
— Qui t'a dit ça ?
— À la fois personne et vous tous. Vos corps vous ont trahis.
Thor peut tenter un coup de bluff pour connaître la vérité. Donc je continue d'afficher le visage de celui qui ignore de quoi il retourne.
— Vos petites sauteries, à ma sœur et toi. Geri qui vous couvre. Je le sais depuis l'épisode de l'ours polaire.
Ma mâchoire se décroche sous l'effet de son annonce.
— Pour la discrétion, il faudra repasser ! raille le blond.

Je serre fort mes dents qui crissent sous la pression.

Merde, si Thor est au courant, qui d'autre l'est ?

Impossible que Björn le sache, sinon je serais déjà mort. Ou enterré vivant, dans une boîte en bois, comme il est de coutume chez les chrétiens décédés. Au choix.

— La jalousie te sied mal au teint. Arrête de dévisager Geri comme tu le fais ! me réprimande-t-il.

— Ce n'est pas le cas.

— Ah oui, pardon ! Je n'avais pas vu que tes yeux admiratifs et pleins de poésie déversaient une montagne d'amour sur ton frère.

Je déteste qu'il utilise l'ironie.

Je fronce les sourcils et le fixe de mon regard le plus antipathique.

— Honnêtement, ouvre les yeux, Leif. Karla était trop douce pour toi. Vous étiez dans une routine confortable et sans saveur.

— Qu'en sais-tu ? Peut-être devrais-je t'entretenir de…

— Je t'arrête de suite ! Ne t'avise pas de me provoquer en me racontant comment vous batifoliez ensemble.

— Sinon quoi ?

Je souris pendant que l'embarras le gagne. Il serait effectivement malhabile de ma part de le faire sortir de ses gonds tandis qu'il est là pour m'aider.

J'inspire profondément.

— Karla est une femme fabuleuse.

— En effet. Et au risque de me répéter, elle n'est pas pour toi. Elle n'aurait pas su te garder pour elle seule, et tu en es conscient, car cela s'est déjà produit. Il te faut une compagne de caractère, qui ose te tenir tête et t'amener là où elle le souhaite.

— Et puis quoi encore ?

— Sérieusement ? Une dont le regard te glorifiera, mais qui saura te faire sentir moins que rien au moment où tu t'aviseras de ne serait-ce qu'imaginer dévier du chemin qu'elle a tracé.

Je déglutis péniblement. J'ai toujours fait ce que je voulais, en homme libre, sans entraves.

CHAPITRE 17

Nos coutumes ancestrales nous autorisent à prendre une épouse et plusieurs concubines. Pourtant, Björn nous l'a interdit. Quand nous en choisirons une, nous devrons la respecter et n'honorer qu'elle. Je l'ai fait durant deux ans avec Karla. En serais-je capable sur le long terme ?

— Sais-tu pourquoi mon père nous impose une seule compagne à la fois dans notre vie ?

Ma tête ballotte un non.

— Parce que ce n'est pas aimer véritablement que d'en avoir plusieurs. Si tu chéris avec ton cœur et ton âme, tu n'en as besoin que d'une. Elle te comble pour toutes les autres. Tu te sens incomplet et au plus mal sans elle, si bien que ton absence te vrille l'estomac. En revanche, lorsqu'elle est là, tout s'illumine et ta vie devient merveilleuse. N'as-tu pas envie de connaître cela un jour ?

— Probablement. Est-ce réellement si fort ?

— Interroge ta mère. Pourquoi attend-elle le même homme depuis vingt ans ? Ou mes parents, qui ne peuvent se passer l'un de l'autre une simple journée.

Je hoche lentement la tête, pensif.

— Raisonnement étrange de la part de celui qui saute sur tout ce qui bouge, tu en conviendras !

— Tu n'étais pas en reste, l'ami ! En vérité, ce n'est pas si étrange. Je profite de ma vie. Les dieux peuvent me rappeler à eux demain. Et il y a tant de belles femmes ! Mais le jour où je trouverai celle qui capturera mon cœur, je lui resterai fidèle jusqu'à notre mort. Et je ne voudrais d'enfants qu'avec elle.

Sur ces paroles, Thor se lève, me laissant avec des questions plein la tête et le cœur.

Je soupire fortement, cogne mon crâne contre le bois derrière moi et ferme les yeux pour réfléchir longuement. Je me remémore toute l'histoire de notre vie, cherchant dans chaque situation un indice qui m'aiderait à comprendre ce que mon ami voulait dire.

Quand je les ouvre, je regarde les deux sœurs qui pivotent face à moi en riant. Tandis que je fixe Karla, je réalise que mon rythme cardiaque ne s'emballe plus comme à nos débuts. Je n'ai plus ce besoin irrépressible d'être avec elle. À elle.

Je comprends que Thor a raison. Karla n'est pas faite pour moi.

Note de l'auteur : NIDAROS : Ville portuaire d'où partaient les expéditions vikings.

Note de l'auteur : NOREGI : signifie « chemin du nord » et désigne la Norvège.

Note de l'auteur : BERSERKERS : guerriers d'élite vikings. Ils étaient connus pour leur sauvagerie et leur capacité à entrer dans un état de transe furieuse pendant les combats. Ils étaient des guerriers-shamans scandinaves qui pratiquaient des rituels chamaniques pour acquérir leur pouvoir. Ils entraient en guerre complètement nus, à l'exception d'un pelage d'animal. Ils vivaient comme des maraudeurs dans les bois, bravant seuls les rudes hivers scandinaves.

Note de l'auteur : SVÍARÍKI : signifie « terre des Suédois » et désigne la Suède.

Note de l'auteur : UPPSALA : situé sur la côte Sud-Est de la Suède. La ville était un centre religieux, économique et politique capitales. On y venait prier les dieux, célébrer des fêtes et organiser des THINGS.

Note de l'auteur : THINGS : rassemblements où étaient prises des décisions importantes, votées à la majorité par les personnes présentes.

Note de l'auteur : TAFL : jeu de plateau, qui consiste à combiner plusieurs stratégies. Les règles se sont perdues, car il n'existait pas d'écrits à ce sujet. Il a, par la suite, été remplacé par le jeu d'échecs.

Note de l'auteur : FREYA : Déesse de l'amour et protectrice des couples.

Note de l'auteur : JARL : Equivalent médiéval d'un comte. Il est généralement un seigneur de guerre qui a accumulé des richesses et du respect.

Note de l'auteur : KARL : Homme libre, qui jouit de la protection de la Loi. Il peut être un guerrier, un artisan, un marchand, un paysan.

CHAPITRE 18

CHAUD ET FROID

☀ SÓLMÁNUÐUR / JUILLET ☀

KARLA

La traversée entre les ÎLES FØROYAR et NIDAROS aura duré trois semaines. Tantôt aux prises avec des vents déchaînés qui nous repoussaient de là où nous venions, tantôt une mer d'huile. Nous avons à peine touché les rames pour économiser nos forces. Mais nos esprits et nos vivres arrivant à bout, nous ramons finalement pour accélérer la cadence.

Depuis notre départ d'ÍSLAND, une lune s'est écoulée, durant laquelle nous n'avons fait que naviguer. Ce trajet semble interminable. Donc, au moment où nous posons enfin le pied à terre, nous partageons un immense soupir de soulagement.

Haf nous relate qu'il y a cinq ans, NIDAROS était un modeste port commercial où néanmoins de nombreux bateaux accostaient. Plusieurs LANGHÚS accueillent les voyageurs de passage.

Björn nous intime de ne pas attirer l'attention. C'est donc en petits groupes que nous nous fondons dans la foule et explorons les lieux, tout en conservant un contact visuel discret.

Assisté de Petra, Haf amarre sa femme de bois. Après cinq années passées à nous chercher, j'aurais pensé qu'ils auraient assouvi leurs pulsions ensemble plus d'une fois. Cependant, ils agissent comme

CHAPITRE 18

s'ils étaient deux étrangers. Je n'ai pas été témoin de gestes tendres entre eux. Au contraire, Haf est distant depuis que nous sommes partis. J'ai parfois l'impression qu'il la craint.

Nous n'étions pas encore descendus du HERSKIP qu'il s'affairait déjà à le nettoyer. Un brin maniaque s'il est question de son bateau, quand il était sacrément désordonné en ÍSLAND, le temps où il y a séjourné !

Il était prévu qu'il tente de confier la prunelle de ses yeux à un ami à lui, de passage à NIDAROS en cette saison. Néanmoins, je sens que ses résolutions le quittent peu à peu, alors qu'il n'a pas encore posé une botte à quai. Notre chef de famille en a été fort contrarié et je gage qu'ils s'entretiendront plus tard à ce sujet.

Lyra et Leif partent sans se retourner en direction de marchands de fourrures et de vêtements. Ils cherchent des tenues neuves pour que nous puissions passer inaperçus durant notre périple. D'un discret hochement de tête, mon ancien compagnon m'indique que je devrais y faire halte pour y trouver mon bonheur.

La mère et le fils s'arrêtent ensuite pour acheter des pains de savon et des brosses à dents. Je les imiterai. Le retour à la civilisation permet aux plus anciens d'entre nous de retrouver des produits de confort et de qualité, car ceux-ci étaient rudimentaires en ÍSLAND.

Björn a emprunté le chemin d'une LANGHÚS qui fournit des chevaux. Il se renseigne pour savoir combien sont encore à vendre. Nous devons troquer certaines de nos possessions, ainsi que ce que nous avons rassemblé dans les ÎLES FØROYAR, contre des montures robustes qui devront nous transporter pendant près de deux lunes.

Pour la plupart d'entre nous, monter à cheval sera une toute nouvelle expérience, car il n'y en avait pas en ÍSLAND.

Eldrid et ses trois autres enfants partent de leur côté. Ils se promènent entre les étals de nourriture pour faire quelques provisions. J'aperçois ma fratrie écarquiller les yeux devant des caisses de fruits mûrs. Se lécher les lèvres, quelques mètres plus tard face à des miches de pain et des fromages. Et supplier notre mère de goûter un morceau de porc qui grésille sur une broche.

Nous n'en avons jamais mangé, car hormis des ours polaires, des poissons et des oiseaux, la faune d'ÍSLAND n'est pas très variée. Seuls des coqs et des poules ont pu y être amenés, ce qui a visiblement rendu le voyage de nos parents extrêmement pénible à l'époque.

Je les observe un instant en souriant. Thor s'en aperçoit et me nargue avec un morceau de viande fumée qu'il déguste lentement. Ce crétin serait-il en train de se moquer de moi avec un geste obscène ? Où me suggère-t-il de profiter des prochaines heures pour prendre du bon temps ?

J'hallucine !

Je suis interrompue dans cette confrontation visuelle par la main de Geri dans le bas de mon dos. Mon corps frissonne immédiatement à son contact, tandis que mon cœur s'emballe :

Boum boum. Boum boum. Boum boum.

— Je te sens épuisée. Cherchons une LANGHÚS pour que tu te reposes avant le repas de ce soir.

Je tourne mon visage vers lui et acquiesce. Je peux lire dans son regard toute l'envie que je lui inspire. Il demeure stoïque alors que le coin de sa bouche remonte imperceptiblement. Nous sommes trop heureux d'avoir enfin un peu de temps pour nous retrouver. Je remercie intérieurement Petra pour la suggestion de répartition de nos groupes.

Les yeux de Geri naviguent entre les miens et mes lèvres. La tension entre nous devient presque palpable. Je dois rompre le contact, sans quoi mes joues vont violemment s'empourprer sous son regard brûlant. Lentement, sa main quitte mon dos. Son toucher, aussi fugace fût-il, me manque déjà. Mon amant hésite une seconde avant de me proposer son bras musclé, auquel je m'agrippe avec délice.

Un léger mal de tête s'invite, probablement dû au tangage incessant du bateau. Après y avoir séjourné une lune entière, c'est un

CHAPITRE 18

soulagement de poser le pied sur la terre ferme.

En passant près d'un étale de poissons séchés, mon estomac se tord et je peine à faire bonne figure. Cela m'étonne, car je suis friande des produits de la pêche.

Toujours aussi prévenant, Geri s'en aperçoit et presse le pas.

— Es-tu sûre de ne pas vouloir manger quelque chose ? Tu me sembles bien pâle.

— Non, tout va bien. J'ai seulement besoin d'intimité.

D'adorables fossettes se dessinent sur son visage. Malgré moi, je fonds comme si j'avais de nouveau l'âge d'Erika.

Geri est le plus réservé des jumeaux. Je dirais même qu'il est en permanence morose. Par conséquent, de le voir heureux me réchauffe le cœur. Notamment parce que j'en suis la raison.

Nous passons la porte de la première LANGHÚS sur notre chemin. Geri interpelle le propriétaire :

— Ma compagne et moi venons d'accoster. Nous partons nous marier à UPPSALA, afin que les dieux bénissent notre union. Nous aurions besoin de nous reposer seuls cette nuit.

De sa main libre, Geri entrelace nos doigts et plonge son regard azur dans le mien. Je me sens toute cotonneuse, fiévreuse et excitée. Ce mensonge dont nous n'avions pas discuté et qui passe si naturellement ses lèvres m'ébranle jusqu'aux tréfonds de mon âme. Je me demande s'il joue un rôle ou s'il compte vraiment faire de moi sa femme.

Je manque de mots face à la puissance de ce que je ressens en cet instant. C'est la première fois que j'éprouve des sentiments aussi forts.

Est-ce idiot de vouloir déjà lui appartenir alors que notre relation démarre à peine ? Qu'il ne m'a touchée que durant une seule nuit ? Surtout quand Leif ne m'a jamais rien provoqué de tel ?

Je suis paralysée et en feu, persuadée que Geri perçoit le trouble qui hante mes pensées.

— Dormir, hein ! J'ai été jeune avant vous, les enfants ! rétorque l'homme âgé dans une attitude pleine de sous-entendus qui ne laissent pas de place au doute.

Ses yeux toujours dans les miens, Geri me regarde si intensément que je suis proche de défaillir. Nous nous sourions bêtement, comme deux adolescents timides.

— UPPSALA, reprend l'inconnu. C'est un sacré périple à partir d'ici ! Il vous faudra des chevaux, gamin !

— En effet. Pourriez-vous nous procurer les deux ?

— Pensez donc ! La maison est vide en ce moment. Prenez la chambre du fond. Elle est propre et elle se verrouille, dit-il en forçant un clin d'œil complice. La LANGHÚS d'à côté appartient à mon fils, il aura les montures dont vous aurez besoin.

— C'est parfait.

— J'imagine que vous mangerez avec nous ce soir. Passez voir ma fille chez les marchands. C'est un peu plus loin sur la droite en sortant d'ici. Elle vend de jolies robes. Vous ferez le bonheur de votre belle.

— J'y veille, répond en toute sincérité le jeune homme pour qui mon cœur tambourine toujours plus fort dans ma poitrine.

GERI

En silence, nous nous dirigeons vers la dernière chambre. Karla avance jusqu'au milieu de la petite pièce tandis que je ferme lentement la porte puis le loquet. Je me retourne pour appuyer mon dos et ma tête contre le bois de celle-ci en soupirant lourdement. Je peine à contrôler mon souffle de la savoir si proche de moi. Mais n'est-ce pas dû à cette intimité que nous attendions avec impatience ? Enfin à l'abri des regards indiscrets qui dardaient constamment sur nous à bord du HERSKIP.

Trois longues semaines au cours desquelles je n'ai fait que la contempler de loin durant la nuit ou lui voler des caresses à la

CHAPITRE 18

dérobée en journée. À présent, j'aspire à la sentir contre moi. La toucher. M'enivrer d'elle jusqu'à tomber d'épuisement.

Mon imagination galope au rythme des visions charnelles de Karla qui s'invitent. Je lutte contre mon désir grandissant, pour laisser à ma belle le choix de ce qui se passera ensuite.
— As-tu besoin de dormir un peu ?
— Je n'y arriverai pas si tu es là, me répond-elle, le regard fuyant.
— Veux-tu que je sorte ?

Je prononce ces mots sans conviction, blessé par son attitude distante et ses paroles. Même si moi non plus je ne pourrais pas fermer l'œil à ses côtés.
— Non, lâche-t-elle précipitamment.

Je soupire de satisfaction et me redresse pour l'admirer. Elle est magnifique. Ses longs cheveux bruns tombent sur ses épaules en cascades désordonnées. Ses grands yeux bleus me contemplent. Ses lèvres m'appellent. Je me consume rien qu'à l'idée de les effleurer.

Je réalise que je suis dans un pétrin monstre. Si elle ne souhaite pas poursuivre ce que nous avons entamé sur FØROYAR, je serai anéanti. Je ne pourrai plus reprendre notre routine d'avant. Avoir goûté à elle, éprouvé encore plus d'amour, pour ensuite devoir m'en passer, cela me tuerait à petit feu.

Je panique, ne sachant plus quoi penser. Pourtant, il faut que j'agisse, car elle m'observe et patiente en silence.

J'arrête de réfléchir pour lui dire ce que je ressens :
— Je ne vais pas pouvoir me retenir plus longtemps, Karla.
— Alors ne te retiens pas, me souffle-t-elle, les joues roses.

Ses yeux pétillent et m'implorent de la rejoindre. Je traverse immédiatement l'espace qui nous sépare pour l'étreindre avec douceur et sceller nos lèvres. Les siennes ont encore un léger goût de sel et me rappellent toutes ces nuits passées sur le HERSKIP, à rêver de cet instant qui arrive enfin.

Nos bouches se retrouvent avec passion. Mes mains s'accrochent désespérément à sa taille. Je suis soulagé qu'elle ne mette pas un terme à ce nous que nous construisons petit à petit. À cet instant, le poids qui m'oppressait s'envole.

Je me délecte de notre étreinte tant désirée, souhaitant que ce moment dure indéfiniment.

— Tu m'as tellement manqué, ma douce.

Je murmure mes paroles dans un souffle sans rompre le contact avec ses lèvres. Karla frissonne. Ou plus exactement, nous tremblons tous les deux. Je resserre ma prise pour nous apaiser et me rapprocher encore d'elle.

Le baiser que nous échangeons ensuite est intime, profond, et rassasie mon âme comme jamais. Mes mains remontent le long de ses côtes dans une lenteur exquise. Je savoure chaque seconde qui s'écoule et qui éprouve un peu plus mon cœur, tandis que ses bras s'enroulent tendrement autour de mon cou.

Qu'est-ce que trois semaines d'attente, comparées à quinze longues années ? Une éternité, après avoir goûté à ce qui m'était interdit jusque-là.

Je sens mon désir grimper en flèche, quand ses doigts glissent à la base de ma nuque puis se hissent dans mes cheveux. Ses gestes sont saccadés, imprécis, témoins d'une ardeur qu'elle peine à réfréner. Et je souris, car elle est mon exact reflet à ce moment précis.

Trois coups frappés à la porte nous interrompent. Karla s'éloigne brusquement, cachant son visage rougi dans ses mains alors que ma tête s'affale vers l'avant. Mon cœur se serre. J'en suis attristé, sachant pertinemment qu'il ne s'agit que d'un réflexe conditionné par quatre ans de secrets. Quatre longues années à dissimuler ses sentiments pour un frère. Et elle continue à présent qu'elle tombe dans les bras de l'autre.

Je me force à faire bonne figure, comme bien trop souvent.

CHAPITRE 18

— Est-ce que vous voudrez prendre un bain ? entonne le propriétaire de la LANGHÚS à travers le bois. Nous avons une pièce dédiée et un pain de savon au pin tout neuf qui ravira vos narines.

Karla redresse son visage vers moi, les yeux brillants.

— En as-tu envie ? Tu pourrais t'y prélasser pendant que j'assurerai ta tranquillité de l'autre côté de la porte.

— Oui. Ce serait merveilleux de pouvoir s'y détendre. Ensemble.

Mon cœur tambourine de plus belle. Sans la quitter des yeux, je confirme à notre hôte que sa proposition est plus que bienvenue.

Mon désir pour Karla ne cesse de croître. J'éprouve toutes les difficultés du monde à me contenir. Je ne pense plus qu'à la faire mienne dès qu'elle m'y invitera.

Le vieil homme confirme que le bain sera prêt sous peu et s'éloigne. Je n'aurai donc pas le temps d'honorer ma douce d'ici là, donc je m'arme de patience, encore.

J'embrasse Karla jusqu'au retour de notre hôte, incapable de me détacher d'elle. Mes lèvres vénèrent ses joues rosies, son cou délicat, ses paupières, son charmant petit nez, son front, ses soupirs de plaisir m'encourageant à poursuivre.

J'entrelace nos mains et porte ses doigts fins à ma bouche pour y déposer la promesse de mon amour pour elle. Je profite de chaque seconde bénie des dieux. Si les foudres du maître du tonnerre s'abattaient à l'instant sur ma tête, je mourrais heureux. J'aurais aimé si intensément que cela en était douloureux, mais vital.

Karla est mon air, ma vie, mon tout. Je l'ai trop longtemps espéré. Maintenant que je touche les étoiles, je ne conçois plus mon avenir sans elle. Peu importe les obstacles qui se dresseront, je ne renoncerai jamais à nous.

Muni de deux linges clairs et du pain de savon, notre hôte nous escorte en bavardant jusqu'à la pièce des bains. Là encore, il nous confirme que tout est propre et que nous pouvons nous y enfermer.

Nous sourions à ses clins d'œil complices et à sa bienveillance. Dès qu'il s'éclipse, je verrouille derrière lui, trop heureux d'avoir à nouveau de l'intimité avec ma belle.

Les bras croisés sur ma poitrine, je demeure face à la porte, attendant que Karla m'autorise à me retourner.

— Geri, j'ai besoin de toi, prononce-t-elle timidement.

Je m'approche pendant que mon palpitant anticipe une nouvelle ruade.

— Que puis-je faire pour toi, murmuré-je, les yeux mi-clos, à quelques centimètres de son visage.

— Déshabille-moi, souffle-t-elle, rougissante.

Je souris encore une fois comme un puceau. Mon cœur tambourine si fort dans mes oreilles que j'en deviens sourd. Mon torse se soulève aussi rapidement qu'après une course effrénée.

En silence, j'accède à sa requête et l'effeuille lentement. J'embrasse avec dévotion chaque morceau de peau que je découvre. Les yeux fermés, Karla semble apprécier que je prenne mon temps. Son corps réagit à mes attentions et frissonne. Sa poitrine s'érige tandis qu'elle accompagne lascivement mes gestes. La gorge sèche, je déglutis avec difficulté, contenant tant bien que mal mon irrépressible besoin d'elle.

Enfin totalement nue, elle ouvre ses grands yeux et me laisse l'admirer. Je perds mes mots devant cette déesse qui m'accorde ses faveurs. Si c'est HEL, la souveraine de HELHEIM, s'est réincarnée dans le corps de Karla, alors je veux bien mourir sans honneur pour séjourner dans son royaume, à ses côtés pour l'éternité.

Elle saisit la main que je lui tends pour la guider dans la cuve d'eau chaude, soulève sa jambe et pénètre gracieusement dans le baquet. Elle prend son temps pour s'immerger, ses yeux rivés aux miens. Cette vision est hypnotique. Terriblement excitante. Bien trop belle pour que je sois conscient. Si bien que j'ai peur de me réveiller sur ce fichu HERSKIP.

CHAPITRE 18

Nous n'avons toujours pas prononcé une parole au moment où Karla m'enjoint, d'un signe de tête, à me déshabiller à mon tour. Sous son regard empli de désir, je ne me presse pas, lui laissant tout le loisir de profiter de mon corps. J'hésite entre ralentir encore pour prolonger le plaisir de mes yeux et me précipiter dans cette eau pour la faire jouir. Le dernier vêtement ôté, je la rejoins d'un pas assuré, au comble de l'excitation.

Dès l'instant où mes mains se posent sur elle, Karla soupire et se tend vers moi. Mes doigts serpentent sur elle avec douceur. Je suis concentré sur sa respiration qui s'accélère et soulève sa poitrine à moitié immergée. Sur ses iris bleus rivés aux miens. Sur sa bouche qui me réclame impatiemment.

Je l'embrasse avec toute la passion qui m'anime, ma langue caressant langoureusement la sienne.

Je n'ai faim de rien d'autre.

Je ne désire qu'elle.

Le souffle court et les yeux qui pétillent, Karla s'installe face à moi sur mes cuisses. Elle est sublime. Douloureusement tentante. Pourtant, je la repousse gentiment après ce baiser mémorable, car je veux d'abord m'occuper d'elle.

Toujours en silence, je m'empare du pain de savon et l'applique au ralenti sur sa peau. Il glisse sur ses courbes parfaites, que je parcours à bien plus de reprises que nécessaire. Je ne la touche qu'à travers lui par des caresses sensuelles. Karla frémit de satisfaction quand je lui lave les cheveux pour les débarrasser du sel.

J'attrape ensuite sa main et l'enjoint à se lever, tandis que je reste dans l'eau, assis sur mes talons. Elle obtempère avec grâce et pose un pied sur ma cuisse. J'embrasse les gouttes qui perlent sur son genou et remonte lentement vers son aine, mes baisers et ma barbe d'une lune traçant des sillons incandescents sur sa peau. Elle ferme les yeux et rejette un moment sa tête en arrière, savourant mes caresses. Puis je savonne ses jambes interminables, sa nudité exposée à quelques centimètres de ma bouche.

Par les dieux, vous voulez vraiment ma mort !

Elle gémit dès que ma respiration saccadée atteint son intimité. Je veux encore entendre cette mélodie si douce à mes oreilles. Alors je prends une longue inspiration et distille lentement mon souffle sur cette zone si sensible. Karla halète en penchant son visage vers le mien. Je continue tout en admirant ma déesse qui me surplombe et me domine d'un seul regard.

Elle libère sa jambe de mes mains, puis, d'un appui de son pied sur mon épaule, m'intime de prendre mes aises dans l'eau. C'est à mon tour de profiter de sa douceur.

Elle m'imite, commençant par le pain comme unique point de contact. Rapidement, ses doigts le remplacent, se promenant à loisir sur mes muscles tendus. Ses mouvements, aussi lents que l'étaient les miens, contrastent avec les battements éperdus de mon cœur.

Partout où elle me touche, elle laisse une traînée brûlante sur ma peau, décuplant mon envie d'elle. Je lutte encore contre mes pulsions, profitant de cette attente délicieuse. Notre plaisir n'en sera que plus puissant quand je la ferai mienne.

Karla sourit en mordant sa lèvre inférieure. Ses gestes, parfois fébriles, sont empreints d'excitation. Telle une ondine, elle me tente en dévoilant ses courbes qui affolent mes sens. J'accepte de lui sacrifier mon âme si je peux mourir d'amour contre son sein.

Je rétablis l'équilibre en la caressant à mon tour, nos corps réagissant à cet appel à la luxure. Ce bain est divin. Bien trop parfait pour que j'y survive sain d'esprit.

Tous deux rincés, nous sortons du baquet. Je me penche pour attraper les linges et nous sécher, mais Karla m'interrompt. Une fois encore, elle m'ensorcelle en enlaçant nos doigts et m'entraîne dans le fond de la pièce. J'y découvre un banc juste assez grand pour accueillir nos ébats passionnés.

Pendant qu'elle me guide, j'observe sans retenue l'eau perler sur ses fesses. Je m'arrête et tombe à genoux, mes paumes agrippant ses hanches. J'appose ma bouche sur son fessier rebondi et aspire une

CHAPITRE 18

première goutte, puis une seconde. Karla se retourne lentement et son intimité se retrouve face à mon nez.

Tu vas me tuer, ma douce !

Je la repousse délicatement pour qu'elle s'allonge sur le banc tout juste assez long pour y poser sa tête, son dos et une partie de son postérieur. Assis sur mes talons, je m'installe entre ses jambes ouvertes. Mes lèvres glissent à l'intérieur de son genou et remontent le long de sa cuisse, dans une lenteur insoutenable, en direction de sa féminité. Mes doigts et ma langue la frôlent. Mon souffle s'écrase sur sa nudité exposée.

Elle s'impatiente, gémissant sa supplique. Je mets fin à notre attente en suçotant brusquement son bourgeon, lui arrachant un cri de plaisir. Sa tête se relève alors que j'alterne entre aspirations et coups de langue francs. Nous nous regardons, tandis que je la vénère.

— Prends-moi, Geri, m'implore-t-elle.

Sous son ordre, je m'agenouille et la taquine encore un instant avec mon pouce. Nos intimités sont prêtes, alignées l'une contre l'autre. Elle penche sa tête dans ma direction, mais je ne lui laisse pas le temps de réitérer sa demande. Maintenant ses hanches, j'entre en elle puissamment, lui arrachant un cri de plaisir.

Nos bassins claquent à l'unisson et nous rassasient enfin. Nous créons notre propre musique dans cette pièce qui nous renvoie les échos de nos voix. Ses vocalises montent dans les aiguës, et je dois lutter pour m'arrêter avant qu'elle se contracte autour de moi. Je veux la serrer dans mes bras quand elle succombera.

Je me découvre audacieux et plein d'assurance. J'ai beau manquer cruellement d'expérience, Je fais confiance à mon instinct et réponds parfaitement à chaque geste de mon amante.

Sous ses protestations, je me redresse pour m'asseoir sur le banc et la positionner sur mes cuisses, face à moi. D'un coup de rein, je retourne en elle. Nouveau gémissement de plaisir à l'unisson. Karla ondule sur moi pendant que j'embrasse et mordille sa poitrine tendue.

Sans cesser nos mouvements de bassin, mes lèvres remontent avec avidité dans son cou et continuent leur ascension jusqu'aux siennes.

Notre baiser est passionné, dévorant.

Cette étreinte nous consume et nous bouleverse.

Je ne m'en sortirai pas indemne.

Ma belle plante ses ongles dans mes épaules et accélère sa danse sensuelle. Je sens que notre chute se rapproche. Encore un coup et elle enserre ma virilité. Un autre et elle pousse un cri. Un dernier et nous nous abandonnons.

L'attente aura été longue, mais ce plaisir qui explose nous submerge. Je grogne contre ses lèvres puis l'embrasse comme si ma vie en dépendait.

Karla tremble puis ses muscles se relâchent. Je l'étreins pour la maintenir fermement contre moi, nos fronts et nos nez joints dans un instant de tendresse. Ses doigts caressent ma nuque tandis que nous nous sourions.

— Allons dans notre chambre, lui intimé-je. Je suis affamé.

Karla rit, surprise que je sois aussi entreprenant et fougueux, alors que j'étais doux et soumis durant notre première fois. La faute à ces trois semaines d'abstinence pendant lesquelles mon esprit a développé ma créativité. Karla n'a encore rien vu. Je vais passer la nuit à la combler, et ce jusqu'à ce que nous ne puissions plus nous relever.

Et c'est une promesse que je vais m'appliquer à honorer.

Note de l'auteur : ONDINE : équivalent scandinave d'une nymphe.

CHAPITRE 19

LA PROIE

☀ SÓLMÁNUÐUR / JUILLET ☀

LEIF

La journée est vite passée. D'après les habitants d'ici, Harald a plus qu'étendu son influence. À notre grande surprise, il règne aussi sur ces terres, ainsi que de celles du peuple SAMIS au Nord, et de tout le Sud jusqu'à nous. Autant dire que nous circulerons sur son territoire et devrons être extrêmement prudents.

Est-ce moins dangereux que de débarquer en SAXLAND et d'affronter des BERSERKERS ? Je n'en suis plus si certain.

Ma mère et moi avons croisé les autres à plusieurs reprises et échangé discrètement des informations sur où nous approvisionner et nous reposer. Et pour ma part, quelques clins d'œil à Erika auxquels elle a répondu en souriant. Nous serons prêts à partir demain matin après notre premier repas. J'étais surpris, ou plutôt déçu de pas voir Geri et Karla, bien que Thor nous ait assuré qu'ils allaient bien.

Je m'étends dans une alcôve de la LANGHÚS, sur une paillasse d'une place, à côté de ma mère qui dort déjà. À tour de rôle, nous avons pris un bain pour nous débarrasser de toute la crasse, le sel et l'eau de mer qui persistaient à nous coller à la peau.

L'hospitalité VIKING n'est pas exagérée. Notre hôte a même lavé nos vêtements, tandis que nous avons revêtus ceux achetés chez une

CHAPITRE 19

marchande, qui n'est autre que sa fille.

Nous avons partagé le dîner avec notre hôte, qui s'est étonné de l'absence du jeune couple qu'il héberge également. Qu'il se rassure, ils étaient bien présents cette nuit et ne se sont pas privés ! Je les entendais cogner régulièrement contre le mur en bois qui nous séparait. Et je peux attester qu'ils n'ont pas dormi.

Ils m'ont tenu éveillé une bonne partie de la nuit. J'étais moi-même excité, me remémorant tous mes moments intimes avec Karla. Et tout s'est transformé en frustration au moment où j'ai réalisé que ces instants s'éloignent de plus en plus, me laissant un goût amer en bouche. Puisque je ne pouvais pas me reposer, j'ai donc beaucoup réfléchis sur notre histoire et comment nous en étions arrivés là.

Au petit matin, je suis épuisé. La journée va être compliquée. D'autant que ma mère m'observe avec insistance, puisqu'elle n'a pas eu de problème de sommeil.

Après notre repas, nous remplissons nos besaces de vivres et roulons dans les sacoches les peaux qui nous serviront de lit durant deux lunes. Nos chevaux sont prêts, nous attendons plus que Geri et Karla. Björn et sa famille sont partis devant, pour plus de discrétion. Enfin, si tant est que l'on puisse passer inaperçu quand on monte à cheval pour la première fois.

Notre patriarche ne décolère pas de l'abandon de Haf. Ce dernier prétend n'avoir trouvé personne à qui confier son précieux navire et ne veut pas le laisser ici sans surveillance.

Une option de trajet aurait été de poursuivre par la mer et traverser le KATTEGAT pour rejoindre JOMSBORG, mais Haf refuse de camoufler les gravures de son HERSKIP sous des peintures. Malheureusement, en l'état, il est reconnaissable entre tous et nous fera immédiatement repérer aux abords des côtes du JUTLAND. Nous perdrions l'effet de surprise et toute chance de libérer Asulf. Pire, nous n'en sortirions pas vivants.

Nous sommes donc contraints de suivre notre plan initial : traverser les terres de NOREGI et SVÍARÍKI à cheval, puis reprendre le bateau entre UPPSALA et JOMSBORG. Sans navigateur pour nous guider dans ces territoires inconnus et hostiles.

Haf et la THRALL se sont disputés, car Petra veut poursuivre le périple avec nous. Les raisons de son obstination nous échappent encore et nous surprennent. Après cinq ans aux côtés de Haf, elle sanctionne son attitude et met un terme à leur duo. Autant dire qu'il l'a mauvaise.

Petra nous a rejoint un peu plus tôt. Nous devrons partager deux montures pour trois. Nous vérifions notre chargement quand Geri et Karla arrivent enfin, en chancelant et en plein fou rire, les mains de Karla entourant affectueusement le bras de mon frère. Dès qu'ils nous aperçoivent, ils se taisent et s'éclaircissent la gorge. Étrange.

Je plisse les yeux en tentant d'élucider ce mystère. Ma mère m'interrompt et nous enjoint à prendre la route immédiatement, tandis que le duo équipe son cheval. Car il n'en reste qu'un pour eux, évidemment. Ça non plus, je ne l'apprécie pas. Plus tard, je proposerai à Karla de voyager en ma compagnie.

J'imite donc ma mère et glisse mon pied dans l'étrier, tout en m'agrippant à la selle pour me hisser sur le dos du cheval. Ce n'est pas très fluide, voire même carrément maladroit, néanmoins, cela fonctionne. Petra grimpe à son tour et s'accroche à ma taille.

En partant, j'aperçois mon frère hisser Karla sur leur monture, puis prendre place derrière elle. Ma place. Je devrais être celui qui tient les rênes en plaçant mes bras autour d'elle. Ou la sentir contre mon dos. Au lieu de cela, je me coltine la THRALL.

J'ai du mal à digérer la bonne entente entre Geri et Karla quand cette dernière m'évite constamment. Elle et moi avons vécu des années de bonheur, et du jour au lendemain, elle me fuit. Je frustre de son total désintérêt à mon égard. Je ne supporte plus ce froid polaire qui s'est installé et compte profiter de ce trajet de deux lunes pour comprendre ce qui s'est passé et arranger les choses.

Que les dieux me viennent en aide !

CHAPITRE 19

Car si Karla boude, personne ne peut lui faire entendre raison.

☀ SÓLMÁNUÐUR / JUILLET ☀

DEUX SEMAINES PLUS TARD

LEIF

La distance et la fatigue se cumulent et m'épuisent plus que de raison. À moins que ce ne soient les tribulations de mon esprit qui ressasse la libération d'Asulf. Ou bien la belle brune muette ?

Je n'ai pas réussi à converser avec Karla depuis que nous avons quitté NIDAROS. Elle continue de m'esquiver au profit de mon frère. Même si nous avons maintenant chacun notre cheval, cette situation me tape de plus en plus sur les nerfs. D'autant que Geri refuse de me parler d'elle. Pire, il abonde dans son sens et me suggère lui aussi de passer à autre chose.

C'est ce qui est prévu, en effet. Certes, pas durant ce périple, puisque nous évitons les voies fréquentées et dormons à la belle étoile. Il m'est donc difficile de trouver une partenaire de jeu. Je suis forcé de faire avec les moyens du bord, et je crois que c'est a raison de ma frustration… Putain, dire que je n'ai plus utilisé ma main pour me faire jouir depuis mes quinze ans !

Belle progression, Leif !

Nous nous arrêtons afin de préparer la nuit à venir. Comme tous les soirs, Karla emboîte le pas de Geri et ils partent chasser. Mais cette fois, je m'impose.

— Attendez-moi !

Tous deux se retournent, l'air contrarié.

Eh bien, la balade promet d'être réjouissante !

— On peut discuter en chemin ?

— Tu vas faire fuir le gibier ! se plaint la belle brune. Et je suis affamée. Je préfèrerais que tu nous laisses.

Geri affiche un demi-sourire en coin.

Content qu'au moins l'un d'entre nous trouve cela drôle !

— Nous savons nous faire discrets, toi et moi, suggéré-je à Karla qui voit rouge et se détourne de moi, contrariée par mon sous-entendu.

Mon frère ne rit plus et plisse les yeux.

Quel est leur problème, sérieusement ?

— Dites-le-moi, si je dérange ! Vous n'aviez pas prévu de vous envoyer en l'air, que je sache !

Karla s'empourpre et part devant, sans répondre.

Est-ce que j'ai loupé quelque chose ?

— Tu es con, Leif ! Qu'est-ce que tu veux ? s'énerve Geri.

— Juste lui parler. Je n'aime pas ce froid polaire qui s'est installé entre nous. Elle me fuit et cela me mine.

— Elle ne reviendra pas vers toi, mon frère.

— Qu'en sais-tu ?

— Elle a été claire avec toi, n'est-ce pas ?

— Ce n'est pas la première fois qu'elle me jette. Pourtant, elle est toujours revenue.

— Elle t'a dit non ! hurle Geri qui me fait face violemment.

Je m'approche de lui, penche légèrement la tête sur le côté et le scrute. Je tente de percer son esprit pour répondre à cette question qui me taraude : pourquoi est-il autant sur la défensive ? D'ordinaire, il ne prend pas parti et nous demande de régler nos différends entre adultes. Bizarre.

Je ne le sonde pas davantage, car un hurlement strident suivi de grognements, nous parviennent.

— Karla ! crions-nous en même temps.

Je dégaine ma hache à double tête tandis que mon frère court déjà, son épée en main. Nous nous hâtons de la retrouver, guidés par les jappements. Mes pas s'enchaînent rapidement. Mon cœur panique et bat n'importe comment. Mes jambes me brûlent.

CHAPITRE 19

Par les dieux, elle est partie loin !

Nouveau cri strident auquel répondent des sons que j'identifie sans peine. *Bordel, des loups !*

Pourquoi attaquent-ils en cette saison ? Ce ne sont pas les lapins et autres petits animaux qui manquent !

D'un bref coup d'œil, je perçois la nervosité de mon frère qui fait écho à la mienne. Il accélère, courant comme si sa vie en dépendait, écumant de rage. S'ils s'imaginent que nous allons être des proies, ils se fourvoient ! Parce que nous n'allons faire qu'une bouchée d'eux.

Nous apercevons au loin le tissu de sa robe et redoublons d'efforts pour l'atteindre rapidement. Avec son arc et un bâton, Karla tient trois loups en respect. La croupe baissée, les babines retroussées, ils grognent dans sa direction, attendant le bon moment pour attaquer. elle est accaparée par trois prédateurs qui lui font face, si bien qu'elle n'aperçoit pas le quatrième qui la contourne sournoisement.

— Je le prends ! énoncé-je.

Je me jette sur le fourbe et frappe fort, les deux mains sur le manche. Le loup se tourne et esquive de justesse ma hache qui visait son crâne. L'acier se plante finalement dans son flanc, lui arrachant un hurlement. Emporté par mon élan, je chute sur lui et nous roulons au sol ensemble pendant que Geri nous dépasse.

Mon frère s'interpose entre Karla et les trois assaillants, juste avant qu'ils attaquent, et tente de mes intimider. Son avertissement est un échec. Par conséquent, il se positionne tel un rempart devant notre belle brune, prêt à les occire.

D'une impulsion de leur arrière-train, les fauves s'élancent l'un après l'autre. L'épée fend l'air trois fois et repousse nos agresseurs. Or, les loups ne se découragent pas, trop affamés pour renoncer. Excédés, ils grattent la terre sous leurs pattes en protestant.

Face à moi, mon adversaire s'agite, mécontent que nous l'entravions. Sa fourrure se teinte progressivement de son sang. Ses babines retroussées, il montre ses crocs, tel un avertissement. Il replie lentement ses pattes pour m'attaquer. Je raffermis ma prise sur le manche et cogne dès qu'il est à portée de coup. Nouvelle balafre pour lui, cette fois à l'abdomen.

Il s'élance à nouveau sans attendre. Cette fois-ci, le tranchant de ma hache l'entaille à la mâchoire. Le sang gicle et les os craquent, tandis que la vibration de ma frappe se répercute dans mon bras. Le loup s'effondre en gémissant, incapable de se relever. Ses pattes s'agitent nerveusement, il ne survivra pas à ses blessures. Je n'ai pas d'autre choix que d'abréger ses souffrances. À pas mesurés, je m'approche de lui. Je lève mon arme au-dessus de ma tête et l'abats violemment sur sa jugulaire, tranchant net.

L'animal s'immobilise.

Mort.

Je me redresse pour reprendre mon souffle. J'ai éliminé un ennemi, mais j'ai laissé mon frère aux prises avec les trois autres. Je me précipite donc à leur rencontre, découvrant des fauves amochés par le duo bien coordonnés. Positionnée juste derrière mon frère, Karla a déjà tiré deux flèches dans les flancs des loups.

— Gauche ! annonce Karla.

Geri pivote, lui dégageant la voie, pendant qu'elle décoche un nouveau trait qui se loge entre les deux yeux de l'animal. Fauché en plein bond, ses fonctions vitales s'arrêtent net, tandis que le corps continue sur sa lancée, s'affalant mollement à mes pieds.

Les deux derniers ne sont pas au mieux de leur forme. Je vocifère en fonçant sur le plus proche pendant que Geri charge celui de droite.

En deux coups d'épée, il éborgne son loup puis l'embroche en pleine gueule. L'animal se fige dans un dernier souffle. Au moment où mon frère retire son arme d'un coup sec, un jet de sang l'asperge.

La rage déforme ses traits au moment où il se retourne et tue mon ennemi. Dans un cri de guerre, il plante sa lame à plusieurs reprises dans le flanc de la bête.

CHAPITRE 19

Je le ceinture pendant qu'il continue de hurler.

— C'est fini, Geri, ils sont tous morts, déclare Karla en pose une main apaisante sur son avant-bras.

Au son de sa voix, il s'arrête et lâche son arme, dépité d'avoir tué des loups. En effet, son nom est une référence à l'un des deux compagnons d'ODIN, Geri et Freki. Mais surtout à notre père, dont le prénom signifie « le loup-guerrier des dieux ».

Mon frère se concentre alors sur Karla, apposant ses mains sur son visage, ses épaules, à la recherche de blessures.

— Tu n'as rien ?

— Non. Juste un peu secouée. Vous êtes arrivés à temps.

— Nous n'aurions pas dû nous chamailler et te laisser partir seule. Pardonne-moi, supplie-t-il.

Il l'étreint avec force au moment où Karla me jette un regard avant d'enfouir son visage dans le cou de Geri. Et je reste là, comme un idiot, à les observer se murmurer des paroles inaudibles. Puis, ils me rejoignent pour m'enlacer ensemble.

— Merci, chuchote-t-elle. Sans vous, je serais morte dans d'affreuses souffrances.

— Nous serons toujours là pour toi, réponds-je tandis qu'une boule se forme dans la gorge.

Épuisés, sur les nerfs et les mains vides, nous retournons auprès du reste du groupe, sous leurs regards effarés. Nos mères manquent de défaillir en entendant notre récit.

Thor, Björn et Lyra partent ensuite sur les lieux du carnage et en reviennent avec trois des quatre loups. Abandonné sur place, le quatrième est une offrande pour les charognards, afin qu'ils ne s'approchent pas de nous cette nuit.

Le feu de ce soir est plus gros que de coutume, afin de faire cuire nos trois prises. Il y a bien trop à manger pour ce soir. Les restes finiront dans nos besaces pour les prochains repas.

Quant aux peaux, après un nettoyage minutieux d'Eldrid et Erika, nous les étalons pour commencer le séchage. Il se poursuivra en plein soleil demain, sur les croupes des chevaux.

Je m'écroule et plonge dans un sommeil agité, tandis que Karla dort déjà entre Geri et moi, comme lorsque nous étions petits.

☀ HEYANNIR / AOÛT ☀

THOR

Sortis du territoire de NOREGI, nous traversons à présent celui de SVÍARÍKI. Les journées se succèdent et se ressemblent. Nous cheminons des heures durant, nous arrêtant pour nous restaurer et nous dégourdir les jambes. Cet interminable trajet nous aura au moins appris à monter convenablement nos destriers.

En fin d'après-midi, nous choisissons un endroit où passer la nuit. Chacun vaque à ses occupations, préparant notre repas et le repos qui suivra. Geri et Karla partent chasser, mais pas seulement. À maintes reprises, j'ai aperçu l'éclat de la passion dans leurs œillades à la dérobée, trahissant un moment d'extase à peine terminé. Je suis content pour eux. Ils maintiennent leur relation secrète pour l'instant, et si je n'étais pas dans la confidence, je n'aurais rien remarqué.

En revanche, rien ne bouge entre Leif et Erika. Ma jeune sœur se ronge les ongles en tournant comme un animal en cage. J'arrête de l'observer, car j'en ai la nausée.

Je pars donc chasser seul pour me changer les idées.

Je marche quelques minutes sous les arbres, profitant de leur fraîcheur après cette chaude journée. Si je trouve un point d'eau, nous pourrons y remplir nos outres.

Soudain, je me stoppe en souriant largement. Elle est tellement prévisible !

— Tu ne peux plus te passer de moi, ces jours-ci ?

— Je pensais avoir été discrète, minaude-t-elle en apparaissant dans mon champ de vision sur ma droite.

CHAPITRE 19

D'un pas chaloupé, elle se déplace lentement dans sa robe bleue, ondulant avec grâce.

— Je t'ai senti à peine avais-tu pénétré dans les bois.

Je la suis du regard tandis que ses doigts se posent sur mon torse et le parcourent langoureusement.

— M'attendais-tu ?

— Possible que j'ai besoin de me détendre, expliqué-je tandis que mes braies commencent à se déformer.

Sa main s'aventure sur mon ventre, puis passe sous le tissu. Lorsqu'elle atteint ma virilité, je soupire et attrape fermement son visage pour souder nos lèvres.

Petra gémit en délassant mes vêtements. J'avance, la poussant à reculer. Pas après pas. Jusqu'à heurter un tronc. De sa main libre, elle agrippe mon épaule et nous pivotons pour échanger nos places. D'un coup sec, elle abaisse mes braies et s'agenouille devant moi. J'enroule ses cheveux dans mon poing gauche pour accompagner ses mouvements et la dominer, mais en réalité, je ne contrôle rien. Je ne peux que la regarder faire, me laissant diriger par sa bouche, mon plaisir grimpant en flèche.

Par Odin ! Merci de m'accorder une déesse pareille !

Nos ébats durent depuis quelques semaines et sont ma bouffée d'air quotidienne.

Petra commence à trop bien me connaître, parce que je suis au bord en à peine quelques secondes. Elle me relâche juste à temps et se redresse. Sans ménagement, je l'embrasse et pivote pour la plaquer de nouveau contre l'arbre. J'ai besoin de reprendre mes esprits pour ne pas jouir trop vite. Car la bougresse ne me laisse pas l'occasion de l'honorer des heures durant. Nous baisons toujours rapidement et en secret. Probable que la différence d'âge la gêne. Pas moi. J'assume.

Je m'agenouille à mon tour et remonte prestement sa robe, jusqu'à dévoiler sa toison blonde. Petra attrape le tissu, libérant mes mains.

Merveilleux.

J'avance mon visage, et au lieu de la dévorer rapidement, comme à mon habitude, je décide de la faire languir. Mes doigts glissent paresseusement sur son intimité trempée.

— Qu'est-ce que tu fais ? s'impatiente-t-elle entre deux soupirs.
— Chut. Laisse-moi te montrer mon art.
— Et si j'ai juste besoin que tu me remplisses vigoureusement ?
— J'ai d'autres envies, dans l'immédiat. Tu ne seras pas déçue.

Elle s'apprête à répliquer, quand mon pouce part à l'assaut de son bourgeon. Son bassin ondule et elle se mord la lèvre inférieure.

Alors j'ajoute deux doigts qui s'aventurent dans son antre. Petra se tortille et sa respiration saccade.

Parfait.

— Viens, maintenant, me supplie-t-elle.
— Pas encore, murmuré-je en soufflant sur son intimité qui frémit.

Je ne lui laisse pas l'occasion de répliquer et pose sa cuisse sur mon épaule. Je maintiens fermement son bassin, mes mains sur ses délicieuses fesses et ma bouche prête à la faire hurler.

Petra lutte pour demeurer silencieuse tandis que ma langue la taquine et s'engouffre. Mes lèvres aspirent, sucent ou mordillent. Elle se débat sous mes assauts pendant que le plaisir l'envahit et que je recueille son nectar sur ma langue.

Putain de merde !

L'avoir à ma merci et la contempler en pleine jouissance m'excite comme jamais.

Maintenant j'ai besoin de la prendre.

Petra est pantelante, le regard brouillé, interloquée et en extase. Mes yeux accrochent les siens et une sensation inconnue me parcourt. Je frissonne de l'intérieur et mon cœur s'emballe.

Boum boum, boum boum, boum boum.

Elle veut agripper ma taille avec sa jambe mais je l'en empêche. Cette fois, j'ai envie de plus qu'un coup de reins debout et rapide.

Sans un mot, j'ôte lentement sa robe, puis me déshabille prestement.

CHAPITRE 19

Elle se laisse coucher sur le sol, tandis que je la surplombe, les bras en appui sur l'herbe. Je l'admire tout à loisir, ce que je n'ai jamais fait. Évidemment, je sais qu'elle est belle. Pourtant, aujourd'hui, je prends mon temps. Ses longs cheveux blonds entourent son visage gracieux. Ses grands yeux bleus me sondent, tentant de comprendre ce qui a changé. À dire vrai, je l'ignore. Je suis juste dans l'instant.

Je la détaille toute entière sans qu'elle n'en éprouve la moindre gêne. Au contraire, elle semble excitée, car ses tétons pointent vers mes lèvres affamées.

— Tu es vraiment magnifique, murmuré-je.

Elle sourit et mon cœur s'emballe de nouveau.

C'était quoi, ça ?

Petra n'oppose aucune résistance au moment où je trace une ligne de baisers brûlants dans son cou en remontant paresseusement vers sa joue. Mes lèvres atteignent finalement les siennes et ma virilité entre en elle dans une lenteur exquise. C'est divinement bon, au point que je pourrais jouir en à peine un mouvement. Je lutte pour contrôler ce besoin d'accélérer. Je voudrais que ce moment dure. Et puisqu'elle semble me l'accorder, je prends mon temps.

Mes va et viens sont langoureux et chargés d'une émotion nouvelle que je ne comprends pas. Je verrai plus tard pour l'analyse. Là, j'ai juste besoin de nous faire du bien.

Rien à carrer, si nous y passons la nuit et que les autres mangent sans nous.

Rien à foutre si notre petit secret est découvert.

Rien à branler si ma famille n'accepte pas que j'aie une liaison avec une femme plus âgée.

Là, tout de suite, ce que je comprends, c'est que nous avons dépassé le stade de la baise. Notre étreinte est empreinte de bien plus que cela. Nos corps s'harmonisent et s'unissent.

Rien à voir avec tout ce que j'ai pu connaître auparavant. Ces filles entre les cuisses desquelles je n'ai fait que passer. Avec Petra, tout est différent. Elle appose sa marque un peu plus chaque jour et je sais que ce tatouage invisible sera tenace.

Je la pénètre avec dévotion sans cesser de l'embrasser. Juste avant que nous atteignions tous deux le sommet précédant notre jouissance mutuelle, je redresse ma tête pour ancrer mon regard dans le sien. Mon cœur rate un battement quand je découvre qu'elle pleure de joie, au comble du plaisir.
Ses yeux me décochent alors une flèche mortelle. Et je m'abandonne, l'entraînant dans ma chute.

J'étais parti chasser et je suis devenu la proie.

CHAPITRE 20

DE VIEILLES CONNAISSANCES

☀ HEYANNIR / AOÛT ☀

LYRA

Juchée sur mon cheval, je soupire lourdement.
— Tout va bien ?
— Oui, merci Geri.
— Tu songes à père ?
— Ne t'inquiète pas pour moi.
— C'est que nous nous sommes arrêtés il y a déjà dix minutes et tu es toujours sur ta monture, donc je m'interroge.

Je lui souris tristement en constatant que je suis la dernière encore en selle. Trop absorbée par mes pensées, je n'avais pas réalisé que nous étions arrivés. D'ailleurs c'est le cas depuis que Petra et Haf sont apparus dans nos vies, il y a maintenant trois lunes.

J'observe mon fils et ses traits ô combien familiers ! Leif et Geri ressemblent de plus en plus à leur père. C'est à la fois douloureux et réconfortant.

Leif est joyeux, sociable et un charmeur invétéré. Tout le contraire de Geri qui est sombre, torturé et solitaire. Pourtant, la tendance semble s'inverser depuis que nous avons quitté l'ÍSLAND. Ce dernier sort doucement de sa coquille. Fait rare, il sourit de temps à autre. Pas un sourire béat, non. Plutôt une esquisse au coin de la lèvre. Est-ce à la perspective de rencontrer enfin son père ? Sûrement.

CHAPITRE 20

Cependant, je ne pense pas que ce soit l'unique raison.

Après s'être assuré que je vais bien, Geri m'aide à poser pied à terre. Il confie le bouchonnage de mon cheval à Erika avant de s'éloigner pour chasser le repas de ce soir, Karla sur ses talons.

Cette vision d'eux me ramène vingt ans en arrière, quand Asulf et moi partions en quête de nourriture ensemble. Tout comme notre fils, il avait son épée à sa taille. Et de même que moi, Karla arbore un arc.

Asulf, si tu savais combien tu me manques ! Plus nous nous rapprochons de toi et plus l'attente me semble interminable.

Alors que j'ai su être patiente durant deux décennies, à présent, le moindre délai supplémentaire est une torture.

J'ai retourné la question de ta libération des centaines de fois dans ma tête. Peut-être bien des milliers.

Est-ce bien raisonnable de risquer nos vies pour toi ?

Tu aurais détesté notre projet.

Tu nous aurais imposé de rester en ÍSLAND.

Tu t'es sacrifié pour nous garder en sécurité, sachant que tes chances de nous rejoindre étaient infimes.

Tu souhaitais que je sois heureuse et en sûreté. Comment le pourrais-je, loin de toi ? J'ai tenu bon. Pour nos amis, Björn et Eldrid. Puis pour nos enfants, Leif et Geri. Ainsi que les quatre qu'Eldrid a mis au monde. Mais sans toi, je me meurs à petit feu...

Asulf, si tu voyais Karla, tu l'adorerais ! Quand elle rit, l'image de Karl se superpose sur ses traits. Elle rivalise de beauté avec la déesse SOL. *Et depuis peu, elle a posé ce sourire discret sur le visage de Geri, que personne ne remarque.*

Notre fils paraît égal à lui-même, pourtant, il est enfin serein. Je ne peux m'empêcher de penser que Karla en est à l'origine. Ils passent beaucoup de temps ensemble dernièrement. En tout cas, suffisamment pour se comprendre sans un mot.

J'aime Karla comme ma fille. Et je sens que Geri et elle éprouvent plus que de l'amitié l'un envers l'autre. Il semble aller mieux et c'est tout ce qui compte à mes yeux.

À l'opposé, Leif est d'une humeur massacrante. Je crois qu'il ne supporte plus d'être à huis clos avec nous. Il a besoin d'être apprécié en dehors de notre cercle et la situation actuelle lui pèse. Peut-être serait-il temps qu'il se trouve une compagne. Butiner un peu partout ne lui réussit plus.

Il me tarde de te retrouver pour te les présenter.

Après des semaines à traverser NOREGI et SVÍARÍKI par des contrées sauvages et hostiles, nous avons enfin atteint UPPSALA ce matin. Comme à NIDAROS, nous y circulons en petits groupes séparés.

Geri et Karla restent ensemble et jouent au faux couple venu quérir la bénédiction des dieux avant leur union.

Leif et moi, tout comme Thor et Petra, formons deux duos distincts de mères et fils. Nous prions pour que nos guerriers VIKINGS reviennent victorieux de leurs batailles respectives.

Enfin, Eldrid, Björn et leur deux plus jeunes sont en pèlerinage familial, car UPPSALA est à voir au moins une fois dans sa vie.

Chaque groupe se promène au gré de ses envies. L'objectif étant de se mêler à la population pour soutirer discrètement des informations sur la situation diplomatique, et surtout au sujet de *Harald Le Démoniaque.*

Rien que son nom me fiche la frousse.

Petra connaît les lieux, elle est venue une fois lorsqu'elle était encore une enfant. Elle nous a expliqué qu'UPPSALA est un centre religieux et politique important. De nombreuses fêtes et sacrifices d'humains et d'animaux y sont célébrés pour honorer les dieux.

Toute arme est proscrite ici et doit être laissée à l'entrée. Aucune

CHAPITRE 20

exception n'est autorisée.

Autour d'un immense temple dédié aux divinités, une ville a émergé. De grandes LANGHÚS en bois ont été bâties pour loger les prêtres qui résident ici en permanence, ainsi que les visiteurs.

Rois, JARLS, guerriers, paysans. Tous ici sont égaux et viennent principalement prier ODIN, THOR ou FREYR, mais aussi tout être divin disposé à les aider. Ils y déposent des offrandes et cherchent des conseils auprès des prêtres.

Des THINGS se tiennent également ici, au plus près des dieux. Dirigés par des JARLS, ces rassemblements servent souvent à résoudre des questions de territoire ou de négoce. Toute personne présente peut y assister et voter. Les décisions sont prises à la majorité et le peuple s'y plie, en règle générale.

Cet endroit est un monde à part, à des lieues des batailles sanglantes auxquelles s'adonnent les VIKINGS.

Je contemple avec une admiration non dissimulée l'architecture du temple qui me surplombe. Je n'ai jamais rien vu d'aussi majestueux. Entièrement construit en chêne épais, il repose sur un dallage de pierres claires.

La grande porte double ouverte laisse entrevoir l'intérieur, où trois statues siègent sur un trône. Je reconnais les divinités mentionnées par Petra. THOR, dieu du tonnerre et de la foudre, son marteau en main, est au centre. ODIN, le Père de Tout, vêtu d'une armure et empoignant sa lance, assis à sa droite. Et FREYR, dieu de la fertilité, son membre en érection, est à sa gauche.

Devant eux, un parterre de victuailles et cadeaux en tout genre amenés par tous ces pèlerins qui espèrent s'attirer leurs faveurs.

Des prêtres et des VÖLVAS circulent parmi les inconnus en psalmodiant, vêtus de tuniques blanches, des marques rouge sang apposées sur le visage.

Ce spectacle m'hypnotise, si bien qu'en reculant, je cogne par mégarde mon épaule dans celle d'un homme.

— Excusez-moi, je ne vous avais pas vu.

— Il n'y a pas de mal, je ne regardais pas non plus où j'allais.

Cette voix... Je la connais... et elle ne me rappelle pas que de bons souvenirs...

Je relève la tête et observe celui que j'ai heurté. Ces sourcils. Ces yeux. Ce sourire béat, presque charmant.

Impossible...

J'ai cru qu'il avait péri durant la bataille de JOMSBORG. Il aurait d'ailleurs mieux valu pour lui. Il ne comptait pas parmi ceux que nous avions retrouvés ce jour-là. Il avait tout simplement disparu.

— Folker... grondé-je à son attention.

À mes côtés, Leif sursaute. Il connaît ce nom pour l'avoir maintes fois entendu et se met immédiatement sur la défensive.

L'envie de savoir pourquoi et comment il en a réchappé afin de se tenir devant moi me ronge.

— Oui ? À nouveau, je m'excuse. Je ne regardais pas où j'allais, affirme-t-il.

Il sourit faussement pour m'apaiser, mais cela ressemble plus à une grimace contrite où il découvre ses dents. Je rêve de les lui briser d'un bon coup de coude ou de genou.

Il me scrute en penchant sa tête sur le côté.

— Nous sommes nous déjà croisés ?

— Plus que cela, rétorque Leif.

Folker ne semblait pas l'avoir remarqué jusque-là. Il le détaille à son tour et son visage perd toutes ses couleurs.

— Asulf ? Lyra ? s'étonne-t-il, les yeux presque sortis de leurs orbites.

— En chair et en os ! rétorque mon fils.

Leif fait un pas dans sa direction et le surplombe d'une tête, l'air menaçant. Vingt ans plus tôt, son père faisait la même chose. Et Folker perdait déjà de sa superbe. Comme quoi, les héros changent, mais les sagas demeurent les mêmes.

Je voudrais sourire, m'attendrir de ses similitudes, cependant, ce n'est vraiment pas le moment. Mon fils a senti le danger et il me

CHAPITRE 20

protège, ses poings serrés, prêt à intervenir.

— Que… Que faites-vous ici ? bredouille Folker.

— Arrêtes, tu vas lui faire peur, tempéré-je Leif, à deux doigts de se jeter sur lui pour l'étrangler. Et de toutes les façons, il est à moi.

— Je ne comprends pas, bafouille le vieillard aussi blême que sa tunique. Il y a une éternité que nous nous sommes vus. Que me voulez-vous ?

— Justement, j'ai quelques questions à te poser. Par exemple : comment le chef des JOMSVIKINGS a-t-il pu abandonner ses hommes en pleine bataille, surtout qu'il l'a lui-même provoquée ?

— Non, je n'ai rien fait ! proteste-t-il tandis que son corps commence à trembler.

— Dans ce cas, peut-être pourras-tu m'expliquer comment Harald a-t-il eu vent du lieu où nous nous trouvions ?

— Ce n'est pas moi ! se défend-il vainement. C'est Björn qui l'a conduit jusqu'à vous. Je n'y suis pour rien !

— Tu mens. Et cela ne fera qu'aggraver ton cas. Donc, dis-moi la vérité, sac à bouse.

— Je le jure ! C'est bien Björn qui…

— On parle de moi ? demande l'intéressé qui arrive derrière moi.

BJÖRN

Nous flânons dans les allées d'UPPSALA, et n'avons pas appris grand-chose d'utile jusqu'à présent. Au loin, j'avise Leif et Lyra, de dos, qui discutent avec un homme. Ils ont tous les deux l'air trop tendus pour que je laisse couler. Nous sommes dans un lieu sain mais peuplé d'ennemis potentiels. Notre présence ne doit pas être découverte. J'informe Eldrid, Erika et Ragnar que nous les rejoignons pour comprendre ce qui se passe.

Nous nous approchons nonchalamment d'eux. Quand nous ne sommes plus qu'à quelques pas, nous percevons les dernières paroles de l'individu dont la voix m'est familière :

— Je le jure ! C'est bien Björn qui…

— On parle de moi ?

L'homme se fige et nous nous reconnaissons.

— Ce sac à miasmes de Folker ! grommelé-je. Comment se fait-il que tu sois toujours en vie ?

— Pas dit que cela dure, grogne Leif.

— C'est ce que je tentais de savoir, explique Lyra.

— Je te croyais mort ou pris en otage à JOMSBORG, insisté-je. Il semblerait que tu t'en sois plutôt bien tiré !

Mon regard oscille entre ma famille et le traître. Tout le monde est tendu à l'extrême, prêt à lui sauter à la gorge.

— Détendez-vous, suggère Ragnar, resté en retrait. Nous sommes dans un lieu sacré. Petra a dit que seul le sang des sacrifiés peut couler ici. Et je n'ai pas envie de nous attirer le courroux des dieux s'ils se sentent offensés par nos attitudes.

— Bien parlé, mon garçon ! approuve Folker. Un bien bon fils, que vous avez là ! Quel âge as-tu gamin ? Quatorze, peut-être quinze ans ?

— Je n'ai pas dit que nous devions t'épargner, précise le petit dernier qui élude la question. Juste qu'il ne faut pas le faire dans l'enceinte de la ville.

Folker est livide et éprouve de sérieuses difficultés à déglutir, tandis que j'esquisse un sourire à Ragnar pour le féliciter de sa répartie.

L'ancien mercenaire tourne son visage vers ma femme et la reconnaît. Il tente donc d'obtenir son appui, sans succès. Elle a trop enduré par sa faute. Car si nous avons une chance de retrouver Asulf vivant, ce ne sera pas le cas de Karl.

— Oh, ma belle Eldrid ! Comment vas-tu ?

— Ne change pas de sujet. Il me semble que Lyra t'a posé une question qui attend une réponse.

Il l'ignore et regarde autour de nous, comme s'il cherchait quelqu'un. Puis il poursuit avec le seul point à éviter :

CHAPITRE 20

— Où est Karl ? Je ne l'ai pas croisé.
— Cela ne risque pas, tranché-je. Si tu étais resté te battre courageusement, tu saurais qu'il a péri en protégeant Eldrid des hommes que *TU* as conviés à nous massacrer !
— Karl est mort ? Oh, je suis navré pour lui. Je l'aimais bien…
— Nous aussi, figure-toi ! grogné-je. Je parie que ta cupidité t'a aveuglé. Il t'en fallait toujours plus !
— Allons à l'écart, suggère Erika. Nous commençons à éveiller l'attention ici. Il y a trop de monde autour de nous.

Nous acquiesçons et nous déplaçons dans un lieu plus tranquille, Folker entre nous tous, sous bonne escorte. En chemin, nous apercevons Geri et Karla, ainsi que Thor et Petra. Ils comprennent que nous pourrions avoir des informations importantes et nous emboîtent le pas à distance respectable.

LYRA

Les uns après les autres, nous pénétrons dans une LANGHÚS. Celle-ci est à l'écart, vide, composée d'un foyer central et d'alcôves où passer la nuit. Björn nous y enferme en barrant l'entrée avec une chaise.

Les fenêtres verrouillées par les enfants, Folker assis au milieu de notre groupe, ils me laissent mener l'interrogatoire :
— Si tu débites ne serait-ce qu'un seul mensonge, je te promets que tu vas le regretter.
— Tu oserais frapper un prêtre dans l'enceinte la plus sacrée qui existe ?

Tout le monde écarquille les yeux. Nous ne l'avions pas remarqué jusqu'à présent, pourtant Folker est vêtu de la même tunique blanche que les VÖLVAS et prêtres présents dans tout UPPSALA.

Eh merde !

Mais peu importe, la violence physique n'est pas autorisée ici. Par conséquent, nous devons impérativement garder notre calme.

J'inspire longuement et approche mon visage de celui du prisonnier :

— Je vais te faire une confidence. Je rêve de briser tous tes os, un par un. De te mutiler pour m'avoir volé vingt ans avec l'homme de ma vie. Et de t'éviscérer pour la mort de mon ami. Avant de t'envoyer pourrir chez HEL. Donc, je te conseille de ne pas abuser de ma patience.

— Tu ne me feras rien ici, rétorque-t-il. Ou cela signerait ton arrêt de mort. Tu seras sacrifiée aux dieux pour ton affront.

— J'en appelle précisément à leur justice. Nous te faisions confiance et tu nous as dupés ! Tu es responsable de la disparition de presque tous tes mercenaires ! De son décès à *lui* ! Et pour quoi ? De l'argent ? Alors qu'Asulf t'en a fait gagner bien plus que tu n'en aurais amassé dans une vie toute entière !

Du coin de l'œil, j'aperçois Eldrid scruter sa fille. Cette dernière observe la scène, les yeux ronds. Je ne sais pas si Karla a compris que nous parlions de son père. Je vois près d'elle que Geri a senti sa nervosité et se tient prêt à intervenir.

Folker s'embourbe dans sa vision étriquée de la situation.
— Vous allez partir !
— Nous avions payé notre dette, clarifie Eldrid. Dette qui n'aurait jamais dû exister, soit dit en passant. Nous avons grassement dédommagé ta protection, à défaut de ton silence, durant ces trois ans. Et tu nous as vendus comme de vulgaires THRALLS.

Folker s'empourpre, à deux doigts de s'emporter. Pourtant, il se mord la langue et ne prononce pas un mot.
— C'est tout ce que tu as à dire ? Karl est mort ce jour-là à cause de toi, putain ! vociféré-je soudainement.

Je tourne brusquement la tête vers Karla qui hurle et se jette sur Folker. Mon fils réagit promptement et la ceinture à temps pour l'empêcher d'agir sur le coup de la colère.

Björn, Eldrid et moi avons eu vingt ans pour digérer sa trahison et mûrir notre vengeance. Alors qu'elle vient de recevoir un coup en pleine poitrine, face au meurtrier de son père. Et je m'en veux de lui

CHAPITRE 20

faire du mal.

Karla se débat comme une furie et Geri est forcé de resserrer sa prise. Il murmure à son oreille et dépose un baiser sur sa tempe. Sa tristesse me brise le cœur lorsqu'elle capitule et s'effondre en larmes. Geri la console comme il le peut, affecté lui aussi par cette vérité qu'il nous est encore difficile d'affronter.

Je n'aurais pas dû mentionner Karl. En espérant atteindre Folker, j'ai irrémédiablement blessé la douce Karla. Énervée contre moi-même et cette situation surréaliste, je frappe violemment le traître à la mâchoire, comme Björn me l'a appris. Ses os craquent sous le choc.

— Oups, j'ai glissé, prétexté-je, un rictus ourlant mes lèvres.

Folker crache du sang et une dent.

— Espèce de garce !

— Mesure tes paroles. Je t'ai prévenu une fois. Je ne me répèterai pas. Et contrairement à toi, je tiens toujours mes promesses.

L'ancien mercenaire soupire et ravale sa fierté. Il est conscient qu'il ne fera pas le poids face à nous tous. S'il appelle à l'aide, il mourra sur le champ. À ce stade, je me moque que les dieux soient courroucés. Il leur incombait de rendre justice à Karl et ils ne l'ont pas fait. Par conséquent, nous endossons ce fardeau à leur place.

Je détends les muscles de ma main et poursuis mon interrogatoire :

— Quand et comment l'as-tu appris ?

— Quelques semaines après l'arrivée de Björn. L'un de mes hommes l'a entendu le nommer Asulf, tandis que nous le connaissions en tant que Stig. Ce mercenaire savait déjà pour la rançon et m'a donc parlé de ses soupçons.

— Et tu l'as envoyé à AROS pour prévenir Harald que nous étions chez toi, grogne Björn. Nous n'étions pas des enfants portés disparus, putain ! Harald nous a manipulés. Il a violenté et tué nos proches, nous faisant porter la responsabilité de ses actes. Aux yeux de tous, Asulf et moi sommes des assassins, alors que c'est lui, le meurtrier ! Nous avons dû fuir pour sauver nos vies. Devenir des VARGR ! Et toi, tu

288

lui as servies nos têtes sur un plateau !

Nous sommes tous à cran tandis que le comportement froid du vieil homme nous ramène vingt ans en arrière. Manipulateur. Calculateur. Tout était bon pour arriver à ses fins. Nous aurions dû anticiper tout ce qui nous est tombé dessus. Nous étions trop naïfs, trop confiants. Et nous l'avons payé cher.

— Tu l'as trahi, Björn. Toi. Tout seul, le nargue Folker.

— Je ne l'ai jamais trahi.

— Oh que si ! Tu as révélé son identité soigneusement cachée depuis trois ans. Si tu n'avais pas dévoilé son secret, personne n'aurait su qui vous étiez derrière vos mensonges.

— Cela ne change rien, le coupé-je. Tu nous as vendu au plus offrant. Néanmoins, au lieu de t'enrichir, tu as tout perdu. Vois-y un signe que les dieux ont désapprouvé ton geste.

Folker me toise, l'œil mauvais. Il serre et desserre ses poings à plusieurs reprises. Il a beau se persuader qu'il n'est pas coupable, il a bel et bien allumé ce brasier qui nous a tous consumé.

Notre duel visuel est intense. Je m'exprime autant pour Eldrid que pour moi-même. Si je m'écoutais, je le tuerais sur le champ. Il le mérite, après tout le mal qu'il nous a causé. Mais nous sommes dans ce fichu lieu sacré et les dieux ne nous pardonneraient pas d'assassiner l'un de leurs prêtres ici.

Je serais tentée d'embarquer Folker avec nous pour lui régler son compte en dehors d'UPPSALA, comme l'a suggéré Ragnar. Je sais déjà que chaque personne dans cette pièce m'épaulerait.

Folker veut répliquer, pourtant, une fois encore, il ravale ses paroles. Il a beau paraître détaché, il n'en mène pas large.

— Qu'attendez-vous de moi ? grimace-t-il.

— Des excuses et de l'aide, répond Geri.

— Tu as une dette envers nous, insisté-je. Fournis-nous des hommes et un bateau, et nous serons quittes.

— Je ne possède plus rien de tout cela. C'était dans une autre vie.

CHAPITRE 20

— Mercenaire un jour, mercenaire toujours. Un guerrier ne cesse jamais de l'être, jusqu'à ce qu'il meure. C'est pareil pour toi. Ces vœux pieux que tu as prononcés servent uniquement à te racheter auprès des dieux. Tu aimes bien trop l'or pour y renoncer. Tu y es plus fidèle qu'à une femme.

— Tu as une bien piètre opinion de moi, proteste-t-il.

— Une juste opinion. Je vois clair en toi.

— Pourquoi avez-vous besoin d'hommes ? M'interroge-t-il.

Je ricane. J'avais vu juste.

— Asulf est prisonnier à AROS. Nous partons le libérer. Nous nous dirigions vers JOMSBORG dans l'espoir d'y trouver des renforts.

Folker ouvre plusieurs fois la bouche avant de répondre :

— Un navire accostera près d'ici dans deux jours. Il vous embarquera pour JOMSBORG d'ici la fin de la semaine. Satisfaits ?

— Si suffisamment d'hommes nous aident, je considérerai ta dette envers Asulf acquittée, confirmé-je.

— Fort bien. Vous les aurez. Ensuite, je ne veux plus voir vos sales tronches pour le reste de mon existence !

ELDRID

Karla était à deux doigts de tuer Folker. Elle écumait de rage. Par sécurité, nous avons chargé Geri de la maintenir à distance.

Deux jours plus tard, nous avons rejoint la côte et nous apprêtons à monter à bord du navire de commerce que Folker nous a promis. Nous avons vendu les chevaux pour une coquette somme, puisqu'ils ne peuvent pas embarquer avec nous.

Sur le quai, l'ancien mercenaire s'entretient avec un homme d'une trentaine d'années qu'il semble bien connaître. Ce dernier se tourne brusquement dans ma direction, un grand sourire aux lèvres. Étrange.

L'inconnu quitte Folker pour venir à ma rencontre, toujours en souriant. À un mètre de moi, il s'immobilise. Je l'observe, interloquée.

— Par les dieux ! Mes prières ont enfin été exaucées !

J'écarquille les yeux de surprise, complètement perdue.

— Tu es encore plus belle que dans mes souvenirs. Les années n'ont en rien altéré ton magnifique visage.

Je suis flattée mais pas plus avancée sur son identité. Pire, il me paraît familier, bien que je ne me souvienne pas de lui. Pourtant, il semble trop jeune pour que nous nous connaissions, et j'en suis d'autant plus confuse.

Il penche un peu la tête vers le bas.

— Il est vrai que je ne ressemblais pas à cela quand nous nous sommes rencontrés. Et les circonstances de notre séparation ne peuvent guère t'aiguiller.

À présent, je suis complètement perdue.

Derrière moi, Björn s'éclaircit la gorge.

— Il serait plus simple que vous arrêtiez de parler par énigmes et vous présentiez à ma femme !

L'homme ignore superbement mon mari et se pare d'un sourire espiègle tandis qu'il m'admire longuement.

Les secondes s'écoulent et ma gêne s'envole. Je suis troublée, comme si mon âme le reconnaissait.

Allez, Eldrid, fais un effort ! Concentre-toi !

À mon tour, je prends le temps de détailler l'inconnu devant moi. Un grand blond aux cheveux mi-longs, un regard bleu perçant et un sourire ravageur, qui m'aurait fait fondre, dans d'autres circonstances. Il est plus mince que mon époux mais dégage une aura de puissance rassurante.

Je sais que j'y suis presque, cependant je peine à l'identifier.

— J'ai tellement souhaité te retrouver, que pendant des années, aucune femme n'a trouvé grâce à mes yeux. Je suis devenu navigateur pour toi. Pour te rejoindre.

C'est malin, maintenant je m'empourpre sans raison !

CHAPITRE 20

Derrière moi, Björn s'impatiente et lui tend le bras pour se présenter. Une fois encore, l'étranger l'ignore. J'accapare toute son attention.

Il continue de me guider sur la voie du souvenir, son regard empli d'espoir et d'une émotion non feinte.

— Tu m'as sauvé, cette nuit-là. Sans toi je serais mort dans cette LANGHÚS au milieu de nulle part. Tu m'as nourri, bercé contre ton sein et protégé. Grâce à toi j'ai retrouvé les miens.

Mes pensées tourbillonnent et les sanglots atteignent ma gorge.

— Sven ?

Il approuve d'un hochement de tête, les yeux humides, avant que je me jette dans ses bras, sous le regard courroucé de Björn.

— Par les dieux ! je dis en embrassant avec empressement ses joues et son front. J'ai eu si peur pour toi ! Nous ne savions pas ce que tu étais devenu et Folker a refusé de nous dire quoi que ce soit !

— Comme tu le vois, je vais bien, belle Eldrid.

Son sourire rayonne et je l'imite. Mon homme, jaloux au possible, s'interpose et réitère son geste pour le saluer.

— Je suis Björn. Eldrid est ma femme.

— Sven. Son amoureux d'antan et fou de joie de la retrouver.

— Cette place était déjà prise, grommelle Björn.

Mon blond grince des dents tandis que Sven rit à gorge déployée. Sa bonne humeur est contagieuse et je suis heureuse de le revoir après plus de vingt ans.

— La dernière fois que je t'ai vu, tu devais avoir dix ans. Tu es devenu bel homme, dis-moi !

— Et le temps n'a pas amoindri ta beauté.

— Tu es un vil flatteur, sale garnement !

Un dernier sourire et il détourne le regard pour parcourir la troupe derrière mon épaule.

— Karl et Asulf sont aussi avec toi ?

Devant ma mine grave, il comprend que quelque chose s'est produit.

— Nous profiterons de la traversée pour en parler, proposé-je. Et peut-être pourrais-tu m'aider.

Note de l'auteur : JOMSVIKINGS : Habitants de Jomsborg. Ce sont des mercenaires.

CHAPITRE 21

ALLIÉ INATTENDU

☀ TVÍMÁNUÐUR / SEPTEMBRE ☀

ELDRID

Cramponnée au bastingage, je fixe l'horizon. Le mouvement de la houle me soulève continuellement le cœur. Je n'en peux plus !

Vingt ans plus tôt, Björn, Lyra et moi embarquions en direction des ÎLES FØROYAR, avant d'accoster finalement en ÍSLAND. Le mal de mer, combiné aux nausées matinales dues à ma grossesse, je m'étais jurée de ne plus remonter sur un bateau ! Et il y a trois lunes, j'ai remis le pied sur l'eau. D'abord jusqu'à NIDAROS. Et maintenant, direction JOMSBORG.

Par les dieux ! Comment les VIKINGS peuvent-ils partir en raid et vivre là-dessus durant tout SUMAR ? Et pire, recommencer chaque année !

J'inspire longuement et calme tant bien que mal les remous de mon estomac. Soudain, Karla déboule à mes côtés pour rendre le contenu du sien. Je suis livide et implore la déesse FREYA de me venir en aide. Un instant plus tard, je sens un contact réconfortant dans mon dos et Petra apparaît.

— Nous arriverons à JOMSBORG en fin de matinée, dit-elle. Ce ne sera plus très long. Bois un peu d'eau, cela te fera du bien.

Elle me tend une outre à laquelle je m'abreuve avant de la passer à ma fille.

— Vas te reposer, Karla, l'enjoint-elle. Ton corps en a besoin, il se

CHAPITRE 21

fatigue vite et avoir le ventre vide te dessert.

Blanche comme un linge, Karla opine du chef et part rejoindre Geri. Il lui propose un morceau de viande séchée et l'aide à s'installer dans des peaux d'ours.

Le fils de Lyra est réellement prévenant. Celle qui ravira son cœur aura de la chance ! Je souhaite que Karla tombe amoureuse de quelqu'un comme lui. Ou comme ses pères.

Karl, son père biologique, était jeune mais mature. Il avait fait de moi son monde et je me sentais comme une déesse. Avec Björn, je suis une reine et il me vénère tout autant. Tant d'amour pour une femme au passé aussi chaotique que le mien !

Avant de rencontrer ces deux hommes, j'ignorais ce qu'aimer signifiait véritablement. Aujourd'hui, je sais que l'amour donne des ailes, et que la chute est douloureuse. J'ai eu la chance d'aimer deux compagnons fabuleux. Des opposés ayant pourtant bien des points communs ! Ils m'ont offert quatre trésors, mes enfants, à qui je souhaite de vivre ce même bonheur.

Je suis perdue dans mes pensées quand une voix grave m'en extirpe :

— Tu avais meilleure mine sur la terre ferme !

Je pivote et me retrouve nez à nez avec Sven, un sourire éclatant sur son visage, comme toujours. Il me tend une pomme et prend place à mes côtés.

— Je suis sincèrement heureux que nos routes se croisent à nouveau. Même si les circonstances sont loin d'être idéales.

Mon humeur s'assombrit et je détourne la conversation sur un sujet plus joyeux :

— Alors comme ça, tu voulais devenir navigateur ? Pourquoi ?

Son regard bleu s'intensifie puis se voile.

— Je te l'ai dit. Pour te retrouver. Quand nous avons tous les quatre été capturés et emmenés à JOMSBORG, Folker m'a confié à une amie à lui. Je n'étais pas à ma place avec ses trois enfants. Ils étaient plus âgés que moi et m'ont fait passer d'affreuses années.

— Folker ne devait-il pas t'aider à rejoindre ton oncle ?

Le coin droit de sa lèvre s'étire.

— C'est lui, mon oncle.

J'écarquille les yeux et chancelle, comme si j'avais été frappée à l'estomac. Sven pose ses mains sur mes hanches un instant pour me stabiliser. Je pourrais prétendre qu'un mouvement de son bateau m'a déséquilibrée, mais il n'en est rien. La nouvelle m'a choquée.

— Je… enfin…

— Tu te doutes bien qu'il ne pouvait pas garder un enfant de dix ans dans un camp de mercenaires. C'était bien trop dangereux pour moi. Bien plus que dans la famille de son amie.

— Je pensais qu'il allait voir sa femme ou sa régulière.

— C'était plus ou moins cela. Ils couchaient aussi ensemble. D'ailleurs, je me suis longtemps demandé si les trois gamins n'étaient pas les siens. Ils avaient son fichu caractère. En repartant, Folker laissait toujours beaucoup d'argent. Cela pose question, n'est-ce pas ? Je reconnais que c'était une cachette intelligente pour sa descendance.

Je souris à sa remarque. Il n'a sûrement pas tort.

Sven enchaîne :

— Je prenais de vos nouvelles à chacune de ses visites. Et puis il a débarqué un soir en nous expliquant que son clan avait intégralement brûlé. Il ne savait pas si vous étiez encore en vie. Je voulais vérifier les cadavres par moi-même, mais il me l'a interdit. J'avais treize ans, à cette époque. Donc je me suis promis de partir à votre recherche dès que j'en aurais l'âge.

— C'est de là qu'est venue ton envie de devenir un véritable VIKING et de parcourir les mers ?

— En effet. J'ai interrogé tous ceux que j'ai pu, dans chaque port. Aucune trace de vous. C'est durant mes périples que j'ai rencontré celle qui est à présent ma femme et dont je suis fou amoureux. Elle éclipse toutes les autres, même toi, donc ne m'en veux pas.

— Tu me brises le cœur, Sven ! énoncé-je tandis que je feins d'être outrée, les deux mains sur ma poitrine.

CHAPITRE 21

Nous pouffons tous les deux de rire. Cette ambiance détendue me fait du bien.

Je l'écoute poursuivre son récit :

— Nous avons eu deux enfants et un troisième est en route. Comme avant chaque naissance, je viens à UPPSALA prier les dieux de le bénir. Et cette fois, ils t'ont mise sur mon chemin.

Je rougis alors qu'il prend ma main et la pose sur son cœur.

— Tu as une place particulière juste là, belle Eldrid. Tu m'as sauvé d'une mort certaine quand j'étais gamin, puis tu es devenue ma lueur d'espoir dans l'obscurité. À chaque difficulté que j'ai traversée, j'ai pensé à toi. À ton courage. À ta force. Et j'ai su me relever pour continuer.

— Pourtant, nous nous sommes côtoyés à peine quelques heures !

— Cela a suffi à ce que tu marques mon âme pour toujours.

Ses mots me touchent au-delà de tout. Ils m'enrobent de douceur en amenant des larmes à mes yeux, que je peine à contenir.

Il pose son autre main sur ma joue et poursuit :

— Je te serais éternellement reconnaissant de m'avoir secouru.

— Tu en avais besoin, donc je l'ai fait. Comme Asulf avec nous tous. Et c'est à notre tour de prendre soin de lui.

— De quoi s'agit-il, Eldrid ?

Le temps n'est pas au badinage, nous devons parler sérieusement.

— Après JOMSBORG, Asulf est parti combattre son oncle. Il n'en est jamais revenu. Il est retenu contre sa volonté. *Harald Le Démoniaque* n'a pas volé son surnom !

Sven me relâche et fronce les sourcils.

— J'ai cru comprendre qu'il n'a qu'un fils. Et que celui-ci guerroie pour lui. On l'appelle *l'homme au Regard d'acier*.

Je me fige, au comble de l'horreur.

— C'est impossible... Tu dois faire erreur.

— Crois bien que je le regrette. C'est ce que disent toutes les rumeurs. Il aurait été souffrant durant des années et serait à nouveau apte à se battre.

— Non, cela ne se peut... Je veux dire, c'est Asulf, le *Regard*

d'acier. Personne ne peut s'appeler comme lui.

Sven ouvre la bouche puis déglutit, avant de prendre un air navré.

— C'est pourtant bien ce que j'ai entendu.

— Il ne peut pas s'être retourné contre nous et appuyer ce félon ! Nous n'avons pas fait tout ce chemin pour rien. Non, pas lui…

Mes pensées et mon cœur s'emballent. Sven rattrape mon visage et m'oblige à le regarder pour reprendre pied.

— Nul doute que *Harald Le Démoniaque* lui a embrouillé l'esprit pour parvenir à ses fins. Car du peu que je l'ai connu, Asulf vous aimait. Il ne vous aurait jamais trahi. Il est fort. Je suis persuadé qu'il a résisté autant qu'il a pu. En revanche, si, comme tu prétends, il est captif depuis vingt ans… Il a dû affronter bon nombre d'obstacles. Qui sait ce qui a bien pu lui arriver ?

Des sanglots montent dans ma gorge et je tente de les retenir.

— Je ne vais pas te mentir, et autant que tu l'apprennes par moi. La situation tout autour du KATTEGAT est critique. Harald maltraite son peuple. Ceux qui le contestent sont décapités et leurs têtes ornent des piques à l'entrée de la ville. Je ne me suis rendu qu'une seule fois à AROS, il y a trois ans, et je n'y ai croisé que des sourires factices. Cet endroit m'a fichu la trouille, même à moi. Je n'ai plus osé y retourner.

— Quoi d'autre ?

— Tu es toujours aussi perspicace, souffle-t-il. Il enrôle de plus en plus de paysans, de tous âges, pour protéger ses frontières en perpétuelle expansion. Et trop peu en reviennent. Ceux qui ont réussi à fuir son courroux se sont réfugiés à JOMSBORG avec leurs familles.

— Quelle ordure !

Sven soupire en bougeant négativement la tête.

— Ce n'est pas tout. Il se fait livrer des femmes. Des esclaves ou des paysannes qui proviennent d'un peu partout. Parfois même les compagnes ou les filles de ceux qu'il oblige à se battre et mourir pour ses desseins. Nul ne sait ce qu'elles deviennent.

Je tremble comme une feuille, de peur, de rage et de désespoir. Cette fois, je vais vraiment vomir.

CHAPITRE 21

Nous sommes venus sauver Asulf. Pourtant, si j'en parle à Björn, il refusera que nous l'accompagnons. De plus, il voudra secourir le JUTLAND tout entier. Cette terre aurait pu lui revenir en héritage et il s'en sentira responsable à la minute où il saura tout cela.

— Nous trouverons un moyen de le sortir de là.

— Il n'y en a pas, Sven.

— Bien sûr que si. Nous mettrons un plan en place.

— Nous en avons déjà un.

— Cette ville est beaucoup trop dangereuse. Surtout pour les plus jeunes. Vous y avez pensé ?

— Björn nous y prépare depuis vingt ans. Nous sommes tous prêts, sans exception.

Il grimace, à court d'arguments :

— Je présume que vous vous y rendrez tous, quoi que je dise.

— Asulf est mon ami. Je ne l'abandonnerai pas. Je… je ne me le pardonnerai pas.

Je dois me ressaisir et affronter cet énième cauchemar. Parce que si nous ne faisons rien, nous ne serons jamais en sécurité. Ce fou continuera de nous traquer jusqu'à notre mort.

Sven frotte à présent sa barbe fournie, songeur.

— Des visages familiers le ramèneront peut-être à la raison. Cependant, je vous enjoins à la plus extrême prudence. Au moindre souci, laissez tomber et faites demi-tour.

J'approuve d'un lent signe de tête et patiente pendant qu'il agrippe ses cheveux et soupire longuement.

— Dis-moi de quoi tu as besoin, belle Eldrid, et tu l'auras.

— Il me faut des hommes prêts à nous épauler. C'est la raison de notre venue à JOMSBORG.

— Combien ?

— Autant que possible. Si Asulf est sous l'emprise de Harald, sa libération sera ardue. Et il y a fort à parier que le traître se lancera à nos trousses pour le récupérer.

— Très bien. Je vous dépose à JOMSBORG et je pars aussitôt chercher des renforts. Je suis un VIKING respecté dans tout le monde connu. Avec les années, j'ai aidé beaucoup de mercenaires, mais aussi des

300

JARLS. Et même des enfants de rois, aujourd'hui orphelins de la main de Harald. Ils réclament vengeance et le moment semble venu. Nombreux sont ceux qui me sont redevables. J'irai quérir le paiement de leurs dettes et les mettrai tous à ton service.

— Merci, soufflé-je en l'étreignant avec force.

Notre geste amical ne passe pas inaperçu, car quelques secondes plus tard, Björn débarque pour marquer son territoire.

— Alors, HEL, tu joues les tentatrices ?

Il dénoue mes bras de Sven pour les enrouler autour de son cou.

— Si tu as faim, j'ai de quoi te rassasier des heures durant, mon épouse adorée !

Qu'est-ce que je disais ?

Il a murmuré ses paroles à mon oreille, en me mordillant le lobe, cependant juste assez fort pour que Sven l'entende.

L'attitude possessive de mon beau guerrier fait bien rire le navigateur, ce qui décontenance Björn. Ce dernier agrippe ma taille et me plaque contre lui, pour prouver ses dires. Et je serais bien tentée de profiter de ce qui déforme ses braies, si nous étions seuls.

Je pose une main sur la poitrine de Björn et le repousse suffisamment pour garder l'esprit clair.

— Sven m'a fait état de la situation et elle est vraiment très mauvaise. Il va rassembler des hommes pour nous. Ils protégeront nos arrières quand nous aurons libéré Asulf.

— Ta femme est une excellente négociatrice. Je devrais l'employer une saison ou deux pour faire fleurir mes affaires.

Björn hausse les sourcils, fait fi de sa dernière remarque, et lui tend une poignée amicale :

— Merci. Toute aide, même petite, est précieuse. Sois assuré qu'elle est bienvenue et appréciée à sa juste valeur.

— Je n'en doute pas. Néanmoins, tu ignores qui je suis, Björn. Et tu seras rapidement surpris. Sache que des hommes de haut rang se rallieront derrière Asulf et toi. Par contre, ils exigeront que leurs terres leur soient restituées.

CHAPITRE 21

— Si nous éliminons le démon et reprenons le JUTLAND, alors eux aussi récupéreront les trônes de leurs pères. Nous n'avons pas d'ambitions d'expansion et ne comptons pas administrer d'autres territoires que le nôtre.

Ses paroles ne me surprennent pas. Je me doutais qu'il y avait plus dans cette quête que nous entreprenions. Pourtant, Björn n'est plus le jeune fougueux qui a quitté AROS sur une défaite. C'est sa soif de justice et de vengeance qui parle, et rien ne l'arrêtera.

Sven acquiesce en silence.

— Eldrid a placé sa confiance en toi. Par conséquent, j'en ferai de même. Je connais ton histoire et sais que tu es un grand guerrier. C'est un honneur de porter secours à Asulf à tes côtés.

Mon mari se redresse et hoche la tête en guise d'approbation. Il tourne ensuite son visage vers moi, attendant des détails sur ma conversation avec Sven.

— Je te raconterai tout plus tard. Et il va nous falloir pas mal d'hydromel !

Je n'ai pas l'opportunité d'en dire plus, car Petra nous hèle :

— Terre en vue !

Et en effet, nous n'avions pas idée de qui est Sven.

KARLA

Folker est responsable de la mort de Karl. Cet enfoiré m'a privé de mon père tandis que je grandissais à peine dans le ventre de ma mère. Il nous a mises en danger, elle et moi. Sans homme à nos côtés, nous aurions été en proie à bien des périls. Par chance, Asulf nous a confiées à la meilleure personne qui soit pour nous protéger.

Durant notre court séjour à UPPSALA, je n'ai pensé qu'à une chose : tuer Folker. J'y serais parvenue si Geri ne m'en avait pas dissuadée. Il veille sur moi nuit et jour, me rappelant qu'exécuter un individu, si détestable soit-il, ne me sera d'aucun réconfort. J'ai beau protester, je sais pertinemment qu'il a raison, comme toujours.

Dès que nous posons le pied à terre, des hommes nous approchent et saluent Sven comme étant leur meneur. Ma mère se confond en excuses pour avoir été aussi familière avec lui, ce qui amuse énormément notre hôte.

Sven nous explique avoir simplement réalisé le projet de son oncle : construire une ville pour les mercenaires, ici même, à JOMSBORG.

Combien sont-ils ? Des centaines ? Des milliers ?

En toute modestie, il précise que cette ville ressemble à tant d'autres, excepté que chaque habitant choisit les combats qu'il souhaite mener, tout étant une question de prix. La collectivité ne fait pas pression sur l'individu.

Le temps où les JOMSVIKINGS étaient des barbares est révolu. L'entente entre voisins est excellente, et les éventuels conflits se règlent dans l'arène.

On pourrait croire que c'est l'endroit idéal pour s'établir, à un détail près : cette ville est peuplée de mercenaires imprévisibles.

Je vois en Sven un homme respecté et capable de fédérer autour de lui des personnes isolées, sans leur ôter leur liberté. De par l'accueil qui lui est réservé quand il rentre chez lui, tous sembleraient le suivre sans discuter, au besoin. Alors j'espère qu'il aura assez de poids pour rassembler l'aide qu'il pense être en mesure de nous apporter.

Harald a visiblement beaucoup d'ennemis, dont aucun n'a su lui faire face. Probablement calmé par la menace de voir sa tête, ou celles de ses proches, finir au bout d'une pique, à l'entrée d'AROS.

Sven ordonne à deux individus de nous trouver une maison vide à proximité de la sienne. Je suis étonnée qu'il n'éprouve pas le besoin de vivre dans un SKALI, comme tout bon JARL. Encore une fois, sa modestie l'honore.

Par ailleurs, sa ville pourrait être la cible des royaumes voisins,

CHAPITRE 21

jaloux qu'il administre un territoire de mercenaires. Donc il préfère ne pas attirer davantage l'attention sur lui et son foyer. De ce fait, en cas d'attaque, il serait difficile à localiser.

Toutefois, Sven cherche avant tout à créer une terre de paix pour ces guerriers VIKINGS sans allégeance.

Il nous abandonne sur le quai après nous avoir invités à sa table ce soir pour nous présenter sa famille et Gunnar, son bras droit. Sven compte repartir dès demain pour quérir de l'aide.

Nous prenons possession de la résidence qui nous est attribuée. Nous y sommes à l'étroit, trop nombreux pour une unique habitation, cependant, nous refusons d'être séparés.

Il nous reste quelques heures avant de nous rendre chez Sven. Aussi, nous suivons Lyra qui nous conduit là où mon père a succombé. Elle s'arrête au niveau d'une petite clairière et ordonne à notre famille de monter la garde à distance, nous laissant seules, ma mère et moi.

Et c'est ainsi que toutes deux nous recueillons à l'endroit exact où Björn et Asulf lui ont érigé un CAIRN, tandis qu'Eldrid et Lyra accusaient le choc de sa perte.

J'ignore ce que je pourrais lui dire. Tout se bouscule dans ma tête. Donc je laisse ma mère lui adresser les premiers mots.

— Bonjour, Karl, entonne-t-elle avec beaucoup d'émotion et des trémolos dans la voix. Je suis désolée de ne pas être venue te voir plus tôt. J'ai… j'ai fui loin des affres des batailles, comme tu le souhaitais. Asulf s'est assuré que Lyra et moi soyons en sécurité. Nous sommes parties tellement loin que nous avons accosté en ÍSLAND, une toute nouvelle terre encore inconnue. Les paysages là-bas sont à couper le souffle. Tu aurais adoré y vivre.

Elle sourit et lui décrit les plaines verdoyantes, la montagne de feu, les étendues d'eaux chaudes, les ruisseaux et les cascades majestueuses.

Son récit me serre peu à peu le cœur. Notre LANGHÚS me manque. J'espère pouvoir y retourner un jour, y retrouver cette insouciance et cette sérénité que nous n'avons pas su apprécier à sa juste valeur.

Ma mère marque une courte pause en triturant ses doigts.

— Karl, poursuit-elle, je ne suis pas venue te voir seule. Avant que Björn et Lyra ne prennent ma place, je voudrais te présenter quelqu'un. Voici Karla, notre fille.

— Bonjour, père, bredouillé-je. Cela doit te sembler étrange que je t'appelle ainsi alors que nous nous rencontrons pour la première fois. Et pourtant, je sais tout de toi. Maman et Lyra ne tarissent pas d'éloges à ton sujet. Elles disent que je suis à ton image, calme et douce, avec une grande force intérieure. Est-ce qu'elles exagèrent quand elles ne me trouvent aucun défaut ?

Ma mère me frappe d'une petite tape sur mon épaule, outrée que je trahisse une confidence entre femmes.

— Tu avais raison, Karl. Nous attendions bien une fille. Et elle est fabuleuse. Elle te ressemble tellement ! Quand je la regarde, je te vois. Cela me réchauffe l'âme, car je te garderai pour toujours près de moi.

Elle ravale difficilement un sanglot tandis que je lui caresse le dos.
— Tu me manques, Karl. Je pense à toi chaque jour. À ce que nous aurions pu être. Ensemble. Une famille. Sache que j'ai fini par ouvrir mon cœur. Tu... Tu le connais. Il s'agit de Björn. Et avant que tu ne t'emportes, non, tu n'étais ni une passade ni un second choix. Tu m'as appris à aimer. À m'aimer. Toi et moi, cela n'aurait pas dû s'achever ainsi. Mais les NORNES avaient d'autres projets pour toi, et les dieux t'ont rappelé à eux. Bien trop tôt à mon goût. Tu nous as protégées d'une mort certaine. Karla et moi t'en sommes infiniment reconnaissantes.

— Père, je...

Mes sanglots à venir m'étranglent et je m'éclaircis la gorge.
— Ne blâme pas mère d'être à nouveau heureuse. Ta perte lui a déchiré l'âme et elle ne s'en est toujours pas remise. Björn a tout abandonné pour nous. Il a pris soin de nous. Il m'a élevé comme sa

CHAPITRE 21

fille, tout en veillant à préserver ta place et ta mémoire. Au contraire, il t'admire énormément et me parle souvent de toi.

Eldrid tourne son visage surpris vers moi sans m'interrompre.

— Je suis devenue une archère accomplie. J'aurais voulu te faire honneur en sachant manier la hache avec autant de dextérité que toi, néanmoins, je ne suis pas aussi douée. Björn refuse que je me laisse approcher au corps à corps, il préfère que je tienne les hommes à distance. Amis ou ennemis, d'ailleurs. Il dit que c'est également ton souhait.

Ma mère sourit à mes paroles. Karl n'a jamais évoqué cela, cependant, Björn se retranche derrière lui pour les ordres qu'il m'interdit de contester. Je l'ai compris il y a un moment déjà, pourtant, je feins l'ignorance, et nous en sommes tous deux conscients.

— Je veux te rendre fier et honorer ta mémoire par mes actes, poursuis-je. J'ai cette sensation étrange qu'il manque un membre à ma famille. Toi. Je sais que tu veilles sur moi. Sur nous. Et dans les moments difficiles, j'y puise tout le courage dont j'ai besoin.

Ma mère sanglote à mes côtés, m'entraînant avec elle.

Dans mon dos, la voix de Lyra s'adresse également à Karl :
— Les femmes de ta vie sont de vraies guerrières. Elles ont vaincu des VIKINGS rompus à l'exercice, sans la moindre égratignure. Alors peu importe ce qu'elles t'ont dit, elles valent mille fois cela.

Elle s'agenouille à ma droite et me prend dans ses bras, comme si j'étais sa fille. Elle enlève mes mèches qui s'égarent, essuie mes larmes et caresse mon visage, avant de continuer pour nous tous :

— Nous n'avons pas encore pu venger ta mort, mais sois assuré que nous nous en chargerons sous peu. Les traîtres payeront. Les têtes tomberont. Et quand la paix sera revenue, nous la célébrerons avec toi.

Björn prend place près de ma mère et la serre contre lui.
— Bonjour Karl. Je te confirme avoir tenu la promesse que je t'ai faite. J'ai veillé sans relâche sur Eldrid et Karla. Ces deux joyaux

t'auraient comblé de joie.

Les confessions et paroles réconfortantes continuent longuement. Les jumeaux, mes frères et ma sœur nous rejoignent pour cette réunion de famille un peu particulière. Nous pleurons et rions aussi, assis en cercle autour du CAIRN.
Face à moi se tient Geri. Son regard rempli d'affection m'est d'un soutien inestimable. Je l'en remercie d'un discret hochement de tête, auquel il répond.

Quand il est temps de retrouver Sven et ses proches pour le repas, tout le monde amorce le départ.
— Partez devant, je vous rattrape, affirmé-je.
Geri s'est volontairement levé en dernier. Il est donc le plus près de moi et Björn lui ordonne de rester pour m'escorter. Mon amant acquiesce, attendant mes instructions.

Quand nos familles se sont suffisamment éloignées, Geri s'avance et m'enlace tendrement pour me réconforter. Je laisse échapper quelques larmes qu'il a tôt fait de chasser de mes joues.
Je lui prends la main et nous nous agenouillons face au CAIRN. Geri, qui me connaît si bien, comprend mes intentions. Il sourit timidement et entrelace nos doigts tandis que nous nous observons avec un amour infini.
— Père, à mon tour, je voudrais te présenter quelqu'un.

CHAPITRE 22

RETOUR À LA SOURCE - 1

☀ TVÍMÁNUÐUR / SEPTEMBRE ☀

LYRA

En revenant à JOMSBORG, je savais que je devrais me confronter à ma propre histoire. À ces moments heureux avec Karl. M'entretenir avec son CAIRN a été douloureux.

Je réalise qu'en ÍSLAND, j'avais tout refoulé pour m'aider à avancer. Je devais être courageuse. Pour mes garçons. Pour mes amis. Pour leurs enfants. Et pour mon amour, si loin de moi.

Aujourd'hui, mes défenses tombent les unes après les autres. Et j'en ai besoin. Il faut que je m'affranchisse de ce poids qui m'alourdit afin de repartir plus légère et affronter sereinement le périple à venir.

Une fois encore, ils comptent tous sur ma force et je ne les décevrai pas. Pourtant, je sens que nous allons au-devant de bien plus qu'une simple libération. Même si cela fait vingt ans qu'Asulf est prisonnier de Harald, il est possible que le félon nous attende. Nous devons mettre toutes les chances de notre côté. Être prêts.

Entre mes doigts coulisse le bracelet qu'Asulf m'a offert. Une torque avec deux têtes de loups qui nous symbolisent. C'était son tout premier cadeau. Je repense à lui, à sa voix grave, à ses bras puissants qui m'étreignent, à nos membres enlacés jusqu'à tard dans la nuit.

Mon corps et mon cœur ne se souviennent que trop bien de ce manque de lui qui me transperce l'âme.

CHAPITRE 22

D'un revers de main, j'essuie une larme perle sur ma joue. Durant notre voyage, j'ai longuement réfléchi avant de prendre ma décision.

J'avise Eldrid que je m'absente un moment et pars immédiatement sans me retourner. Mes pas me guident là où j'ai toujours refusé de revenir. De peur de céder. De sombrer. Toutefois, je n'ai plus le choix. Je dois le faire afin de mettre toutes les chances de notre côté. Car je n'échouerai pas. Je n'en ai pas le droit.

J'atteins bien trop vite ma destination et m'assois sur cette berge familière. Je ferme les yeux et trempe mes doigts dans l'eau. Un instant plus tard, une silhouette faite de gouttelettes prend forme.

Les paupières toujours closes, je sais qu'elle est là, j'ai senti sa présence. Elle me surplombe.

— Ainsi tu te souviens encore de moi !

Je la regarde tandis que je me relève. Face à moi se tient l'esprit de la cascade. Sa voix résonne dans ma tête. Elle est fâchée.

— Bonjour Serafina.

— Je suis impressionnée que mon nom te revienne en mémoire ! Que fais-tu ici, Lyra ?

— J'ai besoin de ton aide.

— Cela ne me surprend guère. Je m'étonne simplement que cela t'ait pris autant de temps !

Son ton acerbe exige des explications bien que je ne lui doive plus rien. Cependant, je n'en oublie pas l'objet de ma présence : obtenir son soutien. Aussi, je me plie à sa requête.

— J'ai dû quitter ces terres. Nous y avions été attaqués.

— Hum… Es-tu partie avec Asulf ?

— Non. Nos chemins se sont séparés, avoué-je alors qu'un sanglot menace d'investir ma voix. Mais ils vont se retrouver prochainement. C'est d'ailleurs la raison de ma venue.

— Ainsi tu me nargues après me l'avoir arraché !

— Il a honoré sa dette envers toi. Néanmoins, tu as prolongé votre pacte de manière insidieuse.

— Est-ce ainsi que tu souhaites me convaincre de t'aider ?

Continue, je t'en prie !

J'inspire longuement et reprends calmement :
— Beaucoup de choses se sont produites. Après l'attaque que nous avons essuyée ici, il y a vingt ans, Asulf a exigé que nous nous cachions au moment où il affronterait celui qui a commandité ce massacre. Je ne l'ai toujours pas revu. Il est retenu prisonnier et j'ai besoin de tes pouvoirs pour le libérer.
— Comme c'est pathétique ! Si tu t'attends à ce que je verse une larme pour vous, tu te fourvoies. Mon cœur est de pierre depuis votre départ. D'autant que tu reviens à moi dans le seul but de quérir mon aide, sans même te préoccuper de comment je vais ! rage-t-elle tandis que l'eau qui la compose se met à bouillir. Crois-tu que cela te permettra d'obtenir mes faveurs ?

Je penche la tête, assimilant lentement ses paroles.
— Tu as raison. J'ai été égoïste. J'aurais dû commencer par prendre de tes nouvelles.
— Ravie que tu t'en rendes compte.
Je la fixe dans ce qui ressemble à des yeux et lui demande, sincèrement :
— Comment te portes-tu, Serafina ?
— Mal, me répond-elle sèchement. Après votre départ soudain, je me suis retrouvée seule, sans personne pour me nourrir. Plus aucun humain ne passait à proximité, car plus rien ne les attirait ici. Pour subsister, j'ai dû noyer des biches et autres animaux de cette forêt. Et cela était bien loin d'être suffisant ! Sais-tu ce que cela fait de mourir à petit feu ? Consumé par la faim ?
— Il est vrai qu'Asulf et moi te contentions largement.
— En effet. Et c'est ce qui m'a permis de ne pas périr. J'avais de la réserve. Mais elle s'est tarie depuis un bon moment. Par conséquent, il était extrêmement imprudent de ta part de glisser tes doigts dans mon eau, car j'aurais pu me nourrir de toi, Lyra.
— Je le réalise à présent et m'en excuse.
— Tu sais ce que j'en pense.

CHAPITRE 22

— Qu'est-ce qui t'apaiserait ?

Serafina se calme et l'eau qui la modèle retrouve son aspect habituel.

— J'ai besoin de ton temps et à manger.

— Prête-moi un peu de ton pouvoir et je te ramènerai immédiatement de quoi te sustenter.

Elle hoche la tête et je plonge ma main dans celle qu'elle façonne. Une sensation de doigts froids qui m'étreignent, suivi d'une douce chaleur m'envahit. Je ressens à nouveau ce pouvoir de persuasion que j'ai déjà possédé, dans une autre existence.

Je me relève et pars en quête d'animaux. Lorsque je reviens, je suis escortée par trois biches, un blaireau et un renard. Comme hypnotisés, ils s'enfoncent dans l'eau et disparaissent sous la surface.

Un instant plus tard, Serafina se matérialise, le visage détendu. C'est la première fois que j'assiste à son repas. Aucun animal n'a ressurgi, ce qui signifie qu'ils ont sombré. Et qu'il y a probablement de nombreux cadavres là-dessous. Mon estomac se tord en imaginant ce qui gît au fond.

Je chasse cette idée de mon esprit en soupirant lentement, puis m'installe confortablement sur la berge pour lui narrer mes aventures et la raison de ma visite. À aucun moment elle ne m'interrompt.

Je suis épuisée par ce récit éprouvant, tout au long duquel j'ai pleuré.

— Ainsi, tu es éprise de lui. Je comprends mieux pourquoi une ondine me quitte et ne revient pas. Ton amour pour lui est si puissant que tu as renoncé à ton pouvoir. Es-tu heureuse, à présent ?

— Je l'ai été durant les premières années. Depuis, le manque de lui est atroce. Je me suis voilée la face pour ne pas sombrer. Je voulais croire qu'il était toujours en vie, qu'il me cherchait. Mais le temps s'écoulait et il n'est pas réapparu. Ce cœur de pierre dont tu parlais tout à l'heure, je l'ai éprouvé aussi. Jusqu'au jour où la perspective de le retrouver a fait surface. Dès lors, je n'aspire plus qu'à le rejoindre. Il est essentiel à mon bonheur. Comprends-tu cela ?

— En effet, je le conçois.

Elle semble réfléchir, sa tête inclinée sur le côté.

— Je t'écoute, Lyra. De quoi as-tu besoin ?

— Je me rends à AROS pour libérer mon mari. Je n'y vais pas seule, toutefois, nous sommes trop peu nombreux pour affronter une ville entière peuplée de guerriers VIKINGS. Je voudrais récupérer mes pouvoirs, afin de mettre toutes les chances de notre côté. Nous n'aurons pas d'autre opportunité de le secourir. Nous sommes son ultime recours. L'échec n'est pas permis.

— Tu es prête à renoncer à tout pour lui, n'est-ce pas ?

— Oui.

— Tu n'ignores pas que mon aide aura un prix. Car pour que tu puisses retrouver tes capacités et sauver Asulf, je vais devoir me délester du peu de magie qu'il me reste.

— Je réalise le sacrifice que je te demande. Dis-moi ce que je peux t'offrir en échange et tu l'auras.

— Tu t'engages un peu vite ! Je vais de nouveau avoir besoin de toi en tant qu'ondine pour m'alimenter.

— Comment le pourrais-je, puisque j'ai perdu ma virginité ?

— Dois-je te rappeler que j'ai toujours la mienne ? Je te transférerai mes pouvoirs. Tu pourras commander les eaux à proximité de toi. Tu seras puissante. Cependant, cette magie demande de la maîtrise que tu n'as pas le temps d'acquérir. Aussi, sois sûre de toi, ou elle te détruira.

J'acquiesce, consciente du poids qui pèse sur mes épaules.

Je vais pouvoir sauver Asulf. Peu m'importe que je redevienne une ondine ensuite. Notre moment ensemble sera compté, car Serafina exigera immédiatement son dû. Néanmoins, mon époux sera sain et sauf et pourra protéger nos enfants, tout comme je l'ai fait jusqu'à présent. Peut-être trouverons-nous une solution pour libérer Serafina, et donc pour moi également.

— Toutefois, si je te rends tes pouvoirs, quelle garantie aurais-je que tu me reviendras ?

— Je ne prévois ni de mourir là-bas ni de m'enfuir. Et je n'ai

CHAPITRE 22

qu'une parole. Je sais ce que représente ta confiance et je ne te trahirai pas. Nous découvrirons comment te délivrer, toi aussi.

Serafina s'esclaffe, peu convaincue.

— Sache que te restituer tes capacités ne règlera pas tout. Tu es entravée par ton passé et tant que tu ne l'accepteras pas, tu ne pourras pas avancer.

Je tremble de tous mes membres. Mon esprit refuse de s'ouvrir, comme pour me protéger de quelque chose que j'ignore.

— Laisse-moi te conter mon histoire. Je n'ai pas encore eu l'occasion de la partager avec qui que ce soit et je me rends compte qu'il serait temps que j'aille de l'avant, moi aussi.

J'acquiesce au moment où elle me tend sa main. Lorsque je la saisis, ma vision se brouille un instant. Quand elle s'éclaircit, je suis dans le corps de Serafina et vis son histoire à travers elle.

SERAFINA

Je me dissimule aux yeux de mon père, l'un des plus puissants seigneurs du royaume d'ALFHEIM, le monde des elfes, pendant que celui-ci me hèle. Cachée derrière un chêne, je reprends mon souffle. Ma course folle entre la citadelle et les bois au Nord m'a épuisée. En outre, la nuit tombée entrave ma progression.

Mon père et ses hommes me pourchassent à cheval, tandis que je chemine à pied. Ses gardes m'appellent sans discontinuer :

— Princesse !

Je refuse de leur répondre. Je leur fausse compagnie pour une bonne raison, et n'y retournerai pas tant que je serais traitée comme un objet de tractation.

— Serafina ! hurle mon géniteur. Cesse tes gamineries et rentre ! Tu nous couvres d'opprobre devant ton futur époux !

Je soupire, désabusée. Ma mère est morte à ma naissance, et je suis son seul enfant. La reine de ces terres était aimée de tous ses sujets, à l'exception d'un : son mari.

Les prétendants ont abondé devant cette unique héritière de la citadelle des forêts, la plus puissante des maisons. Pourtant, c'est mon père qui l'a eue par la ruse. Issu d'une famille noble sans possessions ni titres, son peuple attaquait sans cesse celui de ma mère. Les elfes honnissent la violence et exhortent à la paix. Leur union a donc été orchestrée pour que les conflits cessent.

Je suis en âge de me marier et mon géniteur compte sur moi pour étendre son influence. De fait, le choix de mon prétendant a été politique. Par contre, contrairement à ma mère, je refuse de m'y soumettre. Il n'est pas envisageable que je devienne l'esclave sexuelle de cet elfe bouffi d'orgueil ! Son comportement refrène toutes potentielles ardeurs de ma part. Cet être abject abuse de son autorité et de sa force pour me piéger discrètement dans des recoins sombres et me tripoter contre mon gré. Jusqu'à présent, j'ai toujours été sauvée de ses griffes par un archer de mon père.

Je me demande si ce dernier est au fait que son allié tente de me trousser sous son propre toit, hors mariage, comme une vulgaire catin. Le grand seigneur serait-il courroucé, ou l'accepterait-il pourvu que son territoire s'agrandisse ?

— Par ici ! clame l'un des membres de l'escorte royale.

Les cavaliers tournent bride à l'opposé de ma direction. Les sabots des chevaux martèlent vers le Sud et s'éloignent.

Je ferme les yeux et expire longuement, soulagée du peu de répit que cela m'apporte. Mon souffle ralentit jusqu'à retrouver un rythme normal. Mais il s'affole presque aussitôt quand je suis rudement plaquée contre l'écorce, une main sur ma bouche pour étouffer mes cris. La panique me gagne et je me débats furieusement.

— Chut ! Ce n'est que moi, Serafina !

Je reconnais cette voix grave et mon corps frissonne. C'est Lockart, l'un des archers de mon père, et la raison qui me pousse à

CHAPITRE 22

refuser ce mariage. Toutefois, je suis étonnée qu'il n'utilise pas mon surnom.

Sa main libère ma bouche et glisse tendrement sur ma joue.

— Est-ce que tu vas bien ?

J'ai à peine le temps de hocher la tête pour lui répondre qu'il se jette avidement sur mes lèvres. Son baiser est fiévreux, impatient, différent de ceux que nous échangeons habituellement. Ils ne me rappellent que trop ceux de celui que je fuis. Perturbée par ce souvenir désagréable, le repousse gentiment Lockart.

— Ne restons pas là, poursuit-il. J'ai entraîné les gardes sur une fausse piste, mais ils ne tarderont pas à comprendre le subterfuge.

Il attrape ma main, et là encore, les sensations sont étranges. Néanmoins, je le suis, car il est le seul en qui j'ai vraiment confiance.

Nous nous enfonçons dans les bois et marchons longuement. Il fait à présent nuit noire et je ne distingue plus rien. Donc je suis aveuglément Lockart qui semble savoir où nous allons.

Mon cœur tambourine dans ma poitrine, mais j'ignore si c'est de l'excitation ou de la peur. Jamais il ne m'a emmené hors de la citadelle dans ces conditions. C'est également la première fois qu'il est aussi directif. Toutes ces réflexions m'étourdissent. À moins que cela soit dû à la fatigue de cette journée interminable.

Je décide de m'arrêter pour souffler.

— Que fais-tu ? Nous ne pouvons pas rester ici.

— Mes pieds me font atrocement souffrir. J'ai besoin d'un instant.

Je crois discerner un grognement puis de la frustration sur son visage. Et là encore, je suis surprise. Il n'y a que quand Lockart luttait contre son envie de m'embrasser qu'il semblait aussi contrarié. Il me murmurait qu'il n'en avait pas le droit, pendant que je me pressais contre lui et l'agrippais. Je me souviens de ses lèvres sur les miennes, de la douceur de ses gestes et de l'excitation que mon surnom provoquait dans sa bouche.

— Il faut partir à présent.

— Où allons-nous ? m'irrité-je devant son attitude déroutante.

— En sécurité.

Il attrape fermement ma main et me tire à lui.
— Hâtons-nous, nous ne sommes plus très loin. Ensuite, nous serons libres de nous aimer.

Nous faisons à peine quelques pas lorsqu'une voix m'interpelle :
— Serafina !
Je me fige. Comment puis-je entendre le timbre de Lockart derrière moi quand je me tiens déjà à ses côtés ? Interloquée, je me retourne, et ce que j'aperçois me sidère.
— Lockart ?
— Qu'est-ce que… ?
Je n'ose comprendre. Je me pensais avec lui depuis tout à l'heure, mais un second, en tout point identique, me fait face. Cette situation hallucinante me donne des vertiges.
— Dépêchons-nous ! insiste celui qui me tient par la main.
Je suis d'autant plus confuse que mon archer ne me presse jamais. Je suis sa princesse et il respecte toujours mon rang. Quand un danger se présente, ou que nous sommes sur le point d'être découverts, il se place toujours entre moi et la menace.
— Non ! protesté-je vivement. Qui êtes-vous ?
— Je suis Lockart, voyons ! S'agace-t-il.
Sa réponse ne me satisfait pas, alimentant mes doutes.
— Comment avez-vous l'habitude de me surnommer ?
Il fronce les sourcils et tente d'esquiver ma requête :
— Mais enfin, ma douce, pourquoi hésitez-vous ? C'est lui l'imposteur qui nous suit !
Je me fige. Lockart ne m'a jamais appelée de la sorte. Je suis son impétueuse, sa Tina. Et rien d'autre.
— Dites-moi pourquoi vous me nommez ainsi et je vous croirais.
— Parce que vous êtes la plus douce des créatures de ce royaume, me répond-il sur un ton mielleux.
Une voix identique s'élève derrière moi et le second Lockart réagit à son tour :
— Parce que j'ai peur de vous trahir durant mes rondes ou mon sommeil. Nuit et jour, je n'ai que vous à l'esprit. Je préférerais

CHAPITRE 22

mourir que de savoir notre secret dévoilé, et votre honneur sali. Et je... Je vous aime, mon impétueuse Tina.

Sa déclaration dessine un sourire rayonnant sur mes lèvres. C'est la première fois qu'il m'avoue ses sentiments et mon cœur bat à tout rompre, car il l'a reconnu.

Je m'apprête à fuir l'imposteur qui a usurpé ses traits au moment où celui-ci m'enserre douloureusement le bras. De sa main libre, il décrit un arc de cercle à hauteur de son visage et psalmodie une formule inintelligible. Je me fige d'horreur quand je comprends qu'il m'enlève. Il traverse le halo à peine apparu et m'entraîne à sa suite, contre mon gré. Puis le portail se referme sur moi, sous le regard terrifié du vrai Lockart.

Le changement d'univers est brutal, le voyage étourdissant, si bien que je chancelle en atteignant l'autre côté.

Le décor s'est soudainement transformé. Maintenant, il fait jour. Je suis à l'aplomb d'une cascade, coincée entre le vide et mon ravisseur. Celui-ci a abandonné les traits de Lockart pour revêtir des cheveux sombres et mi-longs.

— Qui êtes-vous ?

— N'as-tu point reconnu ton futur mari, ma douce ? dit-il pendant que son apparence se mue en celle de celui que j'ai fui quelques heures auparavant.

— Je ne comprends pas.

— Ton père m'a privé de ta mère, il y a fort longtemps. Elle aurait dû devenir ma femme et me proclamer seigneur de vos terres, pour que vos ressources m'appartiennent. Au lieu de cela, il m'a devancé et s'est emparé de l'ADAMANTAR.

— Donc c'est de cela qu'il s'agit. Tout le monde convoite ces maudits cristaux et tout ce qui gravite autour n'est qu'un obstacle ?

— Tu ne réalises pas leur portée, n'est-ce pas ?

Je le regarde, impassible, attendant qu'il poursuive.

— Connais-tu la légende du marteau de THOR ? Sais-tu en quoi il est constitué ? Qui l'a conçu ? Ou, plus subtil, pourquoi vos deux espèces se haïssent-elles viscéralement depuis des millénaires ?

Je n'ai pas besoin qu'il développe davantage. Je comprends qu'il fait allusion à l'ADAMANTAR. Ces cristaux maintiennent en vie le monde des elfes. En prélever une trop grande quantité priverait mon royaume de son essence éternelle et tout serait voué à mourir. Nous perdrions notre longévité exceptionnelle. Le rôle de ma famille est primordial, puisque nous assurons la pérennité de notre race.

— Quel est ton dessein ?

— Serait-ce une folie que de vouloir, moi aussi, une arme indestructible, capable de contrer MJOLNIR ? De contrôler les attributs qui canalisent les pouvoirs des dieux ? Tous se prosterneront devant moi pour obtenir des artefacts de puissance.

Je soupire d'exaspération. Il serait prêt à annihiler un monde entier. À le déposséder de sa lumière. À fragiliser l'équilibre d'YGGDRASIL, l'arbre qui soutient les neufs royaumes. Et tout cela juste pour créer des armes ? Pour supplanter ODIN ?

— Aujourd'hui, je me venge de ton père en m'emparant de sa fille, affirme-t-il sans ambages. Et de ce fait, je rends justice à ta mère.

— Je ne suis en rien mêlée à cette histoire. Réglez cela entre vous et laissez-moi tranquille. Et par les dieux, qui êtes-vous ?

Un sourire mauvais étire ses lèvres.

— Je me nomme LOKI, géant de JÖTUNHEIM. Et tu vas devenir mienne.

— Non ! Je ne veux pas de vous. Ni d'un quelconque époux hargneux. Je ne désire que Lockart.

Le visage de LOKI se métamorphose en celui de mon aimé.

— Si cela me permet de te conquérir, de gagner ta confiance, alors soit, j'arborerai ses traits. Je ne suis pas si difficile à apprécier, tu verras. J'ai déjà eu trois enfants, preuve que cela est possible.

— Vous avez engendré trois monstres qui terrorisent tout YGGDRASIL.

— Viens sans rechigner, me dit-il en me tendant sa main. Je pourrais t'offrir tellement plus que ton Lockart et une vie simple. Je suis un dieu, après tout.

— Celui de la tromperie. Je ne connais pas un seul être qui ne vous méprise pas. Je refuse d'être associée à vous.

Son attitude désinvolte se mue en agressivité.

CHAPITRE 22

— *Sale petite garce d'elfe ! Comment oses-tu insulter un dieu ? N'as-tu pas compris que tu n'avais pas le choix ? Tu m'épouseras, enfanteras, et tes richesses seront à moi.*
— *JAMAIS ! Plutôt me jeter du haut de cette falaise !*
— *À ta guise, puisque nous ne pouvons pas en discuter. Mais c'est loin d'être la fin, Serafina.*
Et sans un mot de plus, il me pousse dans le vide.

Ma chute est longue. Je n'entends pas ce qu'il dit, car le bruit de l'eau déferlante couvre ses paroles. Mais je devine qu'il me maudit.
Au moment où mon corps plonge dans l'étendue glacée, je tombe profondément, jusqu'à ce que les pieds touchent le fond. Le froid me saisit et je pousse sur mes jambes pour me hâter de remonter vers le ciel. Malheureusement, impossible de traverser ce mur qui me bloque sous ma surface. Je frappe et me débats contre cette paroi invisible. Je suffoque, alors que l'air quitte peu à peu mes poumons. Je m'éteins tandis que mes forces me désertent.

Pourtant, je ne meurs pas. Le plafond qui me maintenait sous l'eau à disparu. Tout comme mon corps, qui n'est plus constitué de chair, mais d'eau. Je suis maintenant prisonnière de cette cascade, rongée par la haine. Celle envers LOKI, ce dieu de la malice qui s'est joué de moi. Et plus encore de celle que je voue à présent à mon père. Pour son abandon, son égoïsme et sa cupidité. J'ignore s'il sera ravagé par le chagrin, ou s'il sera soulagé de s'être enfin débarrassé de moi.

Cela doit faire des siècles que je suis prisonnière. J'ai faim ! Tellement faim ! Un appétit insatiable s'est manifesté dès le lendemain. Non content de me contraindre dans ce lieu, LOKI a fait de moi un monstre. J'ai dévoré tous les poissons que j'ai trouvés.

Mon nouvel état s'accompagne d'un pouvoir de persuasion. Par la pensée, j'ai ordonné à des animaux venus se désaltérer d'entrer dans l'eau. Ils ont obéi sans protester, me permettant de me repaître de leur essence vitale.

Le temps passe, mais la faim me tiraille encore et toujours.
Elle est omniprésente.
Insupportable.
Insatiable.
Obsédante.
Si bien que ma lucidité m'abandonne.
Je me perds moi-même.

Jusqu'au jour où arrive un beau jeune homme pour se baigner. Ce n'est pas un elfe, ce qui veut dire que j'ai quitté mon royaume.
Je présume être sur MIDGARD.
Mon peuple ne pensera jamais à me chercher ici pour me secourir. Je suis définitivement perdue.

Mon attention se reporte sur l'humain. Je ressens une envie irrépressible de l'embrasser, espérant que cela apaisera ma lassitude. Je m'approche pour lui parler. En vain. Seuls des bruits d'eau qui clapotent passent mes lèvres. L'individu me fait face et son visage se déforme d'horreur, apeuré par mon apparence d'esprit des eaux.
La faim me tenaille trop pour que je le laisse s'enfuir. Telle une vague déferlante, je plonge sur lui, sans aucune chance de m'échapper. Je l'entraîne dans les profondeurs, là où les remous ne lui permettront pas de se soustraire.
Tous deux immergés, je l'étreins longuement, comme je l'aurais fait avec Lockart. Ses lèvres chaudes se refroidissent progressivement à mon contact. Jusqu'à ce qu'il sombre, inconscient, et se couche pour toujours dans le lit de la cascade.

Je suis pétrie de remords.
Condamnée par LOKI *à vivre éternellement ici.*

CHAPITRE 22

Jusqu'à ce qu'il revienne me tourmenter, ou décide de me libérer.
Je ne suis pas idiote, cela n'arrivera pas de si tôt.
Mes larmes se dissolvent immédiatement dans l'eau.
Mon cœur voudrait saigner, mais je n'ai plus de veines.
J'ai mal dans ma poitrine, pourtant, ce n'est qu'une réminiscence de mon ancienne existence.
Je n'ai plus de corps, je ne suis plus que de l'eau, bien que je puisse me modeler à ma guise.
Je culpabilise, et en même temps tellement bien !
Je suis enfin rassasiée.
Presque... vivante.

Note de l'auteur : JÖTUNHEIM : monde des géants.

Note de l'auteur : ONDINE : équivalent scandinave d'une nymphe. Elle se présente sous les traits d'une femme froide et distante, dépourvue d'âme, qui entraîne les voyageurs au milieu des brumes, des marais ou des forêts pour les perdre ou les noyer. Elle considère les humains comme inférieurs et ennuyeux, mais change radicalement de comportement quand elle tombe amoureuse. Après son union, l'ondine devient plus vulnérable et profondément attachée à celui qu'elle aime. Elle est d'un soutien inconditionnel, protectrice, mais devient jalouse et possessive.

CHAPITRE 23

RETOUR À LA SOURCE - 2

☀ TVÍMÁNUÐUR / SEPTEMBRE ☀

LYRA

Serafina me relâche et la vision s'arrête. Durant ce souvenir, j'ai ressenti toute sa fureur et sa solitude. Des larmes coulent sur mon visage et je l'observe, emplie de compassion.

— Ne pose pas ce regard-là sur moi, Lyra !

— Je suis navrée de ce qui t'est arrivé. Sache qu'à ce jour, je partage ta douleur et ton chagrin.

L'elfe maudite me toise sans un mot. Elle semble avoir accepté son sort depuis longtemps. Néanmoins, je constate que mon départ l'a lourdement affecté.

J'inspire lentement, prête à ce qu'elle me raconte à présent comment je suis devenue une ondine. C'est le moment de lever le voile sur cette vérité que j'occulte depuis toujours, par peur qu'elle ne me détruise.

Aujourd'hui, le risque de perdre définitivement Asulf m'est insupportable. Je tenterais n'importe quoi pour le voir me sourire à nouveau et m'étreindre tendrement rien qu'une fois.

— Dis-moi ce qui m'est arrivé, Serafina. Aide-moi à me souvenir.

Elle hoche la tête, me tend la main pour la seconde fois, et dès que je la saisis, je me retrouve dans mon corps d'antan.

CHAPITRE 23

C'était une autre vie. Une autre moi.

Je suis assise dans une grande cage en métal tirée par quatre chevaux, avec quinze autres jeunes filles, toutes brunes. Serrées les unes contre les autres, ballottées par les irrégularités de la route, nous appréhendons la fin du voyage dans ce chariot-prison.

Les cordes enroulées autour de mes poignets rougissent ma peau déjà trop abîmée par leur entrave.

Cela fait des semaines que nous cheminons ainsi. J'en ai déduit que nous avons été capturées par des GOTHS. Ils ont envahi notre belle cité avec une telle violence ! Je crois qu'ils nous ramènent chez eux, dans le Nord. Probablement pour nous vendre à prix d'or ou faire de nous des esclaves.

Je suis l'aînée de ce groupe. Les plus jeunes ont treize ans. La plupart ont pleuré au début du trajet. Depuis, les larmes se sont taries.

Nous étions toutes vierges quand nous avons été enlevées. Malheureusement, à une escale, cinq d'entre nous ont été emmenées de force dans les bois. À tour de rôle, la quarantaine d'hommes de notre convoi leur sont passés dessus. Je me souviens avoir tremblé de peur en entendant leurs cris horrifiés et leurs suppliques, priant ZEUS de ne pas être la prochaine.

Elles sont revenues dévêtues, échevelées, battues, presque inanimées. Et surtout brûlées à l'épaule d'un sigle qui m'est inconnu. Une marque qui les différencie de nous et scelle irrémédiablement leur sort.

La mort dans l'âme, nous avons pris soin d'elles, avec le peu que nous possédions encore.

Ces hommes ont visiblement décidé de nous garder intactes pour ne pas déprécier notre valeur, tandis que les cinq malheureuses finiront probablement comme catins. À présent, à chaque arrêt du chariot, elles paniquent. Quand nous devons descendre pour nous soulager, elles se cachent au milieu de notre groupe. Parfois, sans prévenir, elles sont de nouveau saisies et traînées de force à l'écart. Elles hurlent, implorent, mais cela ne freine pas ces ordures.

Je m'enferme dans ce mutisme devenu une seconde peau, me répétant en boucle ces phrases, pour ne pas oublier :
— Je me nomme Lyra. J'ai dix-sept ans. Je viens de Rome.

Les chevaux s'arrêtent pour la nuit. Nous descendons pour faire quelques pas, que déjà les cinq filles sont éloignées et violées par ces hommes alcoolisés, avec du vin qu'ils nous ont dérobé. Leurs hurlements sont interminables et me glacent. Je lutte pour ne pas sombrer dans la folie.

Quand les cris deviennent des murmures, seules quatre d'entre elles reviennent. J'ai peur de remplacer celle qui a succombé, étant donné que l'on m'observe d'un peu trop près.

J'ignore si je souhaite que ce voyage s'achève par un couteau en travers de ma gorge, ou en gagnant notre destination.

Cela peut-il être pire que ce que ces filles subissent ?

Le chariot a ralenti l'allure depuis le milieu de la journée. Je sens l'odeur caractéristique de la mer. En fin d'après-midi, nous avons atteint la côte Nord. Les hommes pestent. Ils espéraient un bateau qui n'est pas encore là. Donc ils montent le campement et, comme tous les soirs, boivent jusqu'à être complètement ivres.

Nous avons été installées dans une tente, surveillée par deux gardes. Ils sont là pour s'assurer que des viols n'auront pas lieu. Enfin, hormis ceux qu'ils escomptent eux-mêmes perpétrer.

Et cette fois, c'est mon tour. L'un d'eux m'attrape par les cheveux et m'entraîne dans un coin, pendant que le second tient en joug le reste des filles.

Je déglutis. Mes entrailles se contractent. Je n'ai pas connu d'homme. À peine un baiser raté. Je refuse d'être prise de force.

CHAPITRE 23

Notre geôlier dénoue son pantalon et m'oblige à m'agenouiller. J'ai peur quand je comprends qu'il espère utiliser ma bouche. Ma bile remonte et mes mains tremblent. Je répugne à l'idée que ce barbare me touche. Il ne me demande pas mon avis, agrippe mon chignon et le tire en arrière pour incliner mon visage à la bonne hauteur.

Et là, tout se passe très vite. J'ai entraperçu un couteau dépassant de l'intérieur de sa botte. D'une rapidité qui m'étonne, je m'en saisis et lui tranche ses attributs. Son sang m'asperge alors qu'il s'écroule en hurlant. Je m'empare de son épée, la lui plante dans le cœur et la tourne, comme me l'a expliqué mon frère.

Dire que je n'avais pas envie qu'il m'entraîne, car je jugeais cela inutile pour une citoyenne de mon rang. Aujourd'hui, je réalise que les rudiments dont il m'a instruit peuvent me sauver la vie.

Courage, Lyra, tu peux le faire !

Mon pied prend appui sur la poitrine de mon agresseur tandis que je retire l'épée. L'effort est si intense que je vacille et manque de tomber en arrière.

L'autre homme interpelle son ami pour savoir ce qui se passe, parce qu'il est dos à nous et ne peut se permettre de quitter les captives des yeux. Il ne m'aperçoit donc pas arriver derrière lui. Je sais que j'ai eu de la chance avec mon premier adversaire, car mon coup a évité ses côtes et a trouvé facilement son cœur. Aussi, pour le second, je vise la nuque et frappe d'un coup sec. L'épée reste coincée dans sa gorge tandis qu'il gesticule et tombe à genoux en lâchant son épée. Je resserre ma prise sur la poignée et, des deux mains, tire fermement en arrière. Le sang m'asperge une fois encore, pendant que l'individu agonise et meurt à son tour, après quelques soubresauts.

Je suis sous le choc, cependant je manque de temps pour pleurer mon geste. Il faut saisir immédiatement notre chance et fuir.

Les autres filles sont tétanisées. Fort heureusement, deux d'entre elles s'enhardissent et nous fouillons les hommes pour leur voler leurs armes. Nous coupons les cordes qui nous lient les poignets et nous échappons toutes ensemble.

Il n'y a plus de bruit à l'extérieur. L'une des gamines passe la tête hors de la tente et vérifie que la voie est libre.

Dans la nuit noire faiblement éclairée par la lune, nous courrons en silence jusqu'à la forêt, nous repérons du mieux que nous le pouvons dans ce lui inconnu.

L'épée que j'ai subtilisée est lourde et ralentit ma course. Néanmoins, elle est peut-être le prix de mon salut. Par conséquent, je ne m'en déferai pas tant que je ne serai pas en sécurité.

Libres depuis seulement quelques minutes, nous entendons résonner le bruit d'un cor depuis le campement.

Ils ont trouvé les deux cadavres. Ils savent.

Nous nous regardons à tour de rôle et comprenons que nous devons accélérer nos foulées pour mettre un maximum de distance entre eux et nous.

Au loin, nous percevons le vacarme d'une cascade. Mon frère m'a dit un jour qu'il y a souvent de quoi se cacher à proximité. Au minimum un mur d'eau qui peut nous dissimuler. Par conséquent, nous nous guidons au bruit.

Soudain, des torches se rapprochent. Si mon estimation des distances est correcte, ils atteindront la cascade avant nous. Dans ces conditions, il nous faudra fuir ailleurs.

Nous grimpons pour avoir une vue dégagée sur l'horizon. C'est la pire des stratégies, puisque nous pourrions être exposées et coincées au bord d'un précipice. Pourtant, cette option paraît être la plus adaptée en cet instant.

Si nous restons en forêt sans connaître les lieux, nous mourrons. Nous évoluons dans le noir sur leur territoire. Nos ravisseurs sont entraînés à combattre dans tout type de situation, y compris celle-ci, contrairement à nous. Ils courent plus vite et nous rattraperaient en quelques enjambées. Alors l'altitude apparaît comme notre seule chance de salut.

CHAPITRE 23

L'ascension est éprouvante. Les plus vaillantes aident celles qui sont épuisées. Je dérape et m'écorche à plusieurs reprises, pourtant, je ne me plains pas et continue de progresser. Car je sens que si je m'arrête, je meurs.

Nous sommes repérées et entendons les guerriers se rapprocher. Toutefois, nous ne pouvons plus avancer. Nous sommes acculées. Derrière nous, le vide. Si nous sautons, nous périssons.
Face à nous, des hommes commencent à émerger des bois. Certains sourient, d'autres semblent réclamer justice. Je me place devant les filles, sans grand espoir de survie. Je ne me rendrai pas. Je me battrai ou succomberai. Quoi qu'il en soit, il est hors de question qu'ils me violent comme les autres.

Je repense à ma vie heureuse. À ma mère qui se réjouissait de mon mariage prochain. À mon père, fier de ses deux enfants. À mon frère, son sourire ravageur et ses entraînements qui duraient des heures.
L'invasion des GOTHS m'aura tout arraché. Tous trois ont été tués sous mes yeux, puis j'ai été enlevée.
Tripotée.
Affamée.
Terrorisée.
J'ai manqué d'être violée à plusieurs reprises.

J'en ai fini de subir.

Le bruit d'un trait qui siffle près de mon oreille me tire de ma torpeur. Il s'est fiché dans le cœur de la fille à ma droite. Alors je me retourne et hurle aux Romaines de sauter. Certaines hésitent, aussi je les pousse pour me frayer un passage. Je ne deviendrai pas l'esclave des GOTHS.

Nous plongeons l'une après l'autre. La chute est interminable et je la devine fatale. Pourtant, je préfère une mort rapide à des sévices et une lente agonie.

Le contact avec l'eau est violent et m'entraîne profondément sans que je ne puisse résister. J'observe mes compagnes de voyage paniquer et tenter de remonter vers la surface, tandis qu'aucune ne semble maîtriser la nage.

Je pourrais lutter et survivre, mais à quoi bon ? Nous n'avons croisé que des GOTHS sur la route. Nous sommes chez eux. Si je sors d'ici, ils m'attraperont certainement.

Je préfère mourir là où je suis, en paix avec moi-même, parce que je l'ai décidé ainsi.

Père, mère, mon frère, je vais enfin vous retrouver !

Progressivement, les filles cessent de gesticuler et les corps flottent autour de moi. Je distingue une forme humaine qui serpente entre les cadavres, s'arrêtant un instant devant chacune. Lorsqu'elle me fait face, je n'ai plus d'air. Pour autant, je ne me débats pas. J'ai décidé que ma vie se terminait là et je vais m'y tenir.

Adieu, monde cruel.

Mes yeux se ferment et je sombre tandis que le visage dans l'eau m'observe en penchant sa tête sur le côté.

La vision cesse puis j'inspire une énorme bouffée d'air. J'ai cru me noyer. En tout cas, mes poumons me brûlent comme si c'était le cas.

Face à moi, c'est à présent Serafina qui imite mon expression navrée de tout à l'heure. Elle me comprend et je sais maintenant pourquoi.

— Que sont devenues les esclaves qui ont plongé avec moi ?
— J'ai pu sauver les vierges en les transformant en ondines.
— Et celles qui ont été violées ?
— Elles ont sacrifié leurs existences pour vous permettre de survivre. Elles ne vous ont jamais vraiment quitté puisqu'elles reposent dans le lit de la rivière.

Je manque de vomir en imaginant leurs dépouilles traîner une éternité sous nos pieds insouciants. À ma connaissance, aucune des

CHAPITRE 23

ondines n'a exploré les fonds de ce que nous considérions comme notre maison. Nous existions et vivions heureuses entre nous. Je ne garde que des souvenirs lumineux de cette période de mon existence alors qu'elle a été la plus macabre.

Pourtant, je ne peux plus fermer les yeux sur mon passé. J'ai besoin de réponses.

— Pourquoi ne t'es-tu pas simplement repue de nous toutes ?
— Je me sentais seule. Cet endroit était glauque et vous accueillir a ramené de la vie et de la gaieté.
— Aussi parce que nous t'aidions à t'approvisionner ?
— Vous étiez d'excellentes chasseresses, à votre manière.

Ses mots m'étreignent durement la poitrine parce que je ne me rappelle en rien nos repas.

— Comment nous nourrissions-nous ?
— Une ondine possède une aura particulière qui attire à elle d'autres êtres vivants. La proie devient docile et expire dans ses bras.
— Comment ? insisté-je.

L'intensité de son regard me ferait presque ravaler ma question.

Je sens que je ne vais pas aimer la suite quand elle soupire :
— Pour les hommes, vous embrasser était comme un puissant paralysant. Un poison. Vous aviez besoin de la chair et moi de l'âme. Donc vous donniez ce baiser de la mort en étant dans l'eau et j'absorbais son énergie vitale. Votre prise inerte, vous l'ameniez dans la grotte pour la dévorer, ensemble.

La bile remonte dans ma gorge, avec le reste de mon dernier repas que, cette fois, je ne peux retenir.

Je suis écœurée de ce qu'elle me confie. Comment ai-je pu me sustenter de mes semblables ?

— Ne te flagelle pas, Lyra. Le cycle de la vie est ainsi fait. Remercie les NORNES, ou tes PARQUES, pour cet affreux cadeau.

Serafina est en colère. Reste à savoir contre qui celle-ci est dirigée.

— Je n'ai aucun souvenir de nos repas, confessé-je.

— Et je ne le permettrai pas, peu importe ce que tu me donnerais en échange. Je les ai masqué pour que vous n'en souffriez pas. Votre esprit ne l'aurait pas supporté. Vous auriez sombré dans la folie. Je suis la seule à conserver ces moments dans ma mémoire. Pour ne jamais oublier les traîtrises de LOKI et de mon père, ainsi que tout le mal que j'ai engendré par leurs fautes.

Des morceaux de visions me reviennent en tête. Surtout de cette joie que nous ressentions d'être entre ondines. Je nous revois, assises en cercle, parfois devant un feu, riant de futilités.

Mais aucune réminiscence de ce que nous aurions ingéré.

Nous étions une famille, aussi le départ de chacune m'a pesé. J'étais la dernière. Par conséquent, Serafina et moi avions un lien particulier, malgré tout.

— Est-ce que toutes les ondines sont parties par amour ?

— Oui. Je ne vous ai jamais empêché de reprendre votre vie, lorsque vous avez rencontré celui qui faisait battre votre cœur. Je vous ai laissé perdre votre virginité et vos pouvoirs, pour lui appartenir jusqu'à la mort. Peut-être que je ne suis pas si mauvaise, après tout. Sache qu'aucune d'entre vous n'a souhaité connaître son passé ni remuer d'anciennes douleurs.

— Sommes-nous restées seules longtemps, toi et moi ?

— Oui. Tu étais ma préférée. À bien des égards, tu me ressembles tellement !

— J'imagine que c'est la raison pour laquelle tu as éprouvé des difficultés à nous lâcher, Asulf et moi.

— En effet. Également parce qu'il est différent. Il a une force incroyable en lui qui bloque mon influence. Il t'est dévoué corps et âme. C'est sûrement ce qui le protège. Par conséquent, j'étais étonnée qu'il ne soit pas à tes côtés.

— Il aurait mis le monde à feu et à sang si j'avais disparu. Par conséquent, il a préféré confier ma sécurité à son meilleur ami.

Une larme dévale ma joue et je réprime un sanglot au souvenir de celui que je dois sauver.

CHAPITRE 23

Je m'éclaircis la gorge et poursuis mes questions :
— Est-ce pour cela que tu étais aigrie avec moi sur la fin ? Je ne te suffisais plus.
— C'est possible. Ne pas manger me rend extrêmement irritable. La faim est une compagne perverse et insistante.
— Et il n'y avait plus de passage à proximité.
— Vous n'étiez plus aussi nombreuses. Au fil des départs, votre cercle d'influence s'est rétréci. Sur la fin, le tien ne dépassait pas quelques mètres autour de la berge.
— Pourquoi est-ce que je ne me souviens de rien ?
— Pour que tu ne perdes pas pied en voyant les saisons défiler.
— Combien de temps suis-je demeurée à tes côtés ?
— Peut-être trois cents ans. J'ai arrêté de compter après deux cents ans.

Je reçois sa révélation comme un coup de massue. Je comprends mieux pourquoi elle a suspendu le temps pour moi. J'ai passé des siècles ici, à dévorer des humains.

De plus, ces années ont été monotones. Je n'ai rencontré personne et ai perdu mes amies.
— Sais-tu depuis quand tu es l'esprit de ces eaux ?
— Je dirais quatre ou cinq cents ans. Peut-être davantage. LOKI est revenu me voir au bout d'un siècle pour me narguer. Il m'a expliqué que mon enchantement pouvait être brisé. Toutefois, ses conditions sont intenables. Il m'a promis que je pourrais m'affranchir de cette prison si je parvenais à endiguer ma faim insatiable. Aussi, pour lever sa malédiction, je me suis nourrie. Grâce aux ondines. À toi. Puis à Asulf. Avec lui, je pensais que cela suffirait. Mais j'avais tort. Ce n'était pas assez pour me délivrer. Peut-être le dieu de la malice s'est-il joué de moi, encore une fois.

Je sens une profonde tristesse l'envahir. J'imagine que son monde et ses proches lui manquent.
— Merci de m'avoir sauvé et d'avoir pris soin de moi.

Elle hoche à peine la tête et continue de m'en apprendre davantage sur elle :

— J'étais comme toi à ton âge. Belle. Fougueuse. Entière. Moi aussi, j'ai sauté du haut de la cascade, pour des raisons similaires aux tiennes. Donc, sache que je compatis à ta douleur. Je crois également que j'avais besoin de me racheter. De me prouver que je pouvais vous aimer. Que je n'étais pas devenue insensible.

— Non, Serafina, tu ne l'es pas.

— Ma faim me transforme en monstre.

— Ce n'est pas toi. Tu as été maudite.

— Et pourtant, j'éprouve du plaisir à sentir ce dernier souffle qui quitte un corps et qui me ranime. J'ai fini par comprendre que ces affreuses NORNES m'ont tissé un destin bien funeste et qu'il m'est impossible de lutter contre cela. Donc qu'est-ce que cela fait de moi ?

— Un cœur meurtri ?

— Une éternelle insatisfaite.

Nous nous observons un instant, avant que je ne reprenne :

— Comment suis-je restée jeune aussi longtemps ?

— Lorsque je t'ai transformée en ondine, tu es devenue immortelle et l'es demeurée longtemps. Au moment où tu t'es liée à Asulf, tu as perdu ta virginité et, par conséquent, ce don. Il semblerait qu'un peu de ce pouvoir ait perduré. Peut-être est-ce également dû à mes origines elfiques. Mes semblables vivent des milliers d'années. Nous ne connaissons ni les maladies ni la vieillesse au sens des MIDGARDIENS. Nous nous éteignons simplement au moment où notre heure arrive. Pendant que tu me nourrissais, nous échangions nos fluides. Je suppose que c'est ce qui t'a maintenue jeune et belle, même après ton départ. Possible que tu ne déclines pas, jolie Lyra, mais que tu t'éteignes un jour, à la façon des elfes. Tes sacrifices auront peut-être eu un impact positif sur ta condition après ta libération, tout compte fait.

— Ou bien mourrais-je de chagrin à la perte de mon époux.

— C'est une possibilité. D'une certaine manière, tu as renoncé à ton don pour te lier à lui. Et ce lien n'était pas juste charnel. Il unit aussi vos âmes. C'est sûrement pour cela que tu te bats encore pour lui, que tu sais qu'il est encore en vie. Tu le sens. Et tu ne penses pas

CHAPITRE 23

que sa perte soit pour bientôt. Sans cela, tu ne serais pas ici pour me demander mon aide, afin de lui porter secours.

— Notre pacte ne me permettra pas de rester avec lui, regretté-je.

— Je vous laisserai un moment. Et peut-être viendra-t-il te voir si ma faim s'apaise. Il ne tient qu'à toi de faire le nécessaire. Tu pourrais tout avoir, en prenant les bonnes décisions.

J'acquiesce et médite un instant ses paroles.

— Si tu es sûre de ton choix, entaille-toi avec ton arme et rejoins-moi, m'annonce-t-elle.

Sans hésiter, je sors de ma botte ma lame de secours pour le corps à corps. J'appose le métal contre l'intérieur de mon poignet et tranche suffisamment pour m'ouvrir la veine. Le sang perle puis goutte pendant que je positionne mon avant-bras au-dessus de l'eau, la dague toujours dans ma main.

Serafina me fait signe d'approcher. J'avance sur le fond sablonneux et légèrement en pente, les bras le long du corps. Lorsque je suis immergée jusqu'à la taille, l'esprit des eaux tourbillonne autour de moi, à la vitesse d'un poisson.

Mon sang me quitte lentement. Pourtant, il ne colore pas l'eau, car les mouvements de Serafina le contiennent.

Je me sens faiblir, prête à vaciller. C'est le moment qu'elle choisit pour se jeter sur moi dans l'intention de me noyer.

Note de l'auteur : GOTHS : peuple germanique qui a pris une importance historique pendant la période des grandes invasions de la fin de l'Antiquité, jusqu'à disparaître historiquement au VIIIe siècle. Ils ont été des acteurs importants dans la chute de l'Empire romain d'Occident à la fin du Ve siècle.

REYKJAVÍK OF YORE

CHAPITRE 24

LIBÉRATION - 1

❋ VETRABLÓT / DÉBUT DE L'HIVER ❋

ELDRID

Le chemin par la terre jusqu'à AROS est sans fin. Cela fait presque cinq lunes que nous avons quitté l'ÍSLAND et, dès lors, nous n'avons cessé de nous déplacer. Je dissimule tant bien que mal ma fatigue. Je dois être forte, d'autant que nous touchons au but.

Nous ne nous sommes pas éternisés à JOMSBORG. Sven nous a présenté son adorable famille. Sa femme est une petite blonde avec un caractère aussi fort que le mien. À l'instar de Björn, il se laisse diriger par son épouse en riant.
Tous deux sont des pères incroyables. Pourtant, en dehors des murs du foyer, leur charisme et leur autorité naturelle refont surface. Les mercenaires leur obéissent sans broncher, parce qu'ils ne se sentent pas soumis, plutôt guidés et protégés.
Gunnar, le meilleur ami et bras droit de Sven était également présent et nous a accueillis chaleureusement.

Le lendemain, nous avons visité la ville, et Gunnar et Sven en ont profité pour nous présenter aux habitants. Certains nous ont reconnu, Lyra, Björn et moi, pour s'être battus à nos côtés ici même, il y a vingt ans. La nouvelle a rapidement fait le tour, et bientôt nous sommes assaillis de mercenaires nous promettant leur aide.
Le nombre de nos alliés augmente lentement mais sûrement.

CHAPITRE 24

Sven nous a expliqué le plan de Harald. Ces cinq dernières années, il a été particulièrement offensif. Après avoir passé quinze ans exclusivement dans le JUTLAND, il en est sorti pour attaquer ses voisins. Il a brusquement conquis les royaumes de NOREGI, SVÍARÍKI, les SAMIS au Nord de NIDAROS, ainsi que les îles HJALTLAND. Au départ, il parlementait avec les jarls pour fonder une alliance. Jusqu'à ce que ceux-ci refusent de s'associer à lui, craignant sa magie. Alors Harald a envoyé son arme secrète : le *Regard d'acier*. Et ils ont tous ployé le genou ou péris.

Cette histoire me semble invraisemblable. Pourquoi Asulf se battrait-il pour son oncle ? Sven n'a pas été en mesure de confirmer quoi que ce soit, ne l'ayant jamais revu. Pour lui, il ne s'agit que de rumeurs, même si elles sont sacrément tenaces.

Néanmoins, la rapidité avec laquelle Harald a conquis autant de territoires ne laisse planer aucun doute. Je ne crois pas qu'il ait demandé à l'un de ses sous-fifres de se faire passer pour le *Regard d'acier*. Ou qu'il s'en soit chargé lui-même.

Quoi qu'il en soit, ce monstre et cette situation m'effraient.

Sven a des oreilles partout, car tous les mercenaires qu'il a croisés l'admirent. Il est un excellent marchand et peut prendre parti sans se mettre qui que ce soit à dos. C'est un VIKING pacifique, qui sait comment apaiser les conflits entre les hommes. Toutefois, il n'en reste pas moins un guerrier. Il a appris avec de redoutables combattants, se hissant parmi les meilleurs.

Tous ont bien compris qu'il ne fallait pas se frotter à Sven, qui défend ardemment ses convictions. Cela me rappelle vaguement une tornade rousse. Je souris réalisant que je suis certainement à l'origine de son caractère fougueux, tandis qu'Asulf lui a probablement inspiré son pragmatisme, en si peu de temps. Je suis fière de voir ce qu'il est devenu. Lui, l'orphelin que nous avions sauvé.

Björn et Sven ont longuement conversé. Éliminer Harald ne réglera pas tous nos problèmes. Certes, cela lèvera son joug sur les peuples soumis, mais affaiblira également le JUTLAND, qui attirera immédiatement les convoitises. Il faut donc qu'un nouveau chef le remplace. Un homme qui sait gouverner avec sagesse. Et il est persuadé que beaucoup se rangeront derrière mon mari.

Après tout, il est le fils d'un défunt roi et était, de son temps, le guerrier le plus fort — si l'on omet Asulf, ce qui ouvre un débat qu'il vaut mieux éviter. Sa réputation n'était plus à faire. Cependant, après vingt ans d'absence, Björn obtiendra-t-il le soutien dont il a besoin ?

Je crois que tout cela nous chamboule. Nous ne réalisons pas vraiment l'ampleur de la tâche qui pointe à l'horizon.

Après avoir vécu loin du monde et des guerres, sommes-nous prêts à administrer un royaume ?

C'est juste improbable.

Plus encore d'imaginer que je deviendrais reine, au vu de mon passé… tumultueux. Cela risque d'être assez épineux à gérer, d'un point de vue diplomatique.

Quoi qu'il en soit, nous devons avant tout libérer Asulf, ce qui ne sera pas une mince affaire, même si notre plan est astucieux.

Sven a donc fait voile en direction de SVÍARÍKI. Il espère convaincre suffisamment d'hommes de prendre les armes à nos côtés pour destituer Harald. Je prie les dieux pour qu'il réussisse.

Il a également envoyé des émissaires loyaux en SAXLAND, SKOTLAND, INGLALAND et dans les ÎLES FØROYAR pour préparer sa venue et contrer l'influence de Harald.

Dans l'intervalle, il a délégué la gestion de JOMSBORG à Gunnar. Tout comme mon fils, ce dernier n'a aucune confiance en Haf qu'il soupçonne de traîtrise. D'autant qu'il connaît notre point de chute, et serait donc susceptible de vendre des informations sur nous à qui de droit.

Gunnar anticipe un éventuel siège et veut préparer les défenses de JOMSBORG. Il estime que les enjeux deviennent bien trop importants pour ignorer de tels signes avant-coureurs. Mieux vaut rester prudent.

CHAPITRE 24

Une roue du chariot s'enfonce dans une crevasse et le fait tanguer. Je m'attends à un gros râle collectif, pourtant, il n'en est rien. Chacun garde le silence, concentré sur la mission.

C'est donc à dix que nous nous rendons à AROS. Nous avons laissé nos cheveux à deux heures au Sud de notre destination, sur la côte Est. Nous les récupèrerons lors du trajet retour. Dans cette LANGHÚS bien connue de Sven, nous avons trouvé un chariot-prison, constitué d'une énorme cage en métal, tiré par deux chevaux, qui sert au transport d'une dizaine d'esclaves ou d'animaux sauvages.
Nous feignons donc d'être des THRALLS escortés par trois cavaliers : Björn, Leif et Thor. Ils se présenteront comme nos geôliers, si nous sommes contrôlés. Quant à moi, je suis enfermée à l'intérieur, faussement attachée, avec Petra, Lyra et nos enfants. Ce stratagème est notre meilleure chance d'entrer incognito dans la ville et je prie pour qu'il fonctionne.

Björn vient de nous répéter le plan, une énième fois. Petra, Lyra, Geri et lui se rendront dans le SKALI où ils espèrent trouver Asulf. Leif et Karla les couvriront depuis une habitation à proximité. Quant à moi et les enfants, nous sommes chargés de faire diversion.
J'en appelle aux dieux pour qu'aucun d'entre nous ne se fasse prendre, car j'ignore ce que je ferais. Je tente de penser à autre chose qu'à cette peur qui tourne en boucle dans ma tête. Je suis une mère avant tout et je sacrifierais tout ce que j'ai pour mes petits. Néanmoins, je serais tiraillée, impuissante et dévastée de devoir choisir entre l'un d'entre eux. Entre un qui serait fait prisonnier et les autres à protéger.

Nouvelle secousse due à la route. Je relève la tête et observe ma famille. Björn est déterminé. Plus seulement pour lui-même, mais aussi pour leur peuple.
Petra et Haf nous ont retrouvés alors que nous étions cachés aux confins du monde connu, là où personne n'avait mis les pieds avant nous. Quoi que nous décidions, nous étions exposés. Si nous avions

refusé de les suivre, ils auraient pu envoyer Harald sur nos traces. Et sans bateau pour fuir, c'en était fait de nous.

Donc même si les accompagner semblait, a priori, être une mauvaise option, nous n'avions pas vraiment d'alternative et devions quitter notre vie paisible.

Mon regard se porte ensuite sur les jumeaux. Je ne doute pas que Leif soit impatient de rencontrer son père. Néanmoins, je m'interroge davantage sur Geri. Il n'a jamais l'air surpris, comme s'il savait exactement ce que les NORNES avaient tissé. Plus le temps s'écoule et plus je crois en son don. En cette capacité à communiquer avec Asulf. J'imagine que nous aurons bientôt la réponse à nos questions, à ce sujet et plus encore.

J'observe maintenant Lyra, que je peine à reconnaître depuis que nous sommes montés dans cette prison. Son regard terrorisé et son attitude prostrée en disent long sur son passé qu'elle ne nous a pas confié. Aujourd'hui, ses cauchemars semblent l'avoir rattrapée.

Je tends ma main vers elle et entrelace nos doigts. Elle se détend un peu à mon contact. À présent, elle revêt son masque de guerrière. Celui qu'elle arbore quand elle a pris une décision irrévocable, prête à tout affronter.

Erika et Ragnar révisent leur stratégie en murmurant. Face à eux, Karla est collée contre Geri, se préparant mentalement à ce qui va suivre. Ma fille a mauvaise mine. Je crois que, comme moi, elle ne supporte plus tous ces transports qui lui donnent la nausée.

Il est temps que tout cela se termine. Que la menace soit écartée. Quant à reprendre une vie normale, je ne compte plus là-dessus.

Nous atteignons enfin les grandes portes d'AROS, sous le regard inquisiteur de deux sentinelles qui en gardent l'entrée. Le chariot a été recouvert par des peaux afin de nous protéger des indiscrets qui

CHAPITRE 24

pourraient nous reconnaître et dévoiler notre identité.

Le premier jette un coup d'œil à l'intérieur :

— C'est la fournée pour ce soir ?

— Ouais, grommelle Björn.

— Je ne sais pas où vous les avez dénichées, mais elles vont lui plaire !

L'homme passe le bras à travers les barreaux et tente d'atteindre Erika qui le frappe.

— Surtout la petite blonde ! Il adore mâter les hargneuses !

— On est pressé, le coupe Leif, excédé.

L'ignorant superbement, le second arrive en poussant son acolyte.

— Fais voir !

Il siffle longuement.

— Dommage qu'on ne puisse pas en profiter, même après lui. Vous n'envisageriez pas de nous en vendre une, par hasard ?

— Non ! grogne Thor.

— Ou alors, juste nous laisser les deux jeunes quelques minutes, insiste-t-il.

— Ouais, même la plus vieille, je la veux bien sur ma queue ! renchérit l'autre.

J'ignore lequel de Björn ou moi est le plus prompt à répondre, car je montre déjà les dents.

Qu'est-ce qu'ils ont tous à critiquer mon âge ?

— Je n'ai pas envie de savoir ce qu'il adviendra de vous si vous nous mettez en retard, ou si vous touchez la marchandise. M'est avis que vos têtes finiront avec les leurs, les nargue mon mari en regardant autour de nous les trophées qui ornent des piques.

— Ça va, on ne fait que contrôler ce qui entre ! râle la sentinelle.

Après un ultime coup d'œil concupiscent qui s'éternise, les deux molosses rabattent les peaux qui nous protègent puis acceptent finalement de nous laisser passer.

Une première étape de franchie.

J'observe un peu partout autour de nous. Je me souvenais d'une ville lumineuse où il faisait bon de vivre, même si tout était loin d'être idéal pour moi.

Aujourd'hui, tout semble terne, oppressant et silencieux. Comme si les habitants étaient contraints et résignés.

Sven avait raison, les sourires ne sont qu'une façade. Nul doute que cela résulte de l'influence néfaste de Harald.

Nous progressons en direction du centre, là où se trouvent le SKALI et la place du marché aux THRALLS. C'est là que les villageois peuvent acheter de la viande, ou vendre leurs légumes, leurs céréales et leurs bijoux. Nous sommes au cœur d'AROS, son point de vie. Certaines habitations, de bonne qualité, sont construites en pierres et en bois, pour les plus riches. D'autres servent d'hébergements aux hôtes de marque en visite. Je connaissais bien les lieux, je logeais à proximité.

Le chariot s'arrête et Björn ouvre la porte de la cage. Je lis sur son visage assombri qu'il se remémore également les endroits que nous avons tant de fois arpentés. D'un simple coup d'œil, je comprends que, dans son esprit aussi, certains souvenirs s'entrechoquent.

Pourtant, ce n'est pas le moment de ressasser. Alors, en silence, nous nous encourageons sans compromettre notre couverture.

Il m'agrippe par le bras et me rudoie tandis que je descends en feignant l'indignation. Je me rebelle, afin que les éventuels regards se portent sur moi, et non sur mes enfants qui se libèrent discrètement et s'éclipsent.

J'inspire profondément quand Björn me claque la fesse en émettant un rire gras. C'est mon signal ; il me demande d'assurer le spectacle. Donc en une fraction de seconde, je disparais dans la foule, comme je savais si bien le faire jadis.

Dos aux quais, je cours en direction d'un groupe de guerriers. J'ai troqué ma tenue de combattante contre une jupe verte à large décolleté et un corset de cuir trop serré pour moi. Il fait ressortir ma

CHAPITRE 24

taille fine et mon opulente poitrine menace de déborder du tissu. C'est exactement ce dont j'ai besoin pour ma diversion.

J'arbore une mine affolée. Mes cheveux roux partiellement tressés sont en bataille, et mes joues rougies par ce soi-disant effort.

— Je vous en prie, aidez-moi !

Je m'écrase contre l'un d'eux et lui agrippe le bras fermement, à la limite de l'hystérie.

— Je viens d'accoster et mes filles sont coincées dans le DRAKKAR qui nous a amenées jusqu'ici. Nous avons raclé des rochers, la coque est percée et le navire est en train de couler. Il n'y a personne là-bas pour les secourir. Par les dieux, mes trois enfants ! J'ai besoin d'aide !

Je sens les regards scrutateurs de ces mâles en rut. Ils ne sont pas intéressés par le sauvetage en lui-même, mais plutôt par la récompense qu'ils pourraient en tirer. Ils s'imaginent déjà me déshabiller. Je suis même à deux doigts d'essuyer la bave qui s'agglutine au coin de la bouche de trois d'entre eux. Je suis rassurée que mon charme opère toujours malgré les années. Mieux, à présent, ils semblent spéculer sur la beauté desdites filles.

Ils se concertent en silence et acquiescent tous. Bien, ils foncent tête baissée dans mon piège.

Je leur indique le chemin, même s'ils le connaissent déjà, puis les enjoins à passer devant, car je suis épuisée et les ralentirais. Il ne leur en faut pas plus pour qu'ils se précipitent vers les quais tandis que je continue de jouer la femme essoufflée.

Cette première mission accomplie, j'attends la suite en tournant discrètement mon regard vers Thor.

THOR

À distance, j'observe ma mère faire son petit numéro sur les six VIKINGS. Elle n'aura pas eu à argumenter des heures pour que ces charognards qui la lorgnaient sans vergogne s'élancent vers les quais.

Si je n'avais pas été affublé d'une mission précise, je leur aurais remis les idées en place.

Elle avait raison sur la faiblesse des hommes. Elle les a piégés en à peine quelques secondes et en a fait ce qu'elle voulait.

Entre elle et mon père, j'ai clairement de qui tenir ! Donc, que l'on ne s'étonne pas de mon caractère !

Je me recentre sur ma tâche. Erika, Ragnar devons faire fuir toutes les montures. Sans eux, nous prendrons une avance considérable sur nos poursuivants, quand ils réaliseront qu'Asulf a disparu.

J'entre dans l'enclos et caresse les robes de deux magnifiques chevaux que j'ai découverts en même temps que ces nouvelles contrées. Je regrette de les effrayer alors qu'ils n'ont rien demandé. Pourtant, nous comptons sur leur soutien, indispensable à la réussite de notre plan.

Les portes sont déverrouillées et les cordages délacés. Alertes, les pensionnaires prennent conscience que quelque chose se prépare.

Mon frère et ma sœur ont trouvé des bottes de paille qu'ils éventrent et éparpillent largement sur le sol, tandis que je cherche comment brûler tout cela. Par chance, je déniche une lampe à huile toujours fonctionnelle bien que usagée. Elle fera parfaitement l'affaire.

Je m'assure que Ragnar et Erika sont dissimulés dans un endroit sûr et prêts à s'enfuir à tout moment.

Et je fais tomber la lampe.

Le verre se brise, l'huile se déverse et la paille sèche s'embrase aussitôt. Rapidement, la structure commence à fumer, le bois à craquer puis à s'enflammer. Les bêtes s'agitent et hennissent. Certains chevaux terrorisés se précipitent vers les portes et poussent les battants. Ils s'enfuient en forçant le passage aux habitants qu'ils croisent et hurlent en détalant.

Nous nous éclipsons tous les trois et revenons au chariot.

CHAPITRE 24

KARLA

Jusqu'à maintenant, le plan se déroule comme prévu. Nous avons pénétré dans la ville sans nous faire repérer. Leif et moi identifions une maison à proximité du SKALI d'où nous pouvons monter la garde. Il est prêt à forcer discrètement la serrure quand je le devance en poussant simplement sur le battant. Et la porte s'ouvre.

Nous entrons et bloquons l'accès avec un banc pour ne pas être pris à revers.

Je suis postée dans l'ombre d'une fenêtre, en compagnie de Leif, qui tente encore d'obtenir des réponses.

— Pourquoi me fuis-tu, Karla ? chuchote-t-il.

— Crois-tu que les circonstances se prêtent à la discussion ? Nous devons rester silencieux et faire le guet.

— Cela fait des semaines, non, des lunes, que rien n'est propice. Tu me repousses et m'évites constamment. Donc, je saisis cette occasion de passer du temps seul avec toi.

— Je n'ai rien à ajouter. Pourquoi t'obstines-tu ?

— Parce que c'était si soudain, et que tu n'es jamais vraiment partie jusque là. Alors je m'interroge sur ce qui a changé.

Son questionnement est légitime. Pourtant, l'heure des confidences n'est pas encore venue. En revanche, lorsqu'il connaîtra mon secret, il est probable qu'il entre dans une colère noire.

Par conséquent, j'élude :

— Cette fois c'est différent, Leif. Je ne retomberai pas dans tes bras. Toi et moi avons passé de bons moments…

— De très, très bons moments, souligne-t-il en susurrant.

Je soupire. J'ai longtemps aimé le contact de sa paume qu'il pose à cet instant sur ma joue. Cependant, aujourd'hui, je suis mal à l'aise. Mon cœur ne lui appartient plus.

À chaque pas qu'il initie, je veux reculer de deux pour mettre de la distance entre nous. Et il le ressent.

— Ce n'est plus ce que je recherche à présent, affirmé-je.

Leif se ravise pour me laisser un peu d'espace.

— J'étais prêt à avancer, tu sais. À officialiser notre relation. À affronter le courroux de ton père et de tes frères. Même si j'avoue que, des trois, c'est Ragnar qui m'effraie le plus.

Je souris malgré moi en réponse à son attitude taquine.

Puis il s'éclaircit la gorge :

— Je voulais simplement être avec toi sans avoir à me cacher. Sans être un vilain petit secret que l'on dissimule. Penses-tu être capable de nous accorder une dernière chance ?

Les mots de Leif me flattent. Néanmoins, je ne suis pas celle qu'il lui faut. En ouvrant mon cœur à Geri, j'ai compris ce qu'aimer signifie réellement. Je me sens comme mise à nue lorsqu'il me regarde. M'embrase quand nos lèvres se rejoignent. M'étourdis dès il me touche. Me consume au moment où nos corps se mêlent. Je ne suis rien d'autre qu'une flamme brûlante que sa seule présence attise.

Ce premier baiser entre nous a tout changé. Il a révélé la puissance dévastatrice de nos sentiments. Depuis, à chaque fois qu'il s'éloigne, je ressens ce froid glacial, ce vide entre nous, précédant ce besoin irrépressible d'être de nouveau contre sa poitrine. En son absence, j'ai mal, je suffoque et ne pense plus qu'à le retrouver. Il n'y a que dans ses bras que je respire. Que je revis.

Par comparaison, ce que j'éprouvais pour Leif n'a finalement pas dépassé le stade de la profonde affection. Nous étions heureux, mais pas amoureux.

J'ancre mes yeux dans les siens et y décèle de la tristesse et des regrets. Dans les miens, un merci pour ce que nous avons partagé, ainsi que l'étendue de l'amitié qui nous lie, si chère à mon cœur.

Je n'ai pas l'opportunité de lui répondre, car un violent spasme nauséeux s'empare soudainement de mon corps.

CHAPITRE 24

— Hey, je te dégoûte à ce point ? raille-t-il.

Je le foudroie du regard et il lève ses paumes en signe de reddition.

— Tout doux, Karla ! Très bien, pas de blagues, je te laisse tranquille. Essaie juste de ne pas me contaminer, d'accord ? J'ai une réputation de beau mâle irrésistible à tenir.

— Et si tu te taisais et gardais un œil sur ce qui se passe dehors ? On est là pour assurer leur protection, pas pour bavarder.

Leif esquisse un sourire contrit et se tourne vers la fenêtre pour surveiller discrètement les environs. Je pense que je l'ai vexé, puisqu'il affiche son air renfrogné.

Je m'attarde un instant sur lui. Sur ses yeux bleus envoûtants. Son sourire éclatant que je ne vois plus depuis que nous avons quitté REYKJAVIK. Ses longs cheveux où j'aimais glisser mes doigts. Sa stature imposante et rassurante contre laquelle je me blottissais. Il est attirant, peut-être plus encore dans sa tenue de guerrier.

Mais ce qui me frappe, c'est sa maturité nouvellement acquise et qui transparaît sur ses traits. Leif est toujours aussi charismatique, cependant sa pointe d'arrogance a disparu avec les épreuves que nous avons traversées.

Je l'ai chéri. Et je me figurais sincèrement que nous étions heureux. Aujourd'hui je l'aime toujours autant. Néanmoins, cela n'a rien de comparable avec ce que je ressens pour son frère.

Geri me donne tout, sans rien espérer en retour, et j'en fais de même. Sa dévotion à mon égard est sans faille. Je regrette tellement d'avoir été si longue à le réaliser ! J'ai dû attendre qu'il me fasse sienne pour comprendre que c'est lui, l'homme de ma vie, et qu'il n'y en aura pas d'autres.

Leif a pu paraître insistant durant quelque temps, cependant ce comportement ne lui ressemble pas. Nous sommes loin de chez nous et cela le déboussole. Je pense également qu'il se voile la face. De tout temps, il a apprécié briller dans mes yeux, et j'imagine qu'il a peur que cela s'arrête. Pourtant, je serai toujours fière de lui, parce qu'il a tout du compagnon idéal, si l'on sait satisfaire son appétit.

S'il pouvait cesser de se focaliser sur moi, il verrait sûrement les regards énamourés de ma sœur. Erika ne semble vivre que pour lui et le manque d'intérêt de Leif à son égard la tue à petit feu. Je dois trouver un moyen de lui ouvrir les yeux sur cette petite tornade blonde. Car Thor a raison, elle est celle qu'il lui faut.

J'interromps mes réflexions en m'installant à une autre fenêtre. Nous nous tenons mutuellement informés en commentant ce qui se passe sous notre nez. Jusqu'à présent, tout se déroule comme prévu.

— Ma mère a accosté un second groupe d'hommes. Elle leur fait croire que les six premiers qu'elle a envoyés tout à l'heure sur les quais sont ceux qui ont mis le feu aux écuries et libéré les chevaux.

— Bien joué, Eldrid ! C'était futé qu'ils se pourchassent entre eux.

Je l'admets en souriant, ravie d'avoir insufflé cette idée.

Malgré tout ce grabuge, rien ne bouge du côté du SKALI. Lyra, Geri, Petra et Björn attendent encore une ouverture pour y entrer et s'exaspèrent. Plus le temps s'écoule et moins la diversion sera efficace. Nous risquons de devoir battre en retraite et n'aurons peut-être pas d'autre chance.

Leif et moi ne pouvons pas les aider et patientons, alertes. Il soupire en s'appuyant contre le montant de la fenêtre, toujours fondu dans l'ombre, pour ne pas être repéré. Je l'imite, les yeux rivés sur la rue.

Soudain j'entends crier dehors. Leif se redresse et jure :

— Par les dieux ! C'est quoi, ça ?

Je pivote vers lui quand il me montre des geysers d'environ cinq mètres de haut, émergeant de différents endroits de la ville.

— Oh, par ODIN ! murmuré-je, tout aussi surprise.

Je tourne la tête en tous sens pour trouver ce qui en est à l'origine, cependant, la population en panique m'obstrue la vue.

Jusqu'à ce que je comprenne.

— Leif ! C'est ta mère.

CHAPITRE 25

LIBÉRATION - 2

❋ VETRABLÓT / DÉBUT DE L'HIVER ❋

LYRA

Ces deux heures dans le chariot ont rouvert une vieille blessure, me ramenant à une époque lointaine. Je ne regrette pas d'avoir demandé à Serafina de me restituer mes souvenirs. J'en avais besoin. Notre accord va me coûter cher, pourtant, il était nécessaire. Car rien n'est plus important que de libérer l'homme que j'aime.

J'ai peur que notre plan ne fonctionne pas.

Que cela tourne mal.

Que nous soyons capturés ou tués.

Quand nous atteignons enfin l'entrée de la ville, je repousse mes craintes aussi loin que je le peux.

Derrière les tentures, j'entends Björn expliquer à deux gardes la raison de sa venue. L'un d'eux nous dévoile même involontairement une information capitale : si nous sommes la fournée de ce soir, cela signifie qu'il y a, à la fois, beaucoup de passage dans le SKALI, et pas de THRALLS attitrés à demeure. Nous aurons donc le champ libre pour agir.

Je refuse de penser au sort qui est réservé à tous ces esclaves qu'il consomme et jette ensuite. À ce qui aurait pu m'arriver, au moment de ma capture, avant que je ne devienne une ondine.

Je repousse mes angoisses. Serafina m'a averti que son pouvoir

CHAPITRE 25

nécessitait de la maîtrise. Si je perds le contrôle, je risque de noyer AROS. Par conséquent, je dois rester lucide.

Nous passons le premier obstacle et pénétrons dans la ville. À peine arrêtés, nous descendons en toute hâte de la prison roulante et nous dispersons sans nous faire repérer des villageois. Eldrid est la première en place. Puis c'est au tour de ses enfants, et voilà déjà la première difficulté. La foule s'affole en s'éparpillant pendant que nous attendons l'occasion d'entrer. Mais le subterfuge n'est pas assez impressionnant pour que Harald sorte du SKALI. Le temps s'écoule et mes compagnons s'énervent.

Eldrid enchaîne sur la mise en place d'une fausse piste au moment où une idée germe dans mon esprit. Un puits se situe à une quinzaine de mètres de moi. Avec les pouvoirs de l'eau, je pourrais créer une diversion spectaculaire. Cependant, je suis immédiatement visible depuis le SKALI. Il faudrait donc que je m'éloigne pour que Harald me suive et laisse le champ libre durant plusieurs minutes à Geri, Björn et Petra. Ou alors…

Je profite de l'agitation ambiante pour m'avancer jusqu'au puits le plus proche et y puiser de l'eau. Je me hâte de tirer sur la corde pour le hisser. Galvanisée par la perspective d'y arriver, je ne ressens même pas le poids que je remonte. Je saisis le seau et feins de tomber pour le renverser en direction du chariot. Concentrée, je réitère mon geste, mais cette fois je reste à genoux. J'ai réussi à former un lien d'eau continue entre la nappe souterraine qui approvisionne la ville et moi.

J'appose ensuite mes mains dans la flaque devant moi et psalmodie à voix basse pour ne pas éveiller les soupçons :

> « EK KALLA ÞIK, Ó ANDI VATNA,
> *(Je t'invoque, ô, esprit des eaux,)*
> AT HVERJA DROPA LEIÐI MÉR TIL ÞÍN,
> *(Que chaque goutte me mène à toi,)*

AT ÞÆR FYLLI ÞINN BRUNN,
(Qu'elles alimentent ton lit,)
ÞANN ER EK VIL DREKKA AF.
(Pour que j'assouvisse mes desseins.)
VEITIR MÉR ÞINN HJÁLP,
(Accorde-moi ton aide,)
SNÝR ÞINNI STRAUMU,
(Inverse ton flux,)
LÆTR ÞINNI REIÐI RÍSA. »
(Et laisse ta fureur éclater.)

Le liquide vibre sous mes doigts quand des vaguelettes se forment. L'ondulation se propage depuis mes phalanges et je les observe progresser jusqu'au puits. Un léger grondement se fait entendre tandis que le sol tremble imperceptiblement. Les petits cailloux à proximité tressautent et se déplacent sur la terre sèche. Le bruit s'intensifie puis je distingue clairement un son d'eau qui afflue, comme si un torrent circulait sous la ville.

Je répète l'incantation sans reconnaître le timbre de ma voix, qui ressemble davantage à celui de Serafina. Je ressens la puissance de mon sortilège au plus profond de mes entrailles. Mon cœur palpite, mes muscles se tendent. Je bascule dans une transe. Quand je relève brusquement mes yeux vitreux vers le ciel, des geysers sortent des puits un peu partout.

La population crie et se disperse en tous sens au moment où les jets atteignent plusieurs mètres de hauteur. Un mouvement de panique s'empare de la foule qui s'écarte en hurlant.

Je me recroqueville sur la flaque pour rester en contact avec l'eau puis continue discrètement mon incantation, les paupières closes. Je calme les sources à proximité et dirige mon énergie à l'extrémité de la ville.

J'espère que cela suffira à faire sortir le monstre de sa tanière, car nous ne sommes pas de taille à l'affronter sur son territoire.

CHAPITRE 25

HARALD

Un bruit sourd et des hurlements m'extirpent de mes pensées. Les deux gardes normalement postés à l'extérieur du SKALI entrent en trombe et referment prestement les portes derrière eux. Je déteste être interrompu de la sorte, donc ils pourraient bien ne pas ressortir d'ici vivants.

Assis sur mon trône, j'agrippe fermement les accoudoirs, contenant difficilement la fureur qui menace de s'abattre sur eux. Bien sûr, je ne peux pas décimer mes propres hommes pour cela. Pour autant, ils partiront en raids l'année prochaine. Ils rameront et se battront. Cela les aguerrira. S'ils survivent, évidemment.

Je me relève lentement en les toisant. Ils sont à deux doigts de se faire dessus et je jubile, malgré mon agacement.

— J'espère que vous avez une bonne raison pour débarquer ici comme de jeunes chiens fous !

— Il y a…, panique le premier.

— Partout…, bredouille le second.

— Stop ! Exprimez-vous clairement. Si votre langue ne vous sert à rien, peut-être me faut-il vous l'arracher ?

Ils déglutissent bruyamment et le premier reprend, calmement :

— Il y a un enchantement à l'œuvre dans AROS. Les puits débordent.

Je suis soudainement partagé entre la colère et la curiosité. Markvart n'en est pas à l'origine, j'en suis certain. Je lui ai interdit de jouer avec l'eau. Et je n'ai autorisé personne à pratiquer la magie. Même les VÖLVAS ne sont plus admises sur mon territoire. De ce fait, je me demande qui est assez fou pour me provoquer juste sous mon nez ?

Je m'avance vers les portes qu'ils s'empressent d'ouvrir pour moi.

J'entends alors les cris affolés des habitants.

— Suivez-moi ! Je vais avoir besoin de vous pour calmer les mouvements de panique.

Tous deux m'emboîtent le pas quand je sors du SKALI. Le soleil m'aveugle, le temps que je m'habitue à la luminosité. Et c'est là que je comprends de quoi il retourne. Des geysers de plusieurs mètres de haut jaillissent de tous les puits de la ville.

Je suis hypnotisé autant que sur la défensive. Je n'ai eu vent de personne ayant récemment développé des capacités. Et encore moins qui soit assez inconscient pour venir me narguer. Peut-être s'agit-il d'un pouvoir qui se déclare. Quoi qu'il en soit, je ne peux sûrement pas le laisser filer.

Je descends posément les marches en bois qui me séparent de la ville alors que l'agitation est à son comble. Certains fuient en hurlant que les dieux sont courroucés et qu'il nous faut les apaiser par des offrandes.

Mais ceux-là ignorent qu'ici-bas, je suis le plus puissant.

Que c'est moi, la personne à craindre !

Et que je ne laisserai aucune divinité mettre un pied chez moi.

Quant aux sacrifices, probable que j'invoque un prétexte pour en faire un exemple et en profite pour éliminer l'un des rares éléments perturbateurs restants.

Les geysers se tarissent, à l'exception de ceux situés au Nord. Je m'y dirige, espérant y trouver le responsable de tout ce chahut. J'imagine qu'il faut être à proximité pour que ce sort fonctionne. Au passage, je constate que les écuries brûlent. Ce magicien inconnu aurait-il tenté d'éteindre le feu d'une manière peu conventionnelle ? C'est ce que je m'en vais découvrir.

GERI

CHAPITRE 25

Nous déroulons notre plan comme prévu, jusqu'au moment où nous nous embourbons. La foule a beau hurler « au feu ! », rien ne bouge de notre côté. La situation s'éternise et Harald n'est toujours pas sorti du SKALI. J'ai peur de bientôt devoir faire marche arrière et frustre autant que ma mère qui grommelle à mes côtés.

Elle bondit soudain sur ses pieds en nous intimant de poursuivre sans elle, parce qu'elle a une idée. Interloqués, nous l'observons disparaître. Et quelques instants plus tard, des geysers jaillissent depuis les puits de toute la ville.

Mais comment est-ce possible ? En est-elle à l'origine ?

Quoi qu'il en soit, sa ruse a fonctionné, puisque Harald quitte enfin sa demeure.

Nous nous faufilons chez lui dans son dos.

— La voie est libre, annonce Björn.

Le SKALI est plongé dans l'obscurité. Il y règne un silence absolu, alors que nous nous attendions à ce qu'il foisonne de THRALLS. Mais non, elle est étrangement vide. Ce qui corrobore le discours des deux gardes à l'entrée de la ville.

Toutefois, nous avançons à pas de loup, alertes comme jamais.

— Petra et moi nous chargeons d'Asulf, annonce-t-il. Il nous connaît et sera donc plus enclin à nous faire confiance. Pendant ce temps-là, trouve son épée. Si ton père est toujours en vie, elle doit être quelque part entre ces murs.

Si...

Je n'ai plus eu de contact avec lui depuis notre départ de Reykjavik, pour notre sécurité.

Non !

Je suis persuadé que nous n'avons pas entrepris tout ce périple pour rien.

Je veux croire qu'Asulf est ici.

Que nous ne rentrerons chez nous tous ensemble.

L'aspect de la lame m'a été décrit. Je sais exactement à quoi elle ressemble. Donc, j'acquiesce et me mets en quête de Rigborg.

J'ai eu vent de l'histoire du *Regard d'acier*. Björn et Eldrid m'ont narré en détail l'ascension de ce héros qui voulait rester anonyme.

Grâce à ma mère, je suis au fait de tout ce qui les concerne, lui et son épée. De son amour absolu pour elle et de son sacrifice pour la protéger.

Pour tous nous protéger.

Cette lame n'a rien d'ordinaire. Elle est habitée par un démon et une VALKYRIE. Un bien fameux mélange que tous convoitent.

Il est certain que nous ne partirons pas sans elle.

J'ai eu tout le temps du trajet entre JOMSBORG et AROS pour imaginer où un tel objet serait caché. Il est trop précieux pour ne pas être conservé à proximité.

Par déduction, j'ignore les chambres et les geôles pour me concentrer sur la pièce principale.

Je balaie rapidement la décoration du regard, scrutant les boucliers accrochés aux murs, derrière lesquels sont croisées des lames et des haches.

Mais je ne trouve rien.

Je me précipite sur les coffres et les fouille un à un. Je n'y déniche que des fourrures ou de la vaisselle. Dans le dernier, des armes, mais rien en surface ou de facilement accessible. Je ne peux pas plonger la main dedans, au risque de me blesser. Je juge également inutile de le renverser, car je crois que Harald aurait voulu l'objet de ses désirs immédiatement atteignable.

Je peste de ma recherche infructueuse, avant d'inspecter intégralement le trône lui-même, sans succès.

La salle est immense et je manque cruellement de temps. Ma patience s'amenuise tandis que mon anxiété augmente. Je dois mettre la main dessus avant que nous soyons pris au piège.

Par conséquent, je m'imagine être le monstre et me comporte comme il pourrait le faire. Avec audace, je m'assois sur le trône et parcours encore une fois la pièce du regard.

CHAPITRE 25

Les poutres sont trop hautes pour l'y dissimuler, et j'en ai déjà vérifié les montants.

Mes yeux continuent de papillonner en tous sens, jusqu'à ce qu'ils se posent sur l'énorme foyer éteint qui m'interpelle.

Je me lève rapidement et m'approche. Son espace semble partagé en deux. Si à ma droite je remarque des traces récentes de cuisson, rien ne paraît avoir brûlé à ma gauche depuis un moment.

Étrange.

J'observe la cendre froide, puis pivote vers le trône, avant de revenir face à l'âtre. Si Rigborg s'y trouvait, Harald pourrait la surveiller sans mal depuis son siège, à l'insu de tous. Cette cachette serait judicieuse.

Je m'agenouille et y plonge ma main gauche, espérant dénicher ce que je désire. Mes doigts remuent prudemment la poudre grise et volatile, jusqu'à sentir quelque chose de dur, qui pourrait s'apparenter à un fourreau. Je retire ma main avec précaution et la remplace par ma lame, que j'appuie contre les pierres pour faire levier.

Je soulève une montagne de cendres longiligne en souriant. De ma main droite, j'empoigne respectueusement l'extrémité du même côté tandis que mes phalanges se referment sur une poignée. Je secoue un peu mon avant-bras pour disperser le monticule gris et sortir l'épée de son fourreau.

La lame se met à luire et ses reflets bleutés captent instantanément toute mon attention. Ce spectacle me fascine.

Je ne réalise pas que je n'ai plus du tout conscience de ce qui m'entoure, obnubilé par Rigborg. Je suis exposé, pourtant, je ne me suis jamais senti aussi invincible.

Un lent frisson de désir parcourt tout mon corps. La sensation est nouvelle, toutefois elle a quelque chose de familier. Comme si l'épée m'avait reconnu. Une chaleur apaisante serpente ensuite langoureusement le long de mon bras.

Je suis envoûté, perdu dans la contemplation de cet objet exceptionnel.

Néanmoins, j'ai été négligent. Et je réalise que je vais en payer le prix quand brusquement une main glacée se pose sur mon poignet.
Je n'ai pas le temps de réagir, qu'une vision s'impose à moi.
Et je vacille.

CHAPITRE 26

LIBÉRATION - 3

❈ VETRABLÓT / DÉBUT DE L'HIVER ❈

BJÖRN

Mon plan pour libérer Asulf était parfait. Enfin, en théorie. Je me suis inspiré d'une ruse d'un ennemi du roi Thorbjörn. À l'époque où je n'étais encore qu'un gamin, des individus ont mis le feu aux écuries. Mon père est sorti en trombe du SKALI pour savoir ce qui provoquait ces cris, moi sur ses talons. Suspicieux, au moment où il a regagné sa demeure, il m'a demandé de rester dehors. J'ai tout juste eu le temps d'entrevoir ce qui se passait à l'intérieur. Son ennemi était assis sur le trône et des hommes avaient une lame sous le cou de mes frères aînés. J'ai donné l'alerte, Amalrik et nos guerriers sont intervenus et tout s'est bien terminé pour ma famille. Ma mère m'a dit d'en tirer des enseignements et c'est ce que j'ai fait.

J'ai appliqué cette même stratégie : une diversion, une partie de mon équipe à l'intérieur, et le reste à l'extérieur, prêt à nous prêter main-forte. J'avais tout envisagé, sauf une chose : Harald se moque éperdument de son peuple. Par conséquent, la manœuvre que nous avons mise en place ne fonctionne pas.

Cachés à proximité du SKALI, nous attendons une ouverture, en vain. Nous n'allons bientôt plus pouvoir intervenir et devrons battre en retraite.

CHAPITRE 26

Tout à coup, Lyra nous abandonne, nous demandant de continuer sans elle. J'en déduis qu'elle va faire une dernière tentative pour attirer Harald hors de ses murs. Et je peste parce qu'elle improvise, sans m'aviser de ce qu'elle a en tête.

Néanmoins, nous sommes confus, car de toutes les personnes qui veulent sauver Asulf, elle est la plus légitime, la première concernée. Elle a toujours cru à son retour et lui est restée fidèle. Elle n'a jamais failli, nous a portés à bout de bras même quand elle était épuisée. Donc, je ne peux qu'imaginer ce qu'un tel acte doit lui coûter.

Nous ne serons donc plus que trois à entrer. Plus discrets, mais aussi plus exposés en cas de confrontation. Toutefois, l'aide de Lyra est précieuse et nous devons poursuivre la mission.

— Geri, tu vas devoir chercher seul l'épée de ton père, pendant que Petra et moi irons le secourir. Reste sur tes gardes. Si tu croises quelqu'un, neutralise-le pour empêcher qu'il donne l'alerte.

— Compte sur moi.

L'instant d'après, une dizaine de geysers jaillissent d'un peu partout.

Par ODIN ! Qu'est-ce que c'est ?

Je fais le lien entre mon amie et son passé, puis, comprenant de quoi il retourne, j'interroge Geri :

— Lyra s'est-elle rendue à la cascade avant notre départ ?

— Pas que je sache.

— Ondine ou non, elle ne devrait pas être capable de créer des geysers, nous interrompt sèchement Petra.

Je n'ai pas le temps d'argumenter davantage, ni de la questionner sur comment elle sait cela, qu'elle plaque sa main sur ma bouche.

— Silence, ça bouge là-haut ! chuchote-t-elle.

Je devrais être courroucé qu'elle ose pareil geste. Je n'aime pas qu'Eldrid se permette une telle attitude, et c'est pire venant d'une THRALL.

Dissimulés dans la pénombre, nous observons Harald et ses deux acolytes descendre les marches pour se diriger vers la ville.

Enfin !

Nous nous hâtons d'atteindre ce qui fut ma maison durant les vingt premières années de mon existence. La porte est entrouverte, comme une invitation à la franchir. Ou un piège tendu. Je la pousse lentement du pied. Fort heureusement, les charnières sont graissées et n'avertissent pas notre arrivée. Je jette un coup d'œil rapide à l'intérieur.

— La voie est libre, annoncé-je.

Geri puis Petra me précèdent, à pas de loup. À mon tour, je passe le seuil et suis saisi par la nostalgie des bons moments que j'ai vécu ici. Je peux encore entendre les rires de mes frères pendant que nous nous coursions autour du trône et du foyer qui crépitait. Mon père nous sommait de nous calmer, tandis que ma mère lui suggérait de nous laisser apporter de la vie sous leur toit.

Je me revois gamin, plus tard, assis avec Asulf, quand nous planifions de prendre la mer pour nous rendre dans les ÎLES FØROYAR. Personne n'était au courant, c'était notre endroit secret. Là où nous devions nous retrouver si un jour les choses tournaient mal et que nous étions séparés.

Je regarde à présent le mur du fond, celui où, dans notre jeunesse, nous gravions dans le bois des encoches pour chaque VIKING occis. Nous étions constamment en compétition pour savoir qui de nous deux était le meilleur.

En admirant le foyer, c'est de nos discussions sexuelles d'adolescents dont je me souviens. Je faisais semblant de maîtriser ce dont je parlais tandis que je n'en avais encore pas touché une. J'avais juste capté des bribes de conversations entre mes frères. Je revois très clairement le visage tantôt curieux, tantôt cramoisi ou choqué d'Asulf. Je me jouais de sa timidité en détaillant des scènes intimes comme si je les avais expérimentées. Lui comme moi étions désireux de vivre ces moments charnels, et la ville regorgeait de jolies filles

CHAPITRE 26

prêtes à nous satisfaire. Pourtant, à cette époque, Eldrid avait déjà assiégé mes pensées et je ne voulais qu'elle.

Ma patience aura fini par payer.

Les larmes montent et j'éprouve une réelle difficulté à les réprimer. J'ai trop attendu avant de revenir ici. Pour réussir cette mission qu'Asulf m'a confiée, j'ai dû faillir à notre promesse de gamins. Nous nous étions juré de veiller constamment l'un sur l'autre, et, tel l'idiot que je suis, j'ai déchiré notre amitié. J'ai honte d'avoir autant tardé à le secourir et je prie les dieux pour qu'il soit toujours en vie. Qu'il me pardonne mes échecs. Parce que j'ai mûri. J'ai compris. Et que je l'aime plus que mes propres frères.

Petra pose une main sur mon bras, me ramenant ainsi dans l'instant présent. Je sais que nous n'avons pas fait tout ce chemin pour rien. Asulf est là, je le sens. Et nous allons le libérer de ce cauchemar.

— Petra et moi nous chargeons d'Asulf. Il nous connaît et sera donc plus enclin à nous faire confiance. Pendant ce temps-là, trouve son épée. Si ton père est toujours en vie, elle doit être quelque part entre ces murs.

Geri acquiesce et nous le quittons sans tarder.

D'un geste de la main, j'enjoins Petra à nous ouvrir la voie.

— Montre-moi où tu l'as vu pour la dernière fois.

Je la sens hésitante, déboussolée, alors que nous devons agir prestement.

Son attitude me désarçonne. Nous perdons un temps précieux, aussi je reprends le contrôle.

— Débutons par le plus évident : la geôle.

Là encore, elle ignore par où aller.

Je commence à sérieusement douter d'elle. Se pourrait-il qu'elle ait été envoyée par Harald pour nous appâter avec le spectre de mon ami ? J'ose espérer qu'elle ne nous a pas conduits dans un piège savamment organisé ! En même temps, je n'en attendais pas moins de

Harald, finalement.

Qu'est-ce que j'ai été con ! J'aurais dû écouter mon fils. Thor a tenté de me raisonner, et au lieu de cela, je me suis acharné.

Le chemin vers la prison souterraine est toujours dissimulé. Une chance que je connaisse parfaitement ce SKALI ! Il n'a plus aucun secret pour moi et, fort heureusement, sa conception n'a pas du tout changé. Au moins une chose que Harald n'aura pas détruite !

Je longe le foyer, puis le trône et avance vers la première pièce face à moi. J'entre dans ce qui ressemble à une minuscule chambre dans laquelle se dresse un énorme métier à tisser. C'est là que ma mère créait nos vêtements, et il est toujours à sa place. Mes doigts le frôlent avec nostalgie tandis que je le contourne pour accéder à un escalier dissimulé juste derrière, invisible depuis le seuil de la porte. Juste assez large pour mes épaules, ou pour une THRALL portant un plateau. Je dévale les marches au pas de course, Petra à ma suite.

Le SKALI a été construit sur ce qui semble être un tertre, mais il n'en est rien. S'il peut surplomber la ville, c'est parce qu'il est surélevé, posé sur plusieurs geôles. Mon père, l'ancien roi, a hérité de cette demeure en même temps que de son titre. Cependant, il n'a fait qu'une seule fois usage de son sous-terrain : pour punir cet ennemi qui s'est assis sur son trône et a menacé de trancher la gorge de ses fils.

Mes frères et moi testions notre bravoure en descendant ici de nuit. Nous appelions cet endroit *le tertre des âmes*. Parce que mes aînés racontaient que des morts étaient coincés dans les murs. Pour m'effrayer, ils s'amusaient à imiter des cris de prisonniers à l'agonie. Jusqu'au jour où il y en a réellement eu un. Et nous n'avons plus jamais traîné dans les parages.

J'ai beau avoir passé l'âge d'être intimidé, je sens les poils de mon dos se hérisser en pénétrant ici. J'ai peur de ce que je vais y trouver.

CHAPITRE 26

Le couloir est sombre, à peine éclairé par la lumière du jour qui filtre à travers une mince ouverture barricadée. Je m'agenouille et cherche à tâtons là où je me remémore avoir vu Thorbjörn cacher une clé. C'est la même pour déverrouiller les trois portes. Les deux premières sont des prisons. Quant à la dernière, il s'agit d'une salle de torture. Des frissons me parcourent à l'idée qu'Asulf ait pu l'avoir visitée... à de trop nombreuses reprises. J'appréhende l'état dans lequel je vais revoir mon ami.

Mes doigts inspectent méticuleusement les espaces entre les pierres. Je me griffe sur le tranchant de certaines, pourtant, je continue. Je panserai mes plaies plus tard. Je sens enfin un morceau de métal froid et dur à l'extrémité de mes phalanges et je souris. Elle est toujours là.

Ma satisfaction est de très courte durée, car un grincement de charnières derrière moi me fait sursauter. Je me tourne immédiatement vers le bruit, mon épée brandie pour accueillir le fouineur. C'est alors que j'observe Petra pousser lentement le battant.

Cela ne me dit rien qui vaille.

Je la rejoins en quelques enjambées et la surplombe tandis que je jette un coup d'œil par-dessus son épaule. Et le constat tombe : la pièce est vide.

Nous nous précipitons vers la seconde.
Vide également.

Je déglutis bruyamment tandis que nous avançons, côte à côte en direction de la dernière porte. Ma main tremble quand je l'appuie sur le bois. Petra y superpose la sienne, et, ensemble, nous poussons le battant sur l'antre des horreurs. Et là, mon cœur s'arrête avant de s'emballer.

Je suis dans le noir total. Je n'ai pas pensé une seule seconde à prendre une torche.

Néanmoins, je suis frappé par l'absence qui règne ici. Il n'y a pas de bruit. Pas de rats. Pas d'échos de respiration saccadée et douloureuse. Pas de cris déchirants. Mais, surtout, il n'y a pas d'odeur de chair qui pourrit, de sang séché ou de cadavre abandonné. Ce qui veut dire qu'elle n'a pas été utilisée depuis un certain temps.

— Il n'est pas ici, déclare Petra.

Non, non, NON ! Impossible qu'il soit mort !

Mon cœur se serre douloureusement alors que je crois encaisser le coup le plus dur de toute mon existence. J'ai la gorge sèche, le souffle coupé, les muscles contractés et tremblants. Je lutte contre cette déception qui menace de me faire flancher.

Petra pose une main compatissante sur mon bras :

— Pardonne-moi, Björn. Je t'ai retrouvé trop tard, sanglote-t-elle.

Je me dégage violemment en grognant. Il est hors de question que je le laisse tomber.

— Nous commençons à peine à le chercher !

— Tu sais comme moi que ses chances de survie étaient maigres. Il a vaillamment lutté, et longtemps…

— Non ! Asulf n'est pas mort. Je n'en crois pas un mot. Il m'a attendu. J'ai une revanche à prendre sur lui. Il me l'a promis.

Elle me regarde intensément et sa résignation m'insupporte. Je n'accepte pas ce deuil.

— Je suis désolée.

Je refuse de l'écouter déblatérer ce que je considère être une ineptie et me retourne, furieux. Animé par toute la rage qui m'habite, je bondis en direction des escaliers, autant, car le temps file trop vite, que pour cacher les larmes qui m'assaillent. Je ne peux pas le perdre. Les dieux m'en sont témoins, j'irai le chercher à HELHEIM s'il le fallait.

Nous remontons dans le SKALI et passons par les chambres. Je me berce peut-être d'illusions, cependant, j'ai besoin de tout fouiller moi-même, d'être certain d'avoir tout donné avant de sortir d'ici. Puisque nous ne reviendrons pas.

CHAPITRE 26

Soudain, je pense à Lyra et une seconde douleur m'étreint le cœur, aussi sournoise que la précédente. Comment lui annoncer qu'elle est veuve ? Qu'elle ne reverra plus son époux ? Que nous avons entrepris ce périlleux voyage, sur mon initiative, pour rien ? Je vais briser tous ses espoirs, comme les miens sont en train de voler en éclats.

Je puise très profond dans mon courage pour continuer d'avancer. Un pas après l'autre. Je vais le sauver. Parce que si je doute ou ralentis, je sens que je vais m'effondrer.

Je ne pourrai pas dire à Geri que ses récentes visions sont des chimères. Ou à Leif qu'il ne rencontrera jamais son père, alors que je le lui en avais fait la promesse.

Je serai incapable de dire à ma femme que j'ai échoué à lui ramener son ami.

Je réalise à cet instant que nous étions heureux en ÍSLAND, même si l'équilibre émotionnel était parfois fragile. Qu'il ne tenait que grâce au fil de l'espoir qui nous portait tous. Que nous tissions ensemble.

Je suis terrifié à l'idée que tout s'étiole jusqu'à ce que nous sombrions dans la folie.

Mes yeux se brouillent, mes sanglots stagnent dans ma gorge et m'étouffent tandis que j'atteins la zone des chambres. Il nous en reste trois à visiter. Quand nous aurons vu la dernière, nous regagnerons la grande salle du SKALI par l'autre côté du trône, en longeant la pièce des bains et celle de vie des THRALLS. Ce faisant, nous aurons parcouru toute la demeure, et, à ce stade, j'ignore si je serai apaisé.

Petra est toujours derrière moi, je perçois ses foulées légères. Le temps qu'elle me rejoigne, j'inspire profondément et ouvre la première porte. Une fois encore, je suis assailli de souvenirs. Mes parents dormaient ici. Il y a bien un lit double, mais plus seul un objet qui personnifie tout cet espace. Rien qui n'indique qu'elle ait un occupant. Pourtant, elle appartient sûrement à Harald.

Je fais marche arrière et referme derrière moi avant de me diriger vers la suivante.

Mes chances s'amenuisent tandis que mon cœur est sur le point d'imploser.

Il ne reste que deux chambres.

Je prends une grande inspiration avant d'ouvrir la porte. Cette pièce était la mienne. Je la partageais avec mon troisième et plus jeune frère.

J'ai peur de ce que je vais y trouver.

De ce qui me submergerait.

Des réminiscences de discussions interminables avec Asulf.

Ma première fois avec Eldrid.

Mes muscles se tendent à nouveau. Je ferme les yeux et pousse sur le bois.

Et quand mes paupières se soulèvent, je crois rêver.

Asulf est là.

Par les dieux, merci !

Le soulagement qui m'envahit n'a pas de prix.

Petra et moi nous sourions.
Ton calvaire prend fin ici et maintenant, mon frère.

Je suis tout proche de pleurer comme un gosse qui s'est égaré durant des heures, sans cesser d'appeler sa mère, et qui se jette sur elle en la retrouvant, pour ne plus la lâcher.

Asulf est là, et bel et bien vivant, si j'en crois sa poitrine qui se soulève et s'abaisse à un rythme régulier.

Allongé sur mon ancien lit, il est plongé dans un sommeil si lourd qu'il ne nous a pas entendu entrer.

Et cela m'inquiète quelque peu.

Le loup a toujours été sur ses gardes, ne dormant que d'un œil.

J'avance tandis qu'il demeure immobile.

CHAPITRE 26

— Petra, rien de tout ceci n'est normal.
— Je sais. Emportons-le maintenant. Nous le guérirons plus tard, quand nous serons à l'abri.

Je surplombe mon ami et vérifie qu'il n'a aucune blessure à laquelle je dois prêter attention, et que son déplacement raviverait.

Soudain, il ouvre les yeux et me fixe, l'air courroucé.
— Björn ! Espèce de sale traître !
— Je suis ravi de te revoir aussi, mon ami.

Le temps presse. Je tends ma main vers Asulf pour l'aider à se relever, mais je me ravise, décontenancé par son regard furieux.
— Garde tes faux-semblants pour d'autres. Tu ne me duperas pas. Harald m'a tout expliqué. Je ne te suivrais pas. Jamais !

Je grince des dents, fortement contrarié et décide d'improviser :
— Bon. Je m'attendais plutôt à ce que tu m'embrasses. Tant pis !

Avant même qu'il n'en dise davantage, je recule mon bras et y mets tout mon élan. Le coup de poing part et heurte fort sa pommette. Sa tête pivote au moment où je l'assomme.

Je me tourne vers Petra et déclare :
— Je sens que les retrouvailles s'annoncent épiques !
— La route est encore longue et Asulf va être compliqué à transporter dans cet état.
— Je m'en charge. Ouvre-nous la voie.

Lorsque je soulève mon ami, je me rends compte qu'il est loin d'être chétif ! Pourtant, galvanisé par la joie de le retrouver, je le porte finalement sans grande difficulté, faisant fi de mon poing qui me lance salement.

NUMERATION

CHAPITRE 27

FAIRE LE BON CHOIX

❄ VETRABLÓT / DÉBUT DE L'HIVER ❄

MARKVART

Depuis la pièce qui me sert à la fois de ce que les Latins appellent un LABORATORIUM et une BIBLIOTHECA, je perçois des portes qui claquent et des voix en panique. Encore de futurs cadavres, connaissant l'humeur du maître des lieux.

D'ailleurs, je me demande bien ce qui cause tout ce grabuge. Il est trop tôt pour l'arrivée quotidienne des THRALLS. Parce que depuis l'affranchissement de Petra, aucun esclave ne reste dans le SKALI. Harald a peur qu'Asulf s'attache de nouveau, réduisant ainsi son contrôle sur le *Regard d'acier*. Et comme il refuse de perdre son emprise sur le loup, personne n'est autorisé à l'approcher. Donc les divertissements sont éphémères.

Je tente de me replonger dans mes lectures, sans succès. Depuis quelque temps, je suis facilement distrait et rumine. Harald me tient à l'écart de tout. Je ne suis qu'un objet de plus à sa collection. Attendant quoi, au juste ? De m'utiliser prochainement ?

Je vaux bien mieux que cela !

Je suis le plus puissant des mages que j'ai croisé dans ma longue existence. Personne n'est meilleur que moi. À part, peut-être, Harald. Par ailleurs, il ne me reste que peu d'années à vivre. Par conséquent, pourquoi est-ce que je demeure à AROS, à patienter que HEL vienne me

CHAPITRE 27

chercher ? Je pourrais parcourir le monde et ne plus revenir. Pourtant, c'est ici que j'ai le plus de chance d'accomplir ce qui m'a obnubilé durant toute ma vie : ma vengeance.

Je n'entends plus de bruit. Étrange. Je me lève lentement et fais quelques pas. Harald serait-il sorti ? Si tel est le cas, cette occasion est inespérée et, de surcroît, de courte durée. Donc, sur un coup de tête, je décide d'inspecter le SKALI à la recherche de l'épée.

Je me dirige prudemment vers la grande salle au moment où je perçois une silhouette à contre-jour, près du foyer. Se peut-il que mes sens m'aient trompé et que je me sois fourvoyé ? Il est probable qu'il m'ait aperçu, aussi j'avance nonchalamment, comme j'en ai l'habitude.
Incrédule, j'observe l'ombre s'agenouiller pour fouiller les cendres et me fige lorsqu'une épée luminescente en émerge. J'avais pourtant fouiné partout dans cette fichue demeure ! Et je ne l'ai jamais trouvée, bien qu'elle était là, juste sous mon nez.

Je m'approche, certain qu'il s'agit d'Asulf, puisque Rigborg ne s'illumine que pour lui. Il ne semble pas m'avoir aperçu. Le cœur tambourinant fort, j'avance calmement vers lui.
Cela fait un moment que j'y pense et ce sentiment est tenace. Notre roi a sûrement monté le *Regard d'acier* contre moi. Sinon pourquoi m'éviterait-il ?
Peut-être pour avoir créé tous ces problèmes ?
Pour avoir aidé Harald à le pétrifier et à le ramener à la vie ?
Et donc être indirectement responsable de sa torture ?
Estime-t-il que mon implication s'étend à la famille de Björn ?
La liste de ce qu'il me reprocherait serait bien longue !

Toutefois, je tiens peut-être une chance de m'expliquer avec lui. D'autant que s'il me considère comme un allié, il m'aidera sûrement à réaliser mes desseins. Cet homme est d'une gentillesse, ou, selon comment on l'interprète, d'une naïveté telle qu'il accepterait de secourir son ennemi si cela pouvait servir un but plus grand, plus noble.

Je l'interpelle doucement, cependant, il ne bouge toujours pas, absorbé dans la contemplation de son arme. Va-t-il finalement l'utiliser contre moi et m'occire ? Mes chances de réussite sont minces, cependant je dois les saisir. Toute cette tension entre nous n'a que trop duré.

Un pas après l'autre, je suis maintenant à un bras de lui. Et je réalise que l'individu qui se tient là n'est pas Asulf, contrairement à ce que je croyais. Il lui ressemble, mais il est plus jeune que lui.

Comment est-ce possible que Rigborg lui réponde ? Suis-je en train d'halluciner ?

J'empoigne sa main qui agrippe l'épée dans le but de le faire réagir. Rien de plus, car je ne saurais maîtriser un guerrier, je mourrai avant d'avoir seulement essayé. Mes doigts se referment sur lui et frôlent la poignée de l'arme.

C'est alors que l'impensable se produit.

Je me fige quand la vision s'empare de moi. Elle est fugace et j'ai à peine le temps de voir un visage féminin familier. Elle prononce mon nom puis des fourmillements me traversent.

Cette voix…

Je ne l'ai plus entendue depuis une éternité.

Les larmes affluent au moment où je crois la reconnaître, sans certitude.

La vision s'interrompt aussitôt, nous sortant de nos transes respectives. Je relâche le jeune homme qui recule d'un pas et constate qu'il n'est plus seul dans la pièce. Décontenancé par ma présence, il me tient en joug avec l'arme qu'il empoigne toujours. Il pourrait aisément être le fils d'Asulf, tant leurs traits sont semblables.

Je lève mes mains au niveau de mon visage, en signe d'apaisement.

CHAPITRE 27

— Où est ton père ?
— Qui êtes-vous ?
— Je me nomme Markvart. Je suis son guérisseur.

Le jeune homme m'observe, dubitatif. J'ai l'air d'un vieux sage, peut-être cela aidera-t-il à l'amadouer. Et en effet, je le sens se radoucir.

— Pourquoi le cherchez-vous ?
— Il a besoin de ses soins quotidiens. Cependant, il ne se trouve pas là où nous avons habituellement rendez-vous.
— C'est parce qu'il est inconscient ! Grogne derrière moi une autre voix que je ne pensais plus entendre de mon existence.

Björn apparaît avec la THRALL que Harald a libérée il y a cinq ans. Et je comprends sans peine pourquoi. Elle a su retrouver le fils de l'ancien roi et l'a ramené ici. Tous deux soutiennent Asulf, qui n'est pas en état de se déplacer seul, épuisé de ses dernières confrontations.

Ils sont venus le chercher. Ils ne se sont pas vus depuis vingt ans, pourtant, ils l'aiment tellement qu'ils risquent tout pour le sauver. Mon cœur se serre douloureusement à cette idée, car je réalise que personne n'a jamais fait cela pour moi. Ni ne le fera.

Personne ne tient à moi de cette manière.

Et je suis trop vieux, à présent.

La situation vient de tourner à mon avantage. Je suis partagé entre l'envie de les laisser filer et le devoir de gagner du temps jusqu'au retour de Harald. Il serait ravi que je lui offre les traîtres tant espérés sur un plateau. Qui plus est, avec un bonus qu'il ne soupçonnait pas : un rejeton d'Asulf.

Pourtant, je dois me rendre à l'évidence. J'en ai appris davantage en quelques secondes en leur présence, que durant presque toute ma vie auprès de notre roi.

Peut-être pourrais-je en découvrir plus ?

— Emmenez-moi, demandé-je précipitamment.

Björn me scrute, puis ses yeux voguent entre l'épée et moi.

— Je voudrais plutôt t'occire, sale vermine ! C'est tout ce que tu mérites, après les dommages que tu as causé !

— S'il est vraiment son guérisseur, il pourra aider Asulf, affirme le jeune homme que je remercie intérieurement pour son intervention.

— Jusqu'à présent, il a vraiment mal fait son travail, grimace Björn. Je ne lui fais pas confiance. Il nous manipule.

— Non, je le jure.

— Ta parole ne vaut rien.

— Vous avez besoin de moi pour soigner votre ami. Laissez-moi vous suivre.

— Ne me prends pas pour un imbécile, Markvart ! Je te vois lorgner sur Rigborg depuis tout à l'heure. Alors non, je ne veux pas que tu viennes avec nous.

Il ne cédera pas et le temps me manque pour argumenter. Si Harald rentre et me découvre en pleine négociation, j'aurai quelques difficultés à m'en tirer.

Je décide d'être honnête, en espérant que cela penche en ma faveur.

— Vous détenez des réponses qui me sont vitales.

— Tu m'étonnes ! soupire-t-il. Et à la moindre occasion, tu reviendras auprès de ton maître pour tout lui rapporter !

— Je n'en ferai rien, avoué-je spontanément et presque malgré moi.

Björn hausse un sourcil. Son regard meurtrier me renseigne derechef : il ne me croit toujours pas.

— Le temps presse, intervient Petra. Harald est sûrement en train de rebrousser chemin. Nous ne pouvons pas traîner ici.

— Il vient avec nous, tranche le jeune.

— Pas question ! s'oppose Björn.

— Il nous dénoncera à Harald à la seconde où nous passerons ces portes. S'il dit vrai à propos d'Asulf, il pourra se rendre utile. Nous échangerons des informations importantes pour chacun. Et il sera toujours temps de décider de son sort plus tard. Ensemble.

CHAPITRE 27

J'acquiesce en inclinant respectueusement la tête, à ces paroles emplies de sagesse. Même si j'aimerais ne pas mourir juste après avoir obtenu mes révélations.

Björn soupire et rajuste Asulf qui glisse sur son épaule.
— Très bien, Geri. Tu es responsable de lui. S'il tente quoi que ce soit, tu le tues sur le champ. Je n'admettrai aucune négociation sur ce point. Car lui n'aura aucun remords à le faire.
— Ce n'était pas moi, ce soir-là, protesté-je. C'était Harald.
— Tu lui as fourni le poison. Tu étais complice. Et tu me tenais en joug. Sans l'intervention de Petra, je serais mort, humilié en public après d'atroces souffrances. Sois certain que ce souvenir est encore bien vivace dans ma mémoire. Et que je peux être très créatif, quand il s'agit de me venger.
— Je ne vous ferai pas de mal, réitéré-je. Fouillez-moi. Videz mes poches. Attachez-moi. Je vous suivrai sans discuter.
— Oh, j'y compte bien ! Je t'aimerais tellement plus si tu étais mort, alors ne me tente pas.
— Nous tirerons cette histoire au clair puis l'abandonnerons en forêt, si cela te fait plaisir, déclare le dénommé Geri. Mais, partons tant que nous le pouvons encore.

Björn soupire de nouveau. Il sait qu'en me poignardant ici, je serais définitivement réduit au silence et que son geste affaiblirait son ennemi. Pourtant, il fait preuve de clémence et accepte, même si c'est à contrecœur.

Et cela me suffit. C'est inespéré.

Sans tarder, je les guide à l'extérieur du SKALI, le jeune Geri sur mes talons, se mêlant à mon ombre.

Nous nous hâtons de rejoindre un chariot-prison dans lequel sont habituellement transportés des THRALLS. Le reste de la troupe s'y trouve déjà et me jette des regards interloqués. Ils allongent Asulf à l'intérieur et je m'installe dans la cage avec les autres.

Un jeune blond m'attache avec une corde et serre fort les liens autour de mes poignets. Je pourrais m'en défaire en quelques secondes, pourtant je ne bronche pas. Nous venons de passer un marché honnête, de ce fait, je préfère leur obéir aveuglément, pour avoir une chance d'obtenir enfin les réponses tant convoitées.

Autour de nous, la foule s'agite. L'alerte a été donnée. Nous devons impérativement partir avant le retour de Harald, car même si je suis en position de force, je serai bien en peine de lui expliquer ce que je fais là.

Parmi les visages que j'observe, je m'aperçois que la THRALL s'est volatilisée.

J'entends Björn converser avec un jeune blond :

— J'ignore où elle se trouve. Elle est sortie du SKALI en même temps que nous. Nous ne pouvons pas l'attendre.

— Juste un tout petit instant, implore le gamin.

— C'est ce que tu leur diras si on se fait prendre ? Je réprouve de partir comme un voleur en la laissant seule ici, mais je ne mettrais pas nos vies à tous en danger pour elle.

Le jeune acquiesce à regret et verrouille la cage avant de monter sur mon cheval. Nous quittons calmement la ville par la grande porte, tandis que derrière nous, c'est la panique.

Note de l'auteur : LABORATORIUM : signifie le laboratoire en latin.

Note de l'auteur : BIBLIOTHECA : signifie la bibliothèque en latin.

CHAPITRE 28

LE CHAMPION DE LA DISCORDE

❄ VETRABLÓT / DÉBUT DE L'HIVER ❄

FREYA

Précédés de Markvart et Geri, nous quittons le SKALI. Le corps de Petra que j'ai investi depuis notre départ d'ÍSLAND n'est clairement pas taillé pour porter un guerrier. Aussi, je suis ravie que Björn se charge d'Asulf. Sans quoi, j'aurais dû révéler ma vraie nature.

Asulf a changé et cela m'inquiète. Et je n'en saurai pas davantage pour le moment. Le pied à peine posé sur le sol, je perçois au loin que l'on m'appelle. Ou devrais-je dire que l'on me somme de rentrer ? Je suis la seule à entendre la voix d'ODIN. Et il est hors de lui.
Je m'éclipse discrètement et observe de loin mes compagnons quitter la ville avec soulagement.

Puis vient mon tour. Cependant, mon chemin bien différent du leur. Je me glisse entre deux maisons, drapée de ma cape magique aux plumes de mon animal fétiche. Puis, certaine que personne ne me porte attention, je me transforme en faucon et m'élance vers les cieux pour rejoindre mon roi qui m'attend de pied ferme sur ASGARD. Nul besoin de mes dons de VÖLVA pour savoir que notre conversation sera loin d'être agréable.

CHAPITRE 28

Mes ailes noires déployées battant à vive allure, je profite des courants ascendants pour me hâter de rentrer. Habituellement, j'aime flâner dans les airs. La sensation de voler est extraordinaire et je m'en émerveille à chaque fois. Néanmoins, aujourd'hui, je ne suis clairement pas d'humeur à apprécier, déjà focalisée sur la discussion à venir.

Le vent plaque mes plumes, et je vais si vite, si haut, que mes yeux s'assèchent. Je regarde furtivement en contrebas pour constater que la troupe a réussi à s'enfuir. Quant à Harald, il regagne le SKALI et ne tardera pas à réaliser qu'il a été dupé, volé. Par conséquent, je ne m'éterniserai pas sur ASGARD, parce qu'Asulf va avoir besoin d'aide pour la suite.

L'agitation de la ville s'est apaisée. L'incendie est maîtrisé, pourtant, je sais que ce calme sera de courte durée. Le Démoniaque vient d'essuyer un nouvel échec et je devine qu'il n'acceptera pas cette défaite. Il ripostera rapidement, nous devrons être prêts.

Je traverse les nuages, telle une flèche inarrêtable. J'émerge de l'autre côté et aperçois le pont arc-en-ciel du Bifröst qui relie Migdard à Asgard, la cité d'or des dieux. Ce pont que mes Valkyries empruntent quand elles ramènent les valeureux guerriers morts au combat.

À son extrémité, j'avise HEIMDALL, son gardien, et me dirige vers lui. Je ralentis l'allure en freinant avec mes ailes. À un mètre du sol, bien que je sois toujours en mouvement, je reprends instantanément ma forme de déesse et marche en direction de notre protecteur.

— Bienvenue, belle FREYA. J'ai un message pour toi de la part du Père de Tout. Il te cherche depuis un moment déjà et t'attend avec impatience dans la salle du trône. Je ne traînerais pas en route, si j'étais toi.

— Merci, HEIMDALL, murmuré-je en déposant un baiser sur sa joue.

Parée de toute ma superbe, je me dirige d'un pas assuré vers mon roi. J'entre dans sa demeure d'or, prête à assumer les conséquences de mes actes. Je n'ai rien à me reprocher, j'ai fait ce qu'il fallait. Même si je devine qu'ODIN ne l'entendra pas de cette oreille.

Sur mon passage, je perçois des chuchotements, des regards en biais. Tous parlent de moi ou de ma désobéissance. Mon estomac se noue. J'ai peur que mon châtiment soit exemplaire.

Après une marche qui m'a semblé interminable, j'atteins ma destination. La double porte s'ouvre à mon approche sur une vaste pièce qui grouille de monde. Tous se taisent à mon entrée.

Il m'est de plus en plus difficile de garder une contenance, sachant ce qui se profile. Pourtant, la tête haute, j'avance sans ciller vers ODIN. Après tout, j'ai toujours eu foi en sa sagesse.

Les chuchotements s'intensifient et exaspèrent le maître des lieux.
— Tout le monde dehors ! gronde-t-il en faisant trembler les murs.
Sans demander leurs restes, des dieux, des VALKYRIES ou encore des EINHERJAR se pressent vers la sortie. Certains me frôlent, affolés, pendant que d'autres me narguent.

La porte claque dans mon dos. Je ne peux plus reculer.
Je suis seule face à son courroux divin.
À mon approche, mes pas résonnent sur les parois à la pureté étincelante, éblouie par tant d'or.

J'inspire lentement. Je devrai rester calme durant toute notre conversation, car si je m'emporte, je passerai pour une hystérique et perdrai toute crédibilité. Or, notre échange de ce jour est vital.
— Où étais-tu ? grogne-t-il.
— Sur MIDGARD.
— Et qu'y faisais-tu ? Je ne me remémore pas t'y avoir envoyée.
— J'aidais Björn à libérer Asulf des griffes de son oncle.
ODIN se penche vers moi, son unique œil plissé :
— Te souviens-tu, déesse VANIR, de notre discussion ? Te rappelles-tu que je t'ai formellement interdit, et ce, à plusieurs reprises, d'intervenir dans cette histoire ?

CHAPITRE 28

— En effet.

— Or, tu m'as désobéi ! rugit-il en tapant du poing gauche sur l'accoudoir de son trône en or. Tu n'es pas une NORNE, FREYA ! Il ne t'appartient pas de modifier un destin que les trois fileuses ont tissé.

— Je n'ai rien mis en péril, si telle est ta crainte. Au contraire, je m'assure de la stabilité de nos mondes.

ODIN grince des dents, rouge de colère. À ses pieds, GERI et FREKI, ses deux compagnons loups, me toisent, les babines retroussées, imitant l'humeur de leur maître. Et au-dessus de chacune de ses épaules, ses corbeaux me fixent durement.

Cette posture du roi des dieux impose le respect. Il est le plus sage d'entre nous. Je devrais me plier à son jugement sans réserve. Toutefois, j'ai pu constater avec les années que le cas de Harald le perturbe au point d'ignorer comment interrompre ce cycle infernal.

— Ne tergiverse pas et explique-toi, FREYA. Pourquoi es-tu intervenue ?

Je ne peux pas simplement lui donner la réponse qu'il attend, puisqu'il ne me laissera pas la possibilité de plaider ma cause. Par conséquent, je dois orienter la discussion de telle sorte à lui exposer l'évidence qu'il refuse de voir.

— Ne serais-tu pas intéressé de savoir comment j'ai eu vent que quelque chose se tramait ?

Sa lance dans sa main droite et pointée vers moi, ODIN me menace :

— Ne m'oblige pas à faire appel à TYR pour obtenir sa justice et t'arracher la vérité !

Bien, il me prête enfin une oreille attentive.

— Je ne t'ai jamais rien caché, mon roi, et je continuerai d'agir ainsi. Tu affectionnes ma franchise et j'aime que tu me permettes de l'être. Je vais donc te livrer tout ce dont j'ai connaissance.

ODIN se radoucit et fait apparaître un siège derrière moi. Je prends place avec élégance et commence mon récit :

— Il y a vingt ans, Asulf et Harald se sont affrontés et le jeune loup a perdu. À l'issue du combat, Harald a pétrifié son neveu. J'ai intercepté l'esprit de ce dernier quand il se mourait.

Mon roi serre de nouveau son poing, les traits de son visage exprimant clairement son mécontentement.

— Je devrais déjà te punir pour cela. Tu n'avais pas le droit de prendre une âme qui ne t'était pas destinée.

— Je voulais remercier celui qui a sacrifié sa vie pour tenter de sauver son monde. Puis, tout est allé très vite. Le Démoniaque a ressuscité le jeune loup et a simulé sa mort. Puis il a usé de sa magie pour masquer ce qui se passait dans le SKALI. C'est ainsi qu'à nos yeux, Asulf a juste... disparu. Je l'ai cherché sur MIDGARD et dans différents royaumes durant les années qui ont suivi, sans savoir qu'il était toujours sous mon nez.

— Je te croyais la divinité des VÖLVAS ? Ce titre est-il usurpé ? Ne peux-tu plus prédire l'avenir ? Tu es dotée d'un manteau qui te permet de parcourir les neuf univers et que tous les dieux t'envient. Dois-je te le prendre et confier cette tâche à un autre ?

Je refuse de répondre à ses provocations, car ODIN peut parfois être aussi capricieux qu'un enfant.

Je me focalise sur le déroulement de mon récit :

— Puis, des rumeurs me sont parvenues. Une THRALL et un navigateur sauraient où trouver Björn, tandis que je ne réussissais pas non plus à le localiser. Donc, je les ai suivis jusqu'aux confins du monde. En ÍSLAND. Je supervisais les événements depuis les cieux. Puis, un jour, la THRALL a fait une mauvaise chute. Sa tête a violemment heurté une pierre et elle est morte sur le coup. Ne voulant pas perdre cette piste, je me suis réincarnée en cette mortelle et les ai aidés à libérer Asulf.

Les phalanges de la main gauche d'ODIN tapotent l'accoudoir, impatient de connaître la suite de mes péripéties.

— Tout à l'heure, quand j'ai touché le jeune loup, j'ai eu à nouveau cette vision de flammes et de chaos dans laquelle apparaissait Harald. Tout est encore lié à lui. À notre inaction. Au pacte avec SURT.

CHAPITRE 28

— Je m'en souviens, inutile de me le rabâcher. Tu prétends que Harald veut s'approprier MIDGARD et suppose que SURT espère s'échapper de son monde.

— Il est surtout question de RAGNARÖK, de fin des temps.

— Balivernes, FREYA ! C'est un mythe pour nous garantir le soutien des ASES, des VANIRS et des elfes. Pour faire peur aux nains et aux mortels. Pour que ces races nous vouent toujours cultes et allégeance. Tu sais très bien que HELHEIM est le royaume qui compte le plus de sujets. Si les morts s'allient aux géants et aux démons, lourdes seront les pertes dans les deux camps.

ODIN est-il en train de m'avouer à demi-mot qu'il craint pour sa position de roi des ASES ? Qu'il doute de sa capacité à nous protéger si une bataille se profile ?

Quoi qu'il en soit, la finalité demeure la même. YGGDRASIL tombera et nous entraînera tous dans sa chute.

Donc je ne me démonte pas et persévère :

— J'approuve ton approche consistant à intervenir ponctuellement sur MIDGARD pour maintenir la foi que les mortels placent en nous. Aussi, je ne comprends pas pourquoi nous refuserions d'accorder notre soutien à Asulf.

— Ne joue pas l'ingénue. Tu le sais très bien.

— Ta prédiction est imprécise :

« ÚLFUR MUN BRJÓTA KEÐJUR SÍNAR,
(Le loup brisera ses chaînes,)
GUÐ ÓÐINN MUN FALLA Í ORRUSTU.
(Le dieu Odin tombera au combat) »

— Elle parlait d'un loup et non d'Asulf. D'ailleurs, il lui est impossible d'en devenir un puisqu'il ne possède aucun don de métamorphose. En revanche, plusieurs loups nous entourent. N'en as-tu pas deux à tes pieds en ce moment même ? Vas-tu également te méfier d'eux ?

ODIN claque le bout de sa lance sur le sol pour couper court à mon audace. Ses deux compagnons se redressent simultanément et jappent dans ma direction. Néanmoins, je refuse de me laisser intimider. Les enjeux sont beaucoup trop importants pour que j'abandonne.

— Permets-moi de te rappeler la prophétie dans son intégralité, j'ajoute :

« ÞEGAR KALDA VETRAR NEITA AÐ VÍKJA FYRIR SUMRI,
(Lorsque l'hiver glacial ne cédera plus sa place à l'été,)
OG STRIÐ HAFA EYÐILAGT MIÐGARÐ,
(Et que les guerres auront ravagé Midgard,)
SKÖLL OK HATI, SYNIR FENRISÚLFS, MUNU GLEYPA SÓLINA OG TUNGLIÐ,
(Sköll et Hati, les fils de Fenrir, dévoreront le soleil et la lune,)
STEYPT ALHEIMURINN Í DÝPSTU MYRKUR. »
(Plongeant l'univers dans l'obscurité la plus totale.)

« YGGDRASILL MUN SKJÁLFA OG NÍU HEIMAR MUNU SPRINGA.
(Yggdrasil tremblera et les neuf royaumes se fissureront.)
SURT, HERRA MUSPELHEIMS, MUN HÆTTA VAKT SÍNA.
(Surt, seigneur de Muspelheim, abandonnera sa garde.)
LOKI MUN BRJÓTA KEÐJUR SÍNAR OG SAMEINAST HEL, DROTTNING HELHEIMS.
(Loki brisera ses chaines et rejoindra Hel, la reine de Helheim.)
FRÁ SUÐRI, ÞAU MUNU STÝRA HER DREPA TIL ÁSGARÐS. »
(Depuis le Sud, ils mèneront l'armée des morts vers Asgard.)

« FENRIR MUN BRJÓTA KEÐJUR SÍNAR OG DREPA ÓÐINN, EN VÍÐARR MUN HEFNA HONUM.
(Fenrir brisera ses chaines et tuera Odin, mais Vidar le vengera.)
MIÐGARÐSORMUR, MUN EITRA ALLT Á LEIÐ SINNI,
(Le serpent de Midgard empoisonnera tout sur son passage,)
OG ÞÓRR OG HANN MUNU BERJAST TIL DAUÐA.
(Et Thor et lui se battront jusqu'à la mort.)
FREYR OG SURT MUNU DREPA HVORT ANNAÐ Í LOGUNUM.
(Freyr et Surt s'entretueront dans les flammes.)
HEIMDALLR OG LOKI MUNU BERJAST OG DEYJA BÁÐIR. »
(Heimdall et Loki s'affronteront et périront tous deux.)

« SÓLIN MUN EKKI SKÍNA LENGUR, JÖRÐIN MUN FALLA Í HAF,
(Le soleil ne brillera plus, la terre s'enfoncera dans la mer,)
HEIMURINN VERÐUR AÐ ÖSKU.
(L'univers sera réduit en cendres.)
ÞÁ MUNU LIFANDI SYNIR RÍSA,
(C'est alors que les fils survivants se lèveront,)
TIL AÐ BYGGJA UPP NÝJAN HEIM. »

CHAPITRE 28

(Pour reconstruire un nouveau monde.)

« LÍF OG LÍFÞRASIR MUN ENDURNÝJA MIÐGARÐ.
(Lif et Lifthrasir repeupleront Midgard.)
BALDR, SEM HEFUR KOMIÐ AFTUR ÚR HELHEIM, MUN RÍKJA MEÐ VÖLDUM OK RÉTTLÆTI.
(Baldr, revenu de Helheim, gouvernera avec sagesse et justice.)
RAGNARÖK MUN EYÐA ÖLLU,
(Le Ragnarök aura tout détruit,)
EN VON MUN ENDURFÆÐAST ÚR ÖSKUNNI ÞAKKIR HŒNIR. »
(Mais l'espoir renaîtra de ses cendres grâce à Hoenir.)

— Ce loup qui te menace est bien Fenrir, je conclus.
— Cela ne se peut ! Je l'ai attaché moi-même, afin de m'assurer de la solidité de ses entraves.
— Et elles le sont. Je ne remets rien de cela en cause. Toutefois, quelqu'un viendra le libérer.
— Qui ? Avons-nous un traître dans nos rangs ?
— Pas que je sache, mon roi. Je n'ai pas vu qui s'en chargera. Mais notre nonchalance concernant Harald commence à peser lourd et menace de nous nuire gravement.
— Et tu considères toujours que ton champion est le seul à pouvoir endiguer toute cette folie ?
— Oui, je le crois sincèrement.
— Donc, pourquoi Asulf a-t-il échoué il y a vingt ans, s'il est l'élu qui nous sauvera tous ? En quoi est-ce différent aujourd'hui ?

ODIN touche un point sensible et non des moindres. Je dois naviguer intelligemment pour ne pas m'emmêler dans la toile qu'il tisse.
— Asulf a mûri. Il est plus fort. Mieux entouré. Il réussira.
— C'est tout ce que je souhaite, FREYA. Saches que l'interception de son âme n'est pas passée inaperçue. Puisque je ne t'ai pas punie, cela a créé un précédent. Certains dieux y ont vu un signe de faiblesse de ma part. Nombreux sont ceux qui ont imité ta démarche et ont ensuite crié au favoritisme quand je les ai déboutés. Tes pairs sont mécontents. Certains d'entre eux envisagent de nous tourner le dos. Alors, dis-moi, déesse, comment suis-je censé agir à présent ?

Entraînée par ma fougue, je ne m'étais pas rendue compte de la portée de mon geste et m'empourpre légèrement.

— Laisse-moi épauler Asulf jusqu'au bout. Ainsi, tu leur prouveras que j'ai œuvré dans notre intérêt à tous, et non par simple pulsion ou égoïsme.

ODIN s'adosse à son siège et frotte son visage de sa main gauche tandis qu'il réfléchit.

Je patiente calmement, la partie est loin d'être gagnée.

— Quoi que je décide, je semble piégé, constate-t-il. Si je t'appuie, tu te dois de réussir. Parce que si tu essuies un échec, tu me feras passer pour un incompétent et nos alliés se soulèveront contre nous. D'un autre côté, si je ne t'empêche d'essayer, tu prétends que ce ne sera pas mieux. Vois-tu dans quelle situation tu nous mènes ?

Il tente de me forcer à faire marche arrière, mais je ne le peux.

Je continue d'argumenter, espérant sincèrement être en mesure de le convaincre :

— Durant les lunes où j'ai vécu en compagnie de Björn et des siens, j'ai compris pourquoi Asulf avait échoué. La bataille de JOMSBORG a violemment marqué la fin d'un cycle pour lui, l'obligeant à se séparer de ceux qu'il aimait par-dessus tout. Les pensant en sécurité, il était prêt à se sacrifier pour tuer son oncle et nous sauver.

— Ses motivations étaient insuffisantes pour réussir.

Je me mords la langue. S'il m'avait laissé épauler Asulf, peut-être que nous n'en serions pas là.

Mon roi me scrute puis soupire :

— Qu'est-ce que tu ne me dis pas ?

Nous y voilà. Ce moment délicat qui pourrait remettre en cause tout mon argumentaire.

Je me lance avec tout l'aplomb dont je suis capable :

— La situation est loin d'être simple. Asulf a été torturé par Harald. Il a de bonnes raisons d'être en colère et de désirer se venger. Mais sa douleur est orientée vers la mauvaise bataille.

CHAPITRE 28

— Que veux-tu dire ?

— Je ne sais pas encore de quoi il s'agit. Au moment où Björn et moi avons rejoint Asulf, ses paroles envers son ami étaient très rudes. Nous espérions des retrouvailles chaleureuses et avons été déçus.

— Il vous a attendu vingt ans, dans des conditions que personne ne devrait connaître. Qu'escomptiez-vous trouver ?

Les propos d'ODIN me fouettent durement. Il a raison. Ce temps correspond à une éternité chez les MIDGARDIENS. Rien d'étonnant à ce qu'Asulf éprouve une certaine rancœur.

Je tente de masquer mon trouble, mais ODIN n'est pas dupe.

— La situation que tu me dépeins n'est guère engageante. Ton champion est peut-être instable et tu es quand même prête à lui confier notre avenir ?

— Je sais qu'il réussira. Sigrune est avec lui.

— Une autre rebelle, grimace-t-il.

— Elle l'a soutenue. Elle porte notre voix à ses oreilles.

— Si cette VALKYRIE était rentrée au VALHALLA avec ses sœurs ce soir-là, plutôt que de désobéir et de fouiner sur MIDGARD, elle ne serait pas devenue captive de cette épée, et nous n'en serions pas là. Le démon invoqué aurait accompli sa mission en exterminant Harald et serait retourné à HELHEIM. Et nous serions débarrassés de tout ce foutoir depuis longtemps.

Je voulais garder mon calme jusqu'au bout, mais il m'est à présent difficile de me contenir. Je craque et m'insurge, au risque de perdre toute crédibilité :

— Markvart n'aurait pas fait appel à ce démon si sa sœur n'avait pas été violée puis tuée. Tu sais comme moi que Harald a lancé les hostilités ce jour-là. Tout ce qui en découle est de sa faute. Ou plutôt, de notre faute. Nous lui avons tourné le dos, donc il n'avait plus aucune raison de croire en nous. Il a dévié du droit chemin, avec les conséquences que nous connaissons. Et je suis persuadée qu'il ne s'arrêtera jamais.

ODIN se redresse violemment et hurle, piqué au vif :

— M'accuses-tu d'avoir provoqué tout ce marasme ?

Les deux loups à ses pieds se tassent et grognent en montrant les crocs, prêts à bondir sur moi.

Je ne me laisserai pas impressionner et continuerai de lui tenir tête jusqu'à ce qu'il entende raison.

— Pourquoi refuses-tu d'épauler celui qui se bat pour nous ? Asulf a tout abandonné et souffert pour nous sauver. Et que faisons-nous pour lui ? Rien.

— Mesure tes paroles, FREYA, ou il t'en coûtera !

Mais je suis lancée, fâchée par l'attitude du Père de Tout. Lui qui incarne la droiture absolue me montre une tout autre facette. Je suis indignée, peinée. Je ne peux plus rester passive.

Asulf ne mérite pas notre indifférence. Il a besoin de soutien et je suis résolue à le lui apporter, peu importe le prix.

— Nous avons laissé la situation pourrir. J'ai failli à mon devoir de protectrice alors qu'il me priait. J'ai honte de ne pas m'être dressée contre le danger qui se présentait, comme Asulf l'a fait.

— Tu as passé trop de temps avec les MIDGARDIENS. Ils t'ont corrompu. Ton jugement est obscurci parce que tu t'es entichée de l'un d'entre eux !

Je m'empourpre, ne voyant pas ce que Thor vient faire ici.

— Mes relations charnelles avec les mortels n'ont jamais entravé mes missions et ma dévotion. En revanche, je remarque que tu me surveilles, mais que tu ne nous aides pas.

Soudain, tout fait sens et je suis désabusée :

— Tu me laisses plaider ma cause et celle d'Asulf, mais tu n'as jamais eu l'intention de t'en mêler. Son sort t'indiffère. Enfin, non, tu désires sa mort, car tu t'imagines qu'il souhaite te destituer. Tu ne vois pas ce qui se joue sous ta barbe, parce que tu as trop peur de tout perdre. Mais tu te trompes d'adversaire.

ODIN grince des dents, me confirmant que j'ai visé juste.

— Dois-je te rappeler que certains événements prédits se sont déjà réalisés ? Les saisons sont bouleversées, SUMAR était presque inexistant

CHAPITRE 28

cette année. Harald est en guerre depuis cinq ans, semant la destruction sur son passage. Il a réveillé SURT en pactisant avec lui. LOKI étant le père de FENRIR et HEL, il est fort probable que…

— Cesse tes affabulations ! Ce sont des coïncidences.

— Harald a trop d'ambition. Pourquoi s'est-il allié avec le seigneur de MUSPELHEIM, si ce n'est pour prendre ta place ?

ODIN me scrute, outré par mes suppositions. Or, je n'en ai cure. À l'instar de ma fureur, ma foi en lui vient d'exploser en des milliers de morceaux. À cet instant, je constate que le réceptacle de ma confiance est irrémédiablement détruit. Notre lien indéfectible brisé. Et que rien ne le réparera.

Je me lève et marche à reculons en direction de la sortie. Les yeux embués tandis que mes certitudes s'écroulent.

— Si tu t'obstines à ne rien faire, tu nous condamnes. Le RAGNARÖK s'abattra sur nous. YGGDRASIL tremblera et les univers s'effondreront. Tout sera détruit, et tu ne pourras plus régner sur rien.

— Reviens ici, cette discussion n'est pas terminée !

— Elle l'était avant même que j'entre. Tu refuses de m'écouter. Ta décision était déjà prise.

— FREYA, si tu passes ces portes, tu seras considérée comme une traîtresse ! me menace-t-il.

— Ne m'en veux pas, ODIN, mais je ne peux pas me contenter d'observer en sachant ce qu'il adviendra de nous tous. Je dois tenter quelque chose. N'importe quoi qui nous sauvera.

Je tourne les talons, pendant qu'il vocifère dans mon dos. Je ne l'écoute pas et me précipite dehors pour rejoindre les MIDGARDIENS, consciente que mon attitude sonne comme une déclaration de guerre.

Note de l'auteur : FREYA : Grâce à sa cape magique, elle peut se transformer en faucon pour voyager entre les mondes. C'est d'ailleurs un vêtement que les autres dieux convoitent.

Note de l'auteur : HEIMDALL : dieu ASE, gardien du BIFRÖST.

Note de l'auteur : BIFRÖST : Arc en ciel magique qui relie MIDGARD, le royaume des hommes, à ASGARD, le royaume des dieux. Il est gardé par le géant HEIMDALL, et seuls les EINHERJAR et les dieux sont autorisés à l'emprunter pour rejoindre Asgard.

Note de l'auteur : TYR : dieu considéré comme le gardien de la vérité. Son rôle en tant que juge divin lui confère une responsabilité cruciale dans la résolution des conflits et l'application des lois divines.

CHAPITRE 29

QUE VEUX-TU ?

❄ VETRABLÓT / DÉBUT DE L'HIVER ❄

MARKVART

Sur un coup de tête, j'ai suivi Björn et les siens. Je n'imaginais pas les croiser de nouveau, encore moins dans ces circonstances.

Quelle ironie que d'avoir choisi ce jour pour la libération d'Asulf ! C'est à cette date précise, vingt-trois ans plus tôt, qu'il est devenu roi. Et à cette même date que j'ai invoqué le démon, quarante-trois ans auparavant.

Cela fait plusieurs heures que nous avons fui AROS et que je suis assis dans cette cage. Je suis toujours ligoté, un peu trop serré, toutefois, je ne me plains pas. Je suis en vie et en voie d'obtenir les réponses à mes questions. Celles que Harald refuse de me donner depuis plus de vingt ans. Alors je peux bien attendre quelques heures, voire quelques jours de plus.

Autour de moi, tous se murent dans le silence. Je m'abstiens de les détailler et ferme les yeux, pour réfléchir et leur montrer que je n'utilise pas ma magie. J'ai besoin d'établir un minimum de confiance entre nous, même si je sais qu'elle sera précaire. Je devrai la renouveler pour rester en vie quand toute curiosité sera satisfaite.

Asulf est toujours allongé sur le plancher, inconscient. Mieux vaut qu'il le demeure un moment, car sa rage est tellement puissante qu'il ne ferait que m'entraver.

CHAPITRE 29

L'ours n'a sûrement pas cogné si fort. Et le loup rentre à peine de sa dernière campagne. Il n'a pas eu le temps de récupérer, ce qui explique pourquoi il n'a pas encore émergé.

Le ballottement du chariot et le grincement régulier des roues en métal me bercent. Je pourrais somnoler, si je voyageais avec des personnes de confiance. Malheureusement, je dois rester alerte.

Soudain, le tonnerre gronde au-dessus de nos têtes.

— Arrête cela, tu aggraves ton cas ! grogne Björn.

— Ce n'est pas moi, rétorqué-je avec nonchalance. Harald a compris qu'il a été volé et il n'aime pas que l'on touche à ses affaires.

J'ouvre les yeux et me retourne pour décale les peaux qui nous dissimulent. La nuit est presque tombée. Le ciel s'est assombri. La texture des nuages est trop bien épaisse. Des éclairs fendent l'air à un trop fréquent.

Le vent s'est levé. Mes compagnons de cellule ont solidement attaché les fourrures aux barreaux pour nous isoler au mieux du froid. Ce mordant aussi n'est pas naturel. Nous avons beau pénétrer dans VETR, rien n'explique cette chute soudaine des températures.

Tout cela combiné rend l'atmosphère oppressante, parce que rien n'est normal.

C'est clairement Harald qui se fâche.

— Nous devrions nous arrêter maintenant et préparer notre nuit, propose le jeune blond.

— Ce trajet n'est pas le même qu'à l'aller. Nous sommes au milieu de nulle part et exposés aux dangers, souligne son acolyte à cheval.

— Ah, parce que tu crois que des renards fouineurs pourraient être pires que nos deux captifs ? Ironise le premier.

— Les montures sont épuisées, constate Björn. Et nous avons tous besoin de repos.

Je les entends poser le pied à terre et marcher autour de nous.

Soudain, la porte s'ouvre et le visage de Björn apparaît.

— Es-tu capable de nous isoler du froid jusqu'au matin, sans entourloupe ?

— C'est l'occasion de le savoir.

Nous nous défions du regard tandis que j'avance mes poignets entravés dans sa direction, lui demandant implicitement de les délier.

— Tout le monde descend, ordonne-t-il en grimaçant, sans me quitter des yeux.

Le cavalier brun, apparemment prénommé Leif, m'a libéré et est affecté à ma surveillance. Je me tiens tranquille, ce n'est clairement pas le moment de faire quelque chose de stupide. J'ai créé un dôme au-dessus de la petite clairière où nous nous trouvons et asséché l'herbe sur laquelle nous dormirons.

Les autres s'activent en tout sens pour préparer un feu et le repas de ce soir. Seule la femme brune manque à l'appel, puisque restée assise au chevet d'Asulf. Les jambes repliées, le menton sur ses genoux, elle le fixe inlassablement, sans oser le toucher, alors que lui est toujours sonné, allongé sur le plancher en bois.

Ses yeux larmoyants et son attitude hésitante me laissent à penser qu'il s'agit d'une amante. Pourtant, elle semble bien plus jeune que lui, ce qui perturbe mon analyse de la situation. Quoi qu'il en soit, après vingt ans de séparation, elle est là, et veille sur lui.

Et mon cœur se serre, une fois de plus, de ce que je n'ai pas eu et n'aurai probablement jamais.

Nous mangeons en silence. Jusque là, personne ne m'a adressé la parole. Or, je sens des regards scrutateurs peser sur moi depuis un moment. Il est temps de briser la glace.

— Que souhaites-tu savoir, Björn ?

— Pourquoi as-tu voulu venir avec nous ?

Je souris, car sa question, aussi banale soit-elle, en cache d'autres :

Pourquoi ne me suis-je pas interposé quand ils ont quitté le SKALI ?

CHAPITRE 29

Pourquoi ne les ai-je pas simplement tués ou emprisonnés pour les livrer à Harald ?

Et tant d'autres encore.

— Nous ne nous faisons pas confiance, c'est un fait. Néanmoins, je vous ai suivi pour obtenir des réponses. En échange de ces informations, je serai honnête avec toi.

— Honnête.

Björn ricane puis se lève brutalement en renversant son assiette. Il s'approche de moi, d'un pas déterminé. Des deux mains, il m'empoigne par le col pour me hisser à sa hauteur.

— Comme Harald et toi l'avez été quand vous avez décimé toute ma famille et que vous vouliez m'accuser de votre crime ?

Il écume, son visage à quelques centimètres du mien, pendant que les autres nous observent sans bouger.

— Je ne les ai pas tués.

— Tu as tout mis en œuvre pour qu'ils meurent. Et j'étais le prochain à sacrifier.

— J'ai honoré un accord pour lequel j'ai été payé.

— Oh, vraiment ?

Il me relâche et tire sur mes vêtements pour dénuder l'épaule où Harald m'a marqué au fer rouge, il y a plus de quarante ans. J'abhorre ce souvenir. Je me rappelle encore de la douleur du tisonnier sur ma peau, de l'odeur de ma chair qui brûlait. J'en ai un haut-le-cœur. Son empreinte devait me servir de protection, cependant, la vérité est toute autre.

— Tu es sa propriété, crache Björn. Il te fait croire que tu es libre, or, tu ne l'es pas. Tu es son jouet, un pion dans la stratégie de son grand plan pour tout gouverner.

Ses paroles me blessent comme si j'avais été roué de coups. Elles font mal parce qu'elles mettent des mots sur ce que je me suis toujours refusé à regarder en face. Je ne voulais être à la solde de personne et j'ai été réduit en esclavage. Ma chaîne est plus longue, mais je n'en demeure pas moins un putain de THRALL !

Une rage sourde s'empare de moi, la même que celle que je lis dans ses yeux. J'espère qu'il est content, car nous voilà à égalité.

Il me libère et repart s'asseoir en m'interrogeant :
— Pourquoi es-tu là ?
— L'épée que possède Asulf était mienne.
Il se fige, son puissant corps en alerte.
— Cette lame est un héritage familial.
Je ricane tandis qu'il se réinstalle lentement.
— Un bien joli mensonge. Les sentinelles me l'ont confisquée et remise à Harald, qui l'a conservée jusqu'à la transmettre à Asulf.
Je vois ses certitudes vaciller dans son regard.
— Si tu désirais tant la récupérer, il te fallait la réclamer à qui de droit. Pourquoi t'intéresse-t-elle maintenant ?
— Je veux la reprendre depuis plus de vingt ans.
— Et Harald ne t'a pas laissé approcher de sa précieuse lame. Pauvre Markvart ! Personne ne te fait confiance. Pose-toi les bonnes questions !
Je serre ma mâchoire et mes dents grincent sous la pression.
— Pourquoi désires-tu l'épée ?
Je me détourne de Björn et pivote vers le jeune homme qui se tenait dans le SKALI quelques heures plus tôt. Je réponds au premier en m'adressant également au second :
— Jusque là, Asulf était le seul à pouvoir la manier sans effort. Mais toi, tu le peux. T'a-t-elle choisi, tout comme Asulf avant toi ?
Il plisse les yeux et soutient mon regard tout en me sondant silencieusement. Asulf arbore ce même air déterminé. Dans la pénombre du SKALI, je l'ai d'ailleurs pris pour lui. Leur filiation me paraît évidente. Toutefois, je doute qu'il en ait eu vent.

Je n'ai pas le temps d'ouvrir la bouche que la femme rousse s'exprime :
— Il dit vrai pour l'épée. Je l'ai constaté de mes propres yeux. Si quelqu'un d'autre qu'Asulf s'en emparait, il ne pouvait faire plus de quelques pas avant de vaciller sous son poids. Cette lame ne reconnaissait qu'Asulf en tant que possesseur. Par conséquent, si Geri

CHAPITRE 29

a pu la porter, il faut y voir un signe des dieux.

Le dénommé Geri penche la tête gravement, son attention toujours rivée sur moi. Il m'analyse, à l'affût d'une faille qu'il ne trouvera pas. Parce qu'il n'y en a pas. Je ne leur mentirai pas.

Je fais fi de l'humeur renfrognée de Björn et continue mon récit :
— Quand je me suis approché de lui, il semblait absorbé dans une sorte de transe, et l'épée luisait. J'ai posé ma main sur la sienne et j'ai été emporté dans une vision.
— De quel genre ?
— De celle qui oblige à remettre en question tout ce qui a été dit jusque là. Qui effrite la confiance établie.
— Cesse de t'exprimer par énigmes, s'impatiente-t-il.
— Fort bien. J'ai des doutes sur notre roi depuis un moment.
— *Ton* roi. Il n'est pas le mien. Nous sommes des individus libres, contrairement à toi.

Je ne relève pas sa pique et poursuis :
— Je le soupçonne de savoir ouvrir des portails entre les mondes.

La stupeur se lit sur leurs visages.
— C'est impossible !
— Et pourtant, j'ai appris à le faire en étant jeune. Ce qui nous différencie, c'est qu'il semble posséder plus de pouvoirs que moi, bien qu'il n'ait pas besoin d'étudier la magie. C'est comme si, chez lui, elle était naturelle, instinctive.
— Et tu frustres de ne pas avoir autant de facilités, c'est cela ?
— Peu importe ce que je crois ou non. J'ai senti une odeur de soufre caractéristique d'un sortilège ancien dans le SKALI. Harald est dangereux.
— Plus que toi ?

J'acquiesce.
— J'ai aussi relevé des détails tels que l'insensibilité au froid et au chaud, puisqu'il se balade torse nu toute l'année. Y compris durant VETR, son foyer est éteint en dehors des repas. D'ailleurs, je ne me souviens plus de la dernière fois où je l'ai vu manger ou dormir.

— Je n'aime pas non plus me repaître en ta présence, tu me coupes l'appétit. Quant à se reposer sous le même toit, encore faudrait-il que je te fasse confiance. Je le comprends, vois-tu.

Je me renfrogne et termine mon argumentaire.

— J'ai été mis à l'écart de ses plans. Et cela n'était jamais arrivé.

— Visiblement, il a raison puisque tu te venges en passant aux mains de l'ennemi. Tu vas vraiment où le vent te porte !

— Je ne suis à la solde de personne !

— Ce n'est pas ce que dit ta marque à l'épaule.

J'incline mon visage vers le sol, mes yeux toujours arrimés au guerrier arrogant qui me nargue. Je suis assez puissant pour l'obliger à ravaler ses paroles en un claquement de doigts. Néanmoins, cela fait bien longtemps que je n'ai pas conversé avec des étrangers. À AROS, tout le monde me craint. Par conséquent, je suis constamment seul et sur mes gardes.

La troupe qui m'entoure ne me fait pas confiance, et réciproquement. Cependant, je sens une forme de respect derrière leur agressivité. Ma connaissance est une arme qui peut s'avérer aussi mortelle qu'une hache, et ils en ont conscience.

Puisque personne d'autre n'a accepté de m'éclairer, je n'ai pas le choix et dois me plier à leurs exigences sans protester.

— Qu'attends-tu de nous ?

— Je souhaiterais toucher l'épée pour communiquer avec elle.

— Pour cela, il te faudra l'accord d'Asulf. Qu'espères-tu obtenir d'une nouvelle vision ?

— Ma sœur a été violée et assassinée par un groupe de sentinelles quand j'avais neuf ans. J'en ai été témoin. J'ai appris la magie puis invoqué un esprit de HELHEIM pour la venger. Le soir du rituel, rien ne s'est passé comme prévu. Mais vous le savez déjà, n'est-ce pas ? J'ignore toujours qui cette âme démoniaque doit tuer pour accomplir sa mission et rentrer d'où elle vient.

Je m'éclaircis la gorge pour masquer mon trouble et termine :

— Je ne souhaite pas vous nuire. J'aimerais simplement régler

CHAPITRE 29

cette affaire avant de mourir. J'ai soixante-deux ans, je me fais vieux et je voudrais partir en paix.

Tous me scrutent intensément, puis entament une conversation silencieuse entre eux.

— Nous t'assisterons, statue Björn. Sous réserve qu'à ton tour tu nous aides à sauver Asulf.

J'acquiesce pour sceller notre arrangement et le remercier.

— Que les choses soient claires. Tente quoi que ce soit et tu succomberas avant ta prochaine inspiration.

— Tes avertissements sont inutiles. Il n'y a aucune querelle entre nous et je n'en déclencherai pas. Je m'en tiendrai à notre accord puis vous quitterai. Officiellement, cet interlude n'existe pas.

Björn grommelle ce qui ressemble à une approbation.

L'espoir renaît dans ma poitrine, dans cet organe que j'imaginais perdu depuis des temps immémoriaux : mon cœur.

Du coin de l'œil, je constate que le jeune blond fulmine.

— Tu ne me crois pas, n'est-ce pas ?

— Si ce n'était que cela. Cela fait des lunes que je juge cette histoire invraisemblable. Et notre destination ne fait pas exception. Pourquoi y retournons-nous ? Nous n'y serons pas en sécurité, puisque Harald nous y retrouvera sûrement.

Je souris. Le gamin a beau être sanguin, il n'en perd pas sa lucidité pour autant face à Björn. Leurs répliques fusent.

— Qu'en sais-tu ?

— Je n'en démords pas, Haf nous a trahis.

Je grimace. Ce nom ne m'est pas inconnu. Je me souviens l'avoir entendu il y a quelques années. Le gaillard devait retrouver Björn, et visiblement, il a rempli sa mission. Ce Haf agissait comme un mercenaire qui espérait s'attirer les bonnes grâces de Harald.

Je me concentre sur leur conversation sans intervenir :

— Donc je suggère que nous fuyions, poursuit le gamin.

— Pour aller où ?

— N'importe où. Nous ne pouvons pas rentrer chez nous pour

l'instant, mais le monde est vaste, et les cachettes abondantes.

— Nous n'abandonnerons pas à la merci de Harald des hommes qui nous viennent en aide et rassemblent leurs forces pour nous.

— Techniquement, nous n'avons pas encore disposé de leurs services, précise le plus jeune de la troupe. Et s'ils se regroupent tous là où Harald croit nous attendre, ils seront assez nombreux pour lui résister.

— Quoi qu'il en soit, nous sommes trop peu pour influer sur le cours des choses, renchérit Thor.

— Nous les avons poussés dans une guerre qu'ils n'ont pas réclamée, contre Björn. Hors de question de les laisser sans défense.

— Ils étaient les prochains sur la liste, tente de l'apaiser une femme rousse qui semble bien le connaître. Harald ne fait qu'étendre son territoire, comme l'a dit Sven.

— Par ailleurs, combien répondront à son appel ? Combien d'alliés potentiels nous reste-t-il ? Ta famille a perdu le trône du JUTLAND il y a près de vingt-cinq ans, au profit d'Asulf. Ce dernier a refusé de régner, laissant le champ libre à Harald. Nombreux sont ceux qui vous tiendront pour responsables de la situation. Combien accepteront de rejoindre nos rangs après cela ? Je pressens que nous serons écrasés par son armée. Mieux vaut partir maintenant.

— Tu sais très bien qu'il nous retrouvera tôt ou tard.

Le jeune homme toise Björn. Il est contrarié et je le comprends.

Soudain, contre toute attente, il rit aux éclats.

— En fait, depuis le début, nous n'étions pas simplement en mission de sauvetage. Tu veux reprendre à Harald ce dont il t'a spolié. Ton royaume.

Björn se frotte le visage en signe d'impatience :

— Il ne m'a jamais appartenu, clarifie-t-il à demi-mot. Quand bien même ! Je serai à ses côtés pour l'épauler dans cette tâche ardue. Nous avons vécu comme des fugitifs durant vingt-cinq ans. Sans pouvoir ne compter sur personne d'autre que sur nous-mêmes. À travailler la terre. À chasser. À la merci des éléments. Il est temps que cela cesse.

CHAPITRE 29

— Nous étions en sécurité chez nous, quoi que tu en penses.

— En sursis, précise le patriarche. Harald n'abandonne pas avant notre mort. Pour preuve, Haf nous a trouvés.

Le gamin piétine, en colère.

Personne ne s'interpose entre le père et le fils.

— Nous pouvons encore lui échapper, plaide ce dernier. Nous avons eu de la chance jusqu'à présent. Seules les NORNES savent combien de temps cela durera.

— Justement, nous en avons fini de fuir. À notre tour d'influer sur nos propres destins.

— En parlant de destin tissé, si cette ordure d'Almut est toujours en vie, il est à moi, déclare la belle rousse. Je veux qu'il paie pour la mort de Karl. Ainsi que nos vingt ans loin d'Asulf. Et pour tout ce que notre ami aura subi durant tout ce temps.

— Mère, même si ton ressentiment est légitime, je ne pense pas que ce soit une bonne idée que tu l'affrontes, la tempère son fils.

— Les dieux m'en sont témoins, son sort est scellé, rétorque-t-elle. Que ce soit bien clair, vous n'avez pas intérêt à me priver de ma vengeance ! Parce que ma colère contre vous sera terrible, même si je vous aime.

Je n'argumente pas, constatant simplement que le temps n'a pas apaisé sa douleur. Sa rancune est tenace. En cela, nous nous ressemblons et je respecte son courage.

— Je te promets de t'aider, lui assure le plus jeune du groupe.

Juste avant qu'un cri nous interrompe.

CHAPITRE 30

LE PHÉNIX

❋ VETRABLÓT / DÉBUT DE L'HIVER ❋

ASULF

L'esprit embrumé, je m'éveille sans pour autant ouvrir les yeux, percevant une présence à mes côtés. Cette odeur de frais, ce sentiment de me baigner sous une cascade m'est familier. Toutefois, impossible de me rappeler ce qu'elle m'évoque en dehors de ce fantasme récurrent.

Pourtant, mon corps frissonne. Étrange.

Je feins l'endormissement pour analyser au mieux le lieu où j'ai été amené. Je suis allongé sur un plancher en bois, en intérieur, puisque de légers courants d'air s'engouffrent. Nous sommes probablement dans une carriole couverte, à l'arrêt. Je ne suis ni entravé ni armé. Étant le seul capable de la manier, il est probable que Rigborg soit restée au SKALI. À moins qu'ils l'aient également subtilisée par un moyen détourné.

Hum...

Quoi qu'il en soit, je me trouve au milieu de nulle part, aux mains de traîtres, et potentiellement avec mon épée.

Je ne me souviens pas de grand-chose, si ce n'est d'avoir été frappé par *Björn-le-*VARGR juste avant de perdre connaissance.

Putain, je le hais !

CHAPITRE 30

Pourquoi m'avoir capturé ? Quel sort me réserve-t-il ?

Un peu plus loin, sa voix se mêle à celle d'un autre félon : Markvart. Pourtant, celui que j'ai longtemps considéré comme mon meilleur ami n'est plus, n'est-ce pas ?

Immobile, j'espionne leur discussion. Le guérisseur mentionne une quête qui l'a occupée toute sa vie, puis évoque les doutes qu'il nourrit à propos de mon père. Björn s'enquiert avec bienveillance de mon sort durant ces vingt dernières années et cela m'étonne. En quoi cela lui importe-t-il ? Culpabiliserait-il enfin de m'avoir planté un couteau dans le dos ?

Ce qui suit m'interpelle : Markvart prétend que Harald m'aurait torturé et menti, me créant de faux souvenirs pour mieux me manipuler.

Foutaises !

Ce vieillard est un serpent dont tous se méfient. Il ne choisit aucun autre camp que le sien. Mon père a raison : nous ne pouvons plus lui faire confiance. Il nous a trahis. À notre retour, nous nous débarrasserons de lui.

Des sanglots me ramènent à ce qui m'entoure. La personne à mes côtés pleure et renifle discrètement. Aux sons qu'elle produit, j'en déduis qu'il s'agit d'une femme.

À ma connaissance, personne ne m'attend nulle part. Pourtant, son attitude et ses murmures me troublent.

— Je suis si heureuse que tu sois en vie ! Si tu savais combien j'ai espéré ton retour. Tu m'as tellement manqué. Ton absence a créé un vide immense. J'ai cru mourir de chagrin tant de fois. Il me tarde que tu ouvres les yeux. Je suis à deux doigts de botter les fesses de Björn pour t'avoir frappé aussi fort. Et en même temps, je suis effrayée à l'idée que tu ne me reconnaisses pas. Que tu m'aies oubliée. Que je ne représente plus rien pour toi.

La tristesse de cette femme s'enfonce lentement dans ma poitrine, à la manière d'un coup de poignard insidieux. Je lutte pour rester immobile, car que tout mon corps m'implore de la rejoindre.

Qui es-tu, toi qui sembles me connaître et dont la voix atteint mon cœur comme personne jusque là ?

C'est alors que *Björn-le-*ᚠᛆᚱᚵᚱ la hèle :
— Viens manger, Lyra !
Lyra.
Cette voix qui charme mes oreilles lui appartient.
Qui es-tu pour moi, Lyra ?
La réponse à cette question m'obsède. Je devrais m'enfuir au lieu de traîner. Et si j'en apprenais davantage sur elle ou leurs plans en restant ici un court instant ?

Quoi qu'il en soit, je ne peux partir sans m'assurer qu'ils n'ont pas subtilisé Rigborg.

Lyra se lève doucement pour ne pas me réveiller, s'éloigne de quelques pas et saute pour atterrir en contrebas. Le chariot oscille légèrement, l'excuse parfaite pour que ma tête pivote vers le feu. Je l'entends défaire des laçages, bouger ce qui pourrait être des fourrures pour les fixer plus haut. L'air frais s'engouffre dans l'espace et caresse ma peau. Je réprime un frisson en soulevant un peu mes paupières.

Le visage de Lyra est à présent proche du mien, me permettant de l'admirer. Si les mots me manquent devant cette déesse, mon cœur, lui, sait exactement comment s'exprimer.

Boum boum, boum boum boum, boum...
Ma respiration se coupe, puis s'accélère.
Je suis subjugué. Lyra est sublime.

J'ouvre complètement les yeux une seule seconde, juste assez pour mémoriser ses traits parfaits. Les larmes qui brouillent sa vue dissimulent mon indiscrétion tout en me blessant.

Mon endormissement à peine feint, une vision de Lyra en plein fou rire me cueille. Je n'ai rien entendu de si beau. Je suis serein. Heureux comme jamais. Enfin, je crois. Et mon traître de cœur

CHAPITRE 30

tambourine de nouveau.

Est-il possible d'éprouver autant de sentiments pour une inconnue ?

Lorsque je reprends mes esprits, Lyra est en chemin pour rejoindre le groupe, un peu plus loin dans la clairière. J'admire son corps élancé dont les courbes sont soulignées par son pantalon en cuir et sa veste ajustée. Dans son dos sont logés deux SCRAMASAXES, de courtes épées VIKINGS. Elle se meut telle une véritable guerrière.

Ma guerrière ?

Une nouvelle vision s'invite dans ma tête. La silhouette de la magnifique brune se superpose à la perfection à celle dénudée de mon fantasme à la cascade. Comme si des pièces éparses se rassemblaient progressivement.

Le songe s'interrompt, me laissant une sensation d'inachevé.

Mon regard dévie vers le feu et les personnes qui se restaurent tout autour. Je reconnais les profils de Markvart et Björn. À sa droite, une rousse fougueuse m'est familière. Je me souviens d'avoir aperçu son visage le soir où j'ai rêvé d'une femme à secourir, en pleine mer déchaînée. Que je m'imaginais dans la peau de Geri.

Geri… Il se trouve justement à la droite de cette dernière.

Comment est-ce possible ?

À côté de lui est assis un brun à l'allure sympathique ; sûrement son frère tant la ressemblance entre eux est frappante.

Pourquoi ai-je l'impression d'observer deux versions de moi-même à leur âge ? L'insouciance et la morosité.

Le jeune blond avec qui ils discutent est forcément le fils de Björn, tant il est son exact portrait. Celui dont je me souvenais, avant de le retrouver vieilli.

Par les dieux ! Tout cela ne fait que m'embrouiller davantage.

J'écoute la voix de Björn les interroger tour à tour au sujet de diversions élaborées cet après-midi. Visiblement, Lyra a dévié de la stratégie mise en place, ce qui lui vaut plusieurs remontrances. Tous deux se disputent à propos de geysers, de pacte avec un esprit des eaux, de pouvoirs restaurés dans le but de me sauver.

Je n'y comprends rien. Je n'étais pas prisonnier. Ce sont eux qui m'ont capturé !

Le ton monte entre eux, ce qui m'agace prodigieusement.

De quel droit se permet-il de lui aboyer dessus ?

Toutefois, l'ours n'impressionne pas Lyra, résolue à lui tenir tête. Il n'y a pas à dire, elle est radicalement différente des femmes que je côtoie. Elle semble plus forte, plus courageuse, plus humble tout en paraissant sûre d'elle.

Mon père me rabâche qu'il me faut trouver une épouse et fonder rapidement une famille avant de décliner. Je me surprends à songer que Lyra aurait pu être ma compagne, si seulement elle n'était pas dans le mauvais camp.

Je chasse cette idée bien trop tentante pour me recentrer sur l'analyse de la situation.

Lyra est-elle une magicienne proche de Markvart ?

Hum, impensable. Ce vieux bouc est bien trop antipathique pour qu'on le considère comme un ami. De plus, elle semblait réellement éplorée tout à l'heure, ce qui invalide cette hypothèse. À l'exception de Harald, le sorcier et moi n'avons aucune connaissance commune.

Je ne me souviens pas d'une rencontre antérieure avec elle. Enfin, ma tête ne parvient pas à l'identifier, contrairement à mon corps qui s'affole dès qu'elle ouvre la bouche.

Qu'est-ce qui se passe ?

J'ai envie de m'approcher d'elle. De l'étreindre. De caresser sa peau soyeuse.

Comment puis-je seulement connaître ce détail ?

J'inspire profondément pour combattre ce besoin soudain qui réveille ma virilité si longtemps endormie. En vain. Je commence à être à l'étroit dans mes braies, alors que d'autres avant elles n'y sont

CHAPITRE 30

pas parvenues.

Qu'est-ce que tu m'as fait, Lyra ? Divine ensorceleuse...

Je passe lentement ma langue sur mes lèvres et réalise que je connais sa manière d'embrasser.

Douce. Enivrante. Addictive.

Hum...

Je suis surpris de ce qu'elle provoque en moi, surtout de l'absence d'écho dans mon esprit, au contraire de mon corps qui me crie toute l'importance qu'elle revêt à mes yeux. Je ressens un manque d'elle terrible, ce qui est tout bonnement incompréhensible.

En d'autres circonstances, j'aurais tiré tout cela au clair. Car ses paroles et mes sensations m'obséderont sûrement durant des lunes.

Néanmoins, la situation actuelle ne s'y prête pas du tout.

Les incertitudes au sujet de ma détention m'imposent de fuir immédiatement. Pourtant, celles autour de Rigborg m'obligent à rester et à investiguer. Il est impensable que je leur laisse ma plus fidèle alliée.

Sans compter que mon instinct semble m'avertir du caractère anormal de tout ceci.

VETR est arrivé brusquement, trop puissamment.

Après des mois de silence, je retrouve enfin Geri, et pour la première fois, en chair et en os.

Je ploie sous les visions et les visages supposés familiers.

Trop de coïncidences s'accumulent pour être ignorées.

Quel bordel !

Cela fait donc trois bonnes raisons de rester.

Non, pas Markvart ! D'ailleurs, que HEL emporte ce tas de bouse !

Je songe avant tout à Björn que je veux confronter sur les mauvaises décisions qu'il a prises, juste avant de régler nos comptes.

À Geri, qui ressemble en tout point à ce que j'ai imaginé, ce que je ne m'explique pas.

Et surtout à Lyra, qui m'obsède depuis mon réveil sans que je comprenne pourquoi.

Toutes ces informations me submergent. Mon esprit éprouve de réelles difficultés à définir ses priorités.

M'éclipser immédiatement me sauverait tandis que mes pensées me hanteraient, sûrement jusqu'à ce que mort s'ensuive.

Il semblerait que mes choix se réduisent à un seul : rester ici et tirer tout cela au clair.

Impossible de réfléchir davantage ou de me concentrer sur la suite de la discussion tant ma tête est douloureuse. Oui, ce salaud de Björn a cogné fort ! Ou bien suis-je toujours épuisé de mes exploits récents ? Après tout, il m'a surpris dans mon lit, chose impensable si j'avais été en pleine possession de mes moyens. Il a profité de mon état de faiblesse. C'est moche, pour quelqu'un qui ne jure que par l'honneur. Mais de la part d'un traître…

Ressaisis-toi, Asulf ! Tu imagines tout et n'importe quoi, surtout à propos de cette inconnue !
Je rêve probablement.
Ou plutôt : je cauchemarde. Oui, c'est sûrement ça.

Tout à coup, un murmure me parvient, suivi d'un craquement de branche. Cela n'a rien d'animal. Non, c'est bel et bien humain.
Le vent porte à mes narines une forte odeur d'ours, qui, cette fois, me rappelle de bien mauvais souvenirs.
Putain, des BERSERKERS *!*

J'ouvre les yeux et sonde rapidement les alentours. La porte du chariot-prison est grande ouverte. Lyra pensait sûrement me surveiller à distance, cependant, son attention, ainsi que celle de tout le groupe, est focalisée sur leur discussion houleuse.
Ils n'ont pas perçu le danger.

CHAPITRE 30

Avec une prudence toute calculée, je me redresse et cherche de quoi me défendre. Bien évidemment, il n'y a rien, ils ne sont pas idiots.

Par la barbe d'ODIN !

Désarmé, je cours à ma perte face à ces créatures qui ressemblent davantage à des ours qu'à des hommes. Ces guerriers féroces ne ressentent aucune douleur pendant le combat. Les plantes et champignons qu'ils ingèrent les annihilent. Ils les plongent dans un état second qui les rend presque invincibles. C'est bien ma veine !

Mes chances de survie sont inexistantes en restant coincé dans cet espace réduit et exposé. En rejoignant le groupe, j'obtiendrai peut-être une arme. Je pourrais même occire un traître ou deux, par inadvertance. Qui sait ?

Dans la pénombre, je me redresse, saute à terre, et me précipite vers mes alliés pour l'occasion en hurlant :

— BERSERKERS en approche !

Tous se lèvent et me dévisagent, ahuris. Des grognements retentissent autour de nous. Dissimulés par la nuit et les sous-bois, ils encerclent la clairière. Des ombres massives émergent de toute part, l'air menaçant. Nous sommes cernés et ils sont bien trop nombreux pour que nous leur échappions. Impossible d'éviter la bataille qui se profile.

Le groupe dégaine ses armes : arcs, haches, épées, couteaux de lancer, et magie pour ce bon vieux Markvart.

— Asulf ! me hèle une voix derrière moi.

Je me retourne. Le visage que j'aperçois à la lueur du feu me stupéfait : Geri. Il n'est donc pas le fruit de mon imagination. Le voir ici me perturbe, je peine à comprendre ; Suis-je dans un songe ou tout cela est-il bien réel ?

Je vais de surprise en surprise quand il me tend mon épée, qu'il manie avec aisance inédite.

Comment ?

Pas le temps de réfléchir. Je m'en empare prestement.

Dans ma main, Rigborg a l'air authentique.
Les questions affluent mais devront attendre notre victoire.

Si j'envisageais encore de fuir, cette diversion des BERSERKERS tombe à point nommé. Entre l'obscurité et le chaos général, il serait aisé de leur fausser compagnie. Cependant, ces monstres sévissent rarement à plusieurs, ce qui renforce mon sentiment que tout ceci pue la magie noire à plein nez. Et pour une fois, le sorcier n'a rien à se reprocher.
Je ne peux me résoudre à abandonner ce groupe à une mort certaine.

Soudain, je suis ébloui. Markvart avait créé un dôme protecteur, auquel il insuffle à présent de la lumière pour nous permettre de voir à l'intérieur comme en plein jour.
Au moins, ce bougre n'est pas totalement inutile !

Je me surprends à sonder la petite troupe à la recherche de Lyra.
Pourquoi ai-je besoin de savoir où elle se trouve ?
Nos regards se croisent, mon cœur loupe de nouveau un battement. Elle brandit un arc et un carquois, déterminée à lutter, telle une combattante VIKING. Et par FREYA, j'aime ce qu'elle dégage !

J'emprunte un bouclier et lève Rigborg, prêt à charger. Björn et moi avons reçu les mêmes entraînements. Je constate qu'il a transmis son savoir à ceux qui voyagent avec lui. Car sans communiquer, nous avons tous opté pour une formation en cercle, dos les uns aux autres.
Au centre, les trois archères sont elles aussi dos à dos : Lyra et deux jeunes femmes, une brune et une blonde. Devant elles, la rouquine est munie de poignards de lancers, tous comme le gamin à sa gauche. Ils sont entourés de Björn, son fils, puis Markvart, moi, Geri, et enfin son frère. C'est la première fois que nous combattons ensemble et, fait rare, je suis heureux d'avoir le sorcier à mes côtés. Il fait face au danger sans se débiner. Malgré tout mon ressentiment à son égard, il remonte dans mon estime.

CHAPITRE 30

Les traits fendent déjà l'air et j'entends des BERSERKERS tomber plus loin en hurlant. Les archères sont précises, décochant une flèche après l'autre sans rater leurs cibles. Leur appui se révèle être un précieux atout, notamment parce que ces hommes-ours n'en utilisent pas, préférant la violence de la confrontation physique.

Les premiers assaillants sont à présent à notre portée. Massifs et rapides, pour des êtres dont l'état de conscience est amoindri ! Sans armure, on pourrait les croire plus exposés mais il n'en est rien. Leurs décoctions les insensibilisent. J'ai déjà tranché des bras sans que cela arrête leur frénésie.

Du coin de l'œil, je perçois les mains de Markvart qui tournoient devant son buste. Il forme un halo blanchâtre puis le pousse violemment face à lui. Des adversaires volent sur quelques mètres avant de s'écraser lourdement au sol, sonnés.
Ensuite, il change de sort, puisque j'entends des déflagrations et des râles. Il y a trop de vacarme pour distinguer ses paroles, néanmoins, je constate qu'il alterne les offensives efficaces.

Les premiers contacts arrivent et le dôme qui nous éclaire est plus que bienvenu, car la nuit noire aurait rendu leur détection impossible. Les BERSERKERS ne semblent pas incommodés dans la mesure où ils pistent à l'odeur et se moquent de leurs blessures. Ce qui n'est pas notre cas ; la vue nous est indispensable, surtout pour les archères.
Les coups pleuvent dans un fracas de métal et de cris de guerre. J'entends des gargouillis étouffés, provenant nul doute de gorges tranchées.

À l'approche d'un homme-ours, je pare sa frappe grâce au bouclier pendant que Rigborg s'enfonce dans sa chair sans rencontrer de résistance. Dès qu'elle se loge dans la cage thoracique du BERSERKER, je la tourne d'un quart et tire d'un coup sec. Le choc est immanquablement mortel.
Celui-là ne reviendra pas.

Geri et son frère m'imitent. Les cadavres s'amoncellent vite, créant un mur de corps. Nous devons bouger de toute urgence, sinon nous nous retrouverons acculés et débordés.

Je crie à pleins poumons :

— Björn ! Cuvette !

Il me comprend immédiatement et ordonne à tous de se déplacer.

Nous nous dirigeons vers Markvart qui nous ouvre la voie. Notre coordination de groupe est parfaite, chacun sait exactement ce qu'il a à faire, bien que nous soyons onze. Nous parvenons à nous extraire et à nous mouvoir.

Mon corps frissonne dès que Lyra me frôle. Nos regards se croisent durant un infime instant, me déclenchant une vision fugace où nous nous embrassons passionnément. Qui semble bien trop réelle. Presque comme un souvenir. Une habitude.

De nous deux, je suis le seul que tout ceci ébranle. Imperturbable, Lyra jette son arc et son carquois vide. Elle passe un bras derrière sa tête, en retire un SCRAMASAXE et crie, à l'attention des autres :

— Au feu !

Une fois encore, sa voix m'électrise. Me galvanise. M'excite ?

Peu importe qu'elle soit dans le mauvais camp, je dois m'entretenir avec elle. La convaincre d'une trêve pour faire plus ample connaissance et voir où cela nous mène.

Reprends-toi, Asulf ! Ce n'est pas le moment de batifoler !

Je me concentre à nouveau sur notre manœuvre. Comme un seul homme, nous nous déplaçons en direction du foyer où les trois archères s'emparent de torches enflammées.

Cette vision de Lyra, la valeureuse guerrière me transcende. Fier d'elle pour une raison que j'ignore, je redouble d'efforts pour ce groupe soudé qui donne tout pour survivre. Et pour la protéger, elle.

Je m'expose juste le temps d'occire cinq BERSERKERS qui me tombent dessus simultanément. Je m'accroupis, me relève, esquive, puis pare avec mon bouclier avant d'attaquer à mon tour. Ma lame virevolte,

CHAPITRE 30

tournoie, tranche, embroche et sépare des membres. Le sang chaud de nos ennemis gicle en tout sens et m'asperge. Loin d'être dégoûté, je me sens tout puissant, comme durant chaque affrontement. Parce que j'en sors toujours victorieux.

Mon bras se réchauffe, signe que Rigborg se repaît, aspirant le dernier souffle de mes victimes. Ces attaques sans fin devraient m'épuiser. Or il n'en est rien, puisque ma lame me régénère. Mon endurance et ma force augmentent à chaque coup.

J'en oublie momentanément mes rancœurs et mes envies de meurtre sur Björn et Markvart et me focalise sur l'excitation de l'instant présent.

Je suis un guerrier. Je suis né pour cela.

J'entre en transe, grisé par la frénésie du combat, permettant à mon côté sombre de s'exprimer. À ce stade, je n'ai pas besoin de l'aide de Sigrune et du démon. Pour l'instant, je prends simplement plaisir à repousser cette horde qui ne désemplit pas.

Soudain, un hurlement me glace le sang avant même de me retourner. Je ressens au plus profond de mes tripes que Lyra est en grande difficulté. Sans m'en rendre compte, je me suis éloigné du groupe qui a éclaté en mon absence, les exposant tous dangereusement. Pire, je perçois au loin que les femmes et le gamin sont enlevés.

Ils vont les violer avant de les tuer.

Impuissants, les hommes crient leur rage en resserrant les rangs autour de Markvart. Le sorcier s'acharne à leur ouvrir une brèche dans ce mur de BERSERKERS, mais sa magie faiblit face à nos adversaires, toujours plus nombreux et agressifs.

Les pouvoirs du vieillard se tarissent, comme en témoigne la luminosité déclinante du dôme. Les quatre combattants le protègent tout en le suppliant de repousser ses limites, car ils progressent trop lentement. Markvart semble à bout de force. Ils pourraient être submergés d'un instant à l'autre.

Je jette un coup d'œil vers les prisonniers qui continuent de hurler et de se débattre. Et mon constat est sans appel : ils ne parviendront pas à empêcher ce qui se profile.

Dans la cohue, mon oreille parvient à isoler les vociférations de Lyra. J'imagine sans mal sa détresse et cela m'est insupportable. Je ne laisserai personne poser la main sur elle.
Absolument personne !
Je tente également de me frayer un chemin jusqu'aux captifs pendant que les BERSERKERS m'entravent sans discontinuer. Je lutte comme un forcené, pourtant, je fais bientôt du sur place. J'enrage et peste, frappant à tout va sans même regarder où mes coups portent.

Lyra crie plus fort, ce qui initie une nouvelle transe. Je suis submergé par une multitude d'instants que nous avons partagés, des sensations intenses que j'éprouvais avec elle, pour elle.
Et je me souviens de tout.
Nous étions heureux. Je l'aimais plus que tout.
Elle.
Mon épouse.
La lumière de ma vie.

Tout à coup, comme au ralenti, je plonge dans les ténèbres tandis que ses cris s'interrompent. Ce n'est pas normal. Son silence est plus angoissant que le spectre de la mort lui-même.
Je refuse qu'elle disparaisse alors que nous nous retrouvons enfin.
Mon étoile. Mon amour.

Dans ma main, Rigborg vibre furieusement en réponse à toute cette rage qui me consume. Je me sens telle la montagne dont me parlait Geri, celle qui crachait des pierres et pleurait des larmes destructrices. Prêt à déverser mon courroux sur tous ceux qui m'entraveront.

Au moment où mes paupières se soulèvent, à peine une seconde

CHAPITRE 30

s'est écoulée depuis l'arrêt des cris. Cette fois, je ne suis plus seul. La VALKYRIE et le démon m'épaulent. Je suis de nouveau le *Regard d'acier*, plus féroce que jamais. Mes yeux luisent tout autant que ma lame, d'un bleu éclatant de plus en plus aveuglant.

Je grogne tel un loup, pendant que Rigborg se déplace à une vitesse inouïe. Les BERSERKERS ont beau être dangereux, ils viennent de trouver leur maître. Le *Regard d'acier* est devenu leur pire cauchemar.

J'enchaîne les attaques et les parades, focalisé sur un seul objectif : atteindre Lyra. J'abandonne mon bouclier et le remplace par l'un des SCRAMASAXES lui appartenant et qu'elle a égaré.

La douleur qui m'habite se meut en torrents de coups. Le sang coule à flots. Des têtes volent. Les corps s'effondrent. Je décime à tour de bras, sans aucun état d'âme, car tout ce qui m'importe, c'est de la sauver.

Pourtant, je deviens fou. Ma progression est beaucoup trop lente et ne l'entends toujours pas. Je dois agir. Maintenant !

J'épingle le SCRAMASAXE dans l'œil du BERSERKER le plus proche avant de saisir Rigborg à deux mains en hurlant son nom :

— Lyra !

Le temps paraît se figer tandis qu'un cri effroyable et strident passe mes lèvres. Je ne reconnais pas ma voix, comme si elle ne m'appartenait pas.

Resserrant ma prise sur la poignée de mon épée, j'oriente la lame vers le bas, la lève au-dessus de ma tête et la plante violemment dans le sol en y mettant toute ma détermination. Mon coup est si puissant que je pose un genou pour ne pas vaciller en enfonçant mon arme.

Une onde de choc bleutée naît à sa base, gronde en s'étendant avec force autour de moi, exterminant au passage tous les BERSERKERS à dix mètres à la ronde. Le bruit assourdissant couvre mon hurlement. Le sang gicle, des membres et des morceaux de chair volent en éclat, implosent. Quant à Rigborg, elle luit comme jamais. Sa lumière irradie si fort qu'elle m'aveugle.

Ce pouvoir est différent de tout ce que j'ai connu. Il est plus profond, plus sombre, et aspire toute mon énergie. Comme si j'avais moi-même créé ce cataclysme, et que mon épée l'avait amplifié en restituant tout ce qu'elle a accumulée.
Juste avant de s'éteindre brusquement.

Durant un bref instant, je me demande si sa magie ne s'est pas complètement volatilisée.
Le démon a-t-il disparu ? Sigrune est-elle retournée auprès de ses sœurs sans que nous ayons eu le temps pour quelques adieux ?
Mon corps tout entier n'est que douleur. Mais c'est mon cœur qui souffre le plus. Il palpite, effrayé à l'idée de perdre de nouveau Lyra.

Je puise dans mes ultimes forces pour me relever, en appui sur Rigborg qui semble vidée. Mes bottes baignent dans le sang de mes ennemis. Tout n'est que ruines autour de moi. Balayé en un instant. Une totale dévastation. Ce dont je me moque éperdument. Seule Lyra m'importe.
Je commence à courir vers ma femme.
Ma femme, par les dieux !

À bout de souffle, j'occis les derniers remparts humains dressés entre nous. Quand je l'ateins enfin, elle est allongée sur le sol, surplombée par un homme-ours qui escomptait la prendre de force. Le monstre lui maintient fermement les poignets alors qu'il s'apprête à entrer en elle. Lyra ne le remarque même pas, tout comme elle ne semble pas avoir conscience qu'une partie de ses vêtements lui a été ôtée. Elle pleure en se débattant, toutefois, ce n'est pas le BERSERKER qui l'effraie. Son regard terrorisé est orienté vers les deux jeunes filles entraînées de force à l'écart.
J'interromps ce salopard juste à temps en lui transperçant le dos avec Rigborg. Le métal traverse la peau d'ours, la chair, puis glisse entre les côtes pour atteindre son cœur. Je frappe si fort que

CHAPITRE 30

l'empalement lui arrache un cri. Sous le choc, il se redresse et me présente son visage effaré. Je grogne en le poussant à la renverse d'un coup de botte sur le torse. Inerte, son corps s'effondre à côté de Lyra.

À mon tour, je la surplombe et la détaille rapidement, à la recherche d'éventuelles blessures. D'un hochement de tête, elle me confirme aller bien. Soulagé, j'attrape la main qu'elle me tend et l'aide à se relever, avec une douceur que je ne me connaissais plus. Pendant qu'elle se rhabille, je retire mon pourpoint et l'en couvre, calmant ses tremblements.

J'observe ensuite le reste du groupe. Chancelantes, débraillées, les joues baignées de larmes, les deux jeunes filles reviennent vers nous. Elles s'effondrent dans les bras de Björn et de son fils qui les réconfortent tandis que Geri et son frère se chargent de courser leurs tortionnaires.

Je pivote sur moi-même, ma lame à l'affût, prêt à sécuriser l'espace autour de nous. C'est un véritable carnage qui s'offre à moi. Ne subsiste plus qu'un seul ennemi debout au milieu de cette clairière jonchée de cadavres sanglants et démembrés. Au bas mot, cent cinquante BERSERKERS ont succombé.
Voilà ce qui a forcé les deux derniers hommes-ours à relâcher leurs captives pour prendre la fuite. Le chaos.

Lorsque je me tourne vers mes alliés, l'écume au coin des lèvres, haletant de fatigue, tous m'observent, horrifiés. Je sais que cette part sombre de moi, celle qui s'éveille durant la bataille, est redoutable. Elle effraie mes adversaires, pétrifiés de voir leur mort arriver. Je ne suis donc pas étonné de leur réaction commune. Il faut dire qu'à l'exception de Björn, nul n'avait encore rencontré le *Regard d'acier* et pouvait témoigner de sa barbarie.

La voix de Lyra m'interpelle doucement. Sa main se pose sur mon épaule. Son toucher m'apaise. Mes muscles se détendent. Je ferme les yeux, soulagé.

Je me concentre sur les souvenirs qui affluent à présent en pagaille. Je me concentre sur les souvenirs qui affluent à présent en pagaille, où figurent cette fois Karl, Eldrid et Björn.
Ils sont mes amis. Ma famille. Mon équilibre.

Je reprends lentement possession de mon corps et de mon esprit, me remémorant qui je suis vraiment.
Markvart avait raison : Harald m'a menti et manipulé.

La tension qui m'habitait retombe. Ma main tremble et lâche mon épée qui s'échoue lourdement au sol. Je regarde la femme de ma vie, caresse tendrement sa joue. Quand je murmure son prénom, son sourire rayonne jusqu'à mon âme. Elle se jette dans mes bras et nous nous étreignons avec force.
— C'est bien toi ! sanglote-t-elle. J'ai cru que je t'avais perdu.
Mon cœur tambourine, tel un cheval au galop. Lyra est saine et sauve. Elle ne risque plus rien. Et elle est là, tout contre moi.

Je me sens enfin entier, comblé, mon visage enfoui dans ses cheveux, savourant le contact de son corps qui a tant manqué au mien.
— Je jure de ne plus jamais te quitter, mon étoile.
— Je te ferai tenir ta promesse. Je n'accepterai plus que tu t'éloignes.
— Je m'accrocherai à toi comme ton ombre. Par FREYA, je t'honorerai nuit et jour jusqu'à ce que tu demandes grâce. Tu n'auras plus aucun répit.
— Enfin de sages paroles !
Elle desserre son étreinte sur mon cou pour enlacer mon cœur de son amour, d'un baiser si puissant que je manque de tomber à la renverse.
Parce qu'il me ranime. Me transcende. Me rappelle tout ce que

CHAPITRE 30

nous avons été. Et tout le chemin qu'il nous reste à parcourir.

Mon étoile.
Mon amour.
J'étais vide à l'intérieur depuis si longtemps, désespérant de pouvoir un jour goûter au bonheur. Parce qu'avant ce soir, j'ignorais que je l'avais déjà trouvé à tes côtés. Tu as su me le remémorer, et je m'en veux tellement de t'avoir oubliée.
Peu m'importe les créatures maléfiques, ou même les dieux, je ne laisserai plus personne nous séparer. Et que ceux qui s'y aventureraient se terrent, car ma vengeance sera terrible et ne connaîtra aucune limite.
Je serai sans pitié.

Je comprends alors pourquoi ma vie me semblait si insipide et mon monde si morne.
Parce qu'elle n'était pas là.
Parce que Lyra est mon étoile.
Celle qui me guide dans l'obscurité.
Elle est ma force, ma faiblesse, mon tout.
Et je suis revenu de l'enfer pour elle. Grâce à elle.

Soudain, notre voile de bonheur s'étiole quand un cri déchirant retentit.
Celui d'une mère qui a perdu son petit.

Note de l'auteur : SCRAMASAXE : épée traditionnelle VIKING. Elle est plus courte qu'une épée classique et se manie mieux pour le corps à corps.

EPILOGUE

« *Quand le voile des mensonges se lève, le véritable combat commence.* »

Mon héros, tu as vaincu. Tu es revenu.

Il s'en est fallu de peu pour que nous te perdions définitivement. Mais grâce à l'amour inconditionnel que te porte Lyra, tu t'es souvenu de qui tu es réellement.

J'aurais aimé être celle qui t'a ouvert les yeux, mais nous n'avons jamais eu l'occasion d'être seuls, toi et moi. Harald nous empêchait de converser.

J'ignore comment tu as réussi à décimer tous ces BERSERKERS dans ce souffle meurtrier. Oui, je t'ai aidé, mais je ne t'ai pas transmis autant de pouvoir que cela… N'est-ce pas ?

Asulf, tu es de retour parmi nous et je respire à nouveau. Dès que tu seras remis de tes émotions, nous anéantirons ton oncle.

Ensemble, nous éradiquerons ce fléau qui nous menace tous, mortels et immortels.

Pourtant, ne m'en veux pas de ne pas être aussi pressée de te quitter. Car j'appréhende ce jour où nos chemins se sépareront pour de bon.

À SUIVRE ...

SAVIEZ-VOUS QUE ?

SIGNIFICATION DES PRÉNOMS

ALMUT : « au noble courage »
ASULF : « le loup-guerrier des dieux »
BJÖRN : « fort comme un ours »
ELDRID : « celle qui chevauche le feu » - nom d'une Valkyrie
ERIKA : « la toute puissante »
FOLKER : « un guerrier, un homme du peuple »
FREYA : nom de la déesse de la beauté et de la fertilité.
GERI : nom d'un des deux loups du dieu Odin
GUNNAR : « guerrier audacieux »
HARALD : « celui qui commande l'armée »
HAF : « navigateur »
KARL : « l'homme libre »
KARLA : « la femme libre »
LEIF : « le protecteur »
LYRA : en référence à la constellation de la Lyre
MARKVART : « protecteur des marches, des frontières »
PETRA : « la pierre solide, inébranlable »
RAGNAR : « conseiller dans l'armée »
RIGBORG : « puissante protectrice »
SERAFINA : nom inventé pour l'esprit de la cascade
SIGRUNE : « celle qui garde le secret de la victoire » - Valkyrie
SVEN : « jeune homme »
THOR : en référence au dieu du même nom.

CALENDRIER VIKING

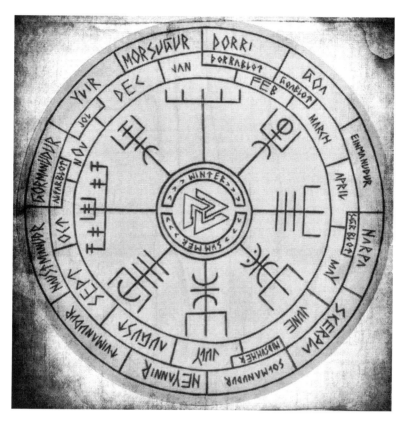

Les Vikings n'avaient pas quatre saisons comme nous les connaissons aujourd'hui. Ils n'en avaient que deux, divisées en mois lunaires, qui démarraient au milieu de nos mois actuels.

L'hiver démarrait le 11 octobre. Ce jour se nommait VETRABLÓT.

L'été démarrait le 19 avril. Ce jour se nomme SIGRBLÓT.

Pour simplifier, voici comment nous pouvons les répartir :

VETR : LES MOIS D'HIVER		SUMAR : LES MOIS D'ÉTÉ	
HAUSTMÁNUÐUR	Octobre	EINMÁNUÐUR	Avril
GORMÁNUÐUR	Novembre	HARPA	Mai
ÝLIR	Décembre	SKERPLA	Juin
MÖRSUGUR	Janvier	SÓLMÁNUÐUR	Juillet
ÞORRI	Février	HEYANNIR	Août
GÓA	Mars	TVÍMÁNUÐUR	Septembre

GÉOGRAPHIE

AROS : Nom ancien d'Aarhus, aujourd'hui la deuxième ville la plus peuplée du Danemark. Depuis sa création par les Vikings au VIIIe siècle, c'est une ville portuaire importante, située sur la côte Est de la péninsule, et donnant sur le Kattegat.

FØROYAR : Signifie « les moutons » et correspond aux Îles Féroé. Les Vikings ont colonisé les îles au IXe siècle (en l'an 800) et ont apporté leur langue et leur culture avec eux, qui perdure aujourd'hui.

HJALTLAND : également connu sous le nom de Shetland, était une région colonisée par les Vikings norvégiens à la fin du VIIIe siècle. Les colons vikings y ont établi leurs propres lois et leur propre langue.

INGLALAND : correspond à l'actuelle Angleterre.

ÍRLAND : correspond à l'actuelle Irlande.

ÍSLAND : signifie littéralement « terre de glace » et correspond à l'Islande. Les Vikings ont colonisé l'Islande au IXe siècle (en l'an 870).

JOMSBORG : Aujourd'hui connue sous le nom de Wolin, une ville portuaire au Nord de la Pologne. Jomsborg est devenu au IXe siècle une des plus grandes villes d'Europe de l'époque, avec 10 000 habitants.

JUTLAND : Ancien nom qui désignait le Danemark péninsulaire.

NIDAROS : correspond à la ville actuelle de Trondheim, en Norvège. Ville portuaire située au Nord de la Norvège d'où partaient les expéditions vikings. Ce comptoir commercial en était à ses balbutiements au moment du récit.

NOREGI : signifie « chemin du nord » et désigne la Norvège.

REYKJAVIK : signifie « la baie des fumées », due aux nombreuses sources chaudes qui se trouvent dans la région et qui produisent des vapeurs. Capitale de l'Islande, elle est la ville la plus septentrionale du monde.

SAMIS : situé au Nord de NIDAROS, qui correspond à l'actuelle Laponie, le peuple Sami était composés de nomades qui vivaient aux rythmes de la transhumance, se nourrissant de chasse et de cueillette.

SAXLAND : région associée aux Saxons, un peuple germanique qui habitait des parties de l'actuelle Allemagne et des Pays-Bas. Leur territoire s'étendait le long de la mer du Nord et de la mer Baltique.

SKOTLAND : correspond à l'actuelle Ecosse.

SVÍARÍKI : signifie « terre des Suédois » et désigne la Suède.

UPPSALA : situé sur la côte Sud-Est de la Suède. La ville était un centre religieux, économique et politique capitales. On y venait prier les dieux, célébrer des fêtes et organiser des THINGS.

VIK : signifie « la baie ». Ville la plus au Sud de l'Islande, elle est entourée de falaises, et est à proximité d'une plage de sable noir, d'un glacier et d'un volcan. Le village est exposé aux risques d'éruptions volcaniques et aux torrents d'eau fondue.

LES NEUF ROYAUMES

Chez les Vikings, les notions de paradis et d'enfer n'existent pas.

Selon la mythologie nordique, il existe neuf royaumes, tous nichés dans l'arbre de la vie, YGGDRASIL.
Ils s'opposent entre eux, excepté MIDGARD, qui en est le point central.
Ils seraient détruits pendant le RAGNARÖK, la fin des temps.

ROYAUME			SON OPPOSÉ
ASGARD	(Paradis / salut)	(Enfer / damnation)	HELHEIM
VANAHEIM	(Création)	(Destruction)	JÖTUNHEIM
MUSPELHEIM	(Feu / chaleur)	(Glace / froid)	NIFLHEIM
ALFHEIM	(Lumière)	(Obscurité)	SVARTALFHEIM

ALFHEIM - Royaume des elfes de lumière.

ASGARD - Royaume des dieux AESIRS - la citée des dieux, où résidence notamment Odin et Freya.

HELHEIM - Royaume des morts - le monde de ceux qui qui ont succombé sans combattre (ex : maladie, déshonneur).

JÖTUNHEIM - Royaume des géants. Patrie de Loki.

MIDGARD - Royaume des hommes.

MUSPELHEIM - Royaume du feu et du chaos. Patrie de Surt.

NILFHEIM - Royaume de la glace et de la brume - des démons

SVARTALFHEIM - Royaume des nains.

VANAHEIM - Royaume des dieux VANIRS. Patrie d'origine de Freya.

LES DIEUX

BALDR : Fils d'ODIN. Il sera tué par son frère adoptif LOKI.

FENRIR : Loup ennemi juré d'ODIN qui le tue pendant le RAGNARÖK. Il est le fils de LOKI.

FREYA : Déesse de l'amour, mais également protectrice des couples. Grâce à sa cape magique, elle peut se transformer en faucon pour voyager entre les mondes. C'est d'ailleurs un vêtement que les autres dieux convoitent.

FREYR : dieu VANIR et frère de FREYA, qui vit à ALFHEIM. SURT et lui s'entretueront dans les flammes durant le RAGNARÖK.

HATI : Loup, fils de FENRIR. Chasse MÁNI, dieu de la lune, qu'il dévorera durant la prophétie du RAGNARÖK.

HEIMDALL : dieu ASE, gardien du BIFRÖST, le pont qui relie ASGARD et MIDGARD, le royaume des hommes. Il est également le dieu de l'ordre, à l'origine de la création des trois classes qui composent la société VIKING : JARL (noble), KARL (homme libre) et THRALL (esclave).
Lorsque le RAGNARÖK commencera, il sonnera de son cor, dont l'appel, entendu dans les neuf mondes, marquera le début des combats. Il est destiné à être le dernier à périr alors qu'il affrontera LOKI et chacun mourra des mains de l'autre.

HEL : déesse des morts. Fille du géant LOKI, et reine de HELHEIM.

LOKI : Père de HEL, FENRIR et du serpent géant JÖRMUNGANDR. Il tue son frère adoptif BALDR. Périt avec HEIMDALL durant le RAGNARÖK.

MANI : dieu de la Lune.

NJÖRD : dieu associé aux navigateurs, car il avait une grande influence sur les vents, les vagues et les conditions météorologiques. Les marins espéraient obtenir sa protection et sa faveur pour assurer des voyages sûrs et fructueux.

ODIN : Né avant la création des neuf royaumes, il est considéré comme le roi des dieux, le Père de Tout. Il vit à ASGARD mais aime se rendre fréquemment sur MIDGARD. Dieu de la guerre, il accueille au VALHALLA les EINHERJAR.
Il n'hésite pas à donner de sa personne pour étancher sa soif de Connaissance. Il a notamment fait don de son oeil gauche au dieu MIMIR pour s'abreuver à la fontaine du Savoir.
Il est associé à la magie de combat (chants, rituels) qui transcende les guerriers, notamment les BERSERKERS. Ces derniers sont alors assoiffés de sang et plus difficiles à tuer. Odin a aussi appris la magie SEIDR auprès de FREYA, le rendant maître d'un Savoir unique.
Lors de la prophétie du RAGNARÖK, il meurt après avoir été attaqué par le loup géant FENRIR.

NORNES : URD, VERDANDI et SKULD sont trois divinités de la mythologie nordique qui régissent le destin des habitants des neuf mondes de la cosmogonie nordique. Elles fixent le destin de chaque enfant dès sa naissance et peuvent être bienveillantes ou malveillantes. Elles sont comparables aux Parques dans la mythologie grecque. Elles résident près du puits d'URD, le puits du Destin. Elles tirent l'eau de ce puits et en arrosent l'arbre YGGDRASIL afin que ses branches ne pourrissent jamais.

SOL : déesse qui personnifie le Soleil.

SURT : Géant de feu qui protège la frontière du monde de MUSPELHEIM, le monde des géants, et empêche quiconque de s'y aventurer. Selon la prophétie du RAGNARÖK, il commande les géants dans la guerre finale contre les dieux et tue ODIN. FREYR et lui s'entretueront dans les flammes durant le RAGNARÖK.

THOR : fils d'ODIN et dieu du tonnerre qu'il déclenche en utilisant son puissant marteau MJOLNIR. Il est la représentation idéale du guerrier VIKING.

TYR : dieu ASE considéré comme le gardien de la vérité. Son rôle en tant que juge divin lui confère une responsabilité cruciale dans la résolution des conflits et l'application des lois divines.

VALKYRIE : Divinité mineure, représentée comme une guerrière ailée et armée, chargée de guider les guerriers morts sur le champ de bataille vers le VALHALLA. Elles sont au nombre de vingt-neuf et possèdent le pouvoir d'invisibilité. Elles servent aussi dans le VALHALLA en versant de l'hydromel à l'intention des EINHERJAR et en organisant des festins. Elles répondaient autant à la déesse FREYA qu'à ODIN.

LEXIQUE DU VOCABULAIRE VIKING

ADAMANTAR : concept et nom inventés et qui désigne le diamant elfique. Il est la source du pouvoir du royaume de ALFHEIM.

ASES ou AESIRS : divinités qui résident à Asgard, dont ODIN, surnommé le « *Père de Tout* ». Il est le roi des dieux, et souverain d'ASGARD.

BERSERKERS : guerriers d'élite VIKINGS. Ils étaient connus pour leur sauvagerie et leur capacité à entrer dans un état de transe furieuse pendant les combats. Ils étaient des guerriers-shamans scandinaves qui pratiquaient des rituels chamaniques pour acquérir leur pouvoir. Ils entraient en guerre complètement nus, à l'exception d'un pelage d'animal. Ils vivaient comme des maraudeurs dans les bois, bravant seuls les rudes hivers scandinaves.

BIFRÖST : Arc en ciel magique qui relie MIDGARD, le royaume des hommes, à ASGARD, le royaume des dieux. Il est gardé par le géant HEIMDALL, et seuls les EINHERJAR et les dieux sont autorisés à l'emprunter pour rejoindre Asgard.

DRAKKAR : Navire à voile et à rames, souvent utilisés pour les raids, les pillages et les explorations des VIKINGS. Ils étaient souvent décorés de sculptures complexes, notamment de têtes de dragon ou de serpent, d'où leur nom qui signifiait « dragon ».

DRAUGR : Mort-vivant.

EK ELSKA ÞIK : signifie « je t'aime » en vieux norrois.

GERI : nom de l'un des deux loups qui accompagnaient ODIN lors de ses périples. Geri et son compagnon Freki étaient vénérés par les peuples VIKINGS pour leur symbolisme. Ils étaient loyaux et très courageux. Parfois, ils aidaient les VALKYRIES à transporter vers le VALHALLA les guerriers tombés au combat.

GOTHS : peuple germanique qui a pris une importance historique pendant la période des grandes invasions de la fin de l'Antiquité, jusqu'à disparaître historiquement au VIIIe siècle. Ils ont été des acteurs importants dans la chute de l'Empire romain d'Occident à la fin du Ve siècle.

HAF : signifie « la mer » et est le diminutif de HAFÞÓRR qui signifie « navigateur » ou « celui qui voyage sur la mer ».
Les VIKINGS étaient connus pour leurs compétences maritimes exceptionnelles et leur exploration audacieuse des mers, ce qui en a fait des navigateurs remarquables.

HERSKIP : navire grand et rapide, utilisé pour les raids et les batailles. Il pouvait accueillir entre vingt et trente hommes. Équipé de voiles carrées et de rames, il permettait de naviguer rapidement dans toutes les conditions météorologiques.

JARL : Equivalent médiéval d'un comte. Il est généralement un seigneur de guerre qui a accumulé des richesses et du respect.

JOMSVIKINGS : Habitants de Jomsborg. Ce sont des mercenaires.

KARL : Homme libre, qui jouit de la protection de la Loi. Il peut être un guerrier, un artisan, un marchand, un paysan.

LANGHÚS : maison VIKING d'environ vingt mètres de long, souvent composée d'une pièce où des couchages entourent un foyer central.
Pour les besoins du récit, leur maison comportait plusieurs chambres, afin de permettre de l'intimité entre certains protagonistes.

LAUGARDAGUR : signifie « le jour du bain » et correspond au samedi. Ce terme est toujours utilisé en Islande. Les Vikings étaient en fait un peuple assez propre. et pas juste quelques barbares sales. Ils avaient probablement une meilleure hygiène que d'autres sociétés à cette époque.

MIDGARDIEN : Habitant du royaume de MIDGARD.

NORNES : Créatures mythologiques qui tissent et entremêlent les destinées des hommes. Personne, pas même les dieux, ne pouvaient influer sur leur ouvrage. Elles sont souvent représentées par trois. Plus de précisions dans la section dédiée aux dieux hommes. Personne, pas même les dieux, ne pouvaient influer sur leur ouvrage. Elles sont souvent représentées par trois. (Plus de précisions dans la section dédiée aux dieux.)

RAGNARÖK : Prophétie de fin du monde durant laquelle les géants affronteront les dieux, qui tomberont presque tous, ainsi qu'YGGDRASIL.

SCRAMASAXE : épée traditionnelle VIKING. Elle est plus courte qu'une épée classique et se manie mieux pour le corps à corps.

SEIDR : Magie qui consiste à interpréter le destin (articulé par les NORNES) et délivrer les prophéties. FREYA en est la gardienne.

SENTINELLE : Appellation fictive pour dénommer les guerriers VIKINGS patrouillant sur le territoire du JUTLAND. À l'instar d'une police, ils sont en charge de maintenir l'ordre et de faire respecter les lois du roi. Cette fonction n'existait pas à l'époque, mais a été crée pour les besoins du roman.

SKALI : demeure du chef. SKALI : demeure du chef.

SKÖLL : Louve, fille de FENRIR. Chasse SOL, déesse du soleil, qu'il dévorera durant la prophétie du RAGNARÖK.

SUMAR : L'été, basé sur les mois lunaires, et qui court d'avril à octobre.

TAFL : jeu de plateau, qui consiste à combiner plusieurs stratégies. Les règles se sont perdues, car il n'existait pas d'écrits à ce sujet. Il a, par la suite, été remplacé par le jeu d'échecs.

THINGS : rassemblements où étaient prises des décisions importantes, votées à la majorité par les personnes présentes.

THRALL : Esclave. Il fait partie de la plus basse strate de la société, et n'a aucun statut juridique. Il est principalement utilisé dans les travaux pénibles. À la mort de son maître, il est souvent sacrifié avec lui pour l'accompagner et le servir dans l'au-delà.

VALHALLA : Salle de banquet, située dans le royaume d'ASGARD. Elle est la dernière demeure des EINHERJAR en attendant le RAGNARÖK.

VALKYRIE : immortelle qui ramasse l'âme de ceux qui ont péris valeureusement pour les emmener au VALHALLA. (Plus de précisions dans la section dédiée aux dieux.)

VARGR : Signifie « loup solitaire ». Il englobait les hors-la-loi, les déserteurs, les lâches et les marginaux qui ne faisaient pas partie de la société VIKING.

VETR : L'hiver, basé sur les mois lunaires, et qui court d'octobre à avril.

VETRABLÓT : Premier jour de l'hiver, le 11 octobre.

VIKINGS : groupe de guerriers et de marins appartenant à certains peuples originaires de Scandinavie, dans le nord de l'Europe. Ils sont devenus connus pour leurs voyages d'exploration maritime et pour leurs raids et pillages dans une grande partie de l'Europe, entre les IXe et XIe siècles1. Ces redoutables guerriers ont laissé une empreinte durable dans l'histoire grâce à leurs exploits maritimes et leurs conquêtes. leurs raids et pillages dans une grande partie de l'Europe, entre les IXe et XIe siècles.
Ces redoutables guerriers ont laissé une empreinte durable dans l'histoire grâce à leurs exploits maritimes et leurs conquêtes.

VÖLVA : Voyante, prêtresse ou devin capable de voir et d'interpréter l'avenir en pratiquant la magie SEIDR.

YGGDRASIL : arbre qui soutient les neufs royaumes : ASGARD, HELHEIM, VANAHEIM, JÖTUNHEIM, MIDGARD, MUSPELHEIM, NILFHEIM, ALFHEIM et SVARTALFHEIM.

Il s'effondre durant le RAGNARÖK, entraînant la destruction des mondes dans sa chute. (Plus de précisions dans la section dédiée aux neuf royaumes.)

QUELQUES OBSERVATIONS

Dans le but de rendre l'histoire accessible et plus facile à comprendre pour un public moderne, j'ai pris certaines libertés. Ces choix artistiques, ont été faits dans le but de créer une expérience plus fluide et engageante, amenant ce roman à un croisement entre univers Fantasy et aventure Fantastique, sur fond d'une culture historique ayant réellement existé.

J'espère que ces adaptations, tout en tenant compte des limites et des biais de nos sources historiques, contribueront à votre plaisir de lecture et vous offriront une vision enrichissante du monde fascinant des Vikings.

LA CONNAISSANCE DU MONDE VIKING :

Ce récit, bien qu'inspiré de contextes historiques et de la mythologie Viking, est une œuvre de fiction. Il est important de noter que nos sources concernant la vie et la culture Viking sont souvent fragmentaires et biaisées. Beaucoup de ce que nous savons provient de textes écrits par des moines et des chroniqueurs de cultures occidentales, qui avaient une vision souvent méprisante des Vikings, les décrivant comme des barbares pour justifier leur conversion au christianisme.

Ainsi, la vision historique que nous avons souvent des Vikings est probablement incomplète, et il est tout à fait plausible que cette culture était plus nuancée et développée que ce qui a été enregistré.

Les Vikings étaient d'habiles navigateurs et commerçants, en contact avec un large éventail de cultures, certaines très éloignées et avancées qui ont pu les influencer largement.

LES JURONS :

En raison des limites de nos sources sur le vieux norrois et des nuances culturelles qui se sont perdues au fil du temps, il a été nécessaire de prendre des libertés artistiques pour rendre le récit plus accessible et émotionnellement engageant pour un public moderne. Cela inclut l'utilisation de certains jurons et expressions qui, bien que potentiellement anachroniques, visent à faciliter la compréhension et l'identification du lecteur.

LA « CHAMBRE » :

Dans une longue maison viking, qui était la structure résidentielle la plus courante, on trouverait souvent un feu central utilisé pour la cuisson et le chauffage. Cet espace était situé au milieu de la pièce principale et servait à de multiples fonctions, y compris de lieu de couchage, sur des paillasses le long des murs.

Cependant, afin d'offrir une certaine intimité à nos protagonistes et pour accroître l'espace de vie en intérieur, j'ai pris la liberté d'intégrer le concept de « chambre » qui n'était pas encore très répandu.

LES OBJETS DU QUOTIDIEN :

Lampe à huile : Les vikings possédaient des lampes à huile, créées à partir de pierre, de terre cuite ou de métal. L'huile pouvait être d'origine végétale (lin, colza) ou animale (de poisson). La plus plébiscitée était celle de baleine, car elle brûlait plus longtemps et plus proprement que les autres.

Verre : Le verre est un matériau qui a été découvert il y a environ 5 000 ans. À l'époque des Vikings, on l'utilisait avec du moulage, car le soufflage n'existait pas encore. En effet, ils créaient un moule, sur lequel était apposée une couche de pâte siliceuse mélangée à des fondants comme la soude ou la potasse. Le tout était ensuite chauffé à une température élevée, jusqu'à ce que la couche extérieure fonde et se solidifie autour du modèle. Une fois refroidi, le moule était brisé pour libérer le vase en verre.

ÉCHOS D'ÉTERNITÉ

Levée avant l'aube, je guette les voiles à l'horizon,
Attendant son retour, passion sans raison.
Entre chaque étoile, je trace son visage dans les cieux,
L'amour en mon cœur, vibrant et malheureux

Dans les échos d'éternité, je trouve ma paix profonde,
L'amour que je porte en moi, une promesse qui abonde.
Bien que les mers en furie puissent nous séparer,
Son esprit danse encore, dans mon cœur à jamais.

À travers les brumes du temps, sa légende croit sans peur,
Une âme de viking vaillante, avec une telle ardeur.
Ignorant s'il vit encore, ou s'il s'est effondré,
Mon amour brulera toujours, pour ce dieu des guerriers

J'ai laissé mon immortalité, pour son étreinte enflammée,
Mais toutes les batailles qu'il a livrée, sacrifices pour nous sauver.
Dans mes rêves, je sens son toucher, entends sa promesse en peine,
"Au-delà du royaume des dieux, je reviendrai pour toi, ma reine."

Dans les échos d'éternité, je trouve ma paix profonde,
L'amour que je porte en moi, une promesse qui abonde.
Bien que les mers en furie puissent nous séparer,
Son esprit danse encore, dans mon cœur à jamais.

Sous l'éclat de l'aurore, j'envoie mes prières au-delà,
Une veillée pour mon guerrier, un hymne à notre amour, voilà.
À chaque aube naissante, je désire son retour,
Dans le creuset de l'espoir, où brûle notre amour toujours.

Dans les échos d'éternité, je trouve ma paix profonde,
L'amour que je porte en moi, une promesse qui abonde.
Bien que les mers en furie puissent nous séparer,
Son esprit danse encore, dans mon cœur à jamais.

Dans mon cœur à jamais…

Paroles et musique de : Badass Digital Creations

Retrouvez la chanson ici : https://youtu.be/VJ-Cevh0vj8

REMERCIEMENTS

Parce qu'il n'y a pas de roman possible sans temps à y consacrer. Merci à l'amour de ma vie, pour ton soutien inconditionnel, ces heures d'écoute que tu as dédiées à ce bébé et à ton regard avisé sur mon travail. Je n'ai même pas besoin de parler pour que tu me comprennes, et ça, ça vaut de l'or !

Merci à notre petit bonhomme, mon plus jeune et fidèle lecteur. Tu as feuilleté le tome 1 plus que n'importe qui au monde. Ton aide dans le travail d'illustrations était vraiment génial !

Merci à la mamie de mon petit chat. Je ne sais pas ce que j'aurais fait sans toi. Tu es mon remède miracle quand j'ai un coup de mou. Tu ne taris pas d'éloges sur mon ouvrage, quitte à ce que je verse quelques larmes, et ça me touche infiniment.

Vous êtes ma team de rêve, les maîtres de mon temps.

Parce que l'on pense qu'auteur est un métier solitaire. C'est totalement faux. Je n'ai jamais été aussi bien entourée qu'en ce moment, surtout par des personnes sincères et bienveillantes.

Parce qu'il n'y a pas d'épopée sans des yeux critiques (et vos coups de cœur sur mes personnages !). Je remercie ma team de bêta-lectrices qui a refusé que la légende d'Asulf se termine en un tome. C'est à elles que vous devez cette suite.

Bien sûr, elles ont toutes accepté de rempiler pour ce nouvel opus. Lili, Kate, Eva, Elo et Mag, vous avez assuré !

Que dire de vos mots gentils qui me boostent ? De vos coups de gueule qui me font rire, parfois pester. Vous rendez cette aventure plus belle, plus intense. Je vous aime, mes Valkyries.

Parce qu'il n'y a pas d'histoire sans une revue minutieuse du texte. Je remercie Line White, mon amie auteure à la plume fabuleuse et à la parfaite maîtrise de la langue française. Tes corrections sont dignes d'un travail éditorial d'une grande maison d'édition. C'était un honneur de collaborer avec toi et j'espère que ce n'est que le début.

Parce qu'une saga n'a pas d'échos sans ses bardes. Merci à toutes les personnes qui m'aident à promouvoir cette épopée. Aux chroniqueuses de talent qui ont accepté de me lire, avant de tomber amoureuses de mes héros. J'adore vos réactions à chaud, je jubile quand vous vivez intensément ces montagnes russes. Et puis je verse des larmes de joie quand je découvre vos chroniques émouvantes et passionnées. Vous êtes mon carburant, ma motivation. Pour vous, j'en écrirai toujours plus.

Parce que parfois la musique touche plus que des mots. Merci à la chaîne Youtube @BadassDigitalCreations pour ses superbes chansons créées spécialement pour « Regard d'Acier ».

Enfin, merci à vous, cher lecteur/lectrice, de me suivre et me soutenir dans cette folle aventure.
Votre avis compte énormément pour moi, aussi je vous en serais infiniment reconnaissante si vous partagiez votre ressenti dans un commentaire sur Amazon.

À très bientôt avec le dernier volet de cette saga !

Je vous embrasse.

Léa

TABLE DES MATIERES

PROLOGUE	16
CHAPITRE 1 - PERTE DE REPÈRES	18
CHAPITRE 2 - À MOI	34
CHAPITRE 3 - MAUVAISE RENCONTRE	42
CHAPITRE 4 - ÉCHAPPÉE BELLE	58
CHAPITRE 5 - COMME UNE ODEUR DE VIOLETTE	68
CHAPITRE 6 - UN REVENANT	84
CHAPITRE 7 - FIN DU SUPPLICE	102
CHAPITRE 8 - SUSPICIONS	116
CHAPITRE 9 - SUR LE DÉPART	126
CHAPITRE 10 - EN PLEINE TEMPÊTE	140
CHAPITRE 11 - DESTINS LIÉS	154
CHAPITRE 12 - SURVIVANTE	162
CHAPITRE 13 - DE NOUVEAUX HORIZONS	180
CHAPITRE 14 - ADIEU LES RENFORTS	196
CHAPITRE 15 - PREMIÈRE ÉTREINTE	212
CHAPITRE 16 - JUSTE UNE ÉTINCELLE	222
CHAPITRE 17 - VOYAGE INTERMINABLE	234

CHAPITRE 18 – CHAUD ET FROID	250
CHAPITRE 19 – LA PROIE	264
CHAPITRE 20 – DE VIEILLES CONNAISSANCES	278
CHAPITRE 21 – ALLIÉ INATTENDU	294
CHAPITRE 22 – RETOUR À LA SOURCE – 1	308
CHAPITRE 23 – RETOUR À LA SOURCE – 2	324
CHAPITRE 24 – LIBÉRATION – 1	338
CHAPITRE 25 – LIBÉRATION – 2	352
CHAPITRE 26 – LIBÉRATION – 3	362
CHAPITRE 27 – FAIRE LE BON CHOIX	374
CHAPITRE 28 – LE CHAMPION DE LA DISCORDE	382
CHAPITRE 29 – QUE VEUX-TU ?	396
CHAPITRE 30 – LE PHÉNIX	408
EPILOGUE	428
ANNEXES	430
ÉCHOS D'ÉTERNITÉ	448
REMERCIEMENTS	450

À PROPOS DE L'AUTEURE

Salutations, mortels. Je suis Freya, déesse de l'amour, de la beauté et de la fertilité dans la mythologie nordique.

Je vous représente ici Léa, enracinée dans l'atmosphère viking, et qui vous conte son histoire.

Il y a de cela fort longtemps, Léa a commencé à façonner cette aventure qui a pris vie sous la forme de « Regard d'Acier ». Aujourd'hui, après avoir surmonté de multiples défis, elle partage ce rêve avec vous, vous entraînant dans une expérience unique, directement de son cœur à vos yeux.

Léa n'a laissé aucune autre main mortelle toucher à son œuvre. Elle a maîtrisé chaque étape de la réalisation, allant jusqu'à concevoir pléthore d'illustrations pour refléter fidèlement sa vision et vous offrir une immersion authentique.

« Regard d'Acier » vous transporte au début du IXe siècle, à l'époque viking. Léa a consacré beaucoup de temps à mener des recherches pour s'assurer de la cohérence de son roman.

Elle a même créé une annexe pour vous aider à comprendre ce monde ancien, dans la limite de ce que l'humanité connaît de cette période lointaine.

Le récit, écrit à la première personne, vous plonge au cœur de l'histoire. Des sortilèges en vieux norrois parsèment le texte, ajoutant une couche supplémentaire d'authenticité à ce voyage.

L'épopée de « Regard d'Acier » ne s'arrête pas là. Notre conteuse travaille déjà sur le dernier volet de cette saga.

En tant que déesse, j'ai un aperçu des mystères à venir, et je peux vous assurer que vous ne serez pas déçus.

Embarquez dans une traversée à travers le temps avec Léa Novels. Accrochez-vous bien, car le périple promet d'être mémorable.

LIVRES DE CET AUTEURE

Saga : Regard d'acier

Regard d'acier - Tome 1
Disponible sur Amazon

Regard d'acier - Tome 2 - Partie 1
Disponible sur Amazon

Regard d'acier - Tome 2 - Partie 2
Dernier volet de la saga - à paraître prochainement

Printed in Poland
by Amazon Fulfillment
Poland Sp. z o.o., Wrocław
27 June 2024

48754c88-a2a6-4188-99c7-c562fe7e4f12R01